GOLDMANN

Buch

Ruel MacClaren hat das Herz eines Tigers und die verzaubernd-sinnliche Ausstrahlung einer edlen Katze. Er ist ein Abenteurer, der besser in den schwülen indischen Dschungel paßt als ins kühle schottische Hochland. Ein Mann, der sich immer nimmt, was er will. Diesmal hat er sich in den Kopf gesetzt, dem Maharadscha eine Insel abzukaufen, auf der er ein riesiges Goldvorkommen vermutet.

Die schöne und selbstbewußte Jane Barnaby arbeitet mit ihrem Ziehvater Patrick an einer Bahnlinie für den Maharadscha. Durch ein Mißverständnis findet sie sich eines Tages in einem Bordell wieder. Eingesperrt in einen Raum voll dunkler Schatten und dem berauschenden Duft von Sandelholz, sieht sie sich einem männlichen Wesen gegenüber, von dem sie zunächst nur die dunkelglühenden Augen und die katzenhaft geschmeidigen Bewegungen wahrnimmt: Ruel MacClaren. Vom ersten Moment an ist er der widerspenstigen Schönheit verfallen. Doch nach einem tragischen Unglück, an dem er Jane die Schuld gibt, verwandelt sich seine Liebe in bitteren Haß, aus dem es scheinbar kein Zurück mehr gibt.

Autorin

Iris Johansen wurde für ihre historischen Romane, die weltweit eine begeisterte Leserschaft gefunden haben, mit zahlreichen Preisen ausgezeichnet. Ihre besondere Spezialität sind farbenprächtige, exotische Schauplätze, vor deren Hintergrund sie meisterhaft ebenso spannende wie romantische Liebesgeschichten erzählt.

Bereits im Goldmann Verlag erschienen:

Tänzer im Wind. Roman (41319)
(Bd. I der »Windtänzer«-Trilogie)
Die Windbraut. Roman (41320)
(Bd. II der »Windtänzer«-Trilogie)
Was der Wind erzählt. Roman (41321)
(Bd. III der »Windtänzer«-Trilogie)

Goldene Ketten. Roman (42215)

IRIS JOHANSEN

DER KUSS DES TIGERS

ROMAN

Aus dem Amerikanischen
von Dr. Ingrid Rothmann

GOLDMANN VERLAG

Deutsche Erstveröffentlichung

Die Originalausgabe erschien unter dem Titel »The Tiger Prince«
bei Bantam Books, New York

Umwelthinweis:
Alle bedruckten Materialien dieses Taschenbuches
sind chlorfrei und umweltschonend.

Der Goldmann Verlag
ist ein Unternehmen der Verlagsgruppe Bertelsmann

Umschlaggestaltung: Design Team München
Umschlagillustration: Schlück/Ennis, Garbsen
Satz: IBV Satz- und Datentechnik GmbH, Berlin
Druck: Elsnerdruck, Berlin
Verlagsnummer: 42410
Lektorat: Matthias Kuennecke/AK
Herstellung: Heidrun Nawrot
Made in Germany
ISBN 3-442-42410-0

1 3 5 7 9 10 8 6 4 2

Prolog

Promontory Point, Utah
25. November, 1869

»Warte!«

Du lieber Gott, er hörte sie nicht. Er ging einfach weiter, unvermindert schnell, über den aus Holz gezimmerten Bahnsteig zum Zug. Gleich würde er für sie unerreichbar sein. Voller Panik begann Jane Barnaby zu laufen, so daß sich das Röckchen ihres verblichenen Kattunkleides im Wind aufblähte. Ohne auf die Schmerzen zu achten, die ihr die durch ihre Schuhsohlen eindringenden Eissplitter bereiteten, rannte sie über gefrorene Schlammpfützen die ungepflasterte Straße entlang auf den etwa dreißig Meter entfernten Bahnsteig zu. »Bitte! So warte doch!«

Patrick Reillys Gesichtsausdruck war in der grauen Morgendämmerung nur undeutlich zu erkennen, doch mußte er ihren Ruf gehört haben, da er einen Augenblick zögerte, ehe er weiterging. Seine langen Beine überwanden rasch die Entfernung zwischen Bahnhof und dem wartenden Zug.

Er würde sie verlassen.

Angst schnürte ihr die Kehle zu. Verzweifelt versuchte sie, schneller zu laufen. Der Zug bebte und fauchte schon und ließ seine stählernen Muskeln spielen. Jeden Augenblick würde er sich mit einem Ruck in Bewegung setzen. »Warte!«

Er blickte starr geradeaus, ohne ihr Beachtung zu schenken.

Verzweifelte Wut flammte in Jane auf, so daß sie aus vollem Hals brüllte: »Verdammt, hörst du denn nicht? Wage es ja nicht, in diesen Zug einzusteigen!«

Mitten im Schritt hielt er inne. Seine breiten Schultern hoben sich angriffslustig unter dem derben, graukarierten Wollstoff seiner Jacke. Mit gerunzelter Stirn wandte er sich um und sah ihr entgegen, wie sie den Bahnsteig entlang auf ihn zugelaufen kam.

Schlitternd blieb sie vor ihm stehen. »Ich komme mit.«

»Den Teufel wirst du tun. Ich habe dir schon gestern bei Frenchie gesagt, daß du hierbleiben wirst.«

»Du mußt mich mitnehmen.«

»Ich muß gar nichts.« Er blickte unwillig auf sie nieder. »Geh zurück zu deiner Mutter. Sie wird sicher schon nach dir suchen.«

»Nein, wird sie nicht.« Jane trat einen Schritt auf ihn zu. »Du weißt genau, daß sie nur an ihre Pfeife denkt. Es wird sie nicht kümmern, wenn ich mit dir gehe.«

Er schüttelte den Kopf.

»Du weißt, daß es stimmt.« Jane befeuchtete die Lippen. »Ich komme mit. Meine Mutter will mich nicht. Sie hat mich nie gewollt.«

»Und ich möchte dich auch ni...« Seine ohnehin schon rötlichen Wangen röteten sich noch mehr, und sein irischer Zungenschlag wurde noch stärker hörbar, als er verlegen hinzusetzte: »Nichts für ungut, aber in meinem Leben ist kein Platz für ein Kind.«

»So klein bin ich nicht mehr. Ich bin fast zwölf.« Das war nur ein wenig geschwindelt. Daß sie eben erst elf geworden war, hatte er wahrscheinlich vergessen. Sie trat noch einen Schritt näher. »Du mußt mich mitnehmen. Ich gehöre zu dir.«

»Wie oft muß ich dir sagen, daß ich nicht dein Vater bin?«

»Meine Mutter hat gesagt, sie wäre fast sicher, daß du es bist.« Jane faßte nach einer Strähne ihres lockigen roten Haares, das ihr Gesicht umrahmte. »Unser Haar ist gleich, und du hast meine Mutter oft besucht, bevor sie mit der Pfeife anfing.«

»Das hat die Hälfte der Männer von der Union Pacific auch getan.« Seine Miene war weich, als er unvermittelt vor ihr in die Knie ging. »Jane, viele Iren sind rothaarig. Und ich könnte allein aus meinem eigenen Bautrupp vier Leute nennen, die zu Pearls regelmäßigen Kunden gehörten. Warum suchst du dir nicht einen von ihnen als Vater aus?«

Weil sie sich verzweifelt wünschte, er möge ihr Vater sein. Er schenkte ihr mehr Freundlichkeit als die anderen Männer, die für den Körper ihrer Mutter bezahlten. Patrick Reilly war mehr betrunken als nüchtern, wenn er Frenchies Zelt aufsuchte, aber nie sprang er so roh mit den Frauen um wie die anderen Männer, und wenn er Jane sah, dann behandelte er sie sogar mit Zuneigung.

»Du bist es.« Jane reckte eigensinnig ihr Kinn. »Und du kannst nicht beweisen, daß du es nicht bist.«

Nun war es an ihm, sein Kinn ähnlich eigensinnig vorzuschieben. »Warum gehst du nicht zurück zu Frenchie und läßt mich endlich in Frieden? Herrgott, ich wüßte nicht mal, wie ich mich um dich kümmern sollte.«

»Um mich kümmern?« Aus ihrem Blick sprach Erstaunen. »Warum solltest du dich um mich kümmern? Ich kann selbst gut auf mich achtgeben.«

Über seine zerklüfteten Züge huschte flüchtig eine Aufwallung von Mitleid. »Ich schätze, das hast du wirklich gelernt... mit einer Mutter, die an der Opiumpfeife hängt... als Kind im Zelt dieses Zuhälters aufwachsen zu müssen.«

Sofort ging sie auf seinen Anflug von Weichheit ein. »Ich werde dir nicht zur Last fallen. Ich brauche nicht viel zu essen, und ich werde dir nie im Weg sein.« Sein Stirnrunzeln ließ sie überstürzt fortfahren: »Ausgenommen natürlich, es gibt Arbeit für mich. Ich bin nämlich sehr fleißig. Das kann dir bei Frenchie jeder sagen. Ich leere Spülwasser aus und helfe in der Küche. Ich schrubbe und wische und mache Botendienste. Ich kann zählen und mit Geld umgehen. An Samstagen läßt Frenchie mich die Zeit der Kunden stoppen und sie mahnen, wenn sie genug für ihr Geld bekommen haben.« Sie faßte nach seinem Arm. »Ich verspreche, daß ich tun werde, was du willst. Aber nimm mich bitte mit.«

»Zum Teufel, du kapierst nicht...« Er hielt inne, den Blick in ihr flehendes Gesicht gerichtet. »Sieh mal, ich bin ein Eisenbahnmensch. Mehr kann ich nicht, und meine Arbeit ist hier mit der Verbindung der beiden Schienenstränge beendet. Jetzt habe ich ein Angebot in Salisbury bekommen. Ich soll dort einen eigenen Trupp leiten, und das ist für einen einfachen Burschen wie mich eine ganz große Chance. Salisbury liegt jenseits des Ozeans in England. So weit wirst du sicher nicht mitkommen wollen.«

»Doch. Mir ist es einerlei, wohin wir gehen.« Ihre kleine Hand umfaßte seinen Arm fester. »Versuche es mit mir. Ich verspreche, daß du es nicht bereuen wirst.«

»Den Teufel werde ich es nicht bereuen.« Ungeduldig schüttelte er ihren Arm ab und richtete sich auf. »Ich will mir nicht für den Rest meines Lebens ein Hurenkind aufhalsen. Geh zurück zu Frenchie.« Er setzte sich wieder in Bewegung.

Seine Zurückweisung jagte ihr Angst ein, so wenig überraschend sie auch kam. Jane war ihr Leben lang überall auf Ablehnung gestoßen. Schon vor geraumer Zeit hatte sie erfahren müssen, daß sie nicht so war wie die Kinder der anständigen Frauen, die dem Eisenbahnbautrupp von Stadt zu Stadt folgten. Jene anderen Kinder gehörten in eine Welt adrett gestärkter Kleider, samstäglichen Badevergnügens und sonntäglichen Kirchgangs. Sie dagegen...

Jane verspürte Übelkeit, als die Erinnerungen sie überwältigten. Erinnerungen an den schummrigen Dunst in Frenchies Zelt, an den süßlichen Geruch des Opiums, das ihre Mutter aus einer seltsam aussehenden Glasschüssel neben ihrer Lagerstatt rauchte. Und an Frenchies harte Handfläche, die ihre Wange traf, wenn sie nicht flink genug seinen Anordnungen nachkam.

Dorthin konnte sie nicht mehr zurück... nie wieder, jetzt, wo das Entkommen so nahe war.

Sie ballte die Hände so zu Fäusten, daß ihre Fingernägel in die Handflächen schnitten. »Wenn du mich hier zurückläßt, wird es dir auch nichts nützen. Ich werde dir überallhin folgen.«

Er hatte schon den Zug erreicht und hob seinen linken Fuß auf die Metallstufe.

»Das werde ich bestimmt tun. Du gehörst zu mir.«

»Den Teufel gehöre ich zu dir.«

»Ich werde dir in dieses Saddlebury folgen und...«

»Salisbury... und dazu müßtest du den ganzen Ozean durchschwimmen.«

»Das schaffe ich schon. Ich werde einen Weg finden. Du wirst sehen, daß ich einen Weg...« Ihre Stimme gehorchte ihr nicht mehr, sie verstummte.

»Verdammt noch mal.« Er senkte den Kopf. »Warum mußte du auch so hartnäckig sein?«

»Nimm mich mit«, stieß sie im Flüsterton hervor. Sie wußte nicht, was sie sonst hätte sagen oder ihm anbieten sollen. »Bitte. Wenn ich bleibe, dann muß ich Angst haben, daß ich einmal so werde wie meine Mutter. Ich... mir gefällt es dort nicht.«

Er stand da, mit hochgezogenen Schultern, während eine Sekunde nach der anderen verstrich. »Ach was, zum Teufel!« Mit einem Ruck drehte er sich um und sprang wieder auf den Bahnsteig herunter. Seine großen sommersprossigen Hände umfaßten ihre Hüfte und hoben Jane mühelos in den Waggon. »Herrjeh, wie klein du bist. Du wiegst ja fast gar nichts.«

Hatte er nachgegeben? Jane wagte es nicht zu hoffen. »Das macht nichts. Ich bin zwar klein für mein Alter, aber dafür sehr kräftig.«

»Da tust du auch gut daran. Du kannst meinetwegen mitkommen, das bedeutet aber weiter gar nichts. Ich bin nicht dein Vater, und du wirst mich Patrick nennen, so wie die anderen.«

»Wie du willst.« Fast schwindlig vor Erleichterung faßte sie nach dem eisernen Haltegriff. »Du wirst es nicht bereuen. Ich werde es dir vergelten. Es gibt nichts, was ich nicht tun würde, um...«

»Warte hier. Ich muß mit dem Schaffner reden, damit du einsteigen darfst.« Er drehte sich um. »Am Ende verlangt er noch, daß ich für dich eine Fahrkarte löse. Zwölf Jahre habe ich an dieser verdammten Strecke gebaut, und jetzt muß ich womöglich noch bezahlen...«

Als sie in den Waggon trat, spürte sie, wie plötzlich der Boden unter ihren Füßen erbebte, ein Gefühl, das sie vor Entsetzen erstarren ließ. Die Bewegung war... merkwürdig. Obwohl sie ihr ganzes Leben lang mit ihrer Mutter von einer Zeltstadt zur anderen gewandert war und Frenchie den Schienenbautrupps ständig auf den Fersen blieb, war Jane noch nie mit der Eisenbahn gefahren.

Sie setzte sich und faltete die Hände im Schoß. Es roch nach kaltem Zigarrenrauch, nach frischgeschnittenem Holz und nach Kohle aus der Brennstoffkiste neben dem Ofen am vorderen Ende des Waggons. Sie mußte sich an die Erschütterungen gewöhnen, an die Gerüche, an die Geräusche, aus denen dieses neue Leben bestand. »Es wird alles gut«, sagte sie zu sich selbst.

Aus ihrer Reisetasche drang klägliches Gewinsel.

»Ach, verdammt, ich hatte gehofft, du würdest weiterschlafen.« Jane warf einen verstohlenen Blick auf den Bahnsteig. Patrick verhandelte noch immer mit dem Schaffner. Rasch öffnete sie die Reisetasche, aus der sich sofort eine braun-weiße Schnauze schob. Sie strich dem Beagle-Hündchen liebevoll über den Kopf. »Pst, nicht jetzt. Keinen Ton, wenn ich bitten darf.«

Ihr Vater hatte die Debatte mit dem Schaffner beendet. Seine Miene drückte höchsten Unwillen aus, als er sich umdrehte und zum Waggon ging.

Vater... Ich darf nicht vergessen, daß ich ihn nicht so nenne, dachte sie wehmütig. Es würde ihn nur gegen sie aufbringen, und dann würde er sie nie als sein Kind anerkennen. Aber wenn sie alles daransetzte, wenn sie hart arbeitete und sich nützlich machte, würde er eines Tages vielleicht gestatten, daß sie ihn so nannte.

Das durchdringende Pfeifen, als der Zug sich in Bewegung setzte, ließ Jane zusammenzucken. Erschrocken klammerte sie sich am Sitz fest.

Sie hörte Patricks unflätigen Kraftausdruck, als er das letzte Stück im Laufschritt zurücklegte und auf die Stufe aufspringen mußte.

Der Dampf verwandelte sich in der kalten Luft vor dem Fenster zu Rauhreif, als der schwarze Drache die in aller Eile aufgestellten Buden und Zelte von Promontory Point hinter sich ließ.

Jane wurde von Angst und Beklemmung erfaßt, denn als sie die Szenerie vorübergleiten sah, wurde ihr klar, daß sie nun ihre vertraute Umgebung für immer hinter sich ließ.

»Möchtest du zurück?«

Sie blickte auf. Neben ihr stand ihr Va... nein, Patrick, mit hoffnungsvoller Miene. »Ich könnte dich an der nächsten Station zurückschicken.«

»Nein.«

»Letzte Chance.«

Promontory Point entschwand. So, als hätte es diesen Ort nie gegeben, und plötzlich war auch ihre Angst wie weggeblasen. »Nein.« Von einem richtigen Zuhause hatte sie zwar nur eine undeutliche Vorstellung, aber daß Frenchies Zelt nie eines gewesen war, das wußte sie genau. Ihr Vater war ein von Ort zu Ort ziehender Eisenbahnbauer, deshalb würde dieser prustende, schnaubende Drache, mit dem sie fuhren, von nun an vielleicht ihr Zuhause sein. Und wenn dem so war, mußte sie alles über ihn erfahren und ihn sich ganz zu eigen machen. Ja, das war es, was sie tun mußte. Ihr Vater liebte die Eisenbahn, und sie mußte daher Teil der Bahn werden, so wie diese Teil von ihm war.

Zaghaft setzte sie sich auf dem harten Holzsitz zurecht, bemüht, ihre verkrampften Muskeln zu entspannen. »Ich gehe nicht zurück. Zuerst hatte ich wirklich ein wenig Angst, aber jetzt ist alles wieder gut.«

Er murmelte leise etwas in seinen Bart, ehe er sich auf den Sitz neben sie fallen ließ.

Jane lauschte mit geschlossenen Augen dem Gerumpel der Räder auf dem Schienenweg. Langsam, ganz langsam, glaubte sie einen Rhythmus aus dem metallischen Geholper herauszuhören, gleich dem Schlag eines Riesenherzens. Vielleicht war der Drache ja doch nicht so wild und unbezähmbar. Vielleicht würde er mit der Zeit zulassen, daß sie sich mit ihm anfreundete und ihm alle seine Geheimnisse entlockte...

1. Kapitel

Krügerville, Afrika
3. April, 1876

Ruel erinnerte Ian an einen prachtvollen, sprungbereiten Tiger.

Das Messer mit dem Elfenbeingriff lag mit tödlicher Sicherheit in seiner Rechten, seine Lippen umspielte ein gleichmütiges Lächeln. Bis zur Hüfte nackt, mit Muskeln, die im Laternenlicht goldbronzen schimmerten, mit blauen Augen, aus denen wilde Lust leuchtete, so umkreiste er den hünenhaften Mulatten, der eine Machete in der Hand hielt.

Entsetzt starrte Ian MacClaren durch die Rauchschwaden der Kneipe die zwei in Kampfposition verharrenden Männer an. Daß Ruel so bedrohlich, so tödlich wirken könnte, hatte er nicht vermutet. Die im Laufe der Jahre an seine Ohren gelangten Berichte hätten ihm allerdings eine Warnung sein müssen. Zudem war Ruel schon als Junge nicht eben zahm gewesen.

Die Jahre seitdem hatten die makellose Symmetrie seines Gesichtes verstärkt und gehärtet. Jenes Gesicht, von dem Margaret gesagt hatte, es besäße die Schönheit eines gefallenen Engels. Weißgoldene Strähnen durchzogen sein dunkelbraunes, im Nacken zusammengefaßtes Haar, das seine raubtierhafte Erscheinung noch unterstrich.

Der Mulatte holte plötzlich mit der Machete aus.

Ruel, der dem Angriff elegant auswich, ließ ein gedämpftes Lachen hören. »Na endlich. Ich hatte mich schon gelangweilt, Barak.«

»So stehen Sie doch nicht nur herum.« Mila packte Ians Arm.

»Sie haben versprochen, ihm zu helfen, wenn ich Sie zu ihm brächte. Barak wird ihn töten.«

»Sieht aus, als wollte er es versuchen«, murmelte Ian. Bei seiner Ankunft in der Stadt vor einigen Stunden hatte man ihm gesagt, daß Mila zwar nur eine der Dirnen des Goldgräberlagers sei, daß sie aber für Ruel unleugbar Gefühle entwickelt hätte, ein Umstand, der nicht weiter verwunderte. Sein verteufelt gutes Aussehen und sein unbeschwertes, fröhliches Naturell hatten schon immer dafür gesorgt, daß Frauen von Ruels Bett angezogen wurden. Dieser Barak war zwar an die zwei Meter groß und verfügte über Muskeln wie ein Bulle, jedoch bestand für Ian nicht der geringste Zweifel, daß sein Bruder keine Mühe haben würde, den Mulatten zu bezwingen. »Ich glaube, wir warten ab und schauen zu. Ruel hat es nie geschätzt, wenn ich in solche Angelegenheiten eingegriffen habe.«

Der riesige Mulatte unternahm einen erneuten Vorstoß, und Ruels Torso wölbte sich geschmeidig und katzenhaft, als die Klinge an seinem Leib vorüberzischte.

»Schon besser«, gab Ruel mit einem Auflachen von sich. »Aber noch nicht gut genug. Barak, was bist du ungeschickt.«

Barak, der mit einem Wutgeheul reagierte, stieß von neuem zu.

Ian erstarrte. Ganz plötzlich ging ihm auf, daß es sich nicht um eine Rauferei unter Knaben handelte, die mit blauen Augen und Abschürfungen enden würde. Er wandte sich an die Frau. »Ich glaube, wir sollten die Behörden einschalten, damit sie der Sache ein Ende machen.«

Aus ihrem Blick sprach Ratlosigkeit. »Die Behörden?«

»Ja, die Gesetzeshüter«, sagte er voller Ungeduld.

»Hier gibt es keine. Sie müssen der Sache selbst ein Ende machen. Barak ist auf Ruels Claim aus. Er hat ihn beim Kartenspiel nur betrogen, damit Ruel in Wut gerät und er ihn im Kampf töten kann.«

Mit einem Fluch auf den Lippen sah Ian sich in der überfüllten Kneipe um. Er war weiß Gott nicht erpicht, in diesen Kampf einzugreifen, ebensowenig wie er seinerzeit erpicht gewesen war, in Ruels Schlägereien in Glenclaren einzugreifen. Die Goldgräber rundherum beschränkten sich darauf, die zwei Kampfhähne mit Blicken anzustarren, aus denen Belustigung und ihre eindeutig finstere Natur sprachen.

Ian mußte eingreifen, das stand nun fest. Er konnte nicht zulassen, daß Ruel, wenn auch aus Notwehr, zum Mörder wurde.

Wieder stieß Barak zu, und Ruel wich aus. Auf Baraks Oberarm wurde ein langer, blutiger Schnitt sichtbar.

»Du Hurensohn, du fängst an, mich zu langweilen«, knurrte Ruel.

Ian erkannte die Anzeichen. Ruel spielte mit Barak, verlor aber allmählich die Geduld und würde bald zur Offensive übergehen. Er mußte etwas unternehmen...

Barak hatte einen Treffer gelandet.

Ruel war eine Zehntelsekunde zu langsam gewesen, so daß Baraks Waffe ihn am Brustkorb getroffen hatte.

»Sie haben gelogen. Sie tun ja gar nichts«, ließ sich die Frau neben Ian vernehmen und gab seinen Arm frei. Sie stürzte durch den Raum auf die zwei einander umkreisenden Männer zu.

»Nein.« Ian trat vor und griff nach einer Whiskyflasche vom Tisch neben sich.

»Barak!« Mila sprang dem Hünen bereits mit einem Satz auf den Rücken und schlang ihre drahtigen Arme um seinen massiven Hals.

Aus dem Konzept gebracht, hielt Ruel inne und fing zu lachen an. »Mila, laß ihn los. Er hat genug Probleme.«

Barak schüttelte sich wie ein gereizter Bär und löste Milas Griff. Die Frau landete auf den Knien.

Mit drohend erhobener Machete drehte Barak sich zu ihr um.

»Nicht!« Ruels Lachen erstarb. »Ich, nicht sie, du Bastard. Mich willst du!« Er stürzte vor und zog mit der Dolchspitze eine dünne rote Wunde über Baraks Nacken. »Hörst du mir jetzt zu, du Ochse?«

Mit einem Fluch fuhr Barak herum und ging nun wieder auf Ruel los.

Da trat Ian vor. »Nein, Ruel«, mahnte er leise.

Ruel erstarrte. »Ian?« Sein Blick flog von Barak zu Ian, seine Augen weiteten sich vor Entsetzen. »Was, zum Teufel, treibst du…«

Barak machte einen Satz nach vorn, die Machete, die auf Ruels Herz gerichtet war, traf lediglich seine Schulter. Wäre Ruel nicht im letzten Moment mit einer Drehung ausgewichen, die Waffe hätte seine Brust und nicht seine Schulter aufgerissen.

Ian hörte den Aufschrei der auf dem Boden knienden Frau, sah Ruels schmerzverzerrte Miene und handelte ohne Überlegung.

Er ließ die erhobene Whiskyflasche mit voller Wucht auf Baraks Schädel niedersausen.

Glas splitterte, Alkohol spritzte.

Der Riese ließ ein Knurren hören, tat taumelnd ein paar Schritte und fiel um.

Ruel schwankte ebenfalls, seine Knie drohten nachzugeben.

Ian fing ihn auf, ehe er wie Barak auf dem Boden landen konnte.

»Warum…« Ruel verstummte, als der Schmerz über ihn hinwegfegte. »Verdammt, Ian, warum bist du…«

»Still.« Ian hob seinen Bruder so mühelos hoch, als wäre dieser leicht wie ein Kind. »Ich bin gekommen, um dich heimzuholen, mein Junge.«

Als Ruel die Augen aufschlug, bemerkte er, daß er sich in seinem Quartier befand. Viele Nächte hatte er hier gelegen und durch die Risse in der Decke zu den Sternen emporgeblickt.

»Na, aufgewacht?«

Ruels Blick glitt von der Decke zu dem Mann, der neben seinem Lager saß.

Eine Adlernase, ein breiter Mund, hellbraune, tiefliegende Augen in einem Gesicht, das nur durch Humor und Intelligenz davor bewahrt wurde, häßlich zu wirken. Ians Gesicht.

»Du wirst bald wieder auf den Beinen sein. Dein Fieber war zwar ziemlich hoch, aber du machst dich tadellos.«

Ians rollender schottischer Akzent tat Ruels Ohren wohl. Den Gedanken, daß es Heimweh sein könnte, wies er zurück. Himmel, das mußte das Fieber sein. Alle sentimentalen Erinnerungen an Glenclaren hatte er schon wenige Wochen nach seinem Fortgehen überwunden. »Was machst du hier?« kam es im Flüsterton von seinen Lippen.

»Das sagte ich schon.« Ian tauchte einen Lappen in eine Schüssel mit Wasser neben dem Bett. »Ich bin gekommen, um dich heimzuholen.«

»Fast hättest du mich im Sarg heimholen können. Ich habe dir immer schon geraten, dich aus meinen Streitereien herauszuhalten.«

»Tut mir leid, aber ich war der Meinung, es sei höchste Zeit einzuschreiten. Du warst zwar richtig in Rage, hattest aber nicht wirklich die Absicht, diesen Tölpel zu töten.«

»Nein?«

Ian wrang den Lappen aus und legte ihn auf Ruels Stirn. »Das

Töten gehört zu den Todsünden. Das Leben ist viel leichter, wenn man nicht gezwungen ist, eine Last dieser Art mit sich zu schleppen. Möchtest du einen Schluck Wasser?«

Ruel nickte. Er beobachtete, wie Ian die eiserne Schöpfkelle in den Eimer neben seinem Hocker tauchte. Ian war jetzt Anfang Dreißig, aber Ruel konnte keine Veränderungen an ihm wahrnehmen. Die geschmeidige Kraft, die es Ian immer gestattet hatte, Ruel mühelos hochzuheben, war noch genauso vorhanden wie sein exakt geschnittenes schwarzes Haar und die gemessene Bedächtigkeit in Bewegung und Sprechweise.

Ian führte die Kelle an Ruels Lippen. »Drüben auf dem Ofen steht ein Stew. Mila hat ihn eben erst gebracht. Er müßte noch warm sein.«

Ruel schüttelte den Kopf.

»Na, dann eben später.« Ian trocknete behutsam Ruels Stirn. »Diese Mila scheint dir treu ergeben zu sein.«

»In einem Nest wie diesem klammert man sich an Menschen, denen man trauen kann.«

»Ich nehme an, daß du mit ihr ins Bett gehst? Sie hat versucht, den Machetenhieb abzufangen.«

Ruel lächelte mit ehrlicher Belustigung. »Ich gebe zu, daß ich über ein gewisses Talent in dieser Richtung verfüge, aber ich denke nicht, daß eine Frau riskieren würde, von einer Machete enthauptet zu werden, nur um mich zwischen ihren Beinen zu behalten.« Er wechselte mit Absicht das Thema. »Aber sie wird nach mir sehen, bis es mir wieder besser geht. Du brauchst deswegen nicht zu bleiben.«

»Bist du sicher, daß du nicht essen möchtest? Es würde dich kräftigen, und mir wäre es recht, wenn wir in vierzehn Tagen aufbrechen könnten.«

»Ich komme nicht mit.«

»Natürlich kommst du mit. Was hast du denn hier schon? Mila hat mir berichtet, Barak hätte sich erholt und deinen Claim übernommen.«

»Dieser elende Hundesohn!« stieß Ruel hervor.

»Ich nehme an, du wirst versuchen, ihm dein Eigentum abzujagen, kaum daß du wieder auf den Beinen bist?« fragte Ian.

Ruel überlegte. »Nein.«

»Sehr vernünftig.« Ian studierte mit schräggelegtem Kopf Ruels Miene. »Aber dir so gar nicht ähnlich.«

»Der hiesige Claim ist seit einer Woche leer...«, erklärte Ruel. Sein Lächeln verriet höchste Befriedigung. »Die Vorstellung, daß dieser Bastard sich mühselig abrackert und höchstens einen Beutel Goldstaub findet, ist für mich eine große Genugtuung.«

»Verstehe.« Ian machte eine Pause. »Dann war deine Goldmine eine ähnliche Pleite wie Jaylenburg?«

Ruel erstarrte. »Was weißt du von Jaylenburg?«

»Nur, daß du dort einen Claim abgesteckt hast, ein halbes Jahr geblieben bist, um dann weiterzuziehen.« Wieder tauchte er den Lappen ein und wrang ihn aus. »Du bist ziemlich viel herumgestreunt. Australien, Kalifornien, Südafrika...«

»Du scheinst ja recht gut informiert zu sein.«

»Eigentlich nicht. Ich habe einen jungen Mann angeheuert, der dich ausfindig machen sollte, aber er schaffte es immer, dich zu verpassen... bis Krügerville.« Kopfschüttelnd legte Ian den Lappen auf Ruels Stirn. »Du bist kein kleiner Junge mehr. Du kannst nicht den Rest deines Lebens einem Regenbogen nachjagen.«

»Ich bin nie Regenbögen nachgejagt.« Ruel lächelte. »Ich war immer nur hinter dem Topf mit Gold am Ende des Regenbogens her.«

»Du und das Gold.« Ian verzog sein Gesicht. »Immer hast du

zu mir gesagt, du wolltest eine Goldmine finden und der reichste Mann Schottlands werden.«

»Das werde ich auch.«

»Du bist mit fünfzehn von Glenclaren ausgerissen und hast diesen Goldtopf noch immer nicht gefunden.«

»Woher willst du das wissen?«

Ian ließ seinen Blick durch die primitiv eingerichtete Hütte wandern.

Ruel wechselte das Thema. »Wie geht es der bezaubernden Maggie MacDonald? Hast du sie geheiratet?«

Ian schüttelte den Kopf. »Du weißt ja, daß Margaret sich ihrem Vater gegenüber sehr verpflichtet fühlt. Sie wird nicht heiraten, solange er sie an seinem Krankenbett braucht.«

»Ach... noch immer? Allmächtiger, wenn es so weitergeht, werdet ihr erst miteinander vermählt, wenn ihr selbst am Rande des Grabes steht.«

»Es wird kommen, wie Gott will.« Ian blickte seinen Bruder fragend an. »Was ist Cinnidar?«

Ruel fuhr auf. »Cinnidar?« Er richtete den Blick auf Ians Gesicht.

»Es scheint dich sehr zu beschäftigen. Im Fieber hast du den Namen immer wieder gerufen.«

»Sonst noch etwas?«

»Nein, nur dieses eine Wort... Cinnidar.«

Ruel entspannte sich sichtlich. »Ach, unwichtig. Ein Ort, den ich einmal besuchte.«

»Du hast zu viele Orte besucht. Höchste Zeit, daß du nach Hause zurückkommst und Wurzeln schlägst.« Er hielt inne. »Vater ist tot.«

»Ich weiß. Deinen Brief habe ich bekommen.«

»Du hast ihn nicht beantwortet.«

»Es wäre sinnlos gewesen. Der Alte hat mir seit Jahren nichts mehr bedeutet... und Glenclaren ebensowenig.«

»Und ich?«

»Du *warst* Glenclaren.«

»Das kann ich nicht bestreiten.« Ian lächelte. »Ich liebe jeden Stein, jede mottenzerfressene Tapisserie des alten Gemäuers.«

»Dann geh doch dorthin zurück.«

Ian schüttelte den Kopf. »Nicht ohne dich.« Er hielt den Blick zu Boden gerichtet, als er seine nächste Worte mit einiger Verlegenheit äußerte: »Daß ich dich nicht suchte, solange Vater noch am Leben war, hat nichts damit zu tun, daß ich dich nicht liebgehabt hätte. Ich weiß sehr wohl, daß Vater im Unrecht war und dich sehr schlecht behandelte. Es erschien mir nur so... so schwierig. Das habe ich immer bereut...«

Ruel starrte Ian mit einer Mischung aus Fassungslosigkeit und Hilflosigkeit an. Ian hatte immer unter Schuldgefühlen gelitten, weil ihr Vater Ruel so übel behandelt hatte, und schien nun entschlossen, alles wiedergutzumachen. Ruel kannte den Eigensinn seines Bruders zu gut, um nicht zu wissen, daß Ian nicht aufgeben würde, bis er sein Ziel erreicht hatte. »Warum sollte ich wohl zurückgehen? Dort gibt es nichts, was mich reizt.« Die Entschlossenheit, die aus Ians Zügen sprach, blieb unverändert, und zum ersten Mal wurde ihm klar, daß Ian zu einem echten Problem werden konnte. Herrgott, für die nächsten Monate hatte er sich sehr viel vorgenommen und brauchte keinen Ian, der ihm ständig auf den Fersen war und versuchte, ihn von seinem Ziel abzubringen. »Verdammt, ich möchte dich nicht hier haben.«

»Dein Pech.«

»Du wirst mir im Weg sein.«

»Nur bis wir an Bord des Schiffes sind, das uns in die Heimat führt. Dann lasse ich dich in Ruhe.«

»Ich kehre nicht nach Glenclaren zurück. Sobald ich wieder reisefähig bin, gehe ich nach Kasanpore.«

»Nicht nach Cinnidar?«

»Sagen wir mal, Kasanpore ist eine Zwischenstation auf dem Weg nach Cinnidar.«

Ian runzelte die Stirn. »Ich kann mich nicht erinnern, je von Kasanpore gehört zu haben.«

»Es liegt in Indien. Kasanpore ist die Residenzstadt des Maharadschas von Savitsar.«

Ian schüttelte den Kopf. »Auf Glenclaren wirst du viel besser dran sein als in einem heidnischen Land, in dem du deine Zeit wieder nur vertust.«

»Ich gehe nach Kasanpore«, erwiderte Ruel starrsinnig.

Ian blickte ihn an, ehe er mit resigniertem Aufseufzen sagte: »Reichen deine Mittel für diese Reise aus?«

»Mein Claim hat einige Monate ausgezeichneten Ertrag geliefert. Auch wenn ich Mila etwas Geld gebe, bleibt genug für meine Pläne.«

»Gut, dann kannst du dir auch meine Gesellschaft leisten. Leider ist Glenclaren immer noch so reich an Land und arm an Mitteln wie zu der Zeit, als du noch daheim warst. Ich gehe mit dir und warte, bis du deiner Torheit überdrüssig wirst.«

»Und wenn das nicht eintritt?«

»Dann warte ich noch länger.«

»Ian, verdammt, ich habe in Kasanpore etwas Wichtiges zu erledigen. Ich habe keine Zeit, um...«

»Gott wird für die Zeit sorgen«, sagte Ian seelenruhig, während er aufstand und zum Ofen ging. »Von deinem Vorhaben in Kasanpore kannst du mir später berichten. Jetzt wirst du etwas essen, anstatt zu streiten. Wie ich schon sagte, mußt du für die Reise zu Kräften kommen.«

Kasanpore, Indien
6. Mai, 1876

»Einen schönen guten Abend, Miss Barnaby. Hat Euch denn niemand gesagt, daß ausländische Damen sich nach Einbruch der Dunkelheit nicht in diese Gegend wagen sollten?«

Die Warnung, leise und freundlich geäußert, war von einem drohenden Unterton begleitet. Janes Herz tat einen Sprung und begann wild zu schlagen. Sie warf einen Blick über ihre Schulter. Knapp hinter sich sah sie Prinz Abdar und Pachtal, jenen gutaussehenden jungen Mann, der den Prinzen begleitet hatte, als dieser sie auf der Baustelle auszufragen versucht hatte. O Gott, sie hatte sich so viel auf ihre Vorsicht eingebildet, und jetzt war ihr nicht einmal aufgefallen, daß man sie verfolgte.

Sie reagierte instinktiv, rannte los, die dunkle, verlassene Straße entlang.

Es war zu spät. Die beiden waren zu nahe. Ehe sie die Ecke erreichte, hatte eine kräftige Hand ihre Schulter gepackt und sie herumgerissen.

Abdar stand vor ihr. Sein hübscher junger Begleiter glitt hinter sie und griff nach ihren Armen, so daß sie gezwungen war, den Beutel fallen zu lassen, den sie trug.

»Es ziemt sich nicht wegzulaufen, wenn ich mit Euch sprechen möchte«, sagte Abdar. Er stelle seine Laterne auf den Boden. »Pachtal, ich glaube, für diese Ungebührlichkeit muß sie bestraft werden.«

Jane biß sich auf die Unterlippe, um einen Schmerzensschrei zu unterdrücken, als Pachtal ihren linken Arm anhob und verdrehte. Prinz Abdars glattes Kindergesicht unter dem weißen Turban verschwamm vor ihr, Tränen brannten ihr in den Augen.

»Bei unserer kleinen Diskussion vor ein paar Tagen habt Ihr Euch nicht sehr mitteilsam gezeigt. Deshalb denke ich mir, daß ein privateres Gespräch angebracht wäre. Also, wo steckt Kartauk?«

»Ich kenne kein Kar-« Sie brach jäh ab, als ihr Arm noch höher gehoben wurde.

»Wie Ihr seht, wird Pachtal ungeduldig«, kam es leise über Abdars Lippen. »Da er die Freuden des Palastes vorzieht, fand er es alles andere als amüsant, Euch die letzten drei Abende folgen zu müssen.«

Jane suchte verzweifelt eine Möglichkeit, an den in ihrem Stiefel steckenden Dolch heranzukommen.

»Wo ist er?« wiederholte der Prinz.

»Ich weiß es nicht. Ich sagte Euch...« Sie stöhnte auf, als Pachtal ihren Arm noch höher hinaufdrückte und ihn gleichzeitig so stark verdrehte, daß der Schmerz sie wie ein Messerstich durchfuhr. Die Flamme der Laterne schien vor ihr zu wanken und trüber zu werden. Ich werde ohnmächtig, sagte sie sich mit dumpfer Wut. Nein! Noch nie im Leben war sie in Ohnmacht gefallen. Auch dieser Schurke würde es nicht fertigbringen.

»Noch einmal«, wies Abdar den Mann hinter ihr an.

Einen sehr langen Augenblick bestand Janes Welt aus lauter Schmerz.

»Warum dieser Eigensinn?« fragte Abdar. »Ihr werdet es mir ohnehin sagen. Ihr seid nur eine Frau, viel zu schwach und dumm, um lange Widerstand zu leisten.«

Noch durch den Nebel des Schmerzes spürte sie ein dumpfes Gefühl des Aufbegehrens. Gewiß, sie war leichtsinnig gewesen, nicht zu merken, daß man sie vom Haus aus verfolgt hatte, aber schwach war sie nicht.

»Warum nehmt Ihr diese Qual auf Euch? Was bedeutet Kartauk für Euch?« flüsterte Pachtal ihr ins Ohr.

»Ich kenne keinen Kartauk.«

»Ist er Euer Geliebter?« flüsterte Pachtal. »Seine Hoheit glaubt, daß er Euch viel Wonne bereiten muß, wenn Ihr seinetwegen so viel riskiert. Aber Ihr werdet ihn aufgeben müssen. Seine Hoheit braucht ihn.«

Abdars wohlgeformte Hand umfaßte ihre Brust unter dem Baumwollhemd. »Ihr seid nicht unansehnlich und werdet sicher einen anderen Mann finden, der Euch erfreut. Ich wäre gar nicht abgeneigt, Euch in mein Bett zu holen.«

Sie fragte sich, wie er wohl reagieren würde, wenn sie ihm in sein ausdrucksloses, kindliches Gesicht spuckte.

Der Prinz begutachtete seelenruhig ihr Züge. »Ja, sie ist gar nicht übel. Die Backenknochen sind zu ausgeprägt, aber der Mund ist sehr reizvoll. Wir wollen uns ihren Körper ansehen, Pachtal.« Er knöpfte ihr loses Hemd auf und schob es zurück, um ihre Brüste zu entblößen. »Ach, diese groteske Männerkleidung verbirgt wahre Schätze. Miss Barnaby, Ihr seid so dünn, daß ich mir diese köstliche Fülle nie hätte träumen lassen.« Er umfaßte ihre nackten Brüste und wog sie wie Melonen in den Händen. »Sie erinnert mich ein wenig an Mirad, Pachtal.«

»Laßt mich los«, stieß sie gepreßt hervor.

»Sehr hübsch.« Pachtal überhörte ihre Worte. Er rückte näher heran und blickte über ihre Schulter auf Abdars Hände, die ihre Brüste noch immer umfaßt hielten. »Bei dieser Beleuchtung läßt es sich schwer feststellen, aber die Brustwarzen sind rosiger, glaube ich. Bei Mirad waren sie wie große dunkelrote Trauben.«

Sie setzte sich zur Wehr.

»Nicht!« Pachtals Griff festigte sich schmerzhaft. »Ihr werdet Euch seiner Hoheit nicht verweigern, wenn er Euch die Ehre seiner Berührung zuteil werden läßt.«

»Ich hatte noch nie eine Ausländerin in meinem Bett... ich könnte mir vorstellen, daß Ihr mich für längere Zeit amüsiert.«

Abdar zog ihr Haar, das zu einem dicken Zopf zusammengefaßt war, über die Schulter und löste es rasch. »Natürlich kommen dann diese schreckliche Hose und das Hemd nicht mehr in Frage. Ich werde Euch parfümieren und mit passender weiblicher Kleidung ausstatten lassen.« Er fuhr mit den Fingern durch das offene Haar, das ihr nun in ungezügelter Flut über den halben Rücken fiel. »Dunkelrot. Geflochten sah es eher brünett aus. Interessant.« Seine Hände fanden den Weg zurück zu ihren Brüsten, seine Stimme wurde leise und lockend. »Ich würde Euch gern nackt und hilflos gefesselt in meinem Schlafgemach im Palast sehen. Niemand würde es erfahren, wenn ich mich entschlösse, Euch in meinen Palast zu schaffen und die Unterwürfigkeit beizubringen, die Ihr mir schuldet.«

Ein Schaudern überlief sie, als sie an die Geschichten dachte, die Kartauk ihr von Abdar erzählt hatte. »Ich gehöre nicht zu Euren Untertanen. Man würde mich vermissen. Ihr Vater würde dies nie zulassen.«

Abdar zog die Brauen hoch. »Er wird nichts dagegen haben, wenn ich mich amüsiere. Frauen haben für meinen Vater geringen Wert.«

Darauf wollte ihr keine Antwort einfallen. Auf seine Art war der alte Maharadscha so arrogant und selbstsüchtig wie sein Sohn. Deshalb sagte sie hastig: »Aber seine Eisenbahn hat Wert für ihn. Und mein Vater benötigt meine Hilfe zur Fertigstellung der Strecke.«

»Ich habe gesehen, daß Ihr ihm an die Hand geht. Vielleicht werde ich es mir überlegen.« Er begegnete ihrem Blick. »Wenn Ihr mir Euren Liebhaber, diesen Kartauk, ausliefert.«

Eine Mischung aus Schmerz und Ekel ließ sich ihr den Magen umdrehen. »Ich kenne keinen Kartauk.«

Der Prinz gab Pachtal mit einem Kopfnicken ein Zeichen, und

Jane mußte abermals die Zähne zusammenbeißen, um nicht aufzuschreien. Eine Schmerzwoge ging über sie hinweg.

Zu leugnen, daß sie Kartauk kannte, hatte offenbar wenig Sinn. Abdar würde sie peinigen, bis er das gewünschte Ergebnis bekam. »Meinetwegen... was wollt Ihr wissen?«

»Sehr vernünftig. Ihr gebt also zu, Kartauk zu kennen?«

Sie nickte.

Ein Zeichen des Prinzen, und sie wurde freigelassen. »Seht Ihr, wie wir Mitarbeit belohnen? Wir haben wahrlich kein Verlangen, Euch Unbehagen zu bereiten.«

Er log. Sie hatte bei Frenchie zu viele Männer gesehen, die ihre Macht über Frauen mit Schmerz und Unterwerfung bewiesen. Sie erkannte diese Sorte auf den ersten Blick.

»Ihr habt Euren Bungalow an drei Abenden hintereinander verlassen, um in die Stadt zu kommen. Habt Ihr Kartauk getroffen?«

»Ja.«

Er blickte auf den Beutel nieder, den sie fallengelassen hatte. »Habt Ihr ihm Essen gebracht?«

Wieder nickte sie.

»Das ist gut. Es würde mir sehr mißfallen, wenn Kartauk Schmerz oder Entbehrung leiden müßte.« Er streckte die Hand aus und umfaßte sanft ihre Kehle. »Und jetzt werdet Ihr mir sagen, wo er ist, damit ich ihn wieder unter meinen Schutz stellen kann.«

»Er versteckt sich in einem der Läden am Flußufer.«

»In welchem Haus?«

»Ein Haus aus gelbem Lehm. Mit einem schmutzigen gestreiften Sonnenschutz.«

»Das trifft auf die Hälfte aller Läden in Kasanpore zu.« Er runzelte die Stirn. »Ihr werdet mich hinführen.«

»Ihr braucht mich nicht. Ich habe Euch gesagt, was Ihr zu erfahren verlangtet.«

»Aber ist es auch die Wahrheit? Ich glaube, ich muß mich vergewissern, ehe ich Euch gestatte, uns zu verlassen. Pachtal, du trägst die Laterne. Ich werde die Dame geleiten.«

Pachtal gab ihre Arme frei und trat neben Abdar, ehe er sich nach der Laterne bückte.

Jane senkte die Lider, um ihren Blick zu verbergen. Plötzlich flammte Hoffnung in ihr auf. Pachtals Vorgehen ließ ihren Rükken ungedeckt. Eine günstigere Fluchtmöglichkeit würde sich ihr kaum bieten. Blitzartig beugte sie sich vor.

Ihr Kopf traf genau Abdars Mund.

Er brüllte auf vor Schmerz. Seine Hand ließ ihren Hals los und faßte nach der blutenden Unterlippe.

Jane drehte sich um und rannte eilig die gewundene Kopfsteinpflasterstraße entlang.

»Ihr nach!«

Hinter sich hörte sie Laufschritte und Abdars lästerliche Flüche.

An der Ecke bog sie nach links ab, wobei sie fast über einen in der Dunkelheit kauernden Bettler gestolpert wäre.

Sie fing sich und lief, den flehend ausgestreckten Händen des Alten ausweichend, weiter.

Sie riskierte einen Blick über die Schulter. Pachtal und Abdar hatten aufgeholt, die Entfernung zwischen ihnen und Jane hatte sich verringert.

Panik drückte ihr die Kehle zu, so daß sie sich einen Moment nicht erinnern konnte, in welche Richtung sie laufen sollte. Links. Nach rechts ging es zum Fluß. Sie mußte nach links und versuchen, im Basar unterzutauchen. An dem Tag, nachdem sie sich entschlossen hatte, Kartauk zu helfen, hatte sie den ganzen

Morgen im Basar verbracht und sich mit jedem Verkaufsstand und jedem Winkel des großen Marktes vertraut gemacht. Obwohl es schon dunkelte, würde der Basar noch immer sehr belebt sein. Sie konnte sich dort zwischen den Buden verstecken, bis Abdar die Jagd aufgab.

Jane bog um die Ecke und stieß auf die Menschenmenge, die den großen Platz bevölkerte. Der Basar!

Kupferlaternen, die über den von Zeltplanen überspannten Buden hingen. Ein mit zusammengerollten Teppichen beladenes Kamel, das sich majestätisch seinen Weg durch die Menge bahnte.

Lärm. Laut wehklagende Bettler. Händler, die ihre Waren anpriesen.

Hinter sich hörte Jane die Flüche Abdars, sie aber drängte sich bereits durch die Menge und zwischen den Marktbuden hindurch. Immer weiter, an einem Lederhändler vorüber, an einem Ohrensäuberer mit rosa Turban, an einem Goldkrämer, an einem Stand mit Weidenkäfigen, in denen wild krächzende Papageien hockten. Ein Blick nach hinten, und Janes Herz sank. Die Menschen erkannten Abdar und machten ihm ehrerbietig Platz.

Um so erleichterter war sie, als sie in der Gasse, die den Basar nach Westen hin abgrenzte, eine kleine, mit Kupfergeschirr beladene Elefantenkuh und deren Besitzer erspähte. Es war bekannt, daß Abdar Elefanten haßte und ihnen nach Möglichkeit aus dem Weg ging. Wenn es sich einrichten ließ, würde er sich sicher für einen anderen Weg entscheiden. Sie lief weiter in die Menschentraube hinein, um aus Abdars Blickfeld zu geraten, bog an der nächsten Bude nach links ab, lief am Elefanten vorüber und duckte sich hinter dem Stand eines Fischhändlers. Dort bewegte sie sich tief gebückt weiter in die Schatten der übrigen Buden.

Der überwältigende Geruch nach Fisch, Elefantendung, Abfällen und schwerem orientalischen Parfüm betäubte sie beinahe. Sie versuchte den Atem anzuhalten, während sie angestrengt durch eine kleine Öffnung zwischen den Ständen hindurchspähte. Da sie nur den unteren Teil der Körper ausmachen konnte, versuchte sie verzweifelt, sich ins Gedächtnis zu rufen, was Abdar und Pachtal getragen hatten. Verdammt, Abdars böse lächelndes Kindergesicht war das einzige, was ihr in Erinnerung geblieben war. Diese Erinnerung bereitete ihr so heftiges Herzklopfen, daß sie befürchtete, man würde sie trotz des Lärmes um sie herum hören.

Doch ihre Angst schien unbegründet. Abdar und sein Begleiter eilten an dem Stand vorbei, ohne Jane zu bemerken. Sie atmete erleichtert auf.

Leider hatte sie den Beutel mit Proviant für Kartauk auf der Flucht verloren. Das nächste Mal mußte sie vorsichtiger sein, wenn sie ihn aufsuchte. Erführe ihr Vater – Patrick – davon, daß sie Kartauk in seinem Versteck vor dem Maharadscha unterstützte... er würde außer sich sein.

Allerdings war es in letzter Zeit nicht gerade schwierig, vor Patrick ein Geheimnis zu bewahren. Er kümmerte sich immer weniger um den Bau der Eisenbahnstrecke, statt dessen pflegte er schon nachmittags zur Flasche zu greifen und hörte mit dem Trinken nicht auf, bis er gegen Mitternacht ins Bett wankte. An seinem erhöhten Alkoholkonsum war gewiß dieses höllische Land schuld mit seiner mörderischen Hitze, den unqualifizierten Arbeitskräften und einem Maharadscha, dessen unerfüllbare Forderungen und bösartige Drohungen beide an den Rand des Bankrotts gebracht hatten. Je seltener sich Patrick auf der Baustelle sehen ließ, desto mehr Arbeit und Verantwortung lasteten auf Janes Schultern.

Nachdem sie sich nach beiden Seiten umgesehen hatte, glitt sie hinter dem Marktstand hervor und bahnte sich eilig ihren Weg durch den Basar.

2. Kapitel

Der Palast von Savitsar,
Kasanpore, Indien,
30. Mai, 1876

»Dergleichen habe ich noch nie gesehen.« Ian starrte die beinahe vier Fuß messende Skulptur auf dem mit Schnitzereien verzierten Teakholztisch an. »Was, zum Teufel, soll das sein?« fragte er voller Abscheu.

»Ein überragendes Kunstwerk.« Andächtig berührte Ruel die goldenen Blutstropfen, die vom Dolch der weiblichen Figur zu rollen schienen. Er betrachtete die Skulptur von allen Seiten. »Sieh dir diesen Gesichtsausdruck an. Möchte wissen, wie er die Bösartigkeit...«

»Ich habe kein Verlangen, dieses heidnische Idol noch länger anzusehen. Prinz Abdar muß schon ein äußerst merkwürdiger Mensch sein, wenn er diese Figur in seinem Empfangssalon aufstellt. Ich verstehe gar nicht, wie du...« Ian unterbrach sich mitten im Satz und schnitt eine Grimasse. »Doch, ich verstehe. Es ist das Gold. Dir erschiene auch Satan persönlich schön, wenn er einen goldenen Mantel trüge.«

Ruel warf ihm über die Schulter hinweg ein Lächeln zu. »Nicht nur einen Mantel. Er müßte schon so prächtig gekleidet sein wie diese faszinierende Dame hier. Möchte wissen, wer der Künstler war.«

»Vermutlich irgendein verworfener Mensch, der schon seit

Jahrhunderten tot ist.« Ian runzelte die Stirn. »Und du wirst Prinz Abdar über diese Scheußlichkeit keine indiskreten Fragen stellen. Diese Heiden verehren ihre Götter, und ich habe kein Verlangen, den Krokodilen zum Fraß vorgeworfen zu werden.«

»Du hast diesbezüglich nichts zu befürchte. Die Krokodile würden an dir ersticken«, murmelte Ruel. »Dein steifes Rückgrat und deine starre Moral würden ihnen im Hals steckenbleiben.« Er ging in die Hocke, um die Skulptur besser in Augenschein nehmen zu können. »Mich hingegen würden sie mühelos verschlingen. Sünde ist immer appetitanregender als Tugend.«

»Hör mit diesem Unsinn auf«, gab Ian barsch von sich. »Du bist nicht so verdorben, wie du...«

»Doch, ich bin es.« Ruel ließ ein spöttisches Lächeln sehen. »Und du solltest das am besten wissen... wenn man bedenkt, aus welcher Hölle du mich vor ein paar Monaten geholt hast. Ich besitze nicht mehr Moral als ein streunender Kater, und ich spüre keine Neigung zur Besserung. Am besten, du läßt mich hier zurück und kehrst zu Maggie ins schöne Schottland heim.«

»Margaret.« Ians Berichtigung kam automatisch. »Du weißt, daß sie es nicht ausstehen kann, wenn man sie Maggie nennt.«

»Margaret«, korrigierte Ruel ernst. »Du solltest zu Margaret zurückkehren, zu den kühlen, nebelverhangenen Hügeln und zur Normalität. Du gehörst nicht hierher.«

»Du auch nicht.« Ian hielt kurz inne. »Zivilisierte Menschen können in diesem heidnischen Land nicht leben.«

»Hier geht es zivilisierter zu als an den meisten Orten, an denen ich in den vergangenen zwölf Jahren lebte. Du hättest das Goldgräberlager in Zwanigar erleben sollen.« Er schüttelte den Kopf. »Aber wenn ich es recht bedenke... es ist besser, du warst nicht da. Die Krokodile dort waren menschlich, und du bist viel zu anständig, um unter Bedingungen dieser Art zu überleben.«

»Du hast es auch überlebt.«

»Nur weil ich mich zum König der Krokodile aufschwang.« Sein Lächeln schimmerte. »Und weil ich lernte, meine Zähne zu gebrauchen.«

»Um so mehr Grund für dich, nach Hause zurückzukehren. Dieses verdammte wilde Indien tut dir nicht gut.«

»Ach, hier ist es auch nicht schlimmer als anderswo.« Ruels Lächeln verschwand, als er die unglückliche Miene seines Bruders sah. Er wußte, wie ungern Ian Schottland den Rücken kehrte, doch seit ihrer Ankunft in Kasanpore hatte er bemerkenswert viel Geduld und Hilfsbereitschaft an den Tag gelegt. Leise sagte Ruel: »Ich verspreche, daß ich Seine Königliche Hoheit nicht mit respektlosen Fragen verärgern werde, nachdem du diese Audienz mit so viel Mühe für mich erwirkt hast.«

»Ich glaube zwar nicht, daß du von diesem Prinzen das Gewünschte bekommen wirst, aber ich wußte, daß du nicht aufgeben würdest, ohne nicht wenigstens mit ihm gesprochen zu haben.«

»Das stimmt.«

»Außerdem werden sich meine Bemühungen wahrscheinlich als nutzlos erweisen«, sagte Ian. »Der Oberst ließ durchblicken, daß Prinz Abdar für seinen Vater, den Maharadscha, kaum Zuneigung aufbringt und nur wenig mit ihm zu tun hat.«

Nun war auch die letzte Andeutung von Spottlust aus Ruels Miene geschwunden. »Dennoch bin ich dir für deine Bemühungen dankbar. Ich weiß ja, daß du dieses ganze Unternehmen für eine Torheit hältst.«

»Dankbar?« Ian schien überrascht. Dann erhellte ein leuchtendes Lächeln seine zerfurchten, unregelmäßigen Züge. »Vorsicht, Ruel, Dankbarkeit gehört zu den sanfteren Gefühlsregungen. In ihr liegt der Pfad zur Tugend begründet.«

»Ich bin nicht gefährdet.« Ruels Blick kehrte zur Skulptur zurück. Die Figur hatte etwas an sich, das ihm Unbehagen einflößte. Nein, nicht die Figur selbst, wie er sich zur Vernunft mahnte, sondern ihre Position in diesem Palastgemach, eine Position, die erkennen ließ, welche Bedeutung die Skulptur für ihren Besitzer besaß. Impulsiv sagte er zu seinem Bruder: »Du hast deinen Teil geleistet. Ich kann die Sache jetzt allein über die Bühne bringen. Warum gehst du nicht ins Hotel und wartest dort auf mich?«

»Du könntest mich doch brauchen.«

»Ach was, ich treibe mich in dieser Weltgegend schon viel länger herum als du. Ich weiß, wie...«

»Wir werden sehen.«

»Ich verspreche, daß ich mich von Abdar nicht den Krokodilen zum Fraß vorwerfen lasse.«

Ian gab keine Antwort.

»Na schön, dann bleibe eben, aber überlaß mir das Reden. Ich habe so eine Ahnung, daß Abdar und ich keinerlei Verständigungsprobleme haben werden.«

»Ich bin der Ältere. Es gehört sich, daß ich das Anliegen vorbringe.«

O Gott, es war sein voller Ernst, ging Ruel auf. Ian war nicht klar, daß die sieben Jahre Altersunterschied belanglos waren. Ians Leben auf Glenclaren war immer in ruhigen Bahnen verlaufen, während er selbst so tüchtig herumgewirbelt worden war, als wäre sein Leben in einen Monsunwind geraten.

»Gott möge verhüten, daß du etwas Unpassendes tust.« Ruel folgte der Linie des Dolches mit dem Zeigefinger.

»Einen schönen guten Tag, meine Herren. Wie ich sehe, bewundert Ihr meine Skulptur. Ist sie nicht wunderschön?«

Ian und Ruel drehten sich um. Ein Inder in knielanger dunkelblauer Seidenjacke mit weißer Seidenhose und weißem Turban war eingetreten. Groß, schlank und anmutig bewegte sich der Mann über den Mosaikboden auf sie zu. »Ich bin auf meine Göttin sehr stolz. Sie ist mir sehr teuer.« Er blieb vor ihnen stehen. »Ich bin Abdar Savitsar.«

Das Gesicht des Prinzen war rund, faltenlos, fast kindlich, seine dunklen großen Augen aber wirkten ausdruckslos und leer wie ungeschliffene Onyxsteine.

»Euer Hoheit.« Ian verbeugte sich kurz. »Es ist sehr liebenswürdig von Euch, uns zu empfangen. Ich bin Ian MacClaren, Lord von Glenclaren, und dies ist mein Bruder Ruel.«

»Engländer?«

»Schotte.«

Abdar reagierte mit einer wegwerfenden Handbewegung. »Alles das gleiche.«

»Nicht für einen Schotten«, erwiderte Ruel keck.

Abdar drehte sich zu ihm um, und Ruel erstarrte. Trotz der Kindlichkeit des Gesichtes, dem er sich gegenübersah, empfand er ähnliches Unbehagen wie beim Anblick der Skulptur.

Nachdem er Ruel eingehend gemustert hatte, richtete der Prinz seinen Blick wieder auf Ian. »Wie Brüder seht ihr nicht aus. Ich kann keine Ähnlichkeit erkennen.«

»Wir sind nur Halbbrüder«, sagte Ian.

Abdars Blick senkte sich auf Ruels Hand, die auf dem goldenen Dolch der Figur ruhte. »Ihr solltet sie nicht berühren. Für einen Fremden ist die Berührung der Göttin ein Sakrileg.«

Ruel ließ die Hand sinken. »Vergebung. Aber Gold bettelt förmlich um Berührung, und ich konnte dieser Versuchung nie widerstehen.«

Abdar kniff die Augen zusammen. »Ihr habt eine Vorliebe für Gold?«

»Ich würde es eher Leidenschaft nennen.«

Abdar nickte. »Dann haben wir etwas gemeinsam. Auch ich hege diese Leidenschaft.« Er ging durch den Raum, um sich auf den türkisfarbenen Kissen eines reich verzierten Pfauensessels niederzulassen. »Oberst Pickering berichtete meinem Sekretär, daß Ihr von mir eine Gunst erbitten wollt. Ich habe wenig Zeit. Äußert Eure Bitte.«

»Wir möchten eine Audienz bei Eurem Vater, dem Maharadscha«, sagte Ian. »Seit zwei Wochen sind wir in Kasanpore und bemühen uns, bei ihm vorgelassen zu werden.«

»In letzter Zeit empfängt er immer weniger Besucher. Ihn kümmert einzig und allein sein neues Steckenpferd, die Eisenbahn.« Abdar verzog die Lippen zu einem verbitterten Lächeln. »Ich bin erstaunt, daß Euch bislang der Erfolg versagt blieb. Mein Vater hält die Briten für seine wahren Brüder und ließ mich sogar in Oxford erziehen. Er erkennt nicht, daß die Königin der Briten ihn und Kasanpore zu einer Marionette degradieren möchte.«

»Wir möchten Eurem Vater einen geschäftlichen Vorschlag unterbreiten, der nichts mit Politik zu tun hat«, erklärte Ian. »Wir würden nur zehn Minuten seiner Zeit in Anspruch nehmen.«

»Noch immer zu viel.« Abdar erhob sich. »Ich kann Euch nicht helfen.«

Enttäuschung erfaßte Ruel, ehe er einen Blick Abdars erhaschte, der seine Enttäuschung vertrieb. Er war selbst ein viel zu geschickter Pokerspieler, als daß er diesen Ausdruck nicht hätte deuten können. Es war nicht Ablehnung, sondern ein Einschüchterungsversuch. »Könnt Ihr nicht oder wollt Ihr nicht helfen?« fragte er halblaut.

»Unverschämtheit«, entfuhr es Abdar. »Ihr seid für einen Zweitgeborenen ziemlich anmaßend.«

»Vergebung, Euer Hoheit, aber meiner Meinung nach sollte man keine Angst haben zu verlieren, was man nicht besitzt.« Er machte eine Pause. »Und man sollte nichts verlangen, für das man nicht zu zahlen bereit ist.«

»Und was ist Euch meine Fürsprache wert?«

»Was verlangt Ihr?«

»Wie könnte ich mir etwas von Euch wünschen?« Ein geringschätziges Lächeln umspielte Abdars Lippen, als er mit einer Handbewegung auf die Pracht seiner Umgebung hinwies. »Meint Ihr denn, ich würde etwas benötigen?« Sein Mund verzog sich. »Mit dem Edelstein an meinem kleinen Finger könnte ich vermutlich Euer Glenclaren kaufen.«

»Möglich.« Ruel lehnte sich an den Tisch. »Aber ein Wunsch muß nicht unbedingt Bedürftigkeit entspringen. Warum habt Ihr uns empfangen, Hoheit?«

»Weil ich Oberst Pickering einen Gefallen tun wollte.«

Ruel schüttelte den Kopf. »Das glaube ich nicht. Ihr habt für uns Briten keine überwältigende Vorliebe.«

»Warum hätte ich Euch dann ein Gespräch gewährt?«

»Ja, warum?«

Abdar zögerte kurz, ehe er sich ein kleines Lächeln gestattete. »Vielleicht könnten wir handelseins werden. Es gibt etwas, das ich haben möchte und das Ihr mir beschaffen könnt.«

»Und das wäre?«

»Ein Mann.« Er deutete mit einer Kopfbewegung auf die Skulptur. »Einen Goldschmied mit Namen John Kartauk.«

»Er hat dieses Werk geschaffen?« Ruels Blick kehrte zu der Figur zurück. »Großartig.«

»Er ist ein Genie. Mein Vater hat ihn vor sechs Jahren aus der Türkei mitgebracht und ihm seinen königlichen Schutz gewährt. Kartauk ist der Schöpfer zahlreicher prächtiger Kunstgegenstände, die nun unseren Palast zieren.« Wieder verzog er die Lippen. »Und dann hat dieser undankbare Schurke unsere Großzügigkeit verschmäht und ist geflohen.«

»Er ist geflohen?« Ruel zog die Brauen hoch. »Wie sonderbar. Warum sollte ein so hochgeschätzter Künstler einfach davonlaufen?«

Abdar, der den Blick abwandte, ließ sich mit der Antwort Zeit. »Mein Englisch läßt mich zuweilen im Stich. Ich wollte damit nur sagen, daß er uns ohne Abschied verließ.«

Abdars Englisch ist besser als meines, dachte Ruel zynisch. Der Prinz hatte genau das gemeint, was er gesagt hatte. »Und er hat keinen Grund genannt?«

»Große Künstler sind oft unstet und geben ihren Launen nach.« Abdar zog die Schultern hoch. »Ich bin jedoch gewillt, ihm zu verzeihen und ihn wieder bei mir aufzunehmen.«

»Wie gütig.«

Abdar ließ die Ironie unbeachtet. »Ja, das ist es. Aber ich muß ihn finden, um ihn zur Rückkehr bewegen zu können.«

»Vielleicht hält er sich gar nicht mehr in Kasanpore auf«, warf Ian ein.

»Er ist noch hier. Ich habe jüngst eine Arbeit von ihm gesehen.«

»Wo?«

»Ihr wißt, daß mein Vater eine Eisenbahn von Kasanpore zu unserem Sommerpalast in Narinth bauen läßt?«

»Es konnte uns kaum entgehen«, meinte Ian trocken. »Die ganze Stadt scheint beim Eisenbahnbau beschäftigt.«

»Mein Vater führt sich auf wie ein Kind mit einem neuen Spielzeug. Er hat diesen Patrick Reilly, einen Bauingenieur, aus England kommen lassen und ihm den Bau übertragen. Und nun ist die Eisenbahn sein einziges Gesprächsthema. Sein Interesse gilt nur noch Lokomotiven, Pfeifen, Plüschbänken, die…« Er hielt inne, um tief Luft zu holen. »Mir mißfällt dieses neumodische Zeug, und die Eisenbahn ist mir besonders widerwärtig. Aber sei dem, wie es sei, mein Vater wünschte sich eine goldene, mit wundervollen Bildern verzierte Tür für seinen Salonwagen und bestand darauf, daß Reilly sie beschaffe.«

»Ein reichlich extravagantes Ansinnen.«

»Nicht für einen Maharadscha.« Abdar schob stolz das Kinn vor. »Wir haben das Recht, von unseren Untertanen zu fordern, was uns erfreut.«

»Und hat Reilly das Gewünschte herbeischaffen können?«

»Nach einiger Zeit. Mein Vater drohte ihm, wenn er die Tür nicht herbeischaffen könne, würde er ihm die Bezahlung der Eisenbahn schuldig bleiben und einen anderen Ingenieur suchen.«

»Das muß allerdings ein gewaltiger Ansporn gewesen sein«, bemerkte Ruel trocken.

»Die Tür wurde von John Kartauk geschaffen.«

»Seid Ihr sicher?«

»Ich kenne seine Arbeiten sehr gut.« Abdars Lippen wurden zu einem schmalen Strich. »Abdars Tür ist eine exquisite Gemeinheit.«

»Exquisit? Gemeinheit? Man möchte meinen, sie müßte das eine oder das andere sein?«

Abdar zog die Schultern hoch. »Wieder mein armseliges Englisch.«

»Die Lösung erscheint mir recht einfach. Fragen Sie doch Reilly, wo der Künstler zu finden ist.«

»Glaubt Ihr, ich wäre auf den Kopf gefallen? Natürlich habe ich ihn gefragt, und er hat behauptet, er wüßte nichts von Kartauks Verbleib. Er sagte, sein Mündel hätte in der Stadt einen Mann gefunden, der die Tür geschaffen hat, und als ich sie befragte, wollte sie mir nichts verraten. Sie sagte nur, es handle sich um einen hier ansässigen Goldschmied, der nach Kalkutta gegangen sei, nachdem er die Tür vollendet hatte.«

»*Sie*? Eine Frau?«

Abdar nickte. Voller Abscheu sagte er: »Reilly bezeichnet sie als sein Mündel, obwohl die Schlampe unzweifelhaft eine Hure ist. Jane Barnaby, ein freches Weibsstück, ohne Anstand mit einer losen Zunge ausgestattet. Sie treibt sich oft in Zabries Freudenhaus herum, wo sie sich unter Fremde und Arbeiter aus niedrigen Kasten mischt und mit ihnen schläft und...«

»Ihr müßt die Frau bestechen«, unterbrach Ruel die Tirade.

»Huren und Lügnern biete ich kein Geld an. Ich lasse jeden Schritt von ihr beobachten. Leider hat uns das Biest schon mehrfach getäuscht.«

»Was sollen wir nun tun?« beeilte Ian sich zu fragen.

»Ich sagte es schon – Ihr sollt Kartauk ausfindig machen und ihn zu mir bringen. Da seine Mutter Schottin war, hegt er für Euer Volk eine ähnliche Vorliebe wie mein Vater. Euch wird er vielleicht Vertrauen schenken, während er jemandem meiner Herkunft mißtraut.«

»Und wie sollen wir ihn finden?«

»Durch diese Frau, Jane Barnaby. Dieses Luder muß auch Kartauks Bett teilen, andernfalls würde sie nicht ein so großes Risiko auf sich nehmen.« Er ließ ein Achselzucken folgen. »Kein Wunder. Reilly ist nicht mehr der Jüngste, während Kartauk ein Mann in der Blüte seiner Jahre ist.«

»Und als Gegenleistung würdet Ihr eine Begegnung mit Eurem Vater arrangieren?«

»Ja.«

»Und Euren Einfluß aufbieten, damit wir das Gewünschte erreichen?«

»Das wäre?«

Ruel schüttelte den Kopf. »Im Moment spielt das keine Rolle.«

»Ihr erwartet von mir, daß ich blindlings ein Versprechen abgebe?« Der Prinz wartete eine Antwort nicht ab. »Nun gut, es spielt keine Rolle. Bringt mir Kartauk, und ich verschaffe Euch, was immer Ihr wollt.« Er drehte sich um und ging zur Tür, wo er stehenblieb und Ruel über die Schulter hinweg einen Blick zuwarf. Ein sonderbares Lächeln umspielte seine Lippen. »Ich glaube, Ihr solltet Kartauk Modell stehen.«

»Wie...«

»Eure Züge weisen eine ganz besondere Schönheit auf, die mich an den Sonnengott der Griechen erinnert. Bekomme ich Kartauk zurück, dann sollt Ihr für eine goldene Maske Modell stehen, die an einer Wand meines Arbeitszimmers ihren Platz finden wird...«

»Das glaube ich weniger.«

»Ach, meine Überredungskunst kann bezwingend sein. Wir besprechen die Sache später.« Im nächsten Moment hatte sich die Tür hinter ihm geschlossen.

»Arroganter Teufel«, entfuhr es Ian.

»Ja.« sagte Ruel zerstreut, den Blick auf die reichverzierte Tür gerichtet. »Aber er könnte imstande sein, mir Cinnidar zu verschaffen.«

»Du wirst also die Suche nach diesem Kartauk aufnehmen?«

»Nein.« Er ging an die Tür. »Ich werde Kartauk finden!«

Ian folgte ihm mit gerunzelter Stirn. »Ich bin nicht sicher, ob wir uns auf Machenschaften mit diesem Abdar einlassen sollten. Kartauk mag gute Gründe gehabt haben, dem Hof den Rücken zu kehren.«

»Die hatte er mit Sicherheit. Aber keine besseren als ich, ihn ausfindig zu machen.«

»Du bist besessen.«

»Möglich.«

»Auch wenn du ihn findest, wirst du ihn nicht Abdar ausliefern.«

»Da wäre ich an deiner Stelle nicht so sicher. Ich werde meine Entscheidung treffen, wenn ich ihn gefunden habe.«

»Du willst die Frau beobachten und ihr folgen?« fragte Ian.

Ruel nickte stumm und betrachtete die goldene Statue vor ihm.

»Wen stellt das dar?« fragte Ian.

»Die Göttin Loki.«

»Das sagt mir nichts. Du weißt, daß mich diese heidnischen Gebräuche nicht interessieren.«

»Sie ist die Gemahlin Divas.« Ruel ging rasch den Korridor entlang, an zwei turbangekrönten Posten vorüber, und verließ den Palast durch den Haupteingang. Ian folgte ihm mit eiligen Schritten. Auf der obersten Stufe der Freitreppe hielt Ruel inne. Die feuchte Hitze drohte ihm den Atem zu rauben, während er dastand und auf den schmutzigen Zastu hinunterblickte, den Fluß, der sich am Palast vorüberschlängelte. Ein abgezehrter, halbnackter Bettler hockte von einem Palmblätterschirm beschattet am Fluß und rief jenen Vorübergehenden, die ihm Rupien zuwarfen, Segenswünsche nach, den anderen Verwünschungen.

Kasanpore. O Gott, was für ein elender Ort! Heiß, übelriechend, voller Krankheiten und voller Schlangen – solchen, die am Boden krochen und solchen, die aufrecht gingen.

Ruel ging die hundert Stufen zur Rikscha hinunter, die vor den Toren des Palastes auf sie wartete. Erst dort wandte er sich zu seinem Bruder um und sagte: »Die Gottheit, die Abdar so sehr verehrt, ist die Göttin der Vernichtung.«

Jane Barnaby war ganz anders, als er erwartet hatte.

Ruel lehnte sich an einen Felsblock und zog den Filzhut tief in die Stirn, um die Augen zu beschatten. Seinen Blick richtete er unverwandt hinunter ins Tal, wo der Bautrupp damit beschäftigt war, Schienen zu legen. Abdars Beschreibung hatte in ihm die Vorstellung eines aufdringlichen Mannweibes geweckt, aber Jane Barnaby war völlig anders. Klein und feinknochig wirkte sie in ihrer Aufmachung – weite Hose, blaues Arbeitshemd und braune Rauhlederstiefel –, fast wie ein Kind. Ein Strohhut schützte ihren Kopf vor den erbarmungslosen Sonnenstrahlen, während sie den Schienenstrang entlangging, da und dort innehielt, um zu überprüfen, ob die Schienenteile fest zusammengefügt waren, oder einen Arbeiter zurechtzuweisen, der einen Bolzen nachlässig in eine Schwelle trieb. Heute war jeder Schritt, jede Bewegung Janes energiegeladen und kündete von Vitalität, was nicht immer der Fall war. Oft hatte Ruel mitangesehen, wie sie am Ende des Tages, wenn die Arbeiter fortgeschickt waren und sie sich mit ihrer Schwäche unbeobachtet glaubte, die Stirn an den Sattel ihrer Stute Bedelia lehnte und ihre Schultern erschöpft vornübersanken.

Jane blieb stehen. Ihr Blick war auf einen hageren Inder gefallen, der den Bolzen mit fast gemütlichem Tempo in die Schwelle trieb. Ruel konnte sich ein Grinsen nicht verkneifen, als er sah, wie sie die Schultern straffte und ihr Kinn entschlossen vorschob. Er erkannte dies als Anzeichen von Ärger und Entschlossenheit, wie er inzwischen all ihre Gesten und Bewegungen deuten konnte. Zunächst hatte er geglaubt, die ständige Beobachtung würde ihn langweilen, statt dessen aber mußte er feststellen, daß er gefesselt war, daß seine Neugierde sich regte, ja, daß er sich dabei sogar oft amüsierte.

Sie ging die Schienen entlang auf den Inder zu und blieb vor ihm stehen. Ruel konnte ihre Worte nicht verstehen, doch die Miene des Gescholtenen ließ erkennen, daß Jane kein Blatt vor den Mund nahm. Dann wandte sie sich ab, und der Inder blickte ihr mit häßlich verzerrtem Ausdruck nach. Daß er jedoch ruhig an seinem Platz blieb, war nicht Robinson, dem energischen Vorarbeiter zu verdanken, der den Trupp von der Straßenseite aus im Auge behielt, sondern dem Umstand, daß der Mann von Jane Barnabys Messer wußte, das in ihrem linken Stiefel steckte.

Auch Ruel wußte davon.

Gleich darauf schwang der Inder seinen riesigen Hammer und machte sich daran, den Bolzen mit wesentlich mehr Kraftaufwand in die Schwelle zu treiben.

»Warum gibst du nicht auf?«

Ruel warf einen Blick über die Schulter. Ian kam die Anhöhe herauf, vom Waldstück her, wo er sein Pferd neben jenem Ruels festgebunden hatte. »Warum sollte ich? Sie ist der Schlüssel zu Kartauk.«

»Seit vier Tagen beobachtest du sie nun, ohne Erfolg.« Ian ließ sich neben Ruel nieder. »Siehst du nicht ein, daß Abdar dich angelogen hat? Sie kann nicht Kartauks Geliebte sein. Das Mädchen ist den Kinderschuhen kaum entwachsen.«

»Das Äußere täuscht fast immer. Bei Gelegenheit muß ich dir von einer Hure erzählen, die ich einmal in Singapur hatte. Mei Lei besaß das Gesicht eines kleinen Engels und die köstlich verruchten Talente einer Delila. »Sein Blick wanderte zu der Frau im Tal zurück. »Was hast du von Oberst Pickering über Reilly erfahren können?«

»Nicht viel. Reilly gilt als ungehobelt, aber gutmütig und säuft wie ein Loch. In Yorkshire hatte er sich einen guten Ruf geschaffen, so daß ihm nach Fertigstellung der Strecke zwischen Dover und Salisbury dieses Projekt angeboten wurde.«

»Und die Frau?«

Ian schob die Schultern hoch. »Die bekommt kaum jemand zu Gesicht. Im Klub läßt sie sich mit ihm nie sehen. Reilly scheint sie ziemlich unter Verschluß zu halten.«

»Und welche Beziehung besteht zwischen den beiden?«

Ian schien verlegen. »Es wird so einiges gemunkelt...« Nun blickte auch er hinunter zu Jane. »Ich halte dies alles für Unsinn, weil ich sicher bin, daß sie nur Reillys Mündel ist.«

»Weil du es glauben möchtest.«

Ian sah Ruel mit schräggelegtem Kopf an. »Und du nicht. Warum nicht?«

Ruel registrierte mit einiger Verwunderung, daß Ian recht hatte. Er wollte, daß Jane Barnaby die verkommene Schlampe war, als die Abdar sie geschildert hatte, und der Grund war die sonderbare Faszination, die sie auf ihn ausstrahlte. Begierde kann es nicht sein, dachte er voller Ungeduld. Wie hätte er dieses knochige, großäugige Ding begehren sollen? Mitleid war es auch nicht. Auch wenn sie erschöpft war, zeigte sie Entschlußkraft und Ausdauer, die jegliches Mitgefühl ausschlossen. Und doch rührte sie etwas in ihm an.

Guter Gott, die Sonne mußte seinem Verstand zugesetzt haben. Er gestattete niemandem, an seinen Gefühlen zu rühren, und ganz sicher nicht einer Frau, die er vielleicht brauchen würde, um an Kartauk heranzukommen. Mit einem zynischen Lächeln wandte er sich an Ian. »Mir fehlt dein Vertrauen in die menschliche Natur. Wir alle sind das, was das Leben aus uns macht. Und ich möchte wetten, Jane Barnabys Leben ist ebenso turbulent verlaufen wie meines.«

»Ich glaube immer noch, daß –« Ian sprach nicht weiter, als er Ruels Blick begegnete. »Du sitzt schon seit Stunden hier in der Sonne. Soll ich Jane für den Rest des Tages beobachten?«

»Nein.« Ians Brauen schossen ob der raschen Antwort überrascht hoch. Ruel zügelte sofort seinen Ton. »Die Hitze bin ich gewohnt. Du würdest nach einer Stunde einen Hitzschlag bekommen.«

»Vermutlich hast du recht. Ich begreife nicht, wie du die Sonne aushalten kannst.« Ians Ton wurde wehmütig. »Auf Glenclaren wird es nie so heiß. Weißt du noch, wie am Morgen die kühlen Nebel an den Hügeln hochsteigen?«

»Nein, ich weiß es nicht mehr.«

Ian lächelte. »Dann wird es für dich eine köstliche Überraschung bedeuten, wenn du nach Hause kommst.« Er stand auf. »Wenn du nicht zuläßt, daß ich dir jetzt helfe, übernehme ich die Nachtwache vor dem Bungalow.«

»Wir werden sehen.«

»Du weißt nie, wann es Zeit ist, Schluß zu machen. Du bist besessen davon, dieses Kind zu beobachten, wie du von Cinnidar besessen bist.«

»Sie ist kein Kind.« Wieder kamen die Worte zu scharf, so daß Ruel sich zu einem gleichmütigen Lächeln zwang. »Wenn du mir helfen willst, dann versuche im Offiziersklub von Pickering herauszubekommen, ob der Maharadscha neben seiner Eisenbahn noch andere Leidenschaften besitzt.«

Ian nickte und zog sein Taschentuch heraus, um sich über die Stirn zu wischen. »Wir sehen uns im Hotel.«

»Ja.« Ruel sagte es geistesabwesend, da er wieder hinunter ins Tal starrte. Jane war neben dem Wasserträger stehengeblieben und griff nach der Schöpfkelle, die er ihr hinhielt. Beim Trinken legte sie den Kopf zurück, so daß er die anmutige Linie ihrer Kehle sehen konnte, die dunklen Wimpern, die sich auf die gebräunten Wangen legten, als sie ihre Augen vor der prallen Sonne schloß.

Er wartete voller Ungeduld. Nachdem sie getrunken hatte, würde sie gewiß wie gewohnt Wangen und Kehle benetzen und mit den feuchten Handflächen ihren schweren Zopf fassen und den Nacken kühlen.

Sie reichte die Kelle dem Wasserträger zurück, der sie lächelnd von neuem füllte und ihr das Wasser in die gewölbten Hände goß.

Ruel lehnte sich wieder an den Fels zurück, sah zu, wie sie Wangen und Stirn kühlte, anschließend Kehle und Nacken. Dieses absurde Gefühl der Befriedigung, das er empfand, nur weil sie das Erwartete tat, war einfach lächerlich.

Nun würde sie zu der Stelle gehen, wo der neue Schienenstrang anfing, sie würde die Schwellen inspizieren und die Spurweite messen, um sicherzustellen, daß es sich um exakt fünfeinhalb Fuß handelte.

Jane drehte sich mit einem Ruck um und ging rasch die frischgelegte Strecke entlang.

Er lachte verhalten auf und schob den Hut auf den Hinterkopf zurück. Bei Gott, er kannte sie. Er hatte das Gefühl, in seinem ganzen Leben niemanden so gut gekannt zu haben wie Jane Barnaby. Er kannte jede Geste, jede Reaktion, ja beinahe jeden ihrer Gedanken.

Sein Lächeln erlosch, als er der Wonne gewahr wurde, die ihm dieses Wissen brachte, eine Wonne, wie sie ein Mann empfinden mochte, der die Gangart eines edlen Pferdes erkundet oder die ersten sinnlichen Entdeckungen der Talente einer Geliebten.

Die Wonne des Besitzes.

Unsinn. Er hatte kein Verlangen, jemanden zu besitzen, und seine Leidenschaft galt einzig dem, was ihn auf Cinnidar erwartete.

»Mit der Arbeit geht es zu langsam voran.« Patrick streckte seine langen Beine unter dem Tisch aus und führte das Whiskyglas an die Lippen. »Heute war der Maharadscha bei mir. Dieser elende Bastard verlangt die Fertigstellung noch vor der Monsunzeit.«

»Nun, sein Wunsch wird unerfüllt bleiben.« Jane richtete ihren Blick ausdruckslos auf ihren Teller mit dem Reisgericht. Sie war zu müde, um auch nur einen Bissen hinunterzubringen, und wußte doch, daß sie essen mußte. Nahrung bedeutete Kraft, und sie mußte bei Kräften bleiben. Sie griff nach der Gabel. »Der Regen wird in zwei Wochen einsetzen, und wir haben erst die Brücke über die Sikor-Schlucht fertiggestellt.«

»Bleiben also noch fünfundzwanzig Meilen, bis wir auf die von Narinth aus gelegte Strecke treffen. Mit einer Tagesleistung von sechs Meilen könnten wir...«

»Wir schaffen keine sechs Meilen täglich. Wir können von Glück reden, wenn es zwei sind.«

Patrick stieß einen Fluch aus. »Dann treib die Leute eben an, verdammt noch mal.«

Jane umfaßte die Gabel fester. »Ich tue mein Bestes. Du weißt ja, daß die Arbeiter auf mich nicht hören.« Sie ließ ein verbittertes Lächeln sehen. »Diejenigen, die mich nicht als Verrückte ansehen, sehen in mir nur eine Frau und daher ihrer Aufmerksamkeit nicht würdig.«

»In Yorkshire haben die Leute auf dich gehört.«

»Weil du die meiste Zeit auf der Baustelle warst. Sie waren der Meinung, ich sei nur das Sprachrohr für deine Anweisungen.« Sie begegnete über den Tisch hinweg seinem Blick. »Hier könnte es ähnlich sein, wenn du dich nur täglich blicken ließest.«

Er lief rot an. »Diese höllische Hitze ist schuld, daß ich ständig unter Kopfschmerzen leide. Du hast Robinson, der dir den Rükken stärken kann.«

»Robinson ist nur ein Aufseher. Du müßtest nur eine Stunde da sein. Dann könntest du wieder zurück nach Kasanpore.«

Er schwieg einen Moment still, dann erfüllte ein Lächeln sein gerötetes Gesicht mit Wärme. »Du hast recht. Von nun an werde ich täglich da sein, bis die Strecke fertig ist.« Er sah sie prüfend an. »Du siehst reichlich mitgenommen aus. Am besten, du bleibst morgen im Bett und ruhst dich aus.«

»Ach, einmal tüchtig ausschlafen, und es geht mir wieder tadellos.«

Sie stand auf und fing an, die Teller aufeinanderzustapeln. »Versuch du ein wenig zu essen, damit du morgen nicht wieder mit Kopfschmerzen erwachst.«

»Später.« Patrick führte das Glas an die Lippen. Sie wußte, daß er das Essen nicht anrühren würde. »Der Freund des Prinzen ist mit dem Maharadscha hier aufgekreuzt.«

Sie hielt inne. »Pachtal?«

Patrick nickte. »Scheint mir ein netter Kerl zu sein. Ich soll dir Grüße von ihm bestellen.«

»Ach, wirklich?« Sie sagte es betont gleichgültig. »Hat er sonst etwas gesagt?«

»Nein.« Patrick verzog das Gesicht. »Der Maharadscha war es, der alles sagte. Er wollte wissen, wo seine Lokomotive steckt und wann wir mit dem Streckenbau fertig würden.«

»Du hast ihm gesagt, daß die Lok in einigen Tagen hier eintrifft?«

»Wenn das verdammte Boot damit nicht bis auf den Grund des Flusses sinkt«, sagte Patrick finster. »Würde sich gut in unsere Pechsträhne einfügen. Bei dieser Strecke geht auch alles schief.« Seine Miene erhellte sich urplötzlich. »Aber die Lok müßte ihm hervorragend gefallen. Das viele Messing daran wird ihn richtiggehend blenden.«

Ihr Blick suchte sein Gesicht. »Können wir uns diesen Firlefanz denn leisten? Wir hatten doch kaum noch Bares für die Lokomotive.«

»Ich konnte da und dort etwas einsparen.« Patrick nahm einen Schluck, ohne sie anzusehen. »Der Maharadscha liebt nun einmal Glanz und Glitzerkram, und wir müssen ihn bei Laune halten.«

»Das stimmt allerdings.« Sie stand da und sah ihn besorgt an. »Und wo hast du etwas einsparen können?«

Er reagierte mit einer unbestimmten Handbewegung. »Ach, ich habe einfach da und dort ein paar Teile weggelassen. Nichts Wichtiges.«

»Bist du sicher?«

»Wenn ich es dir sage…« Patrick sagte es gereizt. »Seit meinem vierzehnten Lebensjahr baue ich Eisenbahnen. Ich glaube zu wissen, was ich tue.«

»Ich wollte nur sicher…«

»Hier drinnen ist es zu heiß.« Patrick stieß seinen Stuhl zurück, stand auf und faßte nach Glas und Flasche. »Ich muß hinaus auf die Veranda, dort ist es kühler.«

Vor allem stellt ihm dort niemand peinliche Fragen, dachte Jane bei sich. Sie blickte ihm nach, als er zur Tür ging, die zur Veranda führte. Sein Schritt war zwar etwas unsicher, doch er schwankte nicht, was bedeutete, daß er bei der Unterredung mit dem Maharadscha und Pachtal nicht merklich betrunken gewirkt hatte.

Pachtal. Sein Erscheinen sowie seine Botschaft waren als Warnung gedacht, daß sie bei Abdar nicht in Vergessenheit geraten war. In den vergangenen zwei Wochen war sie besonders vorsichtig gewesen. Abdar mußte vor Wut kochen. Ein kleines Lächeln der Befriedigung umspielte ihre Lippen. Vermutlich war ihre Selbstzufriedenheit über Pachtals Besuch aber alles andere als angebracht, die Geduld des Prinzen würde bald am Ende sein. Es wurde Zeit, daß sie Zabrie in ihrem Freudenhaus aufsuchte und sie bat, für Kartauk endlich ein Entkommen aus der Stadt zu arrangieren.

Aber heute nicht mehr. Sie spürte, wie die kalte Mattigkeit der Erschöpfung sie in Beschlag nahm. Sie wollte sich waschen, zu Bett gehen und versuchen, nicht an Abdar, seinen Vater, Kartauk oder die immense Arbeitslast zu denken, die sie morgen wieder erwartete.

Als sie auf dem Weg zu ihrem Zimmer durchs Wohnzimmer ging, hörte sie, wie Patrick auf der Veranda vor sich hinsummte. Momentan spürte sie Groll in sich aufsteigen. Er ertränkte seine Sorgen im Whisky und überließ ihr die Lösung der anstehenden Probleme.

»Jane?« rief Patrick ihr nach.

Sie blieb stehen, ohne sich umzudrehen. »Was ist?«

»Du solltest morgen vielleicht im Bett bleiben.« Sein Ton war weich, liebkosend, fast gefühlvoll. »Wir können es uns nicht leisten, daß du wieder krank wirst. Was täte ich denn ohne dich?«

Janes Groll löste sich in Nichts auf. Sie war ihm nicht gleichgültig, und er brauchte sie weiß Gott. »Ich werde schon nicht krank. Ich bin nur übermüdet.«

»Na, dann schone dich eben.«

Leicht gesagt, aber schwer durchführbar, da die Arbeit kein Ende nehmen wollte.

In ihrem Zimmer zündete sie die Öllampe auf dem Tisch neben dem schmalen, von einem Moskitonetz verhüllten Bett an und knöpfte ihr loses Hemd auf. Sie fühlte sich jetzt schon besser und würde sich noch viel besser fühlen, wenn sie den Schweiß und den Schmutz des Tages abgewaschen hatte. Sie entschied, es wäre töricht, den Besuch bei Zabrie hinauszuschieben, während Abdar zu einer ernstzunehmenden Gefahr wurde. Das Bad würde sie beleben, und anschließend würde sie sich dem Ritt in die Stadt und der Verhandlung mit Zabrie wieder gewachsen fühlen.

»Was ist das?« flüsterte Ian, der zu dem großen zweistöckigen Lehmbau auf der anderen Straßenseite hinüberstarrte.

Ruels Blick hing an dem Eingang, durch den Jane Barnaby eben verschwunden war. »Das ist Zabries Haus, Kasanpores Version einer zweifelhaften Adresse. Nicht gerade ein Ort, den eine Dame mit gutem Ruf aufsucht.«

»Zabrie... ach ja, Abdar hat das Haus erwähnt.« Ian runzelte die Stirn. »Abdar könnte aber hinsichtlich des Zwecks, dem dieses Haus angeblich dient, gelogen haben.«

»Das hat er nicht.«

»Woher willst du das wissen?«

»Ich habe hier letzte Woche zwei Nächte verbracht.«

»Das hast du mir nicht gesagt.«

»Es gehört nicht zu meinen Gewohnheiten, jemanden ins Vertrauen zu ziehen, wenn ich ein Bordell aufsuche«, gab Ruel leise zurück.

»Über Kartauk hast du wohl nichts erfahren?«

»Nein, ich konnte ja nicht von Hure zu Hure gehen und Fragen stellen.«

»Warum hast du dann das Haus besucht?«

»Ehe man nach einer ergiebigen Goldader sucht, muß man seinen Claim genau in Augenschein nehmen«, sagte Ruel. »Und diese spezielle Erkundung war nicht ohne Reiz. Zabrie ist nämlich eifrige Jüngerin des Kamasutra.«

»Was ist denn das?«

»So nennt man die achtundachtzig Stellungen der Wonne.«

»Heidnische Wollust.« Ian schwieg eine Weile, dann aber konnte er seine Neugierde nicht zügeln. »Wie viele hast du ausprobiert?«

Ruel ließ ein verhaltenes Lachen hören. »Sechs. Mehr kann man nach nur zwei Besuchen bei der Dame nicht erwarten.« Sein Lächeln schwand, als sein Blick wieder zurück zum Haus wanderte. »Möchte wissen, wie weit unsere Miss Barnaby in den Freuden des Kamasutra bewandert ist. Mir scheint, du hast dich in ihr gründlich geirrt.«

»Nicht unbedingt. Vielleicht versteckt sich Kartauk in diesem Haus.«

»Vielleicht.« Ruel lächelte. »Aber sehr wahrscheinlich ist es nicht.«

»Warum nicht?«

»Abdar wußte, daß sie das Haus besuchte, und ich bin fast sicher, daß er es gründlich durchsuchen ließ. Nein, mir erscheint es einleuchtender, daß ihr Geliebter ihr fehlt, daß sie ein Ventil für ihre Leidenschaft suchte und den Entschluß faßte, sich in diesem Haus feilzubieten. Zabrie hat mir anvertraut, daß einige der angeblich so züchtigen Offiziersfrauen aus dem Fort gelegentlich ihr Haus besuchen. Sie stattet sie mit phantastischen Masken aus, hinter denen sie sich verstecken können, stellt ihnen einen halbdunklen Raum zur Verfügung, und alle kommen auf ihre Kosten.« Er sagte dies mit betonter Leichtigkeit, um das verwirrende Gemisch aus Genugtuung und Enttäuschung zu tarnen, das er empfand, wenn er sich Jane Barnaby nackt in einem dieser schummrigen Räume vorstellte. Er wollte die Straße queren.

»Wohin gehst du?«

»Nun, ich möchte meine Dienste anbieten.« Er sah Ian mit keckem Lächeln an. »Das Beobachten und Warten habe ich satt.

Es wird Zeit, daß mein Interesse an der Dame persönlichere Formen annimmt.«

»Du willst Zabrie ersuchen, dir Jane zu schicken?«

»Nicht namentlich. Das ist nicht nötig. Ich bezweifle, daß heute mehr als eine hellhäutige Frau bei Zabrie ist.«

»Warte. Ich komme mit.«

»Du willst mir zuliebe deine Keuschheit opfern?« fragte Ruel spöttisch. »Das kommt nicht in Frage. Maggie würde es mir nie verzeihen.«

»Margaret«, korrigierte Ian ihn. »Und ich habe nicht die Absicht, mich fleischlichen Freuden hinzugeben.«

»Es war nur ein Scherz.« Ruel sah seinen Bruder neugierig an. »Ihr beide seid einander seit Margarets sechzehntem Jahr versprochen. Und du behauptest, du bist ihr nach dieser langen Wartezeit noch treu?«

»Natürlich.«

»Da gibt es kein ›Natürlich‹. Fast möchte man meinen, du seiest für den Priesterberuf bestimmt.« Er lächelte. »Und ein Priester würde bei Zabrie sehr fehl am Platze sein. Warte hier auf mich.«

»Sie sind hier nicht willkommen.« Aus Zabries Blick sprach Unwillen, als sie Jane ansah. »Sie haben mir schon zuviel Verdruß bereitet.«

»Ich habe Ihnen auch etliche Rupien zur Linderung des Ungemachs gegeben.«

»Das stimmt.« Zabries Miene erhellte sich, als sie sich umdrehte, um sich im Spiegel ihres Toilettentisches zu betrachten. »Und es freut mich, wenn ich Seiner Hoheit Schwierigkeiten machen kann. Sie dürfen sich setzen, während ich mich für den Abend zurechtmache.«

Jane ließ sich auf dem mit Seidenkissen bedeckten Diwan nieder. »Hat Abdar sich seit der Hausdurchsuchung wieder blicken lassen?«

Zabrie schüttelte den Kopf. »Ich sagte zu ihm, Sie wären nur gekommen, um sich meinen Kunden anzubieten.« Sie lächelte verschlagen. »Ich sagte auch, es sei für Sie die einzige Möglichkeit, sich zu vergnügen, ohne der Schande anheimzufallen. War das nicht überaus klug von mir?«

»Sehr klug...« Jane blickte Zabrie ernst an. »Wir müssen miteinander reden.«

»Worum geht es?« fragte Zabrie, während sie mit einem feinen Pinsel ihre Augen schminkte.

»Kartauk.«

Zabrie wandte sich erschrocken zu Jane um. »Verdammt, das ist zu gefährlich.«

»Sie haben doch gesagt, Pachtal und Seine Hoheit seien hier nicht mehr aufgetaucht.«

»Das heißt noch lange nicht, daß man mich nicht beobachtet.« Zabrie bemalte ihre Lippen grellrot. »Sie müssen sich eine andere Möglichkeit ausdenken, ihn aus Kasanpore hinauszuschaffen. Ich möchte nicht riskieren, den Zorn Seiner Hoheit auf mein Haupt zu lenken.«

»Und ich dachte, Sie hätten Ihren Spaß daran, Abdar eins auszuwischen.«

»In kleinem Maßstab. Aber er wird mit jedem Tag mächtiger, und bald wird es zu gefährlich sein, den Unwillen Seiner Hoheit zu erregen.«

»Ich bitte die Störung zu entschuldigen.« Das rehäugige junge Mädchen, das Jane zu Zabries Zimmer geführt hatte, stand in der Tür. »Zabrie, ein Mann ist gekommen. Du hast gesagt...«

»Lenar, ich bin beschäftigt. Gib ihm eine andere.«

»Aber du hast gesagt, ich solle es melden, wenn er wiederkommt.«

Zabrie drehte sich hastig zu dem Mädchen um. »Der Schotte?«

Das Mädchen nickte. »Er sagt, er sei in der Stimmung für etwas anderes. Er möchte eine weiße Frau...«

»Ach?« Ein kaum wahrnehmbares Lächeln umspielte Zabries Lippen. »Ich glaube, ich werde ihn zu einer Meinungsänderung bewegen müssen.« Sie deutete mit einer Kopfbewegung auf eine Tür am anderen Ende des Ankleidezimmers. »Bring ihn dort hinein, und sorge für seine Bequemlichkeit. Sag ihm, ich würde in einigen Minuten bei ihm sein.« Als das Mädchen gegangen war, wandte sie sich an Jane. »Sie müssen gehen. Ich habe einen Kunden.«

»Ich bin auch Kundin. Soll er doch warten.«

Zabrie griff lächelnd eine Bürste mit silbernem Griff und strich damit durch ihr langes dunkles Haar. »Aber ich möchte ihn nicht warten lassen. Er ist... ungewöhnlich. Eine Herausforderung. Noch nie bin ich einem Europäer begegnet, der über das Wissen und die Erfahrung verfügte, mich zu dominieren. Mitunter war ich nicht mehr sicher, ob ich die Situation noch in der Hand hatte.«

»In Ihren Adern fließt englisches Blut. Das macht Sie zur halben Europäerin.«

Zabries rote Lippen wurden zu einem schmalen Strich. »Die britischen Offiziere, die mein Haus aufsuchen, würden dem nicht beipflichten. Sie sehen in mir nur eine dunkelhäutige Exotin, die sie erregt. Deshalb lassen sie sich herab, mich auszuprobieren.« Sie stand auf und strich ihr fließendes safrangelbes Gewand glatt. »Aber sobald sie mich haben, habe ich sie.«

»Sie hassen sie?«

»Ich bringe ihnen nicht mehr Sympathie entgegen als den Indern, die mich aufgrund meiner gemischten Herkunft als Unberührbare einstufen. Aber das ist unwichtig. Bald werde ich so reich sein, daß ich weder die einen noch die anderen brauche.« Zabrie warf Jane im Spiegel ein spöttisches Lächeln zu. »Wir sind beide Ausgestoßene, jede auf ihre Weise, ist es nicht so? Sie kommen in Männerkleidern zu mir, manchmal so müde, daß Sie sich kaum auf den Beinen halten können. Es gibt ein leichteres Leben als jenes, das Sie führen. Warum pfeifen Sie nicht auf die dumme Eisenbahn und lassen sich von mir zeigen, wie man leicht Geld macht?«

Jane schüttelte den Kopf.

»Sie würden sich gut machen.« Zabrie musterte sie kritisch. »Sie sind jung und nicht unattraktiv. Manchmal werden die Briten der Exotik überdrüssig und möchten sich mit einer Landsmännin vergnügen.«

»So wie Ihr Schotte?«

Zabrie runzelte die Stirn. »Er wollte mich sicher nur ein wenig necken. Sicher wäre er enttäuscht, wenn ich ihm eine andere schickte.« Ihre Finger zupften die Drapierung ihres Kleides über der Brust zurecht. »Nun, was halten Sie von meinem Vorschlag?«

»Ich sage nein.«

Zabrie zog lässig die Schultern hoch. »Ich kann warten. Sie werden schon noch Ihre Meinung ändern. Einer alleinstehenden und schutzlosen Frau steht nur ein Weg offen.«

Die Gewißheit, die aus Zabries Worten sprach, ließ Jane zutiefst erschrecken. »Ich sage nein! Ich bin nicht allein, und selbst wenn ich es wäre, bräuchte ich niemanden. Ich kann mich selbst schützen. Ich bin keine Hure. Ich werde nie eine Hure sein.«

Zabrie richtete sich stolz auf. »Auch für Sie gehört eine Hure zu den Unberührbaren.«

Jane atmete tief durch, um Fassung bemüht. Ihre hitzige Antwort auf Zabries Worte hatten sie selbst überrascht. »Das habe ich nicht gesagt. Ich wollte Sie nicht verletzen, und verurteilen will ich Sie schon gar nicht. Meine Mutter hat unter viel schlimmeren Umständen als Dirne gearbeitet. Jeder muß seine Entscheidungen allein treffen, aber...« Sie zögerte, um dann um so heftiger herauszuplatzen: »Lieber stürbe ich, als daß ich mich verkaufe und versklave.«

»Es kommt darauf an, wie man den Vorgang sieht. Ist eine Frau gut genug, dann ist es der Mann, der zum Sklaven wird.« Zabrie kehrte dem Spiegel den Rücken. »Sie müssen jetzt gehen.«

»Kartauk!«

Janes entschlossene Miene entlockte Zabrie ein Lächeln. »Sie geben wohl nie klein bei. Wir sind in vielem unterschiedlicher Meinung, aber diese Eigenschaft ist uns gemeinsam.«

»Wären Sie wenigstens bereit, für Kartauk bei Bedarf einen Unterschlupf in der Stadt zu finden?«

»Wenn Sie es so einrichten können, daß für mich damit keinerlei Gefahr verbunden ist, werde ich es mir...«

Die Tür wurde aufgerissen, und das junge Mädchen stürzte erneut herein. »Pachtal! Er ist vor ein paar Minuten gekommen. Er will dich sprechen.«

»Was?« Zabrie drehte sich zu Jane um. »Sie Närrin!«

»Er ist mir nicht gefolgt.« Jane stand auf. »Ich kenne Pachtal und hätte ihn bemerkt. Er muß das Haus beobachtet haben.«

»Und muß Sie gesehen haben. Welche Rolle spielt es schon, wie er gekommen ist? Er ist da.«

Jane wurde von Angst erfaßt, als sie an Pachtals wilden Gesichtsausdruck dachte, an den Schmerz, als er ihren Arm verdreht hatte. »Wie komme ich ungesehen aus dem Haus?«

»Es ist zu spät.« Zabrie faßte sie an der Hand und zog sie zur Verbindungstür. »Er wird das Haus vermutlich nach Ihnen durchstöbern, aber ich werde versuchen, ihn von hier fernzuhalten.«

»Wie denn?«

»Auf die übliche Weise. Pachtal und Abdar haben nie gezögert, sich meiner bei ihren Besuchen zu bedienen. Ich werde Sie rufen, sobald die Luft rein ist.« Sie öffnete die Tür, stieß Jane in den angrenzenden Raum und schlug die Tür zu.

3. Kapitel

Trotz der gedämpften Beleuchtung erkannte Ruel sofort das schimmernde Brünett von Janes Haar, als sie ins Zimmer stürzte.

Seine Unterleibsmuskeln spannten sich, seine Lenden wurden hart. Immer mit der Ruhe, sagte er sich. Ich bin zu einem anderen Zweck da, als dem, den mein Körper fordert. Ruhe? Einfach lächerlich, denn in diesem Moment kamen Ruhe und Vernunft nicht in Frage.

Sie war da. Bald würde er mehr über sie wissen als je zuvor. Bald würde er sie zum erstenmal berühren.

Jane hörte, wie sich der Schlüssel im Schloß hinter ihr drehte. Auch in der Tür am anderen Ende des Raumes klickte es.

Sie war eine Gefangene.

Sie konnte vor Angst kaum atmen. Das Öllämpchen auf dem Tisch neben ihr tat wenig, um die Dunkelheit des Raumes zu erhellen, der betäubende Geruch von Moschus und Räucherwerk drohte sie zu ersticken.

»Na endlich. Komm her und laß dich anschauen.«

Jane erstarrte. Ihr Blick flog zu dem Mann, der am anderen Ende des Zimmers auf dem Bett lag.

Bei dieser Beleuchtung konnte sie nur sehen, daß er nackt war und sie, auf der Seite liegend, ansah. Den Kopf in die Hand gestützt, ließ er seinen Blick langsam über sie wandern. »Wie ungewöhnlich. Mir scheint, Zabrie hat mich beim Wort genommen.«

Nun erst fiel ihr seine Sprache auf. Es war der Schotte, der Mann, den Zabrie in diesen Raum hatte führen lassen. »Zabrie kommt später. Sie ist momentan beschäftigt.«

»Statt dessen hat sie dich geschickt, damit du mich unterhalten sollst?« Er deutete ihr näher zu kommen. »Beruhige dich. Ich bin nicht ungehalten. Ich sagte Zabrie ja, daß mir nach einem englischen Mädchen zumute sei.

Er hatte ihre Panik als Angst vor seinem Unwillen gedeutet. Am liebsten hätte sie laut aufgelacht. »Ich bin keine Engländerin, und ich bin nicht nervös. Sie mißverstehen die Situation.«

»Ich weiß nur, daß sich mein Ärger regen wird, wenn du nicht zu mir kommst und dich ansehen läßt.«

Allmächtiger, einen so schönen Mann hatte sie noch nie gesehen. Er wirkte wie ein Löwe, goldene Haut, braunes Haar, das im Nacken zusammengefaßt war und freien Blick auf seine nahezu vollkommene Gesichtsstruktur gewährte. Seine Augen aber waren blau, nicht katzenhaft grün oder gelb, nein, sie leuchteten in einem tiefen, durchdringenden Blau...

Er zog eine Braue hoch. »Wie lange dauert es, bis Zabrie erscheint?«

Sie hatte ganz vergessen, was sie eigentlich hatte sagen wollen. Jane faßte sich rasch. »Sie müssen Geduld haben.«

Er lachte auf. »In manchen Situationen fällt es schwer, Geduld aufzubringen.« Er deutete auf seinen Körper. »Wie du siehst.«

Ihr Blick folgte der Geste, und ihr stockte der Atem angesichts seiner kühnen und prächtig dimensionierten Männlichkeit. Rasch flog ihr Blick zu seinem Gesicht. »Zabrie wird bald zur Stelle sein.«

»Nicht Zabrie ist es, die diesen Zustand hervorruft. Du bist eingetreten, und mein Begehren regte sich.«

Jane starrte ihn fassungslos an.

»Auch für mich war es eine Überraschung«, fuhr er fort. »Ich hatte es nicht erwartet. In deinen Männerkleidern siehst du nicht sonderlich begehrenswert aus.« Er faßte nach ihrem Handgelenk. »Zieh dich aus«, sagte er leise.

Unter seiner Berührung fühlte sich ihr Fleisch heiß und prickelnd an, dazu gesellte sich eine merkwürdige Atemlosigkeit. »Nein.«

»Ist es dir lieber, wenn ich dich ausziehe?« Er zog sie zu sich, so daß sie neben ihm auf dem Bett zum Sitzen kam. Er hielt ihren Blick fest. Sein Duft hüllte sie ein, Wasser und Wohlgeruch und etwas Tieferes, Dunkleres, das sich mit der duftgeschwängerten Luft vermengte. »Warum nicht?« raunte er. »Ich stelle es mir höchst interessant vor, einen Jungen in ein Mädchen zu verwandeln.«

»Ich habe nicht gesagt, daß ich...«

Er machte sich daran, ihr Hemd aufzuknöpfen.

Instinktiv zuckte sie zurück.

Da packte er rasch ihre beiden Handgelenke mit einer Hand. »Pst, schon gut.« Mit der anderen Hand liebkoste er ihre Brüste durch den Stoff hindurch. »Ich möchte dich nur betrachten.« Mit einem Lächeln registrierte er, wie sich ihre Brustspitzen unter dem Hemdstoff abzeichneten. »Wie hübsch.« Er strich mit der Handfläche langsam darüber.

Jane spürte sengende Hitze und ein Prickeln zwischen den

Beinen. Warum setzte sie sich nicht zur Wehr? Ihre Kräfte reichten aus, um sich seinem Griff zu entziehen, wenn sie es nur ernsthaft wollte. Pachtal. Sie klammerte sich verzweifelt an den einzigen vernünftigen Grund, der ihr einfallen wollte. Ihre Angst mußte es sein, Angst vor Pachtal, der kommen würde, wenn sie Lärm und Unruhe verursachte. Der Duft des Räucherwerks machte sie benommen. »Ich... ich möchte das nicht.«

»Natürlich möchtest du.« Er öffnete die zwei nächsten Knöpfe. »Warum bist du sonst hier?«

Sie schluckte. »Sie verstehen nicht.«

»Das hast du schon einmal gesagt. Du irrst dich. Ich verstehe es sogar sehr gut. Frag doch Zabrie.« Wieder wurde ein Knopf geöffnet. »Wir können...«

»Lassen Sie das!«

»Du willst nicht, daß ich dich ausziehe? Bitte sehr.« Er ließ von den Knöpfen ab und umfaßte ihre beiden Hände mit einer Hand. »Siehst du, ich habe aufgehört.« Sein Daumen rieb langsam und prüfend über ihre Handfläche. »Schwielen.« Er drehte ihre Hand um und begutachtete sie. »Hart und rauh. Die hast du dir nicht beim Blumenpflanzen in einem englischen Garten zugezogen.«

Sie versuchte sich ihm zu entziehen, worauf sein Griff fester wurde.

»Ich wollte dich nicht kränken. Schwielen gefallen mir. Sie bringen uns einander näher. Auch ich habe Schwielen.« Er rieb seine Handfläche auf ihrem Handrücken. »Spürst du sie? Ich weiß, was es heißt, so schwer zu arbeiten, daß man sich vor Erschöpfung kaum noch auf den Beinen halten kann. Mir sind Müdigkeit und Mutlosigkeit nicht fremd. Ich weiß, was es heißt, es immer wieder zu versuchen und doch nie ans Ziel zu gelangen.« Sein Tonfall war wie eine Liebkosung, seine Worte woben seidene Fesseln um ihre Gefühle. »Deshalb sollen wir uns vergnügen, wenn sich die Chance ergibt.«

»Ich muß mich nicht...«

»Pst...« Er beugte sich so weit vor, daß sein Mund über ihrer Brust verharrte. »Ich möchte dich zwar sehen, aber vielleicht ist es so besser. Zu sehen, was deine Brustspitzen mit dem Hemd machen, ist viel erregender. Trägst du deshalb Männerkleidung anstatt einer Maske, wenn du herkommst?«

Sein Atem strich warm über ihre Brust, und das Prickeln zwischen ihren Schenkeln steigerte sich schmerzhaft. Sie fühlte sich betäubt, ihres Orientierungssinns beraubt... ja, daran mußte das Räucherwerk schuld sein...

Er hielt den Kopf vornübergebeugt, so daß sie seine hellen, glitzernden Augen nicht mehr sehen konnte, doch sein von der Sonne gesträhntes Haar schimmerte im Licht. Er machte den verwirrenden Eindruck sinnlicher Wildheit, lauernd, bereit zuzuschlagen... oder zu streicheln.

Seine warme Zunge berührte durch das dünne Baumwollgewebe ihres Hemdes hindurch ihre Brust.

Sie stieß einen gedämpften Schrei aus, während sie sich in einem Gefühlstaumel aufbäumte.

»So ist es recht«, flüsterte er. »Fühle mich. Brauche mich.«

Und sie brauchte ihn tatsächlich, wie Jane trotz ihrer Benommenheit bewußt wurde. Immer hatte sie geglaubt, Männer brauchten Frauen, und die wimmernden Laute lustvoller Unterwerfung, die sie von ihrer Mutter und den anderen Huren gehört hatte, seien nur vorgetäuscht. Nun mußte sie dieselben Schreie mit aller Gewalt zurückhalten, während sie die warmen Lippen dieses Unbekannten auf sich spürte. O Gott, vielleicht war es nicht die Opiumpfeife gewesen, die ihrer Mutter zum Verhängnis geworden war und sie versklavt hatte, sondern diese Lust.

Nein! Sie würde sich nicht unterwerfen lassen. Sie wollte keine Hure werden. Sie sollte keine Sklavin sein. »Loslassen!« Sie befreite sich aus seinem Griff und sprang auf. Mit zitternden Fingern knöpfte sie ihr Hemd zu. »Fassen Sie mich nicht an. Ich bin keine Hure.«

Er unternahm weder den Versuch, sie aufzuhalten, noch machte er Anstalten, seine Blöße zu bedecken. Er lag nur da und beobachtete sie, anmutig, katzenhaft, erregt. »Ich habe dich nicht dafür gehalten. Von Zabrie weiß ich, daß etliche der britischen Offiziersfrauen aus dem Fort dieses Haus aufsuchen, um hier ihr Amüsement zu finden.«

»Ich sagte schon, daß ich keine Engländerin bin.« Ihre Stimme bebte so heftig, daß sie sich zur Ruhe zwingen mußte. »Hier liegt ein Irrtum vor. Ich möchte nicht mit Ihnen Unzucht treiben.«

»Du erlaubst, daß ich widerspreche.« Sein Blick hing an ihren vorstehenden Brustspitzen, die sich deutlich unter dem Hemd abzeichneten. »Genau das möchtest du.«

»Alles ist ein Irrtum«, wiederholte sie mit plötzlicher Heftigkeit. »Ich hatte Angst und ließ mich überrumpeln.«

»Angst? Doch nicht etwa vor mir?«

»Nein.« Sie tat rücklings ein paar Schritte, bis sie an der Tür innehielt. Sie konnte nicht fort, ehe nicht Zabrie zurückkam und die Tür aufschloß. »Nein, nicht vor Ihnen.«

Der Unbekannte setzte sich auf und schwang die Füße zu Boden.

Sie erstarrte. »Kommen Sie nicht in meine Nähe. Ich habe ein Messer bei mir.«

»Ach? Wie unzivilisiert.« Er rührte sich nicht vom Bett weg. »Ich wollte dich nicht angreifen. Ich kann auf mein Vergnügen warten, da du offenbar nicht bereit bist, es mir zu gewähren. Möchtest du dich nicht setzen?«

Ihr Blick flog auf seinen Unterkörper.

»Ja, der Zustand ist unverändert.« Er ließ die Andeutung eines Lächelns sehen. »Aber ich kann mich beherrschen.« Ihre angespannte Miene veranlaßte ihn zur Frage: »Warum bist du nicht davongelaufen?«

»Zabrie hat die Türen versperrt.«

»Interessant. Sollte damit der Reiz der Situation gesteigert werden?«

»Nein. Es befindet sich jemand im Haus, dem ich nicht begegnen möchte.«

Er horchte auf. »Wer?«

Sie gab keine Antwort.

»Macht nichts. Es spielt keine Rolle.« Er stand auf und ging an den Tisch neben der Tür, wo er in den Lichtkreis des Öllämpchens geriet. Jane bemühte sich vergebens, ihn nicht anzusehen. Allmächtiger, er war so schön und exotisch wie ein Dschungeltier und ebenso bar aller Scham. Sein braunes, im Nacken zusammengebundenes Haar war von helleren Strähnen durchsetzt, die das Licht reflektierten. Sie nahm wahr, wie der Schein der Lampe seine Rückenwölbung hervorhob, die Straffheit seines Gesäßes, die Festigkeit seiner Schultermuskulatur. Jetzt erst fiel ihr der weiße Verband an seiner linken Schulter auf.

Er griff nach der Flasche auf dem Tisch und schenkte Wein in ein Glas ein. »Möchtest du einen Schluck?«

»Nein.«

Er führte das Glas an die Lippen. »Vor wem hast du Angst? Vor deinem Liebhaber?«

Sie gab keine Antwort.

Ein auf dem Tisch liegender Gegenstand fesselte seine Aufmerksamkeit. Ein Lächeln umspielte seine Lippen, als er danach griff. »Dies muß für dich bestimmt gewesen sein.«

Es war eine extravagante, aus Pfauenfedern in Braun, Schwarz und Türkis gefertigte Maske. »Ein hübsches Ding. Ich möchte dich zu gern damit sehen.« Er führte die Maske an seine Augen. »Würdest du mir den Gefallen tun?«

Die exotische Maske bedeckte den gesamten oberen Bereich seines Gesichts. Schimmernde Pfauenfedern ragten fächerförmig auf beiden Seiten hervor. Durch die mandelförmigen Schlitze blitzten seine blauen Augen, der knappe Sitz der Maske betonte die schöne Form seiner Backenknochen. Er sah wild, sündig und ganz und gar männlich aus, ein seltenes, herrliches Geschöpf aus einem fremden Land. »Nein, ich würde damit albern aussehen.«

»Wie schade.« Er warf die Maske von sich und sah Jane, halb an den Tisch gelehnt, spöttisch an. »Also, wer könnte dich verfolgen? Ein Ehemann? Mal sehen, ob ich es errate. Ein alternder Ehemann, der dir nichts mehr bieten kann, so daß du gezwungen bist, deine Befriedigung hier zu suchen.«

»Unsinn. Ich habe keinen Mann.« Sie runzelte die Stirn. »Und wenn ich einen hätte, würde ich ihn nicht betrügen. Man soll seine Versprechen halten.«

»Einverstanden.« Er nippte am Wein. »Sind wir also wieder beim Liebhaber angelangt.« Er stieß sich vom Tisch ab und ging zum Bett. »Wie heißt er?«

Wie lange bin ich schon in diesem Raum eingesperrt? fragte sie sich verzweifelt. Die Luft war zum Schneiden, die Situation von unerträglicher Intimität. Sicher würde Zabrie sie bald aus dieser Zwangslage befreien.

Er ließ sich wieder auf dem Bett nieder und lehnte sich an den Kopfteil. »Sprich mit mir. Da es aussieht, als würden wir hier für eine Weile eingesperrt bleiben, sollten wir uns die Zeit so angenehm wie möglich vertreiben.«

»Ich bin zu Ihrer Unterhaltung nicht verpflichtet.«

»Ach ja, das Messer.« Lächelnd führte er den Wein an die Lippen. »Aber ich bin stark und flink. Warum also einen Fehlschlag riskieren, wenn man mich mit ein wenig Konversation zufriedenstellen kann?« Er deutete auf einen Stuhl, der sich in einigem Abstand zum Bett befand. »Setz dich. Ich bin Ruel MacClaren.«

»Ruel... ein sonderbarer Name.«

»Nicht in Schottland. Es ist vor allem ein sehr alter Name. Setz dich«, wiederholte er. »Nun, möchtest du die Höflichkeit nicht erwidern? Wie heißt du?«

Sie ging durch den Raum, um sich vorsichtig auf den angebotenen Stuhl zu setzen. »Jane.«

»Und weiter?«

Sie gab keine Antwort.

»Natürlich hast du recht. Unter den gegebenen Umständen sind Namen eine etwas bizarre Formalität, aber ich möchte mehr von dir wissen.« Er furchte die Stirn. »Jane...« Seine Stirn glättete sich, er schnalzte mit den Fingern. »Jane Barnaby! Patrick Reilly. Die Eisenbahn.«

Erstaunt riß sie die Augen auf.

Er lachte. »Daß ich auf diese Verbindung kommen würde, obwohl Reilly dich nie in den Offiziersklub mitnimmt, hättest du wohl nicht gedacht, wie? Dein Akzent ist nicht englisch oder schottisch, und die Zahl der Amerikaner in Kasanpore ist klein. Du würdest staunen, was man über Reilly und sein ›Mündel‹ in Kasanpore munkelt.«

Sie zuckte zusammen. »Sie irren sich. Ich staune keineswegs.«

»Versteckst du dich vor Reilly?«

»Natürlich nicht.«

»Warum bist du dann...«

»Und warum sind Sie in Kasanpore, Mr. MacClaren?«

»Ach, du gehst in die Offensive«, murmelte er. »Den Vorstoß

habe ich schon eher erwartet.« Wieder führte er das Glas an die Lippen. »Ich bemühe mich, eine Audienz beim Maharadscha zu erwirken. Bislang war mir das Glück nicht gewogen.«

»Warum möchten Sie ihn sprechen?«

»Er hat etwas, das ich habe möchte.« Er ließ eine Pause eintreten. »Vielleicht könntest du für mich ein gutes Wort einlegen. Wie ich hörte, soll er oft die Fortschritte beim Streckenbau inspizieren.«

»Und ist nie zufrieden.« Sie faltete die Hände im Schoß. »Ich wäre die Allerletzte, die auf ihn Einfluß nehmen könnte.«

»Zu schade.« Lässig rieb er eine Fußsohle auf der glatten Matratzenoberfläche. »Dann muß ich mich anderswo nach Hilfe umsehen.«

Ihre Augen wurden von seiner Bewegung angezogen, von der Arbeit seiner Wadenmuskeln und dem Gegensatz, den seine warme, goldgetönte Haut zum Weiß des Lakens bildete. Sie riß ihren Blick los und richtete ihn auf den Verband, der ihr schon vorhin aufgefallen war. »Wie haben Sie sich die Verletzung zugezogen?«

»Ich ließ mich ablenken und bekam sofort eine tüchtige Lektion für meine Achtlosigkeit verpaßt. Es wird nicht wieder vorkommen.« Ganz plötzlich stellte er das Glas ab und schwang die Beine auf den Boden. »Jetzt regt sich meine Ungeduld. Wir wollen zusehen, daß wir hier herauskommen.«

»Wir müssen auf Zabrie warten.«

»Warten paßt mir nicht.« Er ging zu einem Stuhl in einer dunklen Ecke des Raumes und griff nach einem weißen Leinenhemd. »Und Schlösser passen mir ebensowenig.« Er zog sich während des Sprechens eilig an. »Und am allerwenigsten paßt mir die Vorstellung, ein rachedurstiger Liebhaber könnte hereinstürzen und mich zerstückeln. Ich glaube, wir sollten unter den gegebenen Umständen diese Stätte verlassen.« Er ließ sich auf dem Bett nieder, um den linken Stiefel anzuziehen. »Schade. Ich hatte mir den Abend ganz anders vorgestellt.«

»Wie sollen wir hier herauskommen? Beide Türen sind verschlossen.«

»Bleibt immer noch das Fenster.«

»Wir befinden uns im ersten Stock.«

Er zog den rechten Stiefel an. »Ein Umstand, der uns nicht hindern sollte.«

»Ich habe nicht die Absicht, mir beim Hinunterspringen ein Bein zu brechen.«

»Ich hätte mir mehr Entschlossenheit von dir erwartet.«

»Ich bin fest entschlossen, die Eisenbahnstrecke fertigzustellen, und das kann ich nicht, wenn ich verletzt bin.«

»Die Eisenbahn.« Er erhob sich lächelnd. »Die hatte ich ganz vergessen.« Er trat ans Fenster. »Keine Angst. Ich werde dafür sorgen, daß du dir nicht irreparable Schäden zuziehst.« Er setzte sich aufs Fensterbrett und schwang die Beine hinaus. »Soweit ich sehe, blickt dieser Raum auf die Hinterseite hinaus. Hier unter mir scheint eine kleine Gasse zu sein.« Er rümpfte die Nase. »Ja, unbestreitbar. Der Gestank ist auf der ganzen Welt gleich.«

Sie war zu ihm getreten und blickte ihm über die Schulter. Der Mond erhellte die Seitengasse, die unendlich tief unter ihnen zu liegen schien. »Sind Sie von Sinnen? Wie können Sie...«

Er sprang hinunter, landete in der Hocke, ließ sofort einen Purzelbaum folgen und rollte ab. Dann sprang er geschmeidig auf und nahm unter dem Fenster Aufstellung. »Spring schon.«

Sie starrte ihn mit offenem Mund an. »Wie haben Sie das geschafft?«

»Keine Angst. Spring nur. Ich fange dich auf.«

Sie sah ihn unsicher an.

»Du wirst dir nicht weh tun. Vertraue mir.« Als sie noch immer zögerte, erklärte er ungeduldig: »Als Junge verdiente ich mir in London eine Zeitlang mein Geld als Straßenakrobat.«

Die Gelenkigkeit, deren Zeuge sie eben geworden war, schien der beste Beweis für seine Behauptung. Sie zögerte, da aber die Freiheit winkte, hatte sie weder das Verlangen, dazusitzen und auf Zabrie zu warten, noch von Pachtal entdeckt zu werden. Sie setzte sich aufs Fensterbrett und ließ die Beine baumeln wie er.

»Gut«, sagte Ruel. Er streckte die Arme aus. »Und jetzt komm zu mir.«

Der Boden erschien ihr mit jedem Moment weiter entfernt.

»Worauf wartest du noch? Vergiß nur nicht, dich im Moment des Absprungs vom Fensterbrett abzustoßen, damit du nicht gegen die Mauer prallst.«

Sie atmete tief durch, schloß die Augen und stieß sich ab.

Einen endlosen Augenblick lang flog sie durch die Luft.

Ruel fing sie sicher auf. »Geschafft.«

Dann geriet er ins Schwanken, fluchte und fiel mit ihr um.

»Autsch«, knurrte er. »Verdammt, das hat weh getan.«

Es dauerte einen Moment, bis sie wieder zu Atem gekommen war. Dann löste sie sich von ihm und kämpfte sich auf die Knie hoch. »Ich dachte, Sie wären Straßenakrobat gewesen.«

Er sah sie mit finsterem Blick an. »Ich habe aber nicht gesagt, daß ich ein guter Akrobat gewesen sei. Damals war ich fünfzehn und hätte kaum eine Feder aufgefangen.« Mühselig quälte er sich hoch. »Deshalb ließ ich es nach einem halben Jahr sein und wurde Marktschreier.«

Sie funkelte ihn an. »Sie verrückter Kerl, Sie! Ich hätte mir den Hals brechen können.«

Er schnitt eine Grimasse. »Ich bin doch derjenige, der mit der Kehrseite in einem Haufen von Gottweißwas gelandet ist.«

»Wie haben Sie nur...« Sie hielt jäh inne und fing zu lachen an. Der Anblick, den sie beide boten, mußte sehr komisch sein, einander gegenüber kniend, inmitten eines Abfallhaufens. Es war, als wäre sie von einer Bürde befreit worden. Nun erst merkte sie, wie sehr der Mann sie eingeschüchtert hatte. Noch nie war sie jemandem begegnet, der so schön und rätselhaft war wie Ruel MacClaren, deshalb war es für sie eine Erleichterung, endlich seine menschliche Seite zu entdecken.

Er legte den Kopf schräg, ein allmählich aufleuchtendes Lächeln erhellte seine Züge. »Lachen habe ich dich noch nie gehört.«

»Kein Wunder. Schließlich kennen wir einander erst eine knappe halbe Stunde.«

Er stand auf und half ihr auf die Beine. »Ich kann mir nicht vorstellen, daß du sehr oft lachst...« Er wandte sich um und bewegte sich vorsichtig auf die Hausecke zu. »Wir wollen verschwinden, ehe dein Liebhaber auftaucht. Ich möchte deinetwegen nicht noch mehr Schrammen abbekommen.«

Seine Worte beförderten sie jäh in die Wirklichkeit zurück. Heilige Muttergottes, wie hatte sie die Gefahr vergessen können, die Pachtal darstellte! Und doch hatte sie einen Moment nicht daran gedacht. Sie hatte sich einfach glücklich gefühlt... und merkwürdig sicher.

»Ich sagte schon, daß ich mich nicht vor einem Liebhaber verstecke.« Sie folgte Ruel die Gasse entlang und bog knapp hinter ihm um die Ecke. »Sie haben mir nicht zugehört – *Achtung*!«

Ein in der Dunkelheit aufblitzendes Messer zielte auf Ruels ungeschützten Rücken.

Zum Überlegen blieb keine Zeit, instinktiv warf sie sich zwischen Ruel und den Dolch.

Als dieser in ihren Oberarm drang, raubte Schmerz ihr den

Atem. Seitwärts taumelnd erhaschte sie einen verschwommenen Blick auf den Angreifer. Groß, hager... die weißen Falten eines Turbans. Pachtal, dachte sie benommen, es mußte Pachtal sein.

Sie hörte undeutlich Ruels Verwünschung, als er sich auf den Mann stürzte. Eine Hand packte das Messer, die andere schloß sich um die Kehle des Mannes.

Dunkelheit. Sie konnte Ruels Gesicht nicht mehr ausmachen.

Sie glitt an der Mauer abwärts. Nein, sie mußte auf den Beinen bleiben und Ruel helfen. Das Messer... Pachtal würde...

Sie wurde hochgehoben.

Ihre Lider öffneten sich. Sie sah Ruels grimmiges Gesicht über sich. »Sind... Sie verletzt?« fragte sie matt.

»Wieso sollte ich verletzt sein?« fragte er heiser. »Mich hat das Messer nicht getroffen.«

»Ich dachte Pachtal... wo –« Sie sprach nicht weiter, als ihr Blick auf den in einiger Entfernung auf dem Boden liegenden Angreifer fiel. Sein Mund war in einem stummen Schrei verzerrt, seine geöffneten, aus den Höhlen quellenden Augen starrten ins Leere. Sie hatte den Mann noch nie zuvor gesehen. »Es ist nicht Pachtal«, stieß sie hervor. »Ist er tot?«

»Mausetot.« Er überquerte rasch die Straße. »Aber nicht rechtzeitig, er hat dich verletzt. Und jetzt sei still, bis ich dich hier fortgeschafft habe.«

Etwas Warmes lief ihren Arm entlang. »Ich blute.«

»Das weiß ich, verdammt. Ich werde mich darum kümmern, sobald es möglich ist, aber ich...«

»Guter Gott, was hast du mit ihr gemacht?« Eine andere Stimme, auch mit schottischem Akzent. Der Mann trat überraschend aus einer Nische und blickte auf sie nieder.

»Ich habe ihr nichts getan«, erwiderte Ruel schroff. »Sie hat einen mir geltenden Messerstich mit dem Arm aufgefangen.«

»Du meine Güte, wieder eine Mila? Mir scheint, du regst den Opfermut holder Weiblichkeit gewaltig an.«

»Es freut mich, daß du der Situation eine komische Seite abgewinnen kannst, Ian. Wirst du auch noch lachen, wenn sie verblutet ist?«

Sofort verschwand jegliche Erheiterung aus der Miene des Mannes, den Ruel Ian genannt hatte. »Ist sie ernsthaft verletzt? Leg das Mädchen hin. Ich möchte mir die Wunde ansehen.«

»Sie sagte, jemand sei hinter ihr her. Deshalb möchte ich sie hier fortschaffen. Binde ihr dein Taschentuch oberhalb der Wunde um den Arm, damit die Blutung gestillt wird.«

»Wird gemacht.« Ian tat, wie ihm geheißen, ohne den Blick von ihrem Antlitz zu wenden. »Mädchen, es wird ein wenig weh tun.«

Es tat mehr als nur ein wenig weh. Sie schnappte nach Luft, als er den Verband sorgfältig um ihren Arm festzog.

»Fester«, wies Ruel ihn an. »Jetzt ist nicht die Zeit für Sanftheit. Das Blut fließt noch immer.«

Ian zog den Verband fester. Sie biß sich auf die Unterlippe, um einen Schmerzensschrei zu unterdrücken, aber Ruel mußte ihr jähes Atemholen gehört haben, da sein Blick ihr Gesicht suchte. »Ich weiß«, sagte er rauh. »Aber wir müssen die Blutung zum Stillstand bringen. Ich werde dich nicht sterben lassen.« Er wandte sich an den anderen. »Wir müssen sie fortschaffen.«

»Ich werde sie tragen«, bot Ian an.

»Nein.« Ruels Arm umfing sie mit besitzergreifender Festigkeit. »Ich kümmere mich um sie. Du gibst uns Rückendeckung.«

Sie schlug die Augen auf und erkannte den Schatten eines Mannes an ihrem Bett sitzen.

»Mädchen, Sie kommen wieder auf die Beine. Es war ja nur ein

Kratzer, trotz des hohen Blutverlustes.« Er lächelte. »Ich glaube, wir wurden einander noch nicht vorgestellt. Ich bin Ian MacClaren, Lord von Glenclaren. Ruel ist mein Bruder.«

Sie sah hinunter auf ihren Arm. Sie war noch immer angezogen, doch der Hemdsärmel war abgeschnitten worden, ein sauberer Verband lag um ihren Oberarm. Ihr Blick hastete durch den Raum. »Wo...«

»Im Hotel Nayala. Es ist Ruels Zimmer. Als Sie das Bewußtsein verloren, entschlossen wir uns, Sie hierherzuschaffen. Ruel sagte, es sei näher als Ihr Bungalow.«

»Ich verliere nie das Bewußtsein«, protestierte sie.

»Natürlich nicht«, meinte er darauf ernst. »Sagen wir mal, Sie sind in tiefen Schlaf gefallen.«

»Wo ist Ruel?«

»Er hat sich beim Tragen blutig gemacht, deshalb schickte ich ihn nach nebenan zum Umziehen.«

Das hörte sich an, als wäre Ruel ein unartiger Junge, den er hinausgeschickt hatte. Sie konnte sich nicht vorstellen, daß der Mann, dem die bei Zabrie begegnet war, sich willig den Anweisungen eines anderen fügte. »Wie spät ist es?« fragte sie mit einem Blick zu dem dunklen Fenster.

»Fast ein Uhr morgens. Wie ich schon sagte, haben Sie ein längeres Nickerchen gemacht.«

Sie kämpfte sich hoch, bis sie aufrecht dasaß. »Ich muß zurück zum Bungalow.«

»Du kannst über Nacht hier bleiben. Ich quartiere mich bei Ian ein.« Ruel stand in der Tür. Er hatte sich umgezogen und trug nun braune Hosen, braune Stiefel und ein frisches weißes Leinenhemd. Als er auf sie zuging, fiel ihr wie schon bei Zabrie die Anmut seiner Bewegungen auf. »Ich gebe Reilly Bescheid, wo du bist.«

»Nein!« entfuhr es ihr. »Ich meine, vielen Dank, aber ich möchte nicht, daß er sich Sorgen macht.«

»Und du möchtest vermeiden, daß er erfährt, wo du heute warst.« Leise setzte er hinzu: »Wer ist Pachtal?«

Sie gab keine Antwort.

»Darf ich dich daran erinnern, daß ich heute einen Mann ins Jenseits befördert habe?« Er ließ ein Achselzucken folgen. »Nicht, daß ich es bedaure. Ich habe für Meuchelmörder, die einem in der Finsternis auflauern, nichts übrig. Aber ich glaube, ich sollte wissen, ob ich mit Folgen zu rechnen habe.«

»Ich glaube, er war einer von Pachtals Dienerschaft.«

»Und wer ist Pachtal?«

»Pachtal steht in Prinz Abdars Diensten.« Rasch fuhr sie fort: »Aber Sie brauchen nicht zu befürchten, daß der Maharadscha davon erfährt. Abdar ist darauf bedacht, ihn nicht hineinzuziehen.«

»In was will er ihn nicht hineinziehen?«

Es war nur recht und billig, daß sie seine Befürchtungen zerstreute, aber mehr brauchte er nicht zu wissen. Sie schlug die Decke zurück. »Ich möchte zurück in den Bungalow. Bei Tagesanbruch muß ich auf den Beinen sein.«

»Deine Eisenbahn kann ein, zwei Tage ohne dich auskommen. Du kannst dir nach diesem Blutverlust ruhig eine Erholungspause gönnen.«

»Ein, zwei Tage?« Sie sah ihn an, als hätte er den Verstand verloren. »In zwei Wochen setzt der Monsun ein. Ich kann mir nicht leisten, auch nur eine Stunde zu verlieren.«

»Reilly kann doch für dich einspringen. Es ist schließlich sein Projekt.«

Wortlos kämpfte sie sich auf die Beine.

Schwindel. Der Raum drehte sich um sie.

»Verdammt, was machst du da?« Mit zwei Schritten war Ruel bei ihr, faßte nach ihr und hielt sie fest. »Leg dich wieder hin.«

»Nein, es ist schon besser.« Es war die Wahrheit. Sie fühlte sich zwar noch schwach, aber der Raum um sie herum war zur Ruhe gekommen. »Ich muß...«

»Zu deiner verdammten Eisenbahn«, beendete er den Satz an ihrer Stelle. »Den Teufel wirst du tun.«

»In Gegenwart einer Dame soll man nicht fluchen«, sagte Ian mahnend. »Aber ich gestehe, daß du recht hast. Mädchen, Sie sollten sich ausruhen.«

»Mir geht es tadellos. Danke für Ihre Besorgnis.«

»Besorgnis?« explodierte Ruel. »Warum sollte ich besorgt sein, nur weil du so dumm warst, dich vor einen Dolch zu werfen, der mir galt?«

»Er kann nicht Ihnen gegolten haben. Es muß sich um einen Irrtum handeln.« Sie sagte es kopfschüttelnd. »Ich begreife es nicht. Sie sind doch gar nicht in die Sache verstrickt.«

»Ich schien sogar sehr tief verstrickt zu sein«, sagte er voller Ingrimm. »Ich stehe in deiner Schuld, und Schulden pflege ich zu bezahlen.«

»Sie schulden mir gar nichts.«

Ein plötzliches Lächeln erhellte seine Züge und vertrieb den Ingrimm, als wäre er nie vorhanden gewesen. »Die Chinesen sagen, daß einem das Leben eines Menschen gehört, den man vor dem Tod gerettet hat.« Seine Stimme war samtweich, der Ton einschmeichelnd. »Jetzt kannst du mich nicht einfach beiseite schieben, Mädchen.«

Er weiß genau, was er macht, ging Jane plötzlich auf. Er wußte bis zur letzten Unze seines starken, schönen Körpers, wie er es anfangen konnte, eine Frau zu überzeugen. Er hatte es vermutlich bei unzähligen Begegnungen wie jener gestrigen gelernt.

»Nein.« Jane mußte der Diskussion ein Ende machen. »Ich danke Ihnen, daß Sie meinen Arm versorgt haben. Sorgen Sie sich nicht. Ich bin sicher, Sie werden keine Schwierigkeiten...«

»Nein, du bist nicht sicher.« Ruel vertrat ihr den Weg zur Tür. Wieder beherrschte Ingrimm seine Züge. »Leg dich wieder ins Bett.« Als sie sich nicht rührte, sondern nur dastand und ihn ansah, stieß er voller Ungeduld hervor: »Also gut, ich werde dich an deiner Bahn weiterschuften lassen, aber ein paar Stunden Ruhe können nicht schaden. Schlaf dich aus, und bei Tagesanbruch machen wir uns auf den Weg.«

»Wir?«

»Ganz Kasanpore wurde für den Streckenbau angeheuert. Warum nicht auch ich? Nach dem letzten Abend würde ich sagen, daß du jemanden brauchst, der dir Rückendeckung gibt.«

»Ich brauche keinen Beschützer. Ich kann selbst auf mich aufpassen.«

»Dann könnte ich wenigstens über dir wachen, damit du dich nicht zu Tode schindest.«

Über dir wachen.

Der Satz übte eine süße, wehmütige Faszination auf sie aus. »Streckenbau ist keine Arbeit, die Ihnen zusagen wird.«

»Ein paar Tage können nicht schaden.«

Sie blickte sich in dem geschmackvoll ausgestatteten Hotelzimmer um. »Sie wären für mich von geringem Nutzen.«

»Weil ich nicht in einer Hütte hause? Frage Ian, wo er mich in Krügerville gefunden hat. Wenn man eine Audienz mit dem Maharadscha möchte, darf man nicht mit Rupien sparen. Ich versichere dir, daß ich mich unter den meisten Umständen nützlich machen kann und harte Arbeit nicht scheue.«

Sie dachte an die harten Schwielen der Hand, mit der er sie gestreichelt hatte.

»Leg dich hin«, wiederholte Ruel. »Ich wecke dich bei Tagesanbruch. Wir reiten dann gemeinsam zur Baustelle.«

Sie drehte sich um, ging zu Bett und zog die Decke hoch. Wenn sie sich mit ihm stritt, erreichte sie nichts und verbrauchte nur ihre Kraft. Einen Tag lang Bolzen einschlagen, und sein Gewissen würde beruhigt sein. »Ich brauche ein sauberes Hemd, damit man den Verband nicht sieht. Niemand darf wissen, daß ich verletzt bin.«

»Ich glaube, das kann ich beschaffen.«

»Und vergessen Sie ja nicht, mich zu wecken.« Sie schloß die Augen.

»Soll ich Reilly Nachricht geben, daß du hier bist?« fragte Ruel.

»Nein, er wird meine Abwesenheit nicht bemerken. Bis er morgens aufwacht, bin ich meist längst fort.«

»Wie liebenswert«, meinte Ruel sarkastisch.

»Gehen Sie«, sagte sie, ohne die Augen zu öffnen. »Sie halten mich wach.«

Sie hörte Ians Auflachen. »Na, Ruel, wenn das keine Zurechtweisung war. Wir wollen uns auf meinem Zimmer noch einen Schluck Whisky genehmigen. Diese stickige Schwüle macht mir zu schaffen. Ich werde froh sein, wenn ich wieder daheim auf Glenclaren bin.«

»Das sagst du jeden Tag.«

Jane blieb allein zurück, als beide die Tür hinter sich schlossen. Was für einen sonderbaren Gegensatz diese Männer bildeten. Ruel, trügerisch und glitzernd wie Quecksilber, sein Bruder solide und unscheinbar wie unbehauener Granit. Dennoch spürte man, daß trotz des großen Unterschiedes eine starke Bindung zwischen ihnen bestand.

Sie durfte nicht mehr an Ruel oder seinen Bruder denken.

Schottische Lords und schöne, exotische Männer hatten nichts mit dem zu schaffen, was für ihr Leben wichtig war. Sie mußte schlafen und Kraft schöpfen, um ihre Schwäche zu überwinden.

»Sie gefällt mir.« Ian reichte Ruel das Glas, das er eben gefüllt hatte. »Sie ist ein feines Mädel.«

»Sie gefällt dir, weil ihr Eigensinn es mit deinem aufnehmen kann.«

»Ich gestehe, daß es mich freut, wenn ich erlebe, daß eine Frau dir mit einem Nein widerspricht. Das kann deinem Charakter nur guttun.« Ian nahm sein eigenes Glas und trat ans Fenster. »Ich habe den Eindruck, daß die Bedrohung für das Mädchen, die Abdar erwähnte, sich nicht im Unwillen des Maharadschas erschöpft.«

»Das glaube ich auch.«

Es verging etwas Zeit, ehe Ian sagte: »Du warst lange fort. Hast du...« er zögerte.

»Willst du mich fragen, ob ich es mit unserem Gast wüst getrieben habe?«

»Ja.«

»Nein.« Ruel nahm einen Schluck. »Noch nicht.«

»Du bist immer noch der Meinung, dieser Kartauk sei ihr Geliebter?«

Ruel senkte die Lider. »Warum sollte ich meine Meinung geändert haben? Sie riskiert für ihn sehr viel.«

»Das Mädchen hätte heute ums Leben kommen können.« Ian runzelte voller Besorgnis die Stirn. »Alles ist jetzt anders geworden, ganz anders. Ich möchte dich bitten, daß du von diesem Unsinn abläßt, sie als Mittel zur Suche nach Kartauk zu benutzen.«

Ruel blieb ihm eine Antwort schuldig.

»Ruel?«

»Nichts hat sich verändert außer der Tatsache, daß ich nun in einer viel günstigeren Position bin, an vertrauliche Informationen heranzukommen.« Er lächelte zynisch. »Mach kein so entsetztes Gesicht.«

»Du willst mich nur schockieren.« Leise setzte er hinzu: »Sie hat dir das Leben gerettet. Du wirst ihr Vertrauen nicht mißbrauchen.«

»Sie vertraut mir nicht. Wahrscheinlich traut sie außer diesem Kartauk niemandem.«

»Und das stört dich, habe ich recht?«

»Verdammt, es stört mich überhaupt nicht!« Ruel knallte sein Glas auf den Tisch und sprang auf. »Das einzige, was mich stört, ist dein penetrantes Fragen. Mir reicht es jetzt.« Er marschierte zur Tür.

»Wohin gehst du?«

»Ich brauche frische Luft. Hier drinnen ist es zum Ersticken.« Er warf Ian einen finsteren Blick zu. »Und du mit deinem Glenclaren und dieses dumme Mädchen, ihr könnt mir den Buckel hinunterrutschen. Mich interessiert einzig und allein Cinnidar.«

Die Tür fiel hinter ihm ins Schloß.

»Er ist tot.« Zabrie, die neben dem Leichnam kniete, blickte zu Pachtal auf. »Die Male an seiner Kehle lassen darauf schließen, daß er erwürgt wurde. Bringt das deine Pläne durcheinander?«

»Keineswegs«, gab Pachtal zurück. »Resards Tod ist ohne Bedeutung.« Ausdruckslos sah er in die starren Augen seines toten Dieners. »Wenn er seine Aufgabe erfüllt hat...«

»Am Messer haftet Blut, auf der Straße ist eine Blutspur. Du wolltest, daß der Schotte nur verwundet wird?«

Pachtal nickte. »Dem Prinzen ging alles viel zu langsam. Er wollte den Schotten in eine intime Situation mit dem Mädchen bringen.« Ein kleines Lächeln zuckte um seine Lippen, als er das blutige Messer auf dem Straßenpflaster ins Auge faßte. »Ich glaube, ich kann ihm melden, daß sein Wunsch erfüllt wurde.«

Zabrie unterdrückte ein Schaudern. Sie richtete sich auf, griff nach der Laterne und ging auf die Bogentür zu. »Dann dürfte Seine Hoheit mit uns beiden sehr zufrieden sein.«

»Ja. Du wirst für deine Dienste entsprechend belohnt werden... Trotzdem hat dieses Biest Kartauk mit keinem Wort erwähnt?«

»Das sagte ich schon. Mit keinem Wort.«

Pachtal wechselte das Thema. »Seine Hoheit sagte zu mir, du wärest ein sehr reizvoller Anblick.«

»Ach?«

Er lächelte. »Er sagte weiter, daß wir eine goldene Maske von deinem Gesicht anfertigen lassen würden, sobald Kartauk wieder aufgefunden würde.«

»Was für eine Ehre.«

»Eine noch größere Ehre wäre es, wenn er dich zu einer seiner Palastkonkubinen machen würde«, sagte er in gedämpftem Ton. »Seine Frauen besitzen herrliche Geschmeide, ein Anblick, der ein entzücktes Leuchten in deine Augen zaubern würde.«

In ihr keimte Hoffnung. »Hat er davon gesprochen?«

»Nein, aber ich habe großen Einfluß auf Seine Hoheit. Ich könnte ihm in Erinnerung rufen, wieviel Talent du damals bewiesen hast, als wir dich beide genossen.«

»Würdest du dies in deiner Großzügigkeit für mich tun?«

»Es wäre eine Möglichkeit..., wenn du mich erfreust...«

Es war die erwartete Antwort. »Ich werde dich erfreuen.« Sie lächelte ihm zu. »Komm in mein Schlafgemach, und ich werde dir zeigen, daß das, was wir damals erlebten, nur ein Vorgeschmack war.«

Er schüttelte den Kopf. »Nein. Hier.«

Ihre Augen wurden groß, als sie die Gasse entlangblickte und dann zu dem ein paar Meter entfernten Toten hinabsah. »Du beliebst zu scherzen. Hier stinkt es, und dein Diener...«

»Es erregt mich«, murmelte er. »Dreh dich um und stütze dich mit den Händen an die Wand.«

»In meinem Bett hätten wir mehr davon. Ich habe kühle seidene Laken, die sich wundervoll anfühlen.«

»Ich will keinen Luxus.« Er nahm ihr die Laterne aus der Hand, um sie neben dem Kopf des Toten auf den Boden zu stellen. »Ich möchte dich nehmen, während er daliegt und uns anstarrt. Ich möchte ihm zeigen, wie schön es ist, am Leben zu sein.« Seine Nasenflügel bebten, seine Augen funkelten wild. »Aber vielleicht möchtest du mich nicht erfreuen, Hure?«

Sie schluckte, drehte sich um und stützte sich mit den Händen gegen die rauhe Lehmmauer. Es spielt keine Rolle, redete sie sich ein. Sie hatte es schon auf viel bizarrere Weise getrieben und mit weniger Gewinn.

Ihr Gewand wurde hochgeschoben, und im nächsten Moment spürte sie ihn eindringen. Er stöhnte, sein Atem kam schnell, schwer, erregt, als er mit brutaler, tierischer Kraft zustieß.

Es spielte *doch* eine Rolle. Er nahm sie in Besitz, als sei sie nicht mehr als eine läufige Hündin. Der Abfallgestank drehte ihr den Magen um, und das Bewußtsein, daß der Tote sie anstarrte, war schrecklich.

Aber sie war kein Straßenköter, und wenn sie erst über die Reichtümer und die Macht verfügte, die Abdar ihr gewähren würde, dann konnte sie es allen zeigen.

Jane hielt erstaunt inne, als sie am nächsten Morgen mit Ruel aus dem Hotel trat.

Ihre Stute Bedelia stand neben einem kastanienbraunen Hengst angebunden.

»Wie haben Sie Bedelia holen können?«

»Ich konnte nicht schlafen. Deshalb ließ ich mir vom Portier beschreiben, wo der Bungalow des Sahib Reilly liegt, und ritt mit Nugget hin, um Bedelia zu holen. Ach übrigens, der Hund, den du im Stall hältst, ist so gut wie nutzlos. Die einzige Bedrohung liegt allenfalls darin, daß er einen zu Tode ableckt.«

»Ich weiß. Ich habe versucht, aus Sam einen Wachhund zu machen, aber leider ist er viel zu freundlich. Im Stall halte ich ihn nur, weil Patrick ihn nicht im Bungalow haben möchte.« Ihre Worte klangen geistesabwesend, als sie Bedelias Nüstern streichelte. »Woher wußten Sie, welches Pferd mir gehört?«

Ein undeutbarer Ausdruck huschte über Ruels Gesicht. »Das war nicht weiter schwierig. Im Stall standen nur zwei Pferde, und das andere war größer, untrainiert und in keiner guten Verfassung. Ich ging davon aus, daß du dein Pferd so hart fordern würdest wie dich selbst, und es freut mich, daß ich richtig geraten habe.« Er trat an die linke Seite der Stute. »Wir müssen uns auf den Weg machen. Laß dir beim Aufsitzen helfen.«

Sie zögerte, ehe sie sich von ihm in den Sattel helfen ließ. Wann sie zum letzten Mal in den Genuß dieser höflichen Geste gekommen war, wußte sie gar nicht mehr. Sie empfand sie als merkwürdig, aber dennoch angenehm. Dann sah Jane zu, wie er sich in den Sattel schwang. »Warum konnten Sie nicht schlafen?«

»Hinter mir lag ein anregender Abend.« Er lächelte spöttisch, als er Nugget wendete und ihm die Sporen gab. »Sicher hattest du keine Schlafprobleme.«

»Nein, überhaupt nicht. Etwas anderes als schlafen konnte ich mir nicht leisten.« Sie wandte den Blick ab. »Heute morgen geht es mir schon viel besser. Sie müssen nicht mitkommen.«

»Das haben wir schon gestern ausdiskutiert.«

»Und Sie haben mir nicht zugehört.«

»Ich höre auch jetzt nicht zu. Wie weit ist es bis zur Baustelle?«

»Fünf Meilen etwa. Wir fingen in Narinth an und haben uns bis zu einem Punkt zwanzig Meilen vor Kasanpore vorgearbeitet, während die Brücken gebaut wurden.«

»Brücken?«

»Es galt zwei tiefe, zehn Meilen voneinander entfernte Schluchten zu überbrücken. Der Zastu kommt aus dem Norden und teilt sich in zwei Arme, die sich eine Meile vor Kasanpore vereinen. Ehe wir die Schienen verlegen konnten, mußte eine Brücke gebaut werden.«

»Und die ist jetzt fertig?«

»Die Spur über die Sikor-Schlucht ist fertiggestellt, aber wir haben noch sieben Meilen vor uns, ehe wir zur Brücke über die Lanpur-Schlucht kommen.«

Sie schwiegen, bis sie, dem Schienenstrang folgend, die Stadt einige Meilen hinter sich gelassen hatten und in Richtung Sikor-Schlucht ritten.

»Was ist ein Marktschreier?« fragte Jane aus heiterem Himmel. Auf Ruels verständnislosen Blick hin setzte sie hinzu: »Sie haben gesagt, Sie seien Marktschreier geworden, weil Sie als Akrobat nicht gut genug waren.«

»Ach, das ist ein Straßenhändler, der Geschichten verhökert. Er steht an der Straßenecke und versucht, die Stories in den Zeitungen, die er verkauft, aufregender feilzubieten als die anderen seiner Zunft.«

»Und dabei waren Sie gut?«

»Zuerst nicht, aber ich lernte sehr rasch. Ein leerer Bauch hilft dabei.«

»Und warum mußten Sie Hunger leiden, wenn Sie einen Lord zum Bruder haben?«

Seine Miene verschloß sich jäh. »Weil ich nicht Ian bin.«

Weitere Fragen zu diesem Thema waren nicht willkommen. »Und was haben Sie sonst noch in London gemacht?«

»Ich habe mich als Rattenfänger betätigt.« Er warf ihr unter gesenkten Wimpern hervor einen Blick zu. »Soll ich meine Abenteuer in den Kanälen schildern?«

Sie verzog das Gesicht. »Das ist nicht nötig. Ich hatte keine Ahnung, daß es dergleichen in London gibt. Nicht, daß ich viel von London wüßte. Ich war nur ein paar Tage dort, ehe wir nach Salisbury gingen. Eine sehr bevölkerte, verwirrende Stadt.«

»Richtig. Man muß die Verwirrung überwinden und sich die Stadt zu eigen machen... Du bist also nie wieder nach London gekommen?«

»Nein.«

»Warum nicht?«

»Die Eisenbahnstrecke mußte gebaut werden.«

»Offenbar muß immer irgendwo eine gebaut werden.«

»Ja«, sagte sie schlicht. »Immer.«

»Manch einer würde sagen, daß sei nichts für eine Frau.«

Sie fuhr auf. »Manch einer ist ganz schön dumm. Warum nicht? Weil ich keine großen, hervortretenden Muskeln habe? Man braucht dazu mehr als Körperkraft. Es bedarf Sorgfalt und Genauigkeit, man muß wissen, wann man einen Berg umgeht und wann man einen Durchstich macht. Man muß sich vergewissern, daß jede Schiene, jede Schwelle gut und sicher aufliegt. Das kann ich ebensogut wie ein Mann. Besser noch.«

»Immer mit der Ruhe. Ich bin nicht auf Streit aus.« Er machte eine Pause. »Und wer hat dich gelehrt, besser zu sein?«

»Ich selbst. Als wir nach Salisbury kamen, heftete ich mich

Patrick an die Fersen, sperrte Ohren und Augen auf und lernte alles.«

»Und wo hast du gelebt, ehe du nach Salisbury gekommen bist?«

»In Utah.« Sie wechselte rasch das Thema. »Die Schlucht liegt gleich hinter dieser Biegung.« Sie zügelte ihr Pferd und deutete auf die Erhebung vor ihnen. »Wir müssen absitzen und von hier an den Schwellen entlanggehen.«

»Wenn du es schaffst zu gehen, ohne hinzufallen. Du bist noch immer bleicher als ein Grabstein.«

»Ich falle schon nicht. Ich sagte, daß ich wieder fit bin.« Sie stieg aus dem Sattel. »Wenn man an Unpäßlichkeit nicht denkt, vergeht sie wieder.« Sie spürte seinen Blick auf sich, als sie Bedelia den Sattel abnahm und die Stute an einem Banyan-Baum unweit der Strecke festband.

»Nein, du wirst nicht fallen.« Sein eigenartiger Ton veranlaßte sie, über die Schulter zu blicken. Seine Miene war spöttisch wie beinahe immer. »Sag mir, weiß Reilly eigentlich zu schätzen, was er an dir hat?«

»Natürlich.«

»Aber doch nicht so, daß er dich einen Hund, an dem du hängst, im Bungalow halten ließe?«

»Für Patrick müssen Tiere eine Funktion erfüllen.« Hastig setzte sie hinzu: »So denken viele Menschen über Haustiere. Ich möchte wetten, Sie haben nie eines gehabt.«

»Die Wette würdest du verlieren. Ich hatte einmal etwas ähnliches.«

Sie sah ihn erstaunt an. »Einen Hund?«

»Einen Fuchs.«

»Was für ein sonderbares Schoßtier.«

Er zog die Schultern hoch. »Ich war ein sonderbarer Junge.«

»Wie hieß er?«

»Ich habe ihm keinen Namen gegeben.«

»Warum nicht?«

»Er war mein Freund. Es wäre eine Zumutung gewesen. Außerdem hatte ich ja nur ihn. Eine Verwechslung war ausgeschlossen.«

»Merkwürdig...« Sie ging los, die Schienen entlang, auf die Schlucht zu. »Eine halbe Meile, und ein ganzer Bautrupp ist zur Stelle, um mich zu beschützen. Sie brauchen nicht weiter mitzukommen.«

»Hör auf, mich loswerden zu wollen.« Er saß ebenfalls ab und band sein Pferd an. »Es gibt neben Abdar noch andere Bedrohungen. Was ist, wenn du von der Brücke stürzt?« Er warf schon im Gehen einen Blick hinunter auf den schmalen gelb-braunen Wasserlauf, der sich durch die Schlucht wand. »Ertrinken würdest du vielleicht nicht, aber der Sturz könnte dir eine Verletzung eintragen. Außerdem – warum sollte ich fortgehen? Wenn ich schon da bin, könnte ich eine neue Fertigkeit lernen.«

»Es bedarf keiner besonderen Fertigkeit, um Schienen zu legen«, sagte sie trocken. »Es bedarf nur eines kräftigen Rückens.«

»Den besitze ich.«

Das Bild Ruels nackt auf dem Bett, ganz sehnige Kraft, stand plötzlich vor ihr. »Das bezweifle ich nicht«, gab sie halblaut von sich.

»Heißt das, daß ich angeworben bin?«

»Und was ist mit Ihrer Verletzung? Mit einer Schulterwunde kann man nicht arbeiten.«

»Meine Schulter ist verheilt. Den Verband trage ich nur, weil Ian darauf besteht.«

Sie hätte ihn zurückweisen sollen. Er gehörte nicht hierher, seine Anwesenheit war eine Ablenkung, die sie nicht brauchen konnte. Ein merkwürdiges Zaudern hinderte sie jedoch daran, die Worte auszusprechen, die ihn in die Schranken weisen würden. Auf geheimnisvolle Weise hatte er den vergangenen Stunden einen Glanz und eine Farbigkeit verliehen, wie sie sie nie zuvor erlebt hatte. Es konnte vielleicht nicht schaden, wenn sie ihm erlaubte, noch eine Weile zu bleiben. »Bei dieser Hitze ist die Arbeit kein Vergnügen. Sie werden nach einem Tag die Nase voll haben.«

»Nein.« Er lächelte. »Ich gebe einen Job nie auf, ehe sich nicht etwas Interessanteres bietet.«

4. Kapitel

Er gab nicht auf.

Der einzige Grund, weshalb ihr Blick den ganzen Tag über immer wieder an ihm haftete, war die Sorge um seine Schulter, redete Jane sich ein. Doch die Verletzung schien ihn nicht zu behindern, die Muskeln von Rücken und Unterleib bewegten sich so geschmeidig wie das Getriebe einer Lok. Die rhythmische Kraft, mit der er jeden keilförmigen Bolzen traf, ließ diese fest und sicher sitzen. Am Ende des Tages schwang er den riesigen Hammer mit derselben Kraft und Entschlossenheit wie zehn Stunden zuvor.

»Sie können jetzt Schluß machen.« Sie trat hinter ihn. »Haben Sie nicht gehört, daß Robinson den Arbeitsschluß ausgerufen hat? Die anderen sind schon vor fünf Minuten gegangen.«

»Ich habe ihn gehört.« Er schwang den Hammer, und der Bolzen drang tiefer ein. »Aber ich bin nicht wie die anderen. Ich will mich selbst beweisen.« Dann legte er den Hammer beiseite.

»Ich liebe Arbeit wie diese. Man braucht nicht zu denken, nur zu fühlen.«

Eine Patina aus Schweiß und Staub ließ seine goldene Haut schimmern, seine Brust hob und senkte sich unter angestrengten Atemzügen. Jane spürte, wie ihre Handflächen prickelten, und registrierte verwundert, daß sie den Wunsch verspürte, ihn zu berühren. Statt dessen ballte sie die Hände zu Fäusten und trat zurück.

Ruel hob sein Hemd vom Boden neben den Schienen auf und schlüpfte hinein. »Lade mich zum Abendessen in den Bungalow ein.«

»Warum?«

»Ich möchte deinen Patrick Reilly kennenlernen.« Er ging los, auf die Sikor-Schlucht zu. »Ich möchte euch zusammen sehen.«

Sie wollte ihm noch eine Frage stellen, doch seine Miene trug jene Verschlossenheit zur Schau, die sie schon zu deuten wußte. »Sie würden nicht mit ihm auskommen. Ihr seid zu verschieden.«

»Lade mich ein.«

Nach kurzem Zögern sagte sie mit gespielter Höflichkeit: »Würden Sie heute mit uns zu Abend essen?«

»Mit dem größten Vergnügen. Erst muß ich ins Hotel und den Schweiß abwaschen, aber um acht bin ich im Bungalow.«

Sie rang sich ein Lächeln ab. »Sobald Sie überzeugt sind, daß ich wieder wohlauf bin, werden Sie hoffentlich Ihren eigenen Geschäften nachgehen.« Nach einer Pause fügte sie hinzu: »Ach übrigens... was sind Ihre Geschäfte?«

»Im Moment beschäftige ich mich mit Investitionen.« Ihre ungläubige Miene reizte ihn zum Lachen. »Wirke ich zu ungehobelt, um als Geschäftsmann durchzugehen? Gewiß, ich fühle mich in der Welt der Geschäfte nicht sonderlich zu Hause, aber ich habe schon vor langer Zeit gelernt, worauf wahre Macht beruht.«

»Macht?«

»Mit sehr viel Geld vermag ein Mensch sich zum König aufzuschwingen.«

»Und das streben Sie an?«

Er zwinkerte ihr zu. »Na, vielleicht würde ich mich mit der Position des Kronprinzen zufriedengeben.«

Sie schüttelte den Kopf. »Ich kann mir nicht vorstellen, daß ich mich in einem solchen Leben wohl fühlen würde. Es wäre... mir fremd.«

»Du würdest lieber immer im Streckenbau schuften?«

»Es ist nicht immer so schwierig wie hier.«

»Und lohnt es sich auch?«

Sie nickte eifrig. »Ja, und ob.«

»Warum?«

»Das kann ich nicht erklären.« Sie überlegte kurz. »Ein Zug bedeutet... Freiheit. Man steigt ein, und er entführt einen, so daß man alles Schlechte hinter sich lassen kann.«

»Und wenn der Zug einen dorthin bringt, wo es noch schlechter ist?«

»Dann springt man ab, ehe man ankommt. Der Zug läßt einem die Entscheidung.«

»Und die Möglichkeit zur Flucht.« Er sah sie aus zusammengekniffenen Augen an. »Jane, wovor versuchst du zu fliehen?«

»Ich bin bereits geflüchtet, und ich werde nie zurückkehren«, erwiderte sie leise.

»Und dein Patrick hat dir bei der Flucht geholfen?«

Sie lächelte. »Ja, Patrick hat mir geholfen.«

Noch einen Whisky, Mr. MacClaren?« fragte Patrick.

»Ich glaube nicht, danke.«

»Ich genehmige mir noch einen Schluck.« Patrick goß den Rest des Flascheninhalts in sein Glas. »Ich weiß genau, daß in die Flaschen immer weniger hineingetan wird. Ich glaube, der Diener im Club haut mich gehörig übers Ohr. Diesen Indern ist nicht zu trauen, Mr. MacClaren.«

»Haben Sie diese Erfahrung machen müssen?« fragte Ruel höflich.

»Sula!« rief Patrick. »Wo steckt die verdammte Köchin? Jane, lauf in die Küche, und sag ihr, daß wir eine neue Flasche brauchen.«

»Ich habe gestern die letzte aus dem Küchenschrank geholt«, sagte Jane darauf.

Patricks Miene verfinsterte sich. »Sie verkauft das Zeug bestimmt im Basar.«

Jane senkte ihren Blick.

Patrick stand auf und ging schwankend zu der Tür, die auf die Veranda führte. »Komme gleich wieder, Mr. MacClaren. Ich glaube, hier auf dem Tisch müßte noch eine Flasche stehen.«

»Ein reizender Bursche«, bemerkte Ruel, als Patrick verschwunden war.

Jane drehte sich wütend zu ihm um. »Warum gehen Sie nicht endlich?«

Ruel zog die Brauen hoch. »Habe ich etwas getan, das dich beleidigt hat?«

»Sie haben die ganze Zeit dagesessen und ihn beobachtet, ihn praktisch seziert, indem...« Sie holte tief Atem. »Sie haben uns beide beobachtet. Das hat mich gestört.«

»Ich beobachte dich gern.« Er lächelte. »Ich glaubte, alles über dich zu wissen, aber ich entdecke immer wieder Neues an dir.«

»Sie kennen mich überhaupt nicht, und es steht Ihnen nicht zu, über Patrick zu urteilen, da Sie ihn nicht kennen.«

»Du tust mir Unrecht.« Seine blauen Augen blitzten. »Und ich dachte, ich wäre charmant und gesprächig. Reilly ist sicher dieser Meinung. Vorausgesetzt, er ist in seinem Dusel noch zu einem klaren Gedanken fähig. Ist er immer betrunken, wenn du nach Hause kommst, nachdem du dich seinetwegen abgerackert hast?«

»Das macht die Hitze.«

»Ach?« Er stand auf und legte seine Serviette auf den Tisch. »Da es aussieht, als hätte ich meine Besuchszeit überschritten, werde ich mich empfehlen.« Er ließ eine leichte Verbeugung folgen. »Vielen Dank für das Essen. Ich nehme an, die Anwesenheit dieser Sula gewährleistet, daß du nicht auch noch Küchenmädchen spielen mußt.«

Ihre Hände waren unter dem Tisch zu Fäusten geballt. »Gute Nacht.«

Seine Spottlust war plötzlich wie weggeblasen. »Um Himmels willen, geh zu Bett«, sagte er heiser. »Du bist todmüde, und es fällt ihm nicht einmal auf. Wir sehen uns morgen auf der Baustelle.«

»Sie wollen wieder kommen?«

»Aber ja, es war eine sehr interessante Erfahrung.« Er ging zur Tür. »Mich reizt es immer, Neues kennenzulernen. Deswegen habe ich auch das Dinner so genossen.«

»Und was haben Sie heute bei uns Neues gelernt?« fragte sie wachsam.

Er warf ihr einen schrägen Blick über die Schulter zu. »Daß du unglaublich loyal bist und aufrichtig gewillt, dich für diesen reizenden Trunkenbold zu Tode zu rackern.«

»Er ist kein Trunkenbold. Ich sagte...«

»Daß die Hitze schuld ist«, beendete er den Satz an ihrer Stelle. »Ich habe hier jede Menge Leute getroffen, die ihre Schwäche auf das Wetter schieben. Die Hitze macht sie durstig, der Monsun macht sie depressiv, und die Sandstürme sind schuld an ihren Kopfschmerzen. Patrick Reilly interessiert mich nicht mehr, da ich nun weiß, was ich wissen wollte.«

»Und das wäre?« fragte sie scharf.

Er hielt ihren Blick fest. »Was immer zwischen euch sein mag, die Gerüchte sind falsch. Er teilt dein Bett nicht.«

»Nun?« fragte Ian, als Ruel eine Stunde später das Hotelzimmer betrat. »Hat der Tag dir etwas gebracht?«

»Es reicht.« Ruel streifte Jackett und Hemd ab und ging zum Waschtisch. »Ich habe Patrick Reilly kennengelernt.«

»Und?«

»Er hat mit Kartauk nichts zu schaffen. Er hat mit niemandem etwas zu schaffen – außer mit seiner Flasche.«

»Armes Mädchen.«

»Sie würde sich dein Mitgefühl verbitten. Wer es mit Abdar aufnimmt, ist zu stark, um Mitgefühl zu verdienen.«

»Trotzdem kann sie einem leid tun. Ein wenig erinnert sie mich an Margaret.«

»Unsere reine und ehrbare Maggie würde über den Vergleich mit einer Frau, die häufig Bordelle aufsucht und in Männerkleidung herumläuft, nicht entzückt sein.« Er griff nach einem Handtuch und trocknete sich ab. »Glaube mir, die beiden sind einander denkbar unähnlich.«

»Du hast Margaret nie richtig kennengelernt.« Ian lächelte. »Und ich glaube nicht, daß du dieses Kind kennst.«

»Ich werde Jane bald sehr gut kennen.« Er warf Ian einen Blick zu. »Und Kartauk.« Er löste seinen Gürtel.

»Wie wär's, wenn du jetzt verschwändest, damit ich mich ausschlafen kann?«

»Willst du auch morgen an der Strecke arbeiten?«

»Solange es sich als nötig erweist.« Er zog die Hose aus. »Gute Nacht, Ian.«

»Ich habe das Gefühl, entlassen zu werden.« Ian erhob sich gemächlich und ging zur Tür. »Sollte ich dir irgendwie behilflich sein können, lasse es mich wissen.«

»Würdest du mir auch behilflich sein, das ›arme Kind‹ zu betrügen?« fragte Ruel spöttisch.

»Du würdest sie nicht betrügen. Du bist ein anständiger Mensch, und du entwickelst schon Gefühle für das Mädchen«, sagte Ian seelenruhig. »Aber je eher wir die Sache mit Kartauk hinter uns bringen, desto eher können wir an die Heimreise denken.«

»Ich entwickle keine...« Ruel wurde mitten im Satz unterbrochen, als Ian die Tür hinter sich schloß.

Fünf Minuten später blies Ruel das Öllämpchen auf dem Nachttisch neben dem Bett aus, legte sich zurück und starrte in die Dunkelheit. Er war müde, zugleich aber zu angespannt, um Schlaf zu finden. Ians Worte hatten seine Laune nicht eben gebessert.

Er entwickelte keine Gefühle für Jane Barnaby, verdammt! Die Tatsache, daß er in ihrer Schuld stand, komplizierte zwar alles, aber er beabsichtigte nach wie vor, sie als Mittel zu benutzen, das ihn zu Kartauk führen sollte. Hatte er sein Ziel erreicht, mußte er sich entscheiden, ob er John dem Prinzen ausliefern oder selbst töten würde.

Kartauk töten? Dieser grausame Gedanke war aus dem Nichts aufgetaucht. Er kannte John Kartauk gar nicht und hatte nicht den geringsten Grund, ihm nach dem Leben zu trachten.

Doch er wußte, daß Jane Barnaby so viel an diesem Bastard lag, daß sie ihr Leben für ihn riskierte.

Und er wußte genug, um es nicht für ausgeschlossen zu halten, daß Kartauk ihr Liebhaber war.

Die Wut, die dieser Gedanke in ihm auslöste, kam für ihn wie ein Schock.

Er mußte alle Emotionen beiseite schieben und kühl und klar denken. Es lag kein Grund vor, zuzulassen, daß sein Gefühl für Jane seinem Streben nach Cinnidar in die Quere käme.

Jane mit Kartauk im Bett, sich unter ihm windend, während er in ihren Körper eindringt, immer wieder...

Wut loderte in ihm auf. Er ballte die Hände zu Fäusten. O Gott, was ging nur mit ihm vor? Noch nie hatte er Eifersucht empfunden. Die Leidenschaft war immer ein angenehmes Spiel gewesen, dem man sich hingab und das man vergaß. Und jetzt geriet sein Blut allein bei dem Gedanken an den gesichtslosen Fremden in Wallung, wenn er sich vorstellte, wie dieser Jane in Besitz nahm.

Vielleicht *würde* er den Bastard umbringen.

»Oberst Pickering berichtete Ian, der Salonwagen des Maharadschas sei eine echte Sehenswürdigkeit«, sagte Ruel beiläufig, als er Jane in den Sattel half. »Würdest du mir ihn zeigen?«

Jane sah ihn erstaunt an. Sie taumelte fast vor Erschöpfung, obwohl sie nicht wie Ruel Bolzen eingeschlagen hatte. Und doch wirkte er straff und energisch wie am Morgen vor Arbeitsbeginn. »Jetzt? Sind Sie denn nicht müde?«

»Ich war schon müder.« Er blinzelte ihr zu, als er in den Sattel stieg. »Wenn man nicht daran denkt, vergeht es wieder, wie ich unlängst zu hören bekam. Also, zeigst du mir den Waggon? Der neue Bahnhof liegt doch auf dem Weg, oder?«

»Ja, es sind dort zwei Waggons abgestellt, der Salonwagen des Maharadschas und der Privatwaggon seiner Gäste.«

»Ist es der Salonwagen, der goldene Türen hat?«

»Sie haben von den Türen gehört?«

»Die Türen sind in Kasanpore in aller Munde, ich hätte schon taub sein müssen, nicht davon zu hören. Man bekommt nicht alle Tage goldene Türen zu sehen.«

»Nein.« Sie zögerte. »Möchten Sie nicht lieber warten? Gestern habe ich Bescheid bekommen, daß die Lokomotive sich bereits auf dem Transport flußabwärts befindet und morgen ankommen soll. Sie könnten sich beides gleichzeitig ansehen.«

»Die Lok interessiert mich nicht.« Er zog eine Braue hoch. »Es sei denn, sie hätte einen Kessel aus Gold.«

Sie lachte auf. »Nein, das nicht, aber wir haben dafür gesorgt, daß sie ordentlich blinkt und blitzt.« Sie machte eine Pause. »Der Maharadscha wird anwesend sein. Er hat praktisch ganz Kasanpore zu diesem Ereignis eingeladen.«

»Das ändert allerdings die Situation. Kannst du mich mit dem Maharadscha bekannt machen?«

Sie schüttelte den Kopf. »Ich kann nicht riskieren, daß sein Unwille sich regt. Sein Interesse gilt in erster Linie der neuen Lokomotive. Er wird sich höchst ungern ablenken lassen wollen.«

»Zu schade. Dann möchte ich die Tür lieber jetzt sehen, damit ich sie in aller Ruhe betrachten kann. Für Gold jeder Gestalt oder Form habe ich eine ausgeprägte Vorliebe.«

»Ich kenne noch jemanden, der ähnlich denkt.« Ihr Lächeln erlosch. »Eigentlich kenne ich zwei Menschen, die...« Sie gab ihrem Pferd die Sporen, worauf die Stute in leichten Trab verfiel. »Wenn Sie die Türen sehen wollen, müssen wir uns beeilen.«

Als sie den Bahnhof erreichten, war die Sonne fast ganz untergegangen. Die letzten schwachen Strahlen fielen auf die reichlich vorhandenen Messingverzierungen der zwei dunkelroten Waggons und ließen sie blitzen und funkeln.

»Wo ist die vielgerühmte goldene Tür?« fragte Ruel.

Sie deutete auf den zweiten Waggon.

Rasch ging er am ersten Wagen vorüber und erklomm die vier Metallstufen des zweiten. »Die Sonne ist schon fast verschwunden. Ich kann nichts mehr richtig sehen...« Er nahm die an einem Haken neben der Tür hängende Laterne, entzündete sie und hielt sie hoch. Schweigend stand er da und studierte die Tür. »Großartig.«

»Es ist eine Darstellung des Paradieses. Die Tür selbst ist aus Bronze, auf die das Gold aufgetragen wurde.« Sie runzelte die Stirn. »Aber sie hat uns dennoch viel zuviel gekostet.«

Die verdammte Tür hatte ihr jede Menge Ärger bereitet und so viel Geld gekostet, daß sie in letzter Zeit nicht mehr imstande gewesen war, sie mit der gebührenden Bewunderung anzusehen. Nun aber mußte sie feststellen, daß sie die Tür mit Ruels Augen sah.

Zwei weitverästelte Bäume, deren Zweige exotische Blüten trugen und in üppigem Durcheinander über die gesamte vergoldete Oberfläche wucherten, wuchsen zu beiden Seiten. Durch diese Blütenwand sah man Tiger und Gazelle, die sich vor einer in einen Sari gehüllten Frauengestalt spielerisch tummelten. Die Frau, die sich in einem Handspiegel betrachtete, schien den Tieren keine Beachtung zu schenken.

»Ein wahres Meisterwerk. Wer hat die Tür geschaffen?«

»Ach, ein einheimischer Kunsthandwerker.« Sie beeilte sich zu fragen: »Haben Sie genug gesehen?«

»Nein.« Sein Blick fiel auf den Stamm des Baumes auf der linken Türseite. »Was ist denn das?« Er brach in Gelächter aus. »Guter Gott, das ist ja eine Schlange!«

Sie hatte schon gehofft, er würde die um den Stamm geringelte Schlange nicht bemerken. »Gibt es denn ein Paradies ohne Schlange?«

»Soviel ich weiß, nicht.« Er lächelte rätselhaft. »Aber noch nie wurde eine Schlange so raffiniert dargestellt.«

Da ihr sein Interesse an der Schlange unangenehm war, versuchte sie abzulenken. »Mir gefällt der Tiger am besten.«

»Er ist sehr gut.« Sein Blick hing noch immer an der Schlange. »Eine köstliche Gemeinheit«, murmelte er.

»Was…«

»Nichts.« Zu ihrer großen Erleichterung ließ sein Blick von der Schlange ab und richtete sich auf ihr Gesicht. »Darf ich das Innere sehen?«

»Natürlich.« Sie zog einen Schlüsselring aus der Tasche und zögerte erst, als ihr einfiel, was hinter der Tür lag. »Die Einrichtung ist nicht weiter außergewöhnlich. Reicht Ihnen nicht, was Sie gesehen haben?«

Er sah sie prüfend an. »Was ist da drinnen, das ich nicht sehen soll?«

»Ich bin müde und hungrig.« Sie vollführte eine Geste der Ungeduld. »Sie wollten die Tür sehen, und Sie haben sie gesehen. Alles andere wäre Zeitverschwendung.«

»Warum?«

»Ach, um Himmels willen…« Sie sperrte die schwere Tür auf und öffnete. »Sehen Sie sich um, wenn Sie unbedingt möchten. Was kümmert es mich.«

»Danke.« Er trat ein. »Kommst du nicht mit?«

»Ich kenne schon alles.« Als er stehenblieb und sie eindringlich ansah, trat sie zögernd ein paar Schritte vor, bis sie neben ihm stand. »Beeilen Sie sich.«

»Ach, ich vergaß, daß du hungrig bist.« Er hob die Laterne

hoch und blickte sich um. Das Licht tanzte über rote Plüschdiwane, schimmernde Teakholztische und quastengeschmückte Vorhänge, die Fensterbretter mit Perlmutteinlegearbeiten umrahmten. Er hob die Laterne noch höher. Nun fiel sein Blick auf acht Bilder, die die Wände zierten. Er stieß einen langgezogenen, leisen Pfiff aus. »Da bekomme ich selbst Appetit.«

»Der Maharadscha hat sie ausgewählt«, sagte sie hastig. »Er hat die Bilder aus dem Palast bringen lassen.«

»Zweifellos aus den Konkubinengemächern. Kamasutra...«

»Kama was?«

Er trat näher heran und betrachtete das direkt vor ihm hängende Bild. »Sie sind hervorragend ausgeführt. Zabrie zeigte mir ein paar solcher Bilder in einem Buch. Erkennst du den zärtlichen Gesichtsausdruck dieses Mannes?« Er hob die Laterne noch höher, näher ans Bild heran. »Die Gesäßbacken der Frau sehen so weich und rund aus wie Pfirsichhälften. Diese Stellung ist recht vergnüglich, wenn der Winkel stimmt...«

Sie ertappte sich dabei, daß sie nicht das Bild anschaute, sondern das Spiel des Lichts auf der feingeformten Linie seines Backenknochens. Obwohl sie einander nicht berührten, spürte sie seine Körperwärme. Sie roch den erdnahen Geruch nach Salz, Seife und Schweiß, der ihn umgab. Das Atmen fiel ihr schwer. Die Intimität des Waggons schien sie zu ersticken, sie zu schwächen. »Gehen wir?«

Er warf ihr einen fragenden Blick zu. »Du errötest doch nicht etwa? Man möchte meinen, eine Frau, die Zabrie so oft besucht, kann nichts Schockierendes an diesen Bildern finden.«

»Ich erröte nicht.« Da sie wußte, daß die Hitze in ihren Wangen ihre Worte Lügen strafte, fiel ihr Ton mit Absicht brüsk aus. »Ich finde sie nicht schockierend, sondern unglaubwürdig. Männer kennen keine Zärtlichkeit. Es ist nicht wie auf diesem Bild.«

Er sah sie aus zusammengekniffenen Augen an. »Nein? Wie ist es dann?«

»Hart und schnell«, sagte sie rundheraus.

Er lachte auf. »Hart... das kann ich nicht leugnen. Du solltest...«

»Ich möchte nicht darüber sprechen.«

»Warum nicht? Ich finde die Diskussion aufregend. Erzähl mir mehr.«

»Sie machen sich über mich lustig.«

»Vielleicht. Deine Erfahrung muß ziemlich begrenzt sein.«

»Sie irren sich«, erwiderte sie hitzig. »Ich verbrachte die ersten zwölf Jahre meines Lebens in einem Bordell. Ich weiß alles über...« Sie unterbrach sich, um auf dem Absatz kehrtzumachen. »Mir reicht dieser Unsinn.«

»In einem Bordell?« Sein irgendwie beklommener Ton bewirkte, daß sie ihm einen Blick über die Schulter zuwarf. Aus seiner Miene war jede Andeutung von Spott verschwunden. Er wirkte angespannt, sprungbereit wie eine Katze. »Hat Reilly dich dort aufgegabelt?«

»Ja.«

»Sieht aus, als hätte ich ihn falsch eingeschätzt. Ich wäre nie auf den Gedanken gekommen, daß Kinder sein Geschmack sind. Allmählich finde ich ihn unerträglich.«

»So war es nicht... Ich muß zurück in den Bungalow!«

»Ganz recht, du darfst dich nicht verspäten.« Sein seidenweicher Ton vermochte die spürbare Spannung nicht ganz zu überdecken, seine Augen blitzten sie durch halbgeschlossene Lider an. »Sicher ist Patrick verzweifelt, wenn du ihn auch nur einen Moment warten läßt.«

»Schluß damit!« Sie stand mit geballten Fäusten vor ihm. »Patrick ist zwar nicht immer nüchtern, aber er treibt nicht seinen

Spott mit anderen, und er kränkt auch niemanden mit Absicht. Er ist nicht grausam, wie Sie.« Damit drehte sie sich um und riß die Tür auf.

»Jane!« Mit einem heftigen Fluch war er plötzlich an ihrer Seite und griff nach ihrem Arm.

Sie versuchte sich loszumachen. »Loslassen, verdammt noch mal!«

Er gab sie sofort frei und hob die Hände. »Ich fasse dich nicht an. Darf ich nun etwas sagen?«

Sie funkelte ihn an.

»Ich möchte mich entschuldigen.« Er verzog sein Gesicht. »Aber bin offensichtlich nicht sehr gut darin. Kannst du mir verzeihen?«

Sie spürte, wie ihr Zorn schwand. »Was für ein merkwürdiger Mensch Sie doch sind.«

»Zweifellos.« Er trat einen Schritt zurück, um ihr den Vortritt zu lassen. »Geh jetzt. Im Moment bin ich ziemlich durcheinander. Es wäre besser, wenn du nicht in meiner Nähe bist. Wir sehen uns dann am Morgen.«

»Es ist wohl zwecklos, wenn ich vorschlage, Sie sollten nicht mehr hinaus zur Baustelle kommen?« fragte sie stockend.

»Völlig.« Er schenkte ihr keinen Blick, als er an ihr vorüberging und die Stufen des Waggons hinunterstieg. »Dafür ist es zu spät. Wir müssen weitermachen und die Sache zu Ende bringen.«

»Welche Sache?«

»Ich wußte welche«, sagte er barsch. »Jetzt bin ich nicht mehr sicher, daß ich es weiß.«

Gleich darauf saß er im Sattel und ritt zur Stadt.

»Warum hast du drei Whiskys hintereinander hinuntergegossen, seitdem du zur Tür herein bist«, fragte Ian sanft seinen Bruder.

»Ich bin durstig.« Er lächelte unverschämt. »Und der Scotch ist ausgezeichnet. Du würdest mir rechtgeben. Ist nicht alles, was nur annähernd an Glenclaren erinnert, lobenswert?« Er lehnte sich in seinem Sessel zurück. »Das wundervolle, herrliche Glenclaren. Sag mir, hast du in letzter Zeit etwas von Maggie gehört?«

»Du weißt, daß es nicht der Fall ist.«

Ruel führte das Glas an die Lippen. »Zweifellos pflegt sie als pflichtbewußte Tochter noch immer ihren Vater. Der alte MacDonald macht ihr das Leben zur Hölle.«

»Das ist auch meine Meinung.«

»Warst du nie versucht, dem alten Schurken den Rest zu geben?«

»Sehr oft.«

»Und?«

»Es ist eine Todsünde. Wir können warten.«

»Soll ich es für dich tun?«

Ian riß die Augen auf.

»Soll ich?« wiederholte Ruel.

»Du beliebst zu scherzen.«

»Tue ich das?« Dabei fragte Ruel sich insgeheim, ob er das Angebot nur gemacht hatte, um Ian zu schockieren, oder ob er es ernst meinte. Er war in gewalttätiger Stimmung, und die an Tortur grenzende Versklavung, die der zänkische alte MacDonald seiner Tochter aufzwang, erschien ihm verwerflicher als die Sünde, von der sein Bruder sprach. »Woher willst du das wissen?«

»Ich kenne dich.«

»Nicht mehr.«

»Aus dir spricht nur der Alkohol.« Ian zog die Schultern hoch. »Also hör auf, Unsinn zu reden.«

»Wie du willst.« Ruel trank einen Schluck. »Laß es mich wissen, falls du deine Meinung ändern solltest.«

»Warum bist du heute so?«

»Wie?«

»Wild.«

»Das ist die Natur des Untieres.«

Ian schüttelte den Kopf. »Du bist gereizt. Warum?«

»Ich bin nicht...« Warum leugnen, wenn Ian es ihm ohnehin nicht glauben würde? Er hatte gehofft, der Alkohol würde seiner Eifersucht, seiner Wut und dem Mitgefühl, die Janes Worte in ihm geweckt hatten, die Spitze nehmen. Am liebsten hätte er... jemanden erwürgt. Aber wen, um Himmels willen? Patrick, Kartauk, die Männer, die Janes Kindheit zu einem Alptraum hatten werden lassen? Ach, zum Teufel damit. Er goß sich noch einen Drink ein. »Heute habe ich die goldene Tür besichtigt.«

»Und?«

»Ein großartiges Abbild des Paradieses.., mit Abdars Gesicht als Schlangenkopf.«

»Was? Bist du sicher?«

»Die äußerst subtile Ausführung kann nicht verhindern, daß einem die Ähnlichkeit auffällt.«

»Eine exquisite Gemeinheit.« Ian lachte auf. »Ich glaube, langsam finde ich Gefallen an diesem Kartauk. Der Mann hat Humor.«

Ruels Reaktion war dieselbe gewesen. »Der Maharadscha kann für seinen Sohn nicht viel Liebe empfinden, wenn er diese spezielle Äußerung von Ironie zuließ.« Er trat auf Ian zu.

»Morgen wird die Lokomotive geliefert, und Jane sagte, daß der Maharadscha anwesend sein wird. Du könntest dem Ereignis mit Oberst Pickering beiwohnen und versuchen, dem Maharadscha vorgestellt zu werden.«

»Ausgezeichnete Idee. Du gibst die Suche nach Kartauk also auf?«

»Das habe ich nicht gesagt, aber man muß vernünftigerweise jeden Weg ins Auge fassen.« Mit dem Glas in der Hand ging er zur Tür. »Nach allem, was ich heute im Salonwagen vom Kunstgeschmack des Maharadschas mitbekommen habe, bezweifle ich übrigens aufrichtig, daß du und der Maharadscha viel gemeinsam habt.«

»Heute muß für Sie ein großer Tag sein.«

Jane drehte sich um. In einigem Abstand hinter ihr stand Ian MacClaren, dessen warmes Lächeln sofort ihre Lebensgeister hob. »Guten Tag, Lord MacClaren.«

»Ian.« Er trat einen Schritt näher. Seine hochgewachsene Gestalt versperrte ihr den Blick auf die plaudernde Schar der Ehrengäste, die das kleine Bahnhofsgebäude füllte. »Wieso verstecken Sie sich hier drinnen? Ich hätte Sie eher draußen auf dem Bahnsteig vermutet, sich im Glanz fürstlichen Lobes sonnend.«

»Meine Aufgabe war es, den Transport der Lokomotive vom Anlegeplatz des Schiffes hierher zu überwachen.« Ihr Blick wanderte zu Patrick, der neben dem Maharadscha auf dem Bahnsteig stand und auf den vorne an der Lok angebrachten Schienenräumer aus Messing deutete. »Patrick ist für diese Dinge viel geeigneter als ich. Haben Sie Ruel nicht mitgebracht?«

»Nein, er schuftet Ihretwegen auf der Baustelle. Ich bin mit Oberst Pickering gekommen.« Ian nickte einem großen Mann mit eisengrauem Haar und medaillengeschmückter Brust zu. »Kennen Sie ihn?«

»Nein, aber Patrick hat oft von ihm gesprochen. Oberst Pikkering hat uns sehr geholfen, indem er seinen Einfluß beim Maharadscha geltend machte.«

»Das erhofft Ruel sich auch für heute, aber ich glaube nicht, daß wir so viel Glück haben werden.« Er lächelte. »Der Transport dieses Ungetüms von Lok kann keine einfache Sache gewesen sein. Sie haben sich eine Belohnung verdient. Kommen Sie mit ans Büffet, und trinken Sie ein Glas Fruchtsaft mit mir.«

»Nein!« Unwillkürlich wich sie einen Schritt zurück. »Ich meine... ich habe keinen Durst.«

»Bei dieser Hitze? Sie müssen Durst haben.« Ian faßte behutsam nach ihrem Ellbogen. »Kommen Sie, wir...«

»Nein.« Sie riß sich von ihm los. »Ich sagte schon, ich hätte keinen Durst.« Ian starrte sie daraufhin so verdutzt an, daß sie schließlich hinzufügte: »Sehen Sie es denn nicht? Ich gehöre nicht dorthin. Alle sehen mich an wie ein fremdes Wesen.« Sie schob trotzig ihr Kinn vor. »Nicht, daß es mir etwas ausmachen würde.«

Sein Blick erfaßte das lose Hemd und die Arbeitshose, die sie trug. »Sie sind adrett und sauber. Es ist mir eine Ehre, Sie begleiten zu dürfen.«

»Sauberkeit genügt nicht. Man sieht mir an, daß ich anders bin.« Sie machte auf dem Absatz kehrt. »Ich kann hier nicht noch mehr Zeit vergeuden. Ich muß arbeiten. Guten Tag, Lord MacClaren.«

»Ian«, sagte er wieder. »Jegliche Förmlichkeit ist fehl am Platz, da ich Ihnen doch mein Hemd überließ.«

Sie blickte ihn erschrocken an. »Ach... das hatte ich ganz vergessen. Ich wollte es schon längst zurückgeben. Es tut mir leid, Lord...« Unter seinem Blick hielt sie inne. »Ian. Morgen bringe ich Ruel das Hemd, und er kann es Ihnen zurückgeben.«

»Es eilt nicht.«

Als sie den Bahnhof verließen, fiel er in Gleichschritt mit ihr und bahnte ihr mühelos einen Weg durch die Menge, die sich auf dem Bahnsteig zusammengefunden hatte. »Sie reiten heute nicht mehr hinaus zur Baustelle?«

Jane schüttelte den Kopf. »Jetzt ist es schon zu spät. Bis ich die Schlucht erreiche, geht die Sonne unter. Ich muß zum Materiallager, nachsehen, ob eine Ladung Schienen mit der Lokomotive eingetroffen ist.«

»Dann erlauben Sie mir, Sie zu begleiten.« Er schnitt ein Gesicht. »Inmitten dieses Pöbelhaufens werde ich ohnehin keine Audienz beim Maharadscha erreichen.«

»Ich benötige keinen Schutz.« Sie machte eine Pause. »Und ich bin auch nicht sicher, daß es Ruel vorrangig darum geht, mich zu beschützen.«

Ian sah sie ernst an. »Ich glaube, Sie befinden sich in einem Irrtum. Ich bin sicher, Ihr Schutz ist für Ruel ein aufrichtiges Anliegen. Auch wenn es ihm selbst nicht bewußt ist.«

»Noch nie bin ich jemandem begegnet, dem seine Vorgangsweise so deutlich bewußt ist wie Ihrem Bruder«, gab sie trocken zur Antwort.

»Das Leben ist mit ihm hart umgesprungen. Dieser Umstand stellt sich ihm zuweilen so in den Weg, daß er sich selbst nicht immer klar sehen kann.«

»Aber Sie sehen ihn, wie er ist?«

»Ja, ich habe ihn immer so gesehen.«

»Und wie ist er?«

»Er ist ein Riese«, lautete die schlichte Antwort.

»Wie bitte?«

»Er ist einer der Helden dieser Welt. Ich war immer der Ansicht, die Welt bringt in jeder Generation eine Handvoll Helden hervor. Menschen, die zu großartigen Beispielen von Selbstaufopferung fähig sind. Menschen, die die Kraft und Kühnheit aufbringen, das Leben bei den Hörnern zu packen und es zu bezwingen. Ruel ist einer dieser Helden. Nur weigert er sich, dieses Schicksal zu akzeptieren.«

Jane reizte diese Äußerung zum Lachen. »Und Sie, gehören Sie auch zu diesen Helden?« fragte sie Ian.

»Nein, nein, ich bin ein Langweiler. Ich trotte dahin, tue meine Pflicht und bin bemüht, ein guter Mensch zu sein.«

»Das ist doch nicht langweilig«, sagte sie sanft.

»Sie sind sehr liebenswürdig.« Er schnitt eine Grimasse. »Nein, ich bin ein langweiliger Kerl. Ein Wunder, daß Margaret mich jemals eines Blickes würdigte.«

»Margaret?«

»Margaret MacDonald. Wir sind verlobt.«

»Dann kann sie sich sehr glücklich schätzen.«

»Ich bin es, der sich glücklich schätzen kann.« Ians Lächeln ließ sein Gesicht fast hübsch erscheinen. »Wer Margaret kennenlernt, sieht auf den ersten Blick, was für ein bemerkenswertes Geschöpf sie ist. Ich sagte zu Ruel, Sie erinnerten mich ein wenig an Margaret.«

»Ich?« Ein erstaunter Blick traf ihn, ehe sie den Kopf schüttelte. »Nein, ich kann unmöglich wie sie sein.«

»Warum nicht?«

»Weil ich nicht...« Jane deutete auf das Bahnhofsgebäude. »Weil Sie ein Lord sind und Margaret vermutlich jenen Damen ähnelt.«

»Auf welche Weise?«

»Ich weiß es nicht.« Sie überlegte. »Kleider mit Spitzen und Rüschen um den Hals... Zarte Hände. Sie kann nicht wie ich sein. Ich bin anders.«

Er lachte schallend. »Nein, so ist Margaret nicht. Und Gott hat uns alle unterschiedlich geschaffen. Sie dürfen sich dessen nicht schämen, wie Sie sind.«

»Ich schäme mich nicht.« Er verstand nicht, was sie meinte. »Ich bin stolz auf das, was ich bin. Keine dieser Frauen könnte das tun, was ich tue, und auch nicht viele der Männer. Es ist nur klüger, sich nicht aufzudrängen, wenn man unerwünscht ist.«

»Weil man Grausamkeit und Intoleranz hervorruft, wenn man es tut?« fragte er in verhaltenem Ton.

Sie nickte ruckartig. »Und Ihre Margaret wäre nicht anders.«

»Sie irren sich. Fragen Sie Ruel. Er wurde immer als Ausgestoßener betrachtet, aber Margaret begegnete ihm stets in aller Fairneß.«

»Warum wurde Ruel...« Nein, sie wollte von Ruel nicht mehr wissen, als sie schon wußte. Nachdem sie am gestrigen Abend auseinandergegangen waren, hatte sie eine unruhige Nacht verbracht. Er nahm ohnehin schon zuviel von ihren Gedanken ein. Sie rang sich ein Lächeln ab. »Dann muß ich mich irren, und Ihre Margaret muß alles das sein, was Sie behaupten.«

Sie waren vor dem Materiallager angelangt, und Jane zog ihren Schlüsselring hervor. »Vielen Dank für Ihre Begleitung. Ich möchte Sie nicht länger beanspruchen, da Sie sicher zurück zu den anderen Gästen wollen.«

»Es war mir ein Vergnügen. Ich finde Ihr ›Anderssein‹ viel interessanter als das ›Gleichsein‹ der anderen.«

Sie verspürte Wärme, da sein Ton bar allen Spottes war. Er war anders als Ruel, bei dem jedes einzelne Wort auf eine verborgene Bedeutung hin untersucht und abgewogen werden mußte. »Sie beweisen einen ungewöhnlichen Geschmack.« Sie sperrte das Tor auf. »Sicher...«

»Wird das Materiallager immer versperrt?«

»Ja.«

»Warum?« fragte er neugierig. »Man möchte meinen, niemand würde es wagen, für ein Projekt des Maharadschas bestimmtes Material zu stehlen.«

Sie wandte rasch den Blick ab. »Ich bin es noch von England

her gewohnt, unser Material hinter Schloß und Riegel aufzubewahren.«

»Ich verstehe.« Er vollführte eine leichte Verbeugung. »Sicher bewahren Sie alles sehr gut auf. Auch Margaret glaubt daran, ihr Eigentum zu behüten.«

Sie bedachte ihn mit einem zögernden Lächeln, als sie das Tor aufschob und das Materiallager betrat.

»Du hast recht, im Lügen ist sie nicht gut«, sagte Ian bedächtig.

Ruel, der dem Waschtisch den Rücken kehrte, warf ihm einen Blick zu. »Ist heute am Bahnhof etwas vorgefallen?«

»Nicht so ganz.«

»Ian.«

»Sie fühlt sich sehr einsam.«

»Wir alle fühlen uns einsam.«

»Sie glaubt, anders zu sein als andere Frauen.«

»Sie ist anders.«

»Nein... ich glaube, man hat ihr sehr weh getan.«

»Möchtest du mir nicht berichten, was sich heute zugetragen hat?«

Ian ließ sich noch etwas Zeit, ehe er sagte: »Das Materiallager. Sie hält es ständig versperrt, und ich glaube nicht, daß sie es wegen der Diebstahlgefahr tut.«

»Du glaubst, Kartauk...«

»Das habe ich nicht gesagt. Es war ihr nur sehr unangenehm, als ich sie auf das Versperren des Tores ansprach.« Er schnitt eine Grimasse. »Eigentlich wollte ich es dir gar nicht sagen. Jetzt habe ich das Gefühl, sie betrogen zu haben.«

Ruel furchte nachdenklich die Stirn. »Kartauk kann dort nicht sein. Das wäre zu riskant, weil alle paar Tage Schienen aus dem Lager zur Baustelle geschafft werden müssen.«

»Gut.« Ian schien erleichtert. »Dann muß ich mich geirrt haben.«

»Wahrscheinlich. Aber behalte das Lager noch einige Abende im Auge, damit wir Gewißheit bekommen.«

»Ruel, mir behagt dies alles nicht.«

»Ich weiß.« Ruel lächelte. »Du befürchtest, deine Seele würde der Verdammnis anheimfallen.«

Ian schüttelte den Kopf. »Ich befürchte, dem Mädchen weh zu tun.«

Ruels Lächeln erlosch. »Wir werden ihr nicht weh tun, wir werden nur Kartauk finden.«

»Das könnte auf dasselbe hinauslaufen.«

Er streifte sein Hemd ab. »Geh jetzt. Ich muß schlafen.«

Ian stand seufzend auf. »Ich werde das Lager beobachten, hoffe aber, daß ich mich irre.« Er ging zur Tür. »Ich glaube, das hoffst auch du.«

»Den Teufel tue ich.«

Ian ging lächelnd hinaus.

Ruel, der den Blick auf die Tür gerichtet hielt, stieß eine Verwünschung aus. Er würde wegen lächerlicher Gewissensbisse nicht die Suche nach Kartauk aufgeben, ebensowenig wie er zögern würde, sich von Jane zu nehmen, was er wollte. Herrgott, wenn er nur einen Funken Verstand besessen hätte, dann hätte er gestern im Eisenbahnwaggon sein Verlangen gestillt! So konnte es nicht mehr lange weitergehen ... bei jedem Zusammensein mit Jane wurde sein Begehren heftiger und schmerzhafter.

Warum sollte er sich nicht nehmen, was er wollte? Er war ja kein Heiliger wie Ian. Verdammt, er hatte es satt zu warten und seine Zeit abzusitzen.

»Wo sind die Schienen?« wollte Jane von Patrick wissen, als er am Abend den Bungalow betrat.

»Ich glaube, der Maharadscha war begeistert.« Patrick schlenderte zum Büffet und schenkte sich einen Drink ein. »Die Messingleuchten haben es ihm wohl besonders angetan.«

»Die Schienen hätten zusammen mit der Lok geliefert werden sollen. Wo sind sie?«

»Ich mußte die Lieferung verschieben lassen ... erst mußte mir die Bank das neue Darlehen zusichern.« Er nahm einen tiefen Schluck. »Mein Gott, wie heiß es heute da draußen war.«

»Ich brauche die Schienen.«

»Wir werden sie bekommen. In drei Tagen. Ich habe mich um alles gekümmert.«

»Und ich dachte, die Bank würde uns keinen Kredit mehr geben.«

Er sah sie finster an. »Ich habe mich um alles gekümmert, wie ich schon sagte. Und jetzt sieh nach, ob diese Sula, dieses faule Stück, sich bequemt hat, ein Abendessen zu kochen.«

Er wollte damit ihren Fragen ein Ende bereiten, aber sie war nicht bereit, sich so abspeisen zu lassen. »In einer Woche werden wir an der Lanpur-Schlucht sein. Ich werde diese Schienen dann unbedingt brauchen.«

»Du wirst sie bekommen.« Er ließ sich in einen Lehnsessel fallen und schloß die Augen. »Vertraue mir.«

Sie hatte keine andere Wahl. Sie mußte ihm vertrauen, wie sie sich beklommen eingestand. »Ich sage Sula, daß wir essen möchten.«

Damit drehte sie sich um und ließ ihn allein. Gott im Himmel, manchmal glaubte sie, so könne es nicht weitergehen. Sie war es überdrüssig, ständig Kämpfe mit Patrick und dem Maharadscha auszufechten, und jetzt war Ruel MacClaren als zusätzlicher verwirrender Störfaktor aufgetaucht. Rasch schob sie jeden Gedanken an Ruel von sich. Sie hatte schon genügend Probleme... auch ohne Erinnerung an den Blick, mit dem er das verdammte Bild betrachtet hatte.

Am nächsten Tag nahm sie auf der Baustelle eine kaum merkliche Veränderung an Ruel wahr. Er verriet keine Spur jener Sinnlichkeit, die er im Salonwagen an den Tag gelegt hatte.

Erst als sie bei Sonnenuntergang zu ihren Pferden gingen, sprach er sie an. »Du warst den ganzen Tag sehr nervös. Würdest du mir sagen, warum?«

»Ich bin nicht nervös. Die Arbeit nimmt mich sehr in Anspruch. Sie mögen Zeit haben, sich Ihren Launen hinzugeben, aber für mich ist diese Eisenbahn alles andere als ein Scherz.«

»Hör auf, mich anzugreifen, und sag, was los ist. Vielleicht kann ich helfen.«

»Sie können nicht helfen.«

»Wer weiß? Auf die meisten Fragen finde ich eine Antwort.«

Sie drehte sich blitzartig zu ihm um. »Können Sie auch den Monsun abhalten, schon nächste Woche einzusetzen?« schleuderte sie ihm hitzig entgegen. »Können Sie für mich hundert Arbeiter auftreiben, die gewillt sind, gratis zu schuften? Können Sie den Maharadscha davon abhalten, mich mit seinem Drängen auf rasche Fertigstellung zu verschonen? Können Sie –«

»Nein, von all dem kann ich nichts«, unterbrach er sie. »Und du auch nicht. Warum findest du dich nicht damit ab und sagst dem Maharadscha endlich, daß seine Bahn eben nicht fristgerecht fertig sein kann?«

»Weil er uns dann die Bezahlung vorenthält, verdammt noch mal.« Sie ließ ein verbittertes Lächeln sehen. »Wenn wir ihn nicht zufriedenstellen, kann er uns ruinieren.«

»Habt ihr denn keinen Vertrag?«

Sie nickte. »Aber in Kasanpore ist dieser Vertrag nichts wert. Wir könnten die Einhaltung des Vertrags nicht vom Maharadscha erzwingen.«

»Warum habt ihr dann den Auftrag angenommen?«

»Patrick war der Meinung, daß...« Sie band die Stute los und saß auf. »Warum soll ich auf Ihre Fragen überhaupt eingehen? Meine Probleme kümmern Sie ja doch nicht. Ich weiß gar nicht, warum Sie sich die Mühe machen, täglich hier herauszukommen.«

»Möchtest du wirklich wissen, warum ich so hingebungsvoll an deiner Seite arbeite?«

»Das habe ich Sie oft genug gefragt.«

»Ich will dir einen Grund nennen.« Er sah sie an und fuhr nach einer kurzen Pause fort: »Ich möchte die Stellung ausprobieren, die ich auf dem Bild im Salonwagen gesehen habe.«

Ihr Blick flog zu seinem Gesicht. Seine Miene war ausdruckslos, sein Ton so gleichmütig, daß sie glaubte, sich verhört zu haben. »Was?«

»Ja, in den letzten Tagen hat es sich bei mir förmlich zur Besessenheit gesteigert. Die ganze Zeit muß ich daran denken. Wie ich dich auf Händen und Knien positionieren würde, wie ich deine Brüste umfassen würde... Wie ich langsam in dich hineingleiten und fühlen würde, wie du mich umspannst.« Seine Stimme wurde heiser, sinnlich. »Wie ich erst ganz sacht anfangen würde, um dann immer fester zuzustoßen, immer tiefer, wie ich dir Aufschreie entlocken würde, wie...«

»Aufhören! Das will ich nicht hören«, unterbrach sie ihn. »Gehen Sie doch zu Zabrie, wenn Sie eine Frau brauchen.«

»Ich will keine Frau. Ich will dich.«

»Eine ist so gut wie die andere für das, was Sie wollen.«

»Das dachte ich auch immer. Ich habe meine Meinung geändert.«

»Nun, dann ändern Sie sie eben noch einmal. Ich... ich möchte das nicht.«

»Ich könnte dich dazu bringen, es zu wollen. Ich glaube, du hast bei Zabrie entdeckt, daß wir sehr gut zusammenpassen.« Sein Blick erfaßte plötzlich ihr Gesicht. »Vielleicht zu gut. Habe ich dir Angst eingejagt?«

»Sie?« Sie war um einen verächtlichen Ton bemüht. »Sie haben mir nie Angst eingejagt.«

»Vielleicht nicht auf die gewöhnliche Art, aber du bist ja auch keine gewöhnliche Frau. Du bist an deine Unabhängigkeit gewöhnt. Hast du Angst, du könntest nicht imstande sein, mich zu beherrschen?«

»Ich möchte, daß Sie gehen. Ich hätte gar nicht zulassen sollen, daß Sie an der Strecke mitarbeiten.«

»Warum hast du es dann getan?«

»Sie waren amüsant.«

Ruel um sich zu haben, war mehr als amüsant gewesen. Es war, als starre man fasziniert in die glitzernden Tiefen einer Kristallkugel und warte atemlos, welches neue Bild sich zeigen würde. Doch das Gefühl, das er in ihr weckte, war zu stark, die Faszination zu gefährlich.

»Ich werde mich nicht von Ihnen benutzen lassen, Ruel.«

»Doch, das wirst du. Wir werden einander benutzen, und wir werden jede Minute aus vollen Zügen genießen.« Er sah, daß sie protestieren wollte, und hob die Hand. »Wenn ich dich endlich habe, dann wird es keine Eile geben. Bei mir wird keine Rede von ›schnell‹ sein, Jane.«

Diese unverblümten Worte riefen in ihr die Erinnerung an Ruel wach, wie er bei Zabrie nackt auf dem Bett lag, wie er seinen

Fuß lässig auf dem Laken rieb. Sie spürte eine Enge in der Brust, das Atmen fiel ihr schwer.

»Verdammt, du wirst...« Seine Kühle war wie weggeblasen, seine Augen blitzten. »Ich werde mir nicht einreden lassen, daß ich dich brutaler Gewalt unterwerfe. Ich gehöre nicht zu den Männern in dem Bordell, in dem du groß wurdest. Ich bin auch kein Fremder in einem verdunkelten Raum, der nur darauf wartet, sich zu nehmen, was er braucht, um dann zu verschwinden. Ich bin Ruel MacClaren, und was das heißt, wirst du jede Minute erfahren, die ich mit dir zusammen bin.«

Ein anderes Bild – gebräunte, muskulöse Beine, die sich von der weißen Bettdecke lösen...

Sie spürte, wie ihr die Hitze in den Wangen brannte. »Ich möchte darüber nicht sprechen.«

»Dann lassen wir es.« Er blickte geradeaus, und seine Worte kamen hart und schnell. »Aber ich werde daran denken und du ebenso. Du wirst wissen, mein Begehren ist so groß, daß es schmerzt. Immer wenn ich einen Bolzen einschlage, wirst du wissen, daß ich an dich denke. Immer wenn ich einen Schlag tue, um ihn festzumachen, werde ich daran denken, wie ich in dich eindringe.« Seine Stimme klang belegt. »Und ich werde jeden Schlag mit ganzer Kraft ausführen, weil ich tief, ganz tief eindringen will.« Er gab seinem Pferd so heftig die Sporen, daß es losgaloppierte und er sie schnell hinter sich ließ. »Jane, daran wirst du vielleicht denken.«

Der Bolzen drang tief ins Holz ein.

Jane spürte, wie ihr ganzer Körper bebte. Das ist nur die Schwingung, die der Aufprall des Hammers verursacht, sagte sie sich. Sie hatte dies unzählige Male zuvor erlebt, so oft, daß es ihr nicht mehr aufgefallen war.

Allmächtiger, aber jetzt fiel es ihr auf. Ihre Brüste spannten gegen das lose Hemd, ihre Brustwarzen reagierten empfindlich auf die Berührung mit dem Stoff.

Wieder holte Ruel mit dem Hammer aus. Seine Armmuskeln glänzten golden in der Sonne.

Der Bolzen drang tiefer ein.

Ihre Bauchmuskeln verkrampften sich.

Der Hammer traf explosionsartig den Kopf des Bolzens.

Was ging mit ihr vor? Sie verglühte innerlich, das Blut hämmerte unter ihrer Haut. Hitze. Die pralle Sonne mußte es sein, die diese Reaktion bewirkte.

Sie riß ihren Blick von Ruel und ging auf den Wasserträger zu.

Als dieser ihr die Kelle reichen wollte, schüttelte sie den Kopf und streckte ihm die gewölbten Handflächen entgegen. Im nächsten Moment verspritzte sie kühles Wasser über ihr Gesicht, über Nacken und Kehle. Ja, das war schon besser. Sie hatte recht gehabt, die Sonne war es und nicht Ruel, der die ungewöhnliche Hitze verursacht hatte.

Nicht Ruel...

Er hatte zu arbeiten aufgehört und stand breitbeinig da, den Hammer in beiden Händen, den Blick auf ihre Kehle geheftet. Plötzlich war sie sich bewußt, wie ein Tropfen ihre Kehle entlanglief, unter ihr Hemd, über den Ansatz ihrer Brust.

Kühle Flüssigkeit auf heißem Fleisch.

Durchdringend blaue Augen beobachteten sie.

Der Wassertropfen erreichte ihren Bauchnabel, blieb darin hängen und ließ den hellblauen Hemdstoff dunkel werden.

Ruel befeuchtete seine Unterlippe mit der Zunge.

Ein Schauer überlief sie.

Lächelnd ließ er seinen Blick mit voller Absicht zu seinem Unterleib gleiten.

Starke Erregung.
Wieder schwang er den Hammer.
Der Bolzen drang tiefer ins Holz.

»Gestern hast du nicht auf mich gewartet«, sagte er vorwurfsvoll. »Wie kann ich dich schützen, wenn du vor mir davonläufst?«

»Wie oft muß ich noch sagen, daß ich Ihren Schutz nicht brauche.« Sie würdigte ihn keines Blickes, während sie rasch über die Schwellen der Brücke schritt. »Und davongelaufen bin ich nicht.«

Sie spürte, daß er sie ansah.

»Warum kämpfst du dagegen an? Es wird leichter sein, wenn du zuläßt, daß ich dich nehme.«

»Seien Sie still«, stieß sie hervor.

»Es wird dir gefallen.« Sein Ton wurde rauh. »Und wir brauchen es weiß Gott beide. Ich glaube, ich verliere noch den Verstand.«

Sie beschleunigte ihren Schritt, bis sie beinahe in Laufschritt verfiel und über eine Schwelle stolperte.

»Gib acht, verdammt«, rief er mit einem leisen Fluch nach. »Möchtest du in der Schlucht landen?«

»Nein, das wäre wohl nicht in Ihrem Sinn«, äußerte sie zähneknirschend. »Eine verkrüppelte Frau wäre für Sie wenig nützlich.«

Ein Blick über die Schulter zeigte ihr, daß er gemächlich die Brücke über die Schlucht querte und keine Anstalten machte, ihr nachzulaufen. Eilig sattelte sie die Stute. »Wenn Sie morgen kommen, werde ich Robinson sagen, er solle Ihnen den Zugang zur Baustelle verwehren.«

»Nein, das wirst du nicht. Weil sich dann mein Ärger regen

würde und du ohne Aufseher auskommen müßtest.« Er lächelte. »Habe ich schon gesagt, wie böse ich sein kann, wenn man mich verärgert?«

Tote Augen, die blicklos ins Dunkel der Gasse starren.

»Du mußt das Problem selbst lösen«, sagte er leise. »Es ist so einfach. Warum erschwerst du es?«

Die Sonne machte die hellen Strähnen in seinem Haar deutlich sichtbar, und als er geschmeidig auf sie zuging, schien er in Licht getaucht. Sie starrte ihn an, nicht imstande, den Blick von ihm abzuwenden wie schon den ganzen Tag.

»Nein!« Schließlich riß sie den Blick los, stieg auf und stieß Bedelia in die Flanken. Das Pferd trabte forsch an und verfiel in gestreckten Galopp.

»Jane war heute beim Materiallager«, sagte Ian.

Ruel war sofort ganz Ohr. »Bist du sicher?«

»Absolut. Sie brachte einen Sack mit und ging ohne diesen fort. Zwei Stunden später kam eine dicke Inderin mit weißem Kopftuch und holte den Sack. Im Basar verlor ich ihre Spur.«

»Ruel machte ein grüblerisches Gesicht. Die Beschreibung paßte auf Sula, Janes Köchin.

»Soll ich das Materiallager weiter beobachten?« fragte Ian.

Ruel zögerte. »Jetzt nicht. Wir wissen, was wir wissen müssen. Alles andere hat Zeit.«

»Das sieht dir nicht ähnlich. Meist zeigst du große Ungeduld.«

Ungeduld? Herrgott, er war so angespannt wie ein Vulkan vor der Eruption.

Seine Ungeduld hatte jedoch mit Kartauk nichts zu tun.

5. Kapitel

Zwei Tage später setzte am frühen Morgen der Monsunregen ein. Der Himmel öffnete seine Schleusen und ließ es sintflutartig regnen.

Der Regen ist wie alles in diesem verfluchten Land, dachte Jane erbittert – schwer, warm und unbezwingbar. In den ersten Stunden war ihr der Kampf mit den Elementen sogar willkommen, da sie zum ersten Mal seit Tagen Ruels Gegenwart vergaß und sich ganz auf die vorliegende Aufgabe konzentrieren mußte.

Um die Mittagszeit hatte sich das Wasser bereits beidseits der Strecke gestaut, so daß man bei jedem Schritt ins Rutschen und Gleiten geriet. Um drei Uhr nachmittags fiel der Regen so dicht, daß die Arbeiter die Köpfe der Bolzen nicht mehr sehen konnten, auf die sie einschlugen. Um vier Uhr machte Jane Schluß und forderte alle auf, am nächsten Tag frühmorgens wieder zu kommen.

»Es war höchste Zeit«, knurrte Ruel, als er seinen Hammer in den mit Segeltuch abgedeckten Schubkarren neben dem Schienenstrang warf. »Ich dachte schon, du würdest warten, bis wir im Schlamm ersticken.«

»Bleiben Sie doch fort, wenn es Ihnen nicht paßt«, äußerte sie daraufhin. »Niemand hat Sie gebeten zu bleiben. Ich werde nicht zulassen, daß der Regen uns aufhält. Wir haben noch fünfzehn Meilen zu verlegen, bis wir auf den anderen Streckenteil treffen, und wir werden täglich so lange arbeiten, bis das Tagespensum erreicht ist.«

»Oder bis alle umfallen.« Ruel sah sie an. Regen troff von seiner Hutkrempe und lief ihm übers Gesicht. »Du kannst dich doch auch kaum noch auf den Füßen halten.«

»Mir fehlt nichts. Sie sind derjenige, der sich beklagt.« Jane ging auf die über die Schlucht führende Brücke zu.

»So leicht wirst du mich nicht los.« Er ließ ein Lachen hören. »Dieses Sauwetter ist mir alles andere als angenehm, aber ich werde mich daran gewöhnen.«

Sie spürte seinen Blick in ihrem Rücken, als sie über die Brücke schritt. Der Fluß unter ihr war nun kein armseliges Rinnsal mehr, sondern eine schlammige, reißende Flut, die sich durch die Schlucht wälzte. Die Pfeiler hielten stand, wie Jane erleichtert feststellte. Gut so, denk an die Eisenbahn. Vergiß, wie Ruel ausgesehen hatte, im Regen dastehend, mit nassem, enganliegendem Hemd, das seine Muskeln erkennen ließ.

»Warum wartest du nicht bis nach dem Monsun?« fragte Ruel leise. »Solange es wie aus Kannen schüttet, wirst du kaum Fortschritte machen.«

»Wir werden tun, was wir können.« Sie duckte sich unter das Dach, das die dichten Äste der Banyan-Bäume bildeten und hob Bedelias Sattel auf. »Der Maharadscha läßt wetterbedingte Verzögerungen nicht gelten. Das bedeutet, daß wir auf das Wetter keine Rücksicht nehmen können.«

»Was für ein liebenswerter Mensch. Ich kann es kaum erwarten, seine Bekanntschaft zu machen.«

»Nun, durch mich werden Sie ihn nicht kennenlernen.« Warum stand er nur da und beobachtete sie? Ihre Finger schafften es kaum, den Sattelgurt festzuziehen. »Wenn es das ist, was Sie hier festhält, dann können Sie ebensogut gleich aufgeben.«

»Nein, das ist es nicht, was mich hier hält. Du kennst den wahren Grund.«

»Ich wüßte nicht, warum…«

»Dann sieh mich an, und finde den Grund heraus.«

»Ich möchte Sie nicht ansehen. Warum sollte ich…« Sein

Blick begegnete ihrem, und sie schloß die Augen. »Nein«, kam es ihr über die Lippen.

Dennoch sah sie ihn vor sich stehen, in nassen, am Körper klebenden Sachen, mit angespannten Muskeln und eindringlichem Blick.

»Ja«, sagte er. »Es wird Zeit, Jane.« Er sagte es leise, lockend. »Du willst nicht mehr länger gegen mich ankämpfen. Du bist erschöpft und entmutigt, aber ich kann dir helfen, dies alles zu vergessen. Du willst es – also nimm es dir. Und wenn ich nicht deinen Gefallen finde, dann werde ich dich nicht mehr behelligen.«

Sie wußte, daß er alles daransetzen würde, ihren Gefallen zu erregen.

Aber sie war kein hilfloses Dummchen. Sie besaß die Kraft, um den Kampf mit ihm aufzunehmen... wenn sie wollte.

Wenn sie wollte? Es war das erste Mal, daß sie sich Zweifel eingestand. Die Erleichterung, die sie sofort wie ein plötzlich einsetzender Strom erfaßte, war riesengroß. Er hatte recht. Sie war es überdrüssig, gegen ihn anzukämpfen. Warum also sollte sie ihm nicht seinen Willen lassen? Ein einziges Mal nur, dann würde sich bei ihm zweifellos Langeweile melden, wie immer, wenn die Bedürfnisse eines Mannes erfüllt worden waren. Dann würde sie ein für allemal mit ihm fertig sein.

Er knöpfte ihr Hemd auf.

Ihre Augen wurden groß.

»Pst.« Sein Gesicht war ihr ganz nahe, seine Finger machten sich geschickt an den Knöpfen zu schaffen. »Ich möchte dich nur sehen. Bei Zabrie hatte ich nicht die Möglichkeit, aber heute bist du vielleicht in großzügigerer Stimmung.« Er schob das Hemd auseinander und sah sie an. »O ja, sehr großzügig.« Nun beugte er sich über sie, so daß sein Atem federleicht über ihre hervortretende Brustwarze strich. »Und jetzt laß mich...«

Sie schrie und bäumte sich auf, während eine Gefühlswoge nach der anderen über sie hinwegflutete.

Er umspielte ihre Brustwarze sinnlich mit seiner Zunge. »Gut«, raunte er. »Wie gut.«

Seine Hand glitt unter ihren Gürtel und ertastete das Haargekräusel, das ihre Weiblichkeit umgab, liebkoste es, zupfte daran. »Spreize deine Beine. Recht so, noch weiter.«

Kaum hatte er den gesuchten Mittelpunkt gefunden, als Janes Knie nachzugeben drohten.

Sie warf den Kopf zurück, als sich unter seinem Fingerspiel ihrer Kehle ein wildes Aufstöhnen entrang.

Er hob den Kopf. Schön, dachte sie in ihrer Benommenheit. Noch nie hatte sie etwas so Schönes gesehen wie Ruel in diesem Moment. Ruel, dessen Wangen glühten und Augen funkelten.

»Nicht hier im Regen.« Seine Hand verließ sie, er knöpfte rasch ihr Hemd zu. »Wir müssen irgendwohin.« Er hob sie auf ihr Pferd, sattelte und bestieg Nugget. »Und ändere um Himmels willen nicht deine Meinung.«

Jane war gar nicht sicher, ob sie noch eine Meinung hatte, die sie hätte ändern können. Sie fühlte sich leer, benommen, einzig imstande, wie ein Tier auf Berührungen zu reagieren.

Mit einem Stoß in die Flanke trieb er sein Pferd an. »Jetzt dauert es nicht mehr lange«, rief er ihr rauh zu. »Harre aus.«

Ausharren? fragte sie sich verwirrt. Sie hatte jeden Bezugspunkt verloren und trieb haltlos auf der Woge dahin, die Ruel ausgelöst hatte.

Es regnete mit unverminderter Heftigkeit, doch der Regen brachte für Jane keine Abkühlung. Sie hatte das Gefühl, nie wieder Kühle zu empfinden. »Wohin reiten wir?«

»Zum Bahnhof.« Er schlug eine schnellere Gangart ein. »Das ist näher.« Sie folgte ihm wie willenlos.

Als sie vor dem Bahnsteig ihre Pferde zügelten, zitterte und bebte Jane wie im Fieber.

»Beeil dich«, stieß er hervor, als er sie herunterhob. »Wo sind die Schlüssel?«

Der Salonwagen. Er wollte die Schlüssel zum Salonwagen. Sie suchte in der Tasche ihrer regennassen Hosen, während Ruel sie den Bahnsteig entlang zum Salonwagen des Maharadschas schob. Er griff nach den Schlüsseln, sperrte die vergoldete Tür auf und zog sie hinein. Laut fiel die Tür hinter ihnen ins Schloß.

Im Waggon herrschte Halbdunkel. Das durch die Fenster einfallende Licht war grau und trostlos. Regentropfen, die die Scheiben entlangliefen, schirmten das Innere von der Außenwelt ab.

»Beeil dich.« Ruel zog sein Hemd aus und ließ es auf dem Teppich landen. »Und jetzt hör zu. Ich versprach, daß es keine übereilte Sache sein würde und daß ich nicht wie die anderen wäre. Aber ich werde versuchen...« Er drehte sich um und sah, daß sie sich nicht gerührt hatte. »Warum ziehst du dich nicht aus?«

Es war, als könnte sie sich nicht rühren. Noch immer empfand sie so etwas wie Schmerz und glühte wie im Fieber, während ihr Blick unverwandt an ihm hing. Nie war sie jemandem begegnet, der so lebendig wirkte, so aufgeladen mit Gefühl. Sie spürte sein Verlangen und seine Leidenschaft allzu deutlich. In der perlgrauen Dämmerung schien ein Leuchten von ihm auszugehen wie von tausend brennenden Kerzen.

»Sag jetzt nicht, du hättest deine Absicht geändert. Ich könnte nicht...« Er kam näher, und als er anfing, ihr Hemd aufzuknöpfen, war seine Stimme samtweich, fast schmelzend. »Habe ich dich erschreckt? Ich verspreche dir, daß du mich mögen wirst. Wir müssen nur das erste Mal hinter uns bringen, und ich werde mein Wort halten.«

Sein braunes Haar war so naß, daß die goldenen Strähnen nicht mehr zu sehen waren.

Er zog ihr das nasse Hemd aus, das er auf den Boden fallen ließ. Dann beugte er sich langsam vor, bis seine warmen Lippen die Rundung ihrer linken Schulter streiften.

Ein Schauer überlief sie. Die Berührung war viel weniger intim als die vorangegangenen, dennoch war sie irgendwie kühner in ihrer Sinnlichkeit.

»Das Verlangen schmerzt mich so sehr, daß ich nicht glaube, mich zurückhalten zu können, bis...« Er lachte rauh auf, als sein Blick auf seine Hände fiel. »O Gott, sieh mich an, wie ich zittere. Den Rest mußt du selbst erledigen.«

Dieses Eingeständnis seiner Schwäche brach den Bann. Auch ihre Hände zitterten, als sie nach ihrem Gürtel faßte. Sie fühlte sich schwach und hilflos, ihr Herz schlug in demselben schnellen Rhythmus wie der Regen, der auf das Blechdach trommelte. Ach, wie sie sich danach sehnte, wieder seine Hände auf sich zu spüren. Sie mußte sich ihrer Kleidung entledigen, mußte sich von allen Hindernissen befreien, damit er sie berühren konnte.

»So ist es gut.« Sein Ton war lockend und ermutigend, als er sich auf dem Diwan niederließ und die Stiefel auszog. »Du weißt, daß wir beide es wollen.«

Hitze durchschoß sie, und sie verkrampfte sich, als befände sich seine Hand noch immer suchend und liebkosend zwischen ihren Schenkeln.

Er bemerkte die Bewegung. Ein Muskel zuckte in seinem Gesicht. »Komm her.«

Gehorsam und ohne Frage ging sie auf ihn zu, wobei sie undeutlich wahrnahm, wie weich sich der Teppich unter ihren bloßen Füßen anfühlte. Vor Ruel blieb sie stehen.

Er teilte ihre Schenkel, und seine Hand umfaßte sie wie zuvor.

Wonne, Begehren, Hunger.

»Du willst mich?« Sein Finger kreiste und fand.

Sie schauderte zusammen. »Ja.«

»Du willst mich aufnehmen und festhalten?«

»Ja.«

Er drückte sie behutsam auf den Diwan nieder, schon zwischen ihren Schenkeln stehend. »Dann nimm mich«, stöhnte er heiser auf, als er in ihre Weiblichkeit eindrang.

Sie schnappte nach Luft, als sie ihn in ihr spürte, warm, glatt, hart.

Er hielt mit gerunzelter Stirn inne. »Sperr dich nicht gegen mich. Ich werde dir nicht weh tun. Laß mich...«

»Ich sperre mich nicht«, sagte sie. Wenn überhaupt, dann kämpfte sie darum, ihn in sich aufzunehmen, ihn um so williger zu empfangen.

»So eng«, murmelte er. Seine Hüften vollführten einen mächtigen Stoß.

Unter dem plötzlichen Schmerz grub sie die Zähne in ihre Unterlippe. Beinahe hätte sie aufgeschrien.

Sein Kopf fuhr hoch, er sah sie an. »Nein!«

In seinen Augen brannte es. »Ich kann nicht aufhören, verdammt. Es ist zu spät, ich muß weitermachen.«

»Ja.« Sie schluckte. Der Schmerz war vergangen und hatte nur das Verlangen nach Vollendung hinterlassen. »Ich weiß...«

»Du weißt gar nichts«, sagte er schroff. »Ich wünschte bei Gott, du wüßtest mehr.« Er holte bebend Luft. »O Gott, das wird mich... töten.« Er zog sich zurück, um wieder sanft einzudringen.

Sanftheit und Geschicklichkeit. Sie spürte die stürmische Leidenschaft unter seiner Oberfläche, und doch war jede Bewegung beherrscht, diszipliniert.

»Ruel...«

»Sei still«, stieß er zähneknirschend hervor. »Ich muß mir überlegen, was ich tue.« Er lachte auf. »Und nicht tue. Alles in Ordnung bei dir?«

»Ja.«

»Dann mache ich den nächsten Schritt.« Er zog sich zurück, um schnell und heftig, einem Schwertstoß gleich, von neuem einzudringen.

Sie rang nach Atem, ohne den Blick von ihm zu wenden. Seine Augen blickten ins Leere, seine Lippen waren schwer von Sinnlichkeit, seine Miene zeigte dieselbe totale Hingabe, die auch sie empfand.

»Gut«, stieß er heiser hervor. »Jetzt halte mich fest...«

Er explodierte förmlich in rascher Bewegung, immer wieder zustoßend und in sie eindringend.

Ihre Finger gruben sich in seine Schultern, als sie sich an ihn klammerte, wie er es verlangt hatte. Himmel, was geschah mit ihr? Sie fühlte sich mit Körper und Gefühl an ihn gekettet. Sie konnte nicht anders, als jeder seiner Bewegungen, jedem seiner Befehle nachzugeben. Sie war eine Gefangene der Wonne.

Das Gefühl erreichte seinen Höhepunkt und dann...

Hatte sie geschrien? In dem Dunstschleier, der sie einhüllte, war sie ihrer Sache nicht mehr sicher.

Er erstarrte, um sich sogleich mit einem Ausdruck unbeschreiblicher Wonne aufzubäumen. Dann sank er über ihr zusammen, wie unter Schüttelfrost bebend.

Gefahr... Der Gedanke durchdrang den Nebel der Trägheit und Erschöpfung, der sie umgab. Es wäre richtig gewesen, Ruel zu widerstehen. Er war zu mächtig. Er war zu mächtig.

Sie nahm unbestimmt wahr, daß Ruel von ihr glitt, sich aufrichtete und an das andere Ende des Wagens trat.

»Wohin gehst du?« murmelte sie. Ach Gott, sie fühlte sich so matt, als hätte der durch die Sikor-Schlucht tosende Strom sie mitgerissen.

»Ich mache Feuer im Ofen.« Er kniete neben dem bauchigen Kachelofen nieder und öffnete dessen Tür.

»Frierst du?« fragte sie verwundert. Sie selbst hatte sich nie wärmer, nie glühender gefühlt.

»Nein.« Er machte Feuer und schloß die Ofentür. »Aber wir werden uns hier vielleicht länger aufhalten, und ich möchte nicht, daß du frierst. Ich fühle mich weiß Gott schon ohne diesen Vorwurf schuldig genug.« Er stand auf und kam auf sie zu. »Wie fühlst du dich? Habe ich dir weh getan?«

»Ein wenig.« Sie setzte sich auf, eine Haarsträhne von der Schläfe streichend. »Es war mehr, als ich erwartete.«

»Auch du warst mehr, als ich erwartete.« Er griff nach dem gemusterten Diwanüberwurf und hüllte sie darin ein. »Und das gefällt mir gar nicht.«

Der Ingrimm seines Tones vermochte den Nebel um sie herum zu durchdringen. »Du bist verärgert.«

»Das wollte ich nicht.« Er ließ sich auf dem Teppich nieder, die Hände um die angezogenen Knie verschränkt. »Es ist eine zusätzliche Komplikation. Verdammt, daß du Jungfrau bist, ist ein Aspekt, der nicht vorauszusehen war. Diese Verantwortung behagt mir nicht.«

Schmerz durchzuckte sie und riß sie zurück in die Wirklichkeit. »Du trägst keine Verantwortung«, sagte sie stockend. »Niemand hat mich gezwungen mitzugehen. Es war meine freie Entscheidung.«

»Den Teufel war es das«, sagte er barsch. »Ich habe dich verführt. Ich wollte dich und legte es darauf an, dich zu bekommen.«

»Das stimmt.« Der erste Anflug von Hitze hatte nachgelassen. Fröstelnd zog sie den Überwurf enger um sich. »Und ich bin sicher, daß du sehr gut warst. Aber ich habe es zugelassen, und jetzt ist es vorüber. Ich... ich mache mich jetzt lieber auf den Weg zum Bungalow.«

»Zu Patrick.« Er lächelte voller Bitterkeit. »Weißt du, daß ich nahe daran war, Patrick einen Besuch abzustatten? Ich mußte dauernd an ihn und seine Vorliebe für kleine Mädchen denken, bis ich ihm am liebsten das Herz aus dem Leib geschnitten hätte.«

Sie glaubte ihm. Ruel saß reglos da, wie die Statue eines nackten Gladiators, doch die unterdrückte Wildheit, die sie unter seiner Reglosigkeit ahnte, wirkte höchst beunruhigend. »Das war es nie zwischen Patrick und mir.«

»Offensichtlich. Warum hast du zugelassen, daß es zwischen uns dazu kam?«

»Ich dachte, wenn ich dir den Willen ließe... Männer pflegen anschließend zu verschwinden, weil sie in den meisten Fällen genug haben.«

»Ach?« Er sah sie unverwandt an. »Möchtest du mir nicht sagen, warum du mich absichtlich irregeführt hast?«

»Ich habe dich nicht irregeführt, mein Privatleben ging dich nichts an.«

»Jetzt geht es mich etwas an. Was ist Patrick Reilly für dich?«

»Mein Vater.« Als sie seine Verblüffung sah, fuhr sie hastig fort: »Einen Beweis gibt es dafür nicht... Er war nur einer der Freier meiner Mutter, aber ich weiß, daß er mein Vater ist.«

»Er weiß es nicht?«

»Auch er ist einer, der Verantwortung scheut«, sagte sie schlicht.

»Himmel.«

»Eines Tages wird er mir sagen, daß er es glaubt«, flüsterte sie leise. »Aber keine Angst... ich erwarte von keinem von euch etwas.«

»Sogar ich verfüge über einen gewissen Ehrenkodex. Ich habe dir etwas genommen und muß es dir nun zurückgeben.«

Sie merkte, daß er es ehrlich meinte. »Du hast mir nichts genommen, was für mich von Wert gewesen wäre. Ich bin nicht wie die Frauen aus dem Fort, die glauben, eine Frau fiele der Schande anheim, wenn sie nicht als Jungfrau in ihrem Brautbett landet.«

»Ian sagte zu mir, daß du ›anders‹ bist«, meinte Ruel sarkastisch. »Ich möchte bezweifeln, ob dein Bräutigam deine Einstellung zu schätzen wissen wird.«

»Ich werde höchstwahrscheinlich nie heiraten, deshalb ist es töricht, diese Diskussion fortzusetzen.« Sie sah sich nach ihren Sachen um, die verstreut auf dem Teppich lagen. »Würdest du mir das Hemd geben?«

»Nein, ich hänge die Sachen näher ans Feuer, damit sie trocknen.« Er hob die Kleidungsstücke auf und ging mit ihnen zum Ofen. »Du kannst nicht gehen, ehe wir die Diskussion beendet haben. Also, was möchtest du?«

Heilige Muttergottes, warum war er so hartnäckig? Sie war versucht, ihm zu sagen, daß sie nur diesem sonderbaren Schmerz entfliehen wollte, der immer intensiver wurde, je länger sie sich in seiner Nähe aufhielt. »Du bist mir nichts schuldig«, wiederholte sie. »Warum hörst du mir nicht zu?«

»Weil ich von Gewissensbissen geplagt werde. Sei versichert, daß dies bei mir sehr selten vorkommt.« Er drehte sich zu ihr um, nachdem er ihre Sachen vor dem Ofen ausgebreitet hatte. »Aber schließlich habe ich mich noch nie in einer solchen Situation befunden. Zuerst bin ich dafür verantwortlich, daß eine Frau mit dem Messer verletzt wird, und dann raube ich ihr die Unschuld. Das ist sogar für mich etwas viel.«

»Ich war nicht unschuldig.«

»Du warst es. Daß du in einem Hurenhaus aufgewachsen bist, macht aus dir keine Hure.«

Sie erstarrte. »Das weiß ich«, gab sie hitzig zurück. »Ich werde nie wie sie sein.«

»Wie wer?«

Am liebsten hätte sie sich die Zunge abgebissen. »Wie meine Mutter.«

»Sie war eine Hure?«

»Ja, aber darüber möchte ich nicht sprechen.«

»Nein, nein, noch einmal lasse ich mich von dir nicht abwimmeln. Warum ängstigt dich die Vorstellung, so wie deine Mutter zu werden?«

»So zu leben... ein Alptraum. Sie ist zur Sklavin geworden. Ich werde nie eine Sklavin sein, das werde ich nicht zulassen.«

»Warum bist du zu Zabrie gegangen, wenn dir Freudenhäuser so widerwärtig sind?« Er lächelte grimmig.

Sie richtete ihren Blick auf den Teppich. »Ich mußte mit ihr geschäftlich etwas besprechen.«

»Ging es um die Eisenbahn?«

»Nein.«

»Um Kartauk?«

Sie blickte mit einem Ruck auf. »Was weißt du von Kartauk?«

»Mehr als noch vor einer Stunde. Ich weiß, daß auch er nicht dein Liebhaber ist.«

»Natürlich nicht.« Ihr Ton war geistesabwesend, während sie ihn mit höchster Wachsamkeit ansah. »Wo hast du etwas über ihn erfahren?«

»Bei Abdar.« Als er bemerkte, daß sie vor Entsetzen erstarrte, setzte er hinzu: »Sieh mich nicht so an. Wäre ich noch eine Bedrohung für dich, dann würde ich wohl nicht von Kartauk oder Abdar sprechen. Das Spiel hat seinen Verlauf geändert. Ich muß nun einen anderen Weg finden, um zu bekommen, was ich möchte.«

»Und was möchtest du?«

»Eine Audienz beim Maharadscha und genügend Einfluß, um ihn in meine gewünschte Richtung zu lenken.« Er machte eine Pause. »Das hat Abdar mir für den Fall versprochen, daß ich Kartauk finde und ihn ihm ausliefere.«

»Du standest im Begriff, es zu tun?« flüsterte sie.

»Mein Entschluß stand noch nicht fest. Es war nur eine Möglichkeit.«

»Für eine bloße Möglichkeit hast du aber viel auf dich genommen.« Sie schüttelte verständnislos den Kopf. »Wie konntest du nur? Abdar ist ein Ungeheuer.«

»Das habe ich vermutet, aber meine Skrupellosigkeit haben wir schließlich schon ausreichend besprochen. Eine weitere Diskussion meiner Unzulänglichkeiten können wir uns sparen.«

Ihr Erschrecken machte rasch Zorn Platz. »Und deswegen hast du mich hergebracht? Hat Abdar dir geraten, du solltest...«

»Sei nicht albern. Abdar hat damit nichts zu tun.«

Da fiel ihr plötzlich etwas ein. »Nicht einmal mit unserer Begegnung bei Zabrie? Gehörte der Mann, den du in der Seitengasse getötet hast, auch zu deinem Plan?«

»Ich enttäusche dich sehr ungern, aber ohne guten Grund töte ich niemanden.« Er runzelte die Stirn. »Sein Auftauchen war nicht mein Werk, aber Pachtals Besuch bei Zabrie kam mir sehr gelegen... wohin willst du?«

»Ich gehe.« Jane warf die Decke von sich, um ihr feuchtes Hemd anzuziehen. »Vorausgesetzt, du hast nicht Pachtal oder einen seiner Handlanger draußen postiert, die mich daran hindern.«

»Kein Pachtal, kein Abdar«, sagte er knapp. »Die sind für mich erledigt. Ich weiß, daß ich dich gekränkt habe, aber versuch doch, vernünftig zu überlegen.«

Sie fuhr wie der Blitz herum. »Du hast mir nicht weh getan. Ich lasse nicht zu, daß Männer wie du und Abdar mir weh tun.« Sie zog die Hose an und den Gürtel fest. »Mein Verstand sagt mir, daß es sehr dumm wäre, dir wieder zu trauen.«

»Du hast mir nie getraut. Du hast aus Wollust zugelassen, daß ich dich nehme, und nicht, weil du an meine Aufrichtigkeit geglaubt hast.« Er hob abwehrend die Hand, als sie etwas einwenden wollte. »Und ich habe auch gar nichts anderes erwartet. Du wärest von allen guten Geistern verlassen, würdest du mir trauen. So, nun haben wir diese Wahrheit festgehalten und können uns der vorliegenden Angelegenheit zuwenden. Abdar möchte Kartauk. Du möchtest verhindern, daß er ihn findet. Ich nehme an, dies bedeutet, daß du ihn aus Kasanpore hinausschaffen mußt?«

Sie antwortete nicht.

Er zog die Schultern hoch. »Also gut, ich schaffe deinen Kartauk aus Kasanpore hinaus und suche für ihn einen Ort, wo er vor Abdar sicher ist. Dann sind wir quitt, alle Schulden sind beglichen.«

»Was?«

»Du hast gehört, was ich sagte.« Er ging daran, sich anzuziehen. »Herrgott, ich kann kaum glauben, worauf ich mich da einlasse.«

»Und wenn ich deine Hilfe nicht möchte?«

»Du würdest sie trotzdem bekommen«, sagte er knapp. »Ich will meine Schuld begleichen und aus der Welt schaffen.«

»Wie ehrenhaft.«

»Ich bin nicht ehrenhaft, aber meist bin ich ehrlich.« Er kniff die Lippen zusammen. »Wenn du meine Hilfe annimmst, könnten wir Kartauk aus Kasanpore hinausschaffen, schickst du mich aber fort, wird Abdar glauben, ich hätte versagt, worauf er vielleicht auf eigene Faust den nächsten Schritt tut.« Er lächelte. »Kannst du dir so viel Zeit für den Kampf mit Abdar leisten, wenn du zugleich die Strecke fertigstellen mußt?«

»Ich kann mir die Zeit eher leisten als das Vertrauen in einen Mann, der mich womöglich hintergeht.«

»Ich werde dich nicht hintergehen. Das wird dir klarwerden, wenn du mich nüchtern ansiehst und mich so beurteilst, wie ich bin. Kannst du das, Jane?«

Bei allen Heiligen, dieser Mensch war unmöglich! Er hatte sich ihren Körper so unterworfen, daß sie sich fühlte wie ein Konkubine im Harem des Maharadschas.

Wie konnte er erwarten, daß sie in diesem Nebel von Schmerz und Wut einen klaren Gedanken faßte?

»Ich weiß es nicht.« Sie ließ ein verbittertes Lächeln sehen. »Aber ich gebe dir in einem recht... du hast dafür gesorgt, daß ich genau weiß, wer du bist.« Damit verließ sie den Salonwagen.

»Ich habe Nachricht bekommen, daß die Schienen morgen geliefert werden.« Patrick lächelte Jane über den Tisch hinweg zu. »Zeitgerecht. Ich sagte dir, alles würde klappen.«

»Den Transport vom Dock zum Materiallager wirst du überwachen müssen. Ich kann mich von der Baustelle nicht wegrühren. Heute haben wir nicht mal eine Meile geschafft.«

Patrick nickte verständnisvoll. »Ja, der Monsun... mein armer Liebling, es hat mir das Herz im Leib herumgedreht, als ich dich heute nach Hause kommen sah.«

Auch sie hatte ihr Herz nach Ruels Enthüllungen schmerzlich gespürt. Oder war es nur ihr Stolz, der sich geregt hatte? »Vielleicht wird es morgen rascher vorangehen.«

»Nicht sehr wahrscheinlich.« Patrick schenkte sich ein weiteres Glas ein. »Ich habe mir überlegt, was du gesagt hast... daß mein Platz draußen auf der Baustelle sei. Jane, du hast recht. Ich war ein egoistisches Ekel, aber ich werde mich ändern.«

»Ach, das bringt nichts mehr«, äußerte sie tonlos. »Wir sind mit der Arbeit fast fertig.«

»Und du hast ganze Arbeit geleistet.« Er schlürfte an seinem Whisky. »Aber diese Monsunregen sind teuflisch, und ich werde nicht zulassen, daß du weiterhin draußen im Schlamm schuftest. Du könntest wieder krank werden. Laß mir einen Tag Zeit für den Schienentransport, dann übernehme ich die Baustelle, und du kannst zu Hause bleiben und dir die verdiente Ruhe gönnen.«

Langsam hob sie den Kopf und blickte ihn an. Es hörte sich an, als sei es ihm ernst, aber sie durfte sich keinen übertriebenen Hoffnungen hingeben. Versprechungen waren ihm immer leicht über die Lippen gekommen, und immer hatte die Realität dann anders ausgesehen. »Es wäre eine große Hilfe, wenn du kämest«, sagte sie mit aller gebotenen Vorsicht.

»Abgemacht.« Er strahlte. »Und in neun Tagen sind wir mit dem Projekt fertig und sagen Seiner Majestät, diesem aufgeblasenen Geldsack, und seinem verdammten Land Lebewohl.«

»Ich brauche keine Ruhe. Wenn wir zu zweit auf der Baustelle sind, wird die Arbeit noch schneller...«

»Unsinn. Ich übernehme alles selbst. Wenn du mir an die Hand gehen möchtest, dann könntest du diese lästigen Rechnungen in der obersten Lade einmal durchsehen.«

Ihr Glaube an seine guten Absichten wuchs, und zugleich regte sich in ihr die Hoffnung, daß sie ohne die Bürde der Bauaufsicht Zeit und Gelegenheit finden würde, Kartauk auf irgendeinem Weg aus Kasanpore hinauszuschaffen. »Es ist deine ernste Absicht?«

Momentan huschte ein Ausdruck über Patricks Gesicht, der Bedenken verriet, doch dann beugte er sich vor, um nach Janes Hand zu fassen. »Ja. Es wird weiß Gott Zeit, daß ich mich um das Projekt kümmere. Manchmal frage ich mich wirklich, warum du bei mir ausharrst.«

Weil du mein Vater bist, hätte sie am liebsten zu ihm gesagt. Weil er eines Tages seine Vaterschaft eingestehen würde, wenn sie sich seiner würdig erwies.

»Ich habe dir ein Versprechen gegeben.« Sie verschränkte ihre Finger mit den seinen. »Und ein bißchen Ruhe wäre wunderbar. Danke, Patrick.«

Er entzog ihr seine Hand, um nach dem Glas zu greifen. »A propos Ruhe... geh zu Bett. Ehe ich draußen die Sache übernehme, mußt du dich noch einen ganzen Tag damit herumschlagen.«

»Ja, du hast recht.« Sie stand auf und ging zu ihrer Tür. »Gute Nacht, Patrick.«

Jetzt hatte sie die ersehnte Gelegenheit... aber wie sollte sie Kartauk aus Kasanpore hinausschaffen?

Ruel. Sofort wies sie diesen Gedanken von sich, prüfte ihn dann aber doch... Ruel hatte ihr nicht nur versprochen, die Flucht zu bewerkstelligen, er wollte für Kartauk auch eine Zuflucht suchen. Die Flucht hätte sie auf eigene Faust organisieren können, Kartauk einen sicheren Schlupfwinkel zu verschaffen stand jedoch nicht in ihrer Macht. Ruel war unbestritten stark und klug, ein Mann, der es mit Abdar aufnehmen konnte. Was er ihr im Salonwagen vorgeschlagen hatte, war vernünftig gewesen und hatte ehrlich geklungen. Außerdem war sein Bruder, ein durch und durch redlicher Mensch, ebenfalls von Ruels Anständigkeit überzeugt.

Lieber Gott, sie wollte sich nicht schon wieder mit Ruel MacClaren einlassen. Sie wollte ihn loswerden. Seit sie von ihm fortgegangen war, hatte sie sich Vorwürfe gemacht. Ihr Körper schmerzte noch, und ihre Gefühle waren wund wie eine offene Verletzung. Allein der Gedanke an ein Wiedersehen mit ihm ängstigte sie und versetzte sie in Unruhe.

Angst? Es war lächerlich, daß sie Angst vor ihm hatte, da sie nun doch wußte, wie er sie manipuliert hatte. Sie besaß nicht nur einen Körper, sondern auch Verstand, und würde von nun an dafür sorgen, daß ihr Verstand die Oberhand behielt.

Zwei Stunden später öffnete Ruel auf ein energisches Klopfen hin die Tür zu seinem Hotelzimmer.

Auf dem Korridor stand Jane.

»Was für eine angenehme Überraschung! Möchtest du nicht eintreten?«

»Nein«, sagte sie kühl. »Ich bin nur gekommen, um dir zu sagen, daß Patrick übermorgen die Baustelle übernimmt und mir somit Zeit bleibt, Kartauks Flucht zu arrangieren. Sei morgen rechtzeitig draußen an der Strecke. Wir müssen verhindern, daß Abdar auch nur den leisesten Verdacht schöpft.«

Er stand reglos da. »Soll das heißen, daß du meine Hilfe annimmst?«

»Warum nicht? Du hast selbst gesagt, daß du sie nur selten anbietest.«

»Ganz recht. – Mach dir keine Sorgen, Jane. Ich bin zu einer ganzen Reihe sehr selbstsüchtiger Dinge fähig, aber du kannst bei mir zweierlei als sicher voraussetzen: Ich räche mich immer für erlittenes Unrecht, und ich breche nie mein Wort.«

»Ich werde dich trotzdem aufmerksam im Auge behalten.« Sie drehte sich um und ging zur Treppe.

»Warte. Wie bist du hergekommen?«

»Ist das nicht völlig einerlei?« gab sie ungeduldig zurück. »Ich bin gelaufen, weil ich Bedelia nicht wieder diesem Wetter aussetzen wollte.« Schon war sie um den Treppenabsatz verschwunden.

Ruel war versucht, ihr zu folgen und ihr seine Begleitung anzubieten, wußte aber, daß sie ablehnen würde. Sie traute ihm nicht und fürchtete ihn vielleicht sogar. Obgleich sie dies nie zugeben würde.

Ihre Angst ist mehr gerechtfertigt, als sie ahnt, dachte er düster. Er hatte erwartet, seine Begierde würde nach diesem Nachmittag nachlassen, doch war das Gegenteil eingetreten. Sein Appetit war noch gesteigert worden. Als er die Tür geöffnet und sie vor sich gesehen hatte, war er steif geworden.

Inzwischen war sie wahrscheinlich unten auf der Straße angelangt und machte sich auf den Weg an den Stadtrand von Kasanpore.

In den zurückliegenden Wochen waren Abdar und Pachtal zwar unsichtbar geblieben, aber wer konnte wissen, wann Abdars Ungeduld sich regen würde? Die Straßen waren dunkel, und bei diesem dichten Regen konnte jeder sich ungesehen unter den Laubengängen vor den Läden verstecken...

Er schlug die Tür zu und lief den Korridor entlang, während er sich selbst insgeheim verwünschte. Seit wann machte er es sich zur Gewohnheit, weibliche Wesen zu retten? Jane verstand es sehr gut, auf sich achtzugeben. Wenn sie ihn bemerkte, würde sie wahrscheinlich das in ihrem Stiefel steckende Messer ziehen.

Er war hundemüde, zum ersten Mal an diesem Tag trocken, und wollte nicht mehr hinaus. Doch er wußte, daß er keinen

Schlaf finden würde, solange dieses verdammte Frauenzimmer nicht sicher den Bungalow erreicht hatte.

6. Kapitel

Am nächsten Tag regnete es so stark, daß Jane die Arbeit am späten Nachmittag einstellen mußte. Nachdem sie den Arbeitern zugerufen hatte, sie könnten gehen, wandte sie sich um und ging in die Richtung, die sie von der Sikor-Schlucht wegführte.

»Wohin gehst du?« fragte Ruel, der sie einholte und ganz selbstverständlich neben ihr einherging.

»Ich muß die Brückenpfeiler in der Lanpur-Schlucht inspizieren. Geh zurück ins Hotel.«

»Ich komme mit.« Er dachte nicht daran, sich abwimmeln zu lassen. »Wie weit ist es bis dorthin?«

»Nach der Biegung eine Viertelmeile.« Sie blickte strikt geradeaus. »Ich möchte deine Begleitung nicht.«

»Du wirst dich daran gewöhnen müssen. Irgendwann müssen wir ja miteinander reden. Wo hältst du Kartauk versteckt?«

»Das brauchst du noch nicht zu wissen. Wenn du einen Plan entwickelt hast, erstatte mir Bericht. Ich werde dann entscheiden, ob eine Begegnung mit Kartauk nötig ist.«

»Sie ist jetzt schon nötig.«

»Zu schade. Ich kann mich dieser Meinung nicht anschließen.«

»Jane, hör zu.« Seine Hand legte sich auf ihren Arm. »Ich beabsichtige...«

»Faß mich nicht an!« Sie zuckte zurück, in ihren Augen flammte es zornig auf.

»Warum nicht?« fragte er leise. »Willst du es so sehr?«

»Ich hasse es.«

»Nein, du magst mich hassen, aber du haßt nicht meine Hände, die dich berühren. Belüge dich nicht selbst. Ich habe einen Fehler gemacht. Du siehst, wohin er mich gebracht hat.«

»Ich belüge mich nicht.« O Gott, hatte er womöglich recht? Ihr war ganz elend, weil ihr Körper sie so betrog, und doch hatte sie bei seiner Berührung neben Zorn noch etwas anderes gespürt. Nein, sie würde nicht zulassen, daß es stimmte. Sie vergrößerte den Abstand zu ihm und stapfte weiter durch den Schlamm. »Warum möchtest du Kartauk sehen?«

»Ich brauche seine Hilfe.«

»Du bist doch derjenige, der ihm helfen soll.«

»Das werde ich tun, aber nachdem du gestern gegangen warst, überdachte ich die Situation und gelangte zu der Einsicht, daß es eine Möglichkeit gibt, wie wir beide einander helfen könnten.« Er kniff die Lippen zusammen. »Verdammt will ich sein, wenn ich wegen unserem hirnverbrannten Hin und Her meine Pläne aufgebe.«

»Was soll Kartauk für dich tun?«

»Laut Abdar hat Kartauk jahrelang im Palast gelebt und vor seinem überstürzten Abschied die Gunst des Maharadschas besessen. Er muß ihn also sehr gut kennen, gut genug vielleicht, um mir einen Weg zu zeigen, den Herrscher für meine Absichten zu gewinnen.«

»Du willst ihn nur über den Maharadscha ausfragen?«

»Ich möchte alles über Seine Hoheit erfahren, alles, was es nur gibt.«

»Warum sollte ich dir dabei helfen? Es kümmert mich nicht, ob du dein Ziel erreichst.« Voller Inbrunst setzte sie hinzu: »Es würde dir gebühren, wenn du es nicht erreichst.«

»Aber man bekommt auf dieser Welt nur selten, was einem gebührt«, konterte er spöttisch. »Statt dessen bekommt man, was man imstande ist, sich zu nehmen. Und warum du mir helfen sollst... nun, es würde mich beglücken.«

Verdutzt starrte sie ihn an. »Du bist nicht ganz bei Trost, wenn du meinst, daß mich das kümmert.«

»Nein, aber da du mir doch offensichtlich nicht über den Weg traust, wäre es nur vernünftig, wenn du dir meine Loyalität mit Vergünstigungen sicherst.«

»Ich will es mir überlegen.«

»Morgen.«

»Ich sagte, daß ich es mir überlegen werde«, fuhr sie ihn an. »Hör auf mich zu drängen.«

»Ich muß dich drängen. Ich habe schon zuviel Zeit verloren.« Sein Spott war Nüchternheit gewichen. »Wenn ich deinen Kartauk aus Kasanpore hinausschmuggle, ist damit zu rechnen, daß Abdar mir jede weitere Chance, an den Maharadscha heranzukommen, verbaut. Ich brauche den Kaufvertrag unbedingt, ehe wir von hier verschwinden.«

»Den Kaufvertrag?«

»Ich möchte dem Maharadscha etwas abkaufen.«

Sie starrte ihn fassungslos an. »Das alles hast du nur getan, weil du etwas kaufen möchtest?«

»Etwas ganz Besonderes. Ich möchte Kartauk morgen treffen und ihn fragen...«

Sie hatten die Wegbiegung hinter sich gebracht. Das Tosen des Wasserlaufes, der sich durch die Lanpur-Schlucht zwängte, machte jedes weitere Wort unmöglich.

Hier war der Fluß noch reißender als in der Sikor-Schlucht, wie Jane erschrocken feststellte. Gelblich-braunes Wasser brach sich mit gewaltiger Kraft seine Bahn durch die enge Schlucht.

»Sieht aus, als seien sie sehr solide gebaut«, übertönte Ruel das Getöse. Sein Blick war auf die zwei Stahlpfeiler der Brücke gerichtet. »Die Fundamente müssen äußerst massiv sein, um diesem Hochwasser standzuhalten.«

»Natürlich sind sie fest.«

»Warum hast du dann Bedenken?«

»Ich habe keine. Ich wollte nur sichergehen. In zwei Tagen müßte Patrick die Schlucht erreichen und mit der Verlegung der Schienen über die Brücke beginnen.«

»Und was passiert dann?«

»Zehn Meilen jenseits der Schlucht treffen wir auf die von Narinth aus gelegte Strecke.«

»Damit ist das Projekt beendet?«

»Patrick wird die Strecke von der Schlucht bis nach Narinth hoch zu Roß inspizieren und nach etwaigen Schadstellen Ausschau halten. Dann wird mit dem Zug eine Probefahrt nach Narinth und zurück unternommen. Am Tag darauf übergeben wir dann den Zug offiziell dem Maharadscha.« Um ihren Mund legte sich ein verbitterter Zug. »Und bekommen endlich unser Geld.« Sie drehte sich um und ging den Weg zurück, den sie gekommen waren.

»Und morgen?« fragte Ruel, der mit ihr Schritt hielt. »Ich muß Kartauk unbedingt sehen.«

Er war hartnäckig wie der Teufel und würde ihr keine Ruhe lassen, bis er seinen Kopf durchgesetzt hatte. Warum also vergeude ich meine Kraft mit Widerstand? fragte sie sich. Zudem war es günstiger, wenn sie sich seine Loyalität auf diese Weise sicherte. »Warte morgen um neun vor dem Bungalow.«

»Irre ich mich, oder gehen wir im Kreis, seitdem wir die Stadttore hinter uns gelassen haben?« fragte Ruel.

»Du irrst dich keineswegs«, sagte Jane, die das feuchte, tief über den Weg hängende Laubwerk beiseiteschob. »Dein Freund Pachtal beobachtet mich womöglich immer noch. Falls es uns nicht geglückt ist, ihn auf dem Basar abzuhängen, möchte ich wenigstens sichergehen, daß er uns jetzt nicht folgen kann.«

»Oder daß ich allein niemals zurückfinden kann«, setzte Ruel scharfsinnig hinzu. »Müssen wir auf dem Rückweg wieder durch diesen Irrgarten?«

»Natürlich.« Sie sah ihn gelassen an. »Ich bin doch nicht so dumm, mich auf dein Wort zu verlassen, ehe du dich nicht bewährt hast. Ich habe nicht die Absicht, Kartauk deinem Ehrgeiz zu opfern.«

Er lachte auf. »Gut für dich. Als du dich gestern einverstanden zeigtest, mich zu ihm zu führen, war ich beinahe ein wenig enttäuscht von dir.«

Jane drang in das Dickicht seitlich des Pfades ein. »Der Tempel liegt genau in dieser Richtung.«

»Der Tempel?«

»Ein verlassener buddhistischer Tempel.« Mit Bedacht ergänzte sie: »Einer von vielen in dieser Gegend, die schon vor Hunderten von Jahren aufgegeben wurden.«

»Das soll wohl ein Hinweis darauf sein, daß eine genaue Beschreibung des Gemäuers Abdar gegenüber nicht ratsam sei.« Er nickte ernst. »Nett von dir, mir die Mühe zu ersparen.«

Jane ging auf Ruels Ironie nicht ein. Sie übergab ihm den Sack, den sie mit sich getragen hatte, sowie eine kleine Landkarte. »Dieser Plan wird dich zum Tempel führen. Ich komme dann nach.«

»Wohin gehst du?« fragte Ruel.

»Ich muß feststellen, ob wir verfolgt wurden.«

»Nach diesen Umwegen? Bist du nicht übervorsichtig?«

»Nein«, sagte sie nüchtern. »Man kann nicht vorsichtig genug sein.«

Damit drehte sie sich um und entfernte sich.

Jenseits der Lichtung konnte Ruel die Ruine eines großen, von der Witterung stark in Mitleidenschaft gezogenen Tempels sehen. Eine Woge grüner Vegetation umflutete den Bau und überwucherte die Stufen bis zur halben Höhe, so, als setze der Dschungel alles daran, den viereckigen, säulengeschmückten Bau zu verschlingen. Am oberen Ende der Treppe ragte eine Buddhastatue empor, deren heitere Gelassenheit durch einen zerschmetterten Kopf und einen fehlenden Fuß ernsthaft in Mitleidenschaft gezogen wurde.

Ein großartiges Domizil, dachte Ruel.

»Kartauk!« rief er laut, während er mühsam die hohen Tempelstufen erklomm. »Sie haben Besuch.«

»Verschwindet… es sei denn, Ihr seid Abdar!« dröhnte aus dem Tempelinneren eine tiefe Stimme.

Ruel erschrak. »Sie *wollen* Abdar sehen?« rief er.

»Natürlich, es ist mein größter Wunsch. Ich möchte Abdar sehen… aber tot.« Sein Lachen dröhnte hohl. »Sie dürfen eintreten. Mit meiner Konzentration ist es ohnehin vorbei. Wer sind Sie?«

»Ruel MacClaren. Jane und ich werden Ihnen helfen, aus Kasanpore hinauszukommen.«

»Ach, welch edle Seele.«

In der Mitte des Tempels brannte in einer großen Bronzepfanne ein Holzfeuer. Bis auf die Pfanne war der Raum bar aller Einrichtungsgegenstände, wenn man von zwei Liegestätten am anderen Ende und einem langen Tisch an einem nach Norden hinausblickenden Fenster absah.

»Sie sind gekommen, um mein überragendes Talent der Nachwelt zu erhalten?« John Kartauk stand am Tisch und hüllte mit geschickten Fingern eine vor ihm stehende Form in Ton ein. Er war Ende Dreißig, ein Mann, dessen Körpergröße zu seinem gewaltigen Lachen paßte, bekleidet mit einer losen Hose, einem langen weißen Baumwollkittel und Sandalen. Als Ruel sich ihm näherte, gewann er den Eindruck, die Dimensionen des Mannes nähmen zu, da er nun den ausgeprägten Bizeps an den Armen und die massiven Schultern Kartauks wahrnahm. Das dunkelbraune Haar fiel ihm lose auf die Schultern, ein seidenweicher brauner Bart betonte das markante Kinn des Goldschmieds.

»Sind Sie Priester oder Heiliger, daß Sie...« Kartauk erstarrte, und seine Augen wurden groß, als er Ruel näher kommen sah. »Allmächtiger, was für ein Gesicht! Kommen Sie hier ins Licht, wo ich Sie sehen kann.«

Ruel trat näher ans Fenster heran. »Reicht das?«

Kartauk nickte. »Drehen Sie den Kopf nach rechts.«

Gehorsam wandte Ruel den Kopf.

»Prachtvoll«, murmelte Kartauk. »Die Symmetrie ist so gut wie perfekt.«

»Darf ich mich jetzt wieder rühren?« fragte Ruel höflich. »Der Regen dringt durchs Fenster ein, und ich möchte das Regenzeug ablegen und mich trocknen.«

»Kann ich mir denken.« Kartauk trat widerstrebend zurück und sah zu, wie Ruel sich wieder vom Fenster entfernte. »Großartig...«

»Ein hübsches Gesicht ist nur ein Werkzeug, das man benutzen kann wie einen starken Rücken oder einen scharfen Verstand.« Ruel sagte es achselzuckend. »Manchmal wirkt es sich zu meinen Gunsten aus, manchmal aber auch zu meinem Nachteil.«

»Aber Sie benutzen diese Werkzeuge immer?«

»Natürlich, dazu sind sie ja da.« Er lächelte, als sein Blick auf einen Meißel mit dem Elfenbeingriff fiel, der auf dem Tisch neben dem Tonmodell lag. »Würden Sie denn ein nützliches Werkzeug wie dieses in einen Schrank sperren, nur weil es so beschaffen ist, daß es dem Auge ebenso zusagt wie der Hand?«

Kartauk lachte schallend. »Sie gefallen mir.«

»Jane sagt, man müßte mir mit Vorsicht begegnen.«

»Aber natürlich, alles Interessante kann zu einer Bedrohung werden.« Kartauk sah ihn scharf an. »Ich möchte Ihren Kopf modellieren.« Er runzelte die Stirn. »Leider steht mir nicht das geeignete Material zur Verfügung. Ich benutzte in letzter Zeit Holz und Ton, aber Sie verdienen Besseres.«

»Soll das heißen, daß ich Ihnen Modell sitzen soll?«

Kartauk nickte eifrig. »Ich verliere hier noch den Verstand, wenn ich nichts zu tun bekomme.«

Ruel betrachtete die auf dem Tisch aufgereihten Objekte. »Sie beschäftigen sich augenscheinlich sehr emsig. Der Affe ist sehr gut gelungen.«

»Sie haben ein gutes Auge. Ich halte ihn selbst für ein Meisterwerk.« Er griff unter den Tisch und holte eine weitere Holzbüste hervor. »Vielleicht gefällt Ihnen dies.«

Jane, mit lose flutendem Haar, nicht bezopft, wie er sie kannte. Sie lächelte, vor Leben vibrierend, und sah jünger aus, als er sie je gesehen hatte. Ruel streckte die Hand aus und fuhr behutsam mit dem Zeigefinger die Wangenwölbung entlang. »Mich wundert, daß sie Ihnen Modell gestanden hat.«

»Nein, hat sie nicht. Sie wäre viel zu beschäftigt, hat sie gesagt. Das hier habe ich aus dem Gedächtnis gemacht... und nach meiner Phantasie. Es war eine große Herausforderung. Diese unbändige Kraft und Energie, und doch ist niemand verletzlicher als Jane.«

Ruels Finger zeichnete die Lippen der Büste nach. »Sie müssen sie sehr gut kennen.« Kartauk gab keine Antwort. Als Ruel den Blick hob, sah er, daß der Bildhauer ihn fixierte. Er zog seine Hand zurück. »Natürlich kann sich dies hier mit der Statue der Loki nicht messen.«

Kartauk zog die Schultern hoch. »Abdar hat sie gefallen.«

»Ich ziehe die Schlange auf der goldenen Tür vor.«

Kartauk lachte auf. »Ein kleiner Scherz, den ich mir nicht versagen konnte. Unsere Jane war alles andere als erbaut.«

»Sie wußte, daß sie deswegen Verdruß haben würde.«

»Ja, ich weiß, und ich legte gebührende Reue an den Tag... fast eine Viertelstunde lang.« Wieder ließ er ein Achselzucken folgen. »Aber die Gefahr war nicht sehr groß. Ich wußte, daß den Maharadscha die Ähnlichkeit wenig kümmern würde, selbst wenn er sie entdeckte.«

»Aber Abdar ist sie sehr wohl aufgefallen«, sagte Ruel. »Er nannte sie eine exquisite Gemeinheit.«

»Wirklich? Ich kann Ihnen gar nicht sagen, wie mich das freut. Sie kennen Abdar?«

»Ich bin ihm begegnet.«

Kartauks Lächeln schwand. »Abdar selbst ist eine Gemeinheit. Er behauptet die Kunst zu schätzen, benutzt sie aber nur zu seinen eigenen Zwecken.«

Sein Blick heftete sich wieder auf Ruel. »Nun, werden Sie mir Modell stehen?«

»Könnten Sie mich nicht auch aus dem Gedächtnis modellieren?«

Kartauk schüttelte den Kopf. »Zu vielschichtig. Na, was ist?«

»Vielleicht.« Ruel zog seinen Regenmantel aus und ließ sich auf einem großen flachen Stein am Kohlebecken nieder. »Falls wir zu einer Einigung gelangen.«

»Was fur eine Einigung?«

»Wie gut kennen Sie den Maharadscha?«

»Als ich an den Hof kam, habe ich eine Skulptur von ihm geschaffen. Niemand kennt ihn besser.«

»Ich brauche etwas von ihm.«

»Und Sie möchten wissen, was der Schlüssel zu dem Gewünschten ist?«

»Ja. Könnten Sie mir helfen?«

»Ja, das kann ich. Ich kann Ihnen sagen, wie man vom Maharadscha alles bekommen kann, was man möchte.«

In Ruel flammte Hoffnung auf. »Wie?«

»Nachdem ich meine Skulptur bekommen habe.« Kartauk lächelte. »Woher soll ich wissen, ob Sie mir nicht einfach davonlaufen?«

»Und woher soll ich wissen, ob Sie mir wirklich helfen können?«

»Wir müssen einander nur Vertrauen schenken, das ist alles.«

»Ich bin, scheint es, der einzige, von dem Vertrauen gefordert wird«, meinte Ruel trocken.

»Das gehört sich auch so. Meine Arbeit ist mehr wert als alles, was Sie vom Maharadscha zu erlangen hoffen.«

»Woher wissen Sie das?«

»Weil meine Kunst mehr wert ist als alles im Himmel oder in der Hölle«, lautete Kartauks simple Antwort.

»Ich verstehe.« Ruel sah ihn kurz an, ehe er nickte. »Wie lange?«

»Vier Tage.« Kartauk lächelte. »Kommen Sie morgen ganz zeitig, und richten Sie sich auf den ganzen Tag ein.«

In diesem Moment trat Jane ein und kam auf sie zu. »Keine Spur von Pachtal. Ich ging zwei Meilen zurück und hätte ihn sicher gesehen, wenn er uns gefolgt wäre.«

»Heißt das, daß ich vom Verdacht des Doppelspiels befreit bin?« fragte Ruel.

»Nein, es heißt nur, daß Pachtal uns nicht gefolgt ist... diesmal nicht.« Sie nahm Hut und Regenmantel ab und ließ beides auf den Boden gleiten, als sie sich dem Feuer näherte. »Hallo, Kartauk.«

»Jane.« Kartauk nickte ihr zu. »Du bist seit dem letzten Mal dünner geworden. Bist du gesund?«

»Natürlich.« Ohne Ruel anzusehen richtete sie ihre Worte an Kartauk: »Er möchte dich um etwas bitten.«

»Wir sind bereits zu einer Übereinkunft gelangt«, sagte Kartauk.

»Schon?«

»Zum Glück habe ich entdeckt, daß ich über einen Vorteil verfüge, mit dem sich feilschen läßt«, sagte Ruel leichthin. »Kartauk findet Gefallen an meinem Gesicht.«

Jane nickte verständnisvoll. »Das hätte ich mir denken können.«

Sie blickte Ruel an. »Ich glaube, es ist an der Zeit, daß du uns sagst, was du vom Maharadscha möchtest.«

Er schien überrascht. »Warum ist das so wichtig?«

»Es ist an sich nicht wichtig, aber du weißt alles von uns, wir jedoch nichts von dir. Dieses Wissen räumt dir einen Vorteil ein.«

Er schwieg sekundenlang, um dann zu sagen: »Ich möchte ihm eine ›Cinnidar‹ genannte Insel abkaufen. Sie liegt etwa zweihundert Meilen vor der Küste im Indischen Ozean.«

»Und warum willst du diese Insel unbedingt besitzen?«

Wieder zögerte er. »Dort gibt es Gold.«

»Sie irren sich«, erwiderte Kartauk sofort. »Gäbe es auf irgendeiner im Besitz der Savitsars befindlichen Insel Gold, dann wußte Abdar davon. Er ist verrückt nach Gold und hat die ganze Provinz danach absuchen lassen.«

»Ich irre mich nicht. Das Gold ist vorhanden. Ein ganzer Berg von Gold, das größte Vorkommen, das ich je gesehen habe.«

»Warum hat es dann niemand vor Ihnen entdeckt?«

»Es ist unzugänglich. Der Berg liegt am nördlichen Ende der Insel, steilabfallende Flanken machen es unmöglich, ihn von Norden, Osten oder Westen zu ersteigen. Ein tiefer Canyon zieht sich hundert Meilen weit mitten durch die Insel und schneidet den Zugang von Süden her ab.«

Kartauks Brauen hoben sich zweifelnd. »Man kann nicht hingelangen, aber Sie wissen, daß es vorhanden ist?«

»Ich habe es gesehen.«

»Wie denn?« fragte Jane.

»Ich glaube, ich habe genug verraten«, meinte Ruel mit schiefem Lächeln. »Ihr wißt jetzt genug, um Abdars Interesse an Cinnidar anzustacheln und meine Pläne zu vereiteln, falls ich euch hintergehen sollte.«

»... wenn du die Wahrheit sagst.«

»Er sagt die Wahrheit«, gab Kartauk bedächtig zurück, ohne den Blick von Ruels Gesicht zu wenden. »Sagen Sie mir, haben Sie jemals vom sagenhaften El Dorado gehört?«

»Ja.«

»Das Gold El Dorados befand sich angeblich am Grunde eines unendlich tiefen Sees. Ihr Cinnidar könnte sich als ebenso sagenhaft erweisen, und all Ihre Mühe wäre vergebens.«

»Cinnidar ist nicht El Dorado. Wenn ich den Maharadscha bewegen kann, mir die Insel zu verkaufen, werde ich einen Weg finden, das Gold zu gewinnen.«

Kartauks Lächeln blitzte jäh auf. »Das will ich hoffen. Für mich kann es gar nicht genug Gold auf der Welt geben.«

»Wäre es denkbar, daß Sie auf eine Gegenleistung verzichten, da ich doch bemüht bin, Sie mit Material für Ihre Arbeit zu versorgen?«

»Ganz sicher nicht. Sollte Abdar dahinterkommen, was Sie beabsichtigen, wird er Ihnen zweifellos die Kehle durchschneiden, und was mache ich dann?« Zu Jane gewandt fuhr Kartauk fort: »Du mußt ihn mir die nächsten vier Tage herbeischaffen, damit ich an seinem Abbild arbeiten kann, solange sein Hals noch intakt ist.«

»Falls man mir nicht den Weg beschreibt und ich allein komme«, warf Ruel ein.

»Ich begleite dich«, sagte Jane, ging zum Feuer und ließ die beiden Männer allein.

Ruel spürte einen merkwürdigen Stich, als er sie in der für sie so typisch weiblichen Haltung an den Flammen sitzen sah.

Kartauk, der seinen Blick bemerkt haben mußte, sagte: »Sie haben mir nicht gesagt, daß Sie meine Freundin Jane begehren.«

Ruel schrak zusammen. »Und wenn ich es gesagt hätte?«

»Dann hätte ich Sie ermahnt, auf der Hut zu sein. Jane hat viel für mich getan, und ich werde nicht zulassen, daß man sie zerstört.«

»Ich will sie nicht zerstören.«

»Wille und Achtlosigkeit sind zwei verschiedene Dinge.« Seine massiven Schultern hoben sich. »Aber sie ist selbst ohnehin sehr auf der Hut. Vielleicht macht dies ein Einschreiten meinerseits überflüssig.«

»Danke«, sagte Ruel darauf trocken. Sein Blick kehrte zu Jane zurück. Mit jeder Minute wuchs die bohrende Unzufriedenheit in seinem Inneren.

Er wechselte das Thema. »Warum arbeiten Sie so gern mit Gold?«

»Es ist das Metall der Götter, das einzige, das eines großen Künstlers würdig ist. Deshalb blieb ich auch so lange im Palast. Nicht viele Auftraggeber können es sich leisten, dieses kostbare Metall einem Künstler zur Verfügung zu stellen.«

»Und warum sind Sie dann gegangen?«

»Ich dachte immer, daß der Zweck die Mittel heiligt, wenn es um meine Arbeit geht.« Er ließ ein Achselzucken folgen. »Es war ein Irrtum. Zu meinem großen Entsetzen mußte ich feststellen, daß ich ein Gewissen besitze.«

»Was soll das heißen?«

»Abdar verlangte von mir gewisse Aufgaben, die ich abstoßend fand. Ich verweigerte mich.«

»Und damit haben Sie seinen Zorn erregt?«

»Ganz extrem. Er drohte, mir im Fall meiner Weigerung die Hände abzuschlagen. Ein solches Sakrileg konnte ich natürlich nicht zulassen. Nach meinem Verschwinden überredete er Benares, meinen wieselähnlichen Gehilfen, seinem Wunsch nachzukommen, aber Abdar weiß natürlich, daß meine Kunst unvergleichlich ist.« Er hob die Stimme und rief in Richtung der Feuerstelle: »Jane, hoffentlich hast du diesmal in deinem Sack nicht nur Reis gebracht. Ich habe schon so viel davon, daß meine Augen bald so schräg sein werden wie die eines Chinesen.«

»Ich habe Fleisch und Bohnen gebracht.« Jane sagte es lächelnd. »Wenn dieser Vorrat verbraucht ist, wirst du hoffentlich weg sein.«

»Aber wohin soll ich denn?« Kartauk schnitt ein verzweifeltes Gesicht. »Große Künstler brauchen Gönner, und Gönner stellen ihre Schätze gern zur Schau. Es kann daher nicht ausbleiben, daß der Ruf meiner großartigen Werke Abdar zu Ohren kommt und er meine Spur aufnimmt.«

»Ja, wohin?« Jane wandte sich herausfordernd an Ruel. »Du

hast gesagt, du würdest für ihn einen sicheren Zufluchtsort finden.«

Er kniff die Lippen zusammen. »Das werde ich. Dann wandte er sich an Kartauk. »Was halten Sie davon, in Ihre türkische Heimat zurückzukehren?«

»Als ich fortging, hinterließ ich nur Neid und Eifersucht. Die Türkei ist nicht sicherer als andere Gegenden.«

Ruel runzelte die Stirn. »Nun, dann muß ich mir etwas einfallen lassen.«

»Laß dir erst einfallen, wie wir ihn hier fortschaffen können«, schlug Jane vor.

»Für dieses Problem habe ich bereits eine Lösung gefunden.«

Sie machte große Augen. »Ach?«

»Wir machen uns die Probefahrt vor der offiziellen Übergabe der Bahn an den Maharadscha zunutze. Kartauk soll irgendwo an der Strecke außerhalb Kasanpores warten, wir lassen ihn zusteigen und verstecken ihn im Zug. Vor Narinth steigt er aus und kann sich von dort zur Küste durchschlagen.«

Kartauk schmunzelte. »Sehr raffiniert. Jane, jetzt verstehe ich, weshalb du dir seine Mithilfe gesichert hast.«

»Das könnte klappen«, sagte sie langsam. »Falls Abdar keinen Verdacht schöpft.«

»Ach, das wird sicher nicht ausbleiben. Unsere Aufgabe ist es, seinen Verdacht auf eine falsche Spur zu lenken.«

»Wie?«

»Es wird mir schon etwas einfallen. Ich habe ja reichlich Zeit zum Nachdenken, während Kartauk meine Seele bloßlegt.« Er stand auf und griff nach seinem Regenschutz. »Jetzt müssen wir uns auf den Weg nach Kasanpore machen.«

»Wie hat Jane Sie ausfindig gemacht?« fragte Ruel Kartauk.

»Halten Sie den Kopf still.« Der Goldschmied glättete sorgsam die Wangenfläche der Holzfigur vor ihm. »Sie hat mich nicht ausfindig gemacht. Es war umgekehrt. Damals versteckte ich mich im Basar, und als mir zu Ohren kam, daß sie einen Goldschmied für die Waggontür brauchte, suchte ich sie in ihrem Bungalow auf.«

»Sie haben ein großes Risiko auf sich genommen.«

»Ich war verzweifelt. Drei Wochen lang war ich ohne Arbeit gewesen und hatte das Gefühl zu verhungern. Bei meiner Flucht hatte ich mein gesamtes Werkzeug im Palast zurücklassen müssen und war nicht einmal imstande, eine Schachfigur zu schnitzen.« Er drehte sein Modell so, daß mehr Licht auf die linke Seite fiel. »Vielleicht hätte ich widerstehen können, wenn es sich nicht um eine Tür aus Gold gehandelt hätte. Jane sagte, Ihre Leidenschaft für Gold könne sich mit meiner messen.«

»Was hat sie sonst noch gesagt?«

»Daß Sie ehrgeizig, rücksichtslos und auf den eigenen Vorteil bedacht seien.«

»Stimmt.«

Kartauk lachte. »Und aufrichtig.«

»Hat sie das gesagt?«

»Nein, diese Einschätzung beruht auf meinem eigenen Urteilsvermögen.« Kartauks Blick glitt zu Jane, die in einiger Entfernung auf dem Boden saß und eine Landkarte studierte. »Sie scheint sich nur schwer damit abzufinden, daß Sie eine oder zwei Tugenden haben könnten. Ich habe mich gehütet, Jane zu belehren. Um Janes Sicherheit ist es besser bestellt, wenn sie nur an Ihre teuflischen Eigenschaften glaubt.«

»Sie gestanden ihr, daß Abdar es auf Sie abgesehen hätte, und dennoch wies sie Ihnen nicht die Tür?«

Kartauk nickte. »Eigentlich wollte ich es ihr nicht sagen, aber nachdem wir einander kennengelernt hatten und ich erkannte, was für ein Mensch sie ist, lieferte ich mich ihr auf Gedeih und Verderb aus.«

»Und was ist sie?«

»Die personifizierte Fürsorglichkeit. Sie kann nicht umhin, sich aller anzunehmen, die ihrer Hilfe bedürfen. Wußten Sie das nicht?«

»Ich habe keinen Gedanken daran verschwendet.«

Kartauk warf ihm einen verschmitzten Blick zu. »Sind Sie womöglich diesem Gedanken ausgewichen?« Eine Antwort wartete er nicht ab. »So oder so, ich verkroch mich unter ihre Fittiche und ließ mich von ihr als Gegenleistung für meine Arbeit an der Tür bemuttern.«

Ruel runzelte die Stirn. »Daß Ihre Gegenwart Jane gefährdete, kümmerte Sie wohl nicht?«

»Ich hatte meine Bedenken, aber ich mußte doch arbeiten!« Kartauk hob den Kopf. »Das müßten Sie am besten verstehen. Meinem Dafürhalten nach sind Sie hinsichtlich Cinnidars ein ähnlich Besessener.«

Ruel mußte unwillkürlich lachen. »Das stimmt.« Sein Lächeln schwand, als sein Blick wieder zu Jane wanderte, wie fast ständig in den vergangenen Tagen. Er hatte zu ihr gesagt, er wolle versuchen, sie als Kind anzusehen, doch war diese Absicht schon an jenem ersten Tag im Tempel verpufft. Was, zum Teufel, war nur los mit ihm? Mit anderen Frauen war es nie so gewesen. Er konnte seinen Blick nicht von ihr losreißen. Er wollte sie berühren.

Als er Janes geflochtenes Haar im Widerschein des Feuers tief rot schimmern sah, spürte er ein seltsames Prickeln in den Fingerspitzen. Es drängte ihn, die schwere Flechte zu lösen, mit den

Fingern durch die seidige Flut zu fahren und sie locker auf ihre Schultern fallen zu lassen. Er wollte sie so nackt und zügellos, wie er sie im Salonwagen unter sich gesehen hatte. Leidenschaft flammte heiß in ihm auf und ließ ihn steif werden.

Jane erstarrte sichtlich. Er wußte, daß sie seine Augen auf sich spürte. Ihr Blick hing unverwandt an der Karte vor sich, aber sie spürte es, verdammt. Als sie sich nervös eine Strähne aus der Stirn strich, glitt ihr Ärmel zurück und enthüllte das glatte Ebenmaß ihres Armes. Wieder durchzuckte ihn die Glut der Leidenschaft. Zorn und Enttäuschung folgten. Nun gut, er würde sich irgendwie bezähmen. Aber er würde dabei *nicht* allein sein. Sieh mich an, versuchte er sie zu zwingen. Sieh, was ich fühle. Gib zu, was wir fühlen.

Sie warf ihm aus dem Augenwinkel einen flüchtigen Blick zu. O ja, sie weiß es, dachte er finster. Ihre Augen wurden groß, dann wandte sie wieder den Kopf und starrte auf das Blatt, ohne ihm Beachtung zu schenken.

Er wünschte, er hätte es ebenso halten können. O Gott, warum mußte er sie ständig ansehen?

»Ja, es ist für sie ein gewisser Schutz, wenn sie Sie für die Verkörperung Luzifers hält«, murmelte Kartauk. »Es wird immer schlimmer, wie?«

Ruel riß den Blick von Jane los. »Ich weiß nicht, was Sie meinen.«

Kartauk lächelte. »Ich meine, daß ich gezwungen wäre, einen gewissen Teil Ihrer Anatomie unter einer Menge von Feigenblättern zu verbergen, wenn ich eine lebensgroße Statue von Ihnen in Arbeit hätte.«

Ruel zwang sich, nicht mehr zu Jane hinzusehen. »Nun, dann können wir von Glück reden, daß Sie nur eine Büste anfertigen.«

»Zuerst erwog ich sogar, Jane fortzuschicken.« Kartauks Aufmerksamkeit galt wieder der Skulptur. »Die Zeichen des Verlangens beschränken sich ja nicht auf die verborgenen Bereiche. Die Kinnmuskeln spannen sich an. Die Nasenflügel bleiben leicht, der Mund…«

»Ich bedaure sehr, wenn ich dem Künstler in Ihnen Schwierigkeiten bereitet habe.«

»Ach, Schwierigkeiten waren es nicht. Das hätte ich gar nicht zugelassen. Tatsächlich hat Ihre Begierde dem Werk einen zusätzlichen Hauch primitiver Schönheit verliehen.«

Ruel rutschte unruhig auf dem Steinblock hin und her, auf dem er saß. »Wenn werden Sie mit dieser verdammten Büste fertig?«

»Morgen. Sie wird wunderbar, eines meiner besten Stücke. Ich bin zu großen Dingen fähig, wenn ich nur…«

»…Gold zur Verfügung hätte.« Ruel sprach es lachend aus. »Allmählich bekomme ich den Eindruck, Ihre Leidenschaft könnte größer sein als meine.«

»Das ist sie zweifellos. Für mich bedeutet Gold Schönheit, für Sie Macht. Aber Schönheit triumphiert zu guter Letzt immer. Könige stürzen, Weltreiche gehen unter, aber Kunst und Schönheit sind von Bestand.« Nach einer kleinen Pause setzte er seufzend hinzu: »Ich nehme an, Sie wollen nun meine Gegenleistung einfordern?«

Ruel nickte.

»Spielzeuge«, sagte Kartauk kurz angebunden.

»Wie bitte?«

»Lassen Sie dem Maharadscha ein Spielzeug zukommen.«

Ruel blickte ihn verständnislos an. »Was für Spielzeuge?«

»Kinderspielzeuge. Glauben Sie mir.«

»Ich soll einem der reichsten und mächtigsten Fürsten Indiens ein Spielzeug schicken?«

»Er *ist* ein Kind. Genau das ist der Punkt. Was glauben Sie, wie ich sonst sechs Jahre lang seine exzentrischen Launen ertragen hätte? Ich wäre verrückt geworden, hätte ich nicht mit der Zeit gelernt, ihn abzulenken, wenn es nötig wurde.«

»Spielzeug... das hört sich so simpel an.«

»Nicht simpel, aber machbar. Gehen Sie zu Namir in der Straße der Palmen, der sein Handwerk vortrefflich versteht. Er soll Ihnen ein Spielzeug verkaufen ähnlich jenen, die er gelegentlich für mich anfertigte. Vielleicht etwas mit einem Elefanten. Der Maharadscha ist verrückt nach Elefanten.«

War es möglich, daß Kartauk recht hatte? Als Ruel einfiel, was er über die unsinnigen Wünsche des Maharadschas gehört hatte, erwachte sein Spürsinn jäh.

Sein einziges Interesse gilt seinem Lieblingsspielzeug, der Eisenbahn.

Ihm gefällt es, wenn es blitzt und blinkt.

Alles, was er bislang über den Fürsten gehört hatte, bestätigte Kartauks Behauptung.

»Welche Garantie habe ich, daß er das Spielzeug nicht nur annimmt und es dann einfach vergißt?« fragte Ruel.

»Es gibt keine Garantie. Ich habe Ihnen den Schlüssel gegeben, nun liegt es an Ihnen, die Tür aufzuschließen. Ich werde mit größtem Interesse verfolgen, wie Sie das schaffen.« Er sah ihn strafend an.»Und lassen Sie das Stirnrunzeln. Ich hätte mit meinem Geheimnis bis morgen warten sollen. Nun werden Sie grübeln und planen, und ich Ihre Stirn nie richtig hinbekommen.»

7. Kapitel

»Ich habe mir überlegt, daß das Spielzeug aus zwei Teilen bestehen muß«, sagte Ruel zu Ian. »Ich bin Kartauk noch einen Tag schuldig. Würdest du wohl so gut sein und diesen Namir aufsuchen? Eine der Figuren des Spieles soll ein Elefant sein, die andere ein Maharadscha. Sag ihm, alles übrige überlasse ich seinem Gutdünken, wenn bloß der erste Teil so faszinierend ausfällt, daß der Appetit des Fürsten auf den zweiten Teil geweckt wird.«

»Eine große Herausforderung. Wieviel Zeit bleibt für die Anfertigung?«

»Drei Tage. Die Streckenteile werden in sechs Tagen aufeinanderstoßen, und ich möchte vermeiden, daß die Erregung des Fürsten über sein großes Spielzeug ihn von seinem Interesse am kleinen ablenkt.«

Ian nickte. »Nun gut, ich will morgen zu Namir gehen. Aber ich könnte mir denken, daß du bei ihm einiges springen lassen mußt.«

»Er soll bekommen, was er verlangt. Wer weiß? Vielleicht wird mich Cinnidar weniger kosten, als ich dachte. Kartauk hat mir einige interessante Einblicke in den Charakter des Fürsten verschafft.«

»Ich freue mich für dich«, sagte Ian und blickte seinen Bruder zufrieden an.

»Nie hätte ich gedacht, daß die Aussicht auf einen Erfolg beim Maharadscha dich mit Freude erfüllt. Wenn ich ihn zum Verkauf von Cinnidar überreden kann, gibt es für mich keine Rückkehr nach Glenclaren.«

»Wenn Cinnidar für dich das Beste ist, dann soll es mir recht sein.« Ian lächelte nachsichtig. »Allmählich regt sich in mir der

Verdacht, daß auf Cinnidar mehr als nur Geld auf dich wartet. Ich bin gar nicht sicher, ob es nur Gold ist, dem du nachläufst. Du sollst Wurzeln schlagen und brauchst ein Zuhause, das du so sehr liebst, wie ich Glenclaren liebe. Das ist es, was ich mir für dich immer gewünscht habe, Ruel.«

Gott im Himmel... Ruel hatte das Gefühl, etwas Hartes und Festes bräche in seinem Inneren auf, als er seinen Bruder anblickte. Am liebsten hätte er die Hände nach ihm ausgestreckt, hätte ihn angefaßt, ihm liebevoll auf die Schulter geklopft wie seinerzeit als Junge. Alles schien in Veränderung begriffen, alles schien im Fluß, seitdem sie in Kasanpore waren.

Oder war er, Ruel, es selbst, der sich änderte?

»Noch vier Tage, und die beiden Streckenabschnitte stoßen aufeinander«, sagte Patrick. »Es wird auch höchste Zeit. Ich werde richtig aufatmen, wenn ich diesem gräßlichen Land den Rücken kehren kann. Diese letzte Woche hat mich fast umgebracht.«

»Morgen könnte ich wieder hinauskommen und dir helfen«, bot Jane ihm an.

»Wo denkst du hin? Bleib zu Hause und laß mich zur Abwechslung die Arbeit erledigen.« Er stand auf und streckte sich. »Und jetzt nichts wie ins Bett. Ich hatte schon ganz vergessen, wie müde die Arbeit an den Schienen macht.«

»Aber ich möchte dir wirklich helfen, Patrick«, sagte sie in drängendem Ton. »Weißt du noch wie es anfangs war..., damals als wir in Salisbury zusammen an der Strecke arbeiteten?«

»Du hast deinen Anteil geleistet. Jetzt laß mich meinen tun.«

Jane war enttäuscht, drang aber nicht mehr in ihn. Seit er ihr die Arbeit abgenommen hatte, war sein Alkoholkonsum auf weniger als eine Viertelflasche täglich gesunken. Wenn es die Verantwortung war, die diesen Wandel bewirkt hatte, dann wäre sie dumm gewesen, sie ihm wieder abzunehmen. »Aber wenn du deine Meinung ändern solltest...« Sie hielt inne, um beiläufig hinzuzufügen: »Wenn du schon nicht möchtest, daß ich dir beim Streckenbau helfe, dann hast du doch hoffentlich nichts dagegen, wenn ich die Probefahrt nach Narinth unternehme?«

»Warum sollte ich etwas dagegen haben?« sagte Patrick müde. »Nach der letzten Woche werde ich froh sein, wenn ich zu Hause bleiben und meinen Knochen Ruhe gönnen kann. Am Tag darauf muß ich den Maharadscha und seinen aufgeblasenen Hofstaat nach Narinth begleiten. Vermutlich wird er an unzähligen Kleinigkeiten etwas auszusetzen haben.«

Jane war erleichtert, obwohl sie keine andere Antwort erwartet hatte. »Also abgemacht. Ich werde Robinson bitten, als Lokführer zu fungieren und selber den Heizer spielen.«

»Wie du willst.« Patrick ging auf sein Schlafzimmer zu. »Übrigens, mir ist aufgefallen, daß unser Freund MacClaren sich rar macht, seitdem der Regen einsetzte. Ich sagte wiederholt zu ihm, daß ich offenbar der einzige bin, der diesem Sauwetter zum Trotz ganze Arbeit leistet.«

»Ach? Wann hast du ihn zuletzt gesehen?« fragte sie mit bemühter Beiläufigkeit.

»Nun, er schaut fast täglich auf eine Tasse Kaffee und ein paar Worte vorbei.«

Sie hatte nicht gewußt, daß Ruel sich nach jenem ersten Nachmittag noch auf der Baustelle hatte blicken lassen. Einen Augenblick lang empfand sie unsinnigerweise Dankbarkeit. Dann sagte sie sich, daß Ruel Patrick schließlich nicht ihretwegen im Auge behielt, sondern weil er an der raschen Fertigstellung der Strecke interessiert war. Er wollte Kartauk schnell aus Kasanpore herausschaffen.

Ruel, dessen Blick sie versengt und herausfordernd festhält.

»Deine Wangen sind ja hochrot«, bemerkte Patrick. »Du wirst doch nicht etwa krank?«

Man muß mir ansehen, wie durcheinander ich bin, wenn schon Patrick, dem nie etwas an mir auffällt, eine Bemerkung macht, dachte sie verzweifelt. »Nein, ich kann nur die Hitze so schlecht vertragen. Mir scheint, seitdem es regnet, ist es noch heißer geworden.« Sie sprang vom Stuhl auf und wünschte Patrick gute Nacht.«

Ich werde über dieses Begehren hinwegkommen, dachte sie trotzig. Ich bin ja kein Tier.

Sie durfte diesen Gefühlen keine Beachtung schenken. Mit der Zeit würde das Begehren vergehen.

Lieber Gott, es *mußte* vergehen.

Ruel verstaute das Geschenk sorgfältig in einer großen Schachtel, die er in hellroten Samt einschlug und mit einer weißen Satinschleife zierte.

Eine Stunde später übergab er das Paket dem obersten Lakai im Palast, nicht ohne eine stattliche Bestechungssumme zu zahlen, damit der Maharadscha das Präsent sofort bekäme.

Dann begab er sich wieder ins Hotel, wo er wartete, daß die Ereignisse ihren Lauf nähmen.

Die Nachricht kam am nächsten Morgen in Form einer Aufforderung aus dem Palast, sofort zu einer Audienz bei Maharadscha Dulai Savitsar zu erscheinen.

Eine Stunde später wurde er in den Empfangssalon geführt, wo er den Maharadscha auf dem Boden kniend antraf, vor sich auf dem Teppich das Spielbrett. Der kleinwüchsige, beleibte Herrscher steckte in einer grellroten Brokatjacke, zu der er weiße Hosen trug. Eine Ähnlichkeit mit seinem Sohn Abdar war kaum vorhanden. Dulais buschiger Schnurrbart sowie sein glattes schwarzes Haar waren grau meliert, und von der Leere und Gleichgültigkeit Abdars war sein Vater in diesem Augenblick weit entfernt. Er war eindeutig ungehalten.

»Ihr seid dieser Ruel MacClaren?« Der Maharadscha fuhr, ohne abzuwarten, verdrießlich fort: »Ich zürne Euch sehr. Es funktioniert nicht. Irgend etwas stimmt da nicht.«

Das vier Fuß messende Brett, das er so wütend anstarrte, stellte einen Dschungel dar, in dem alles, ob Baum, Strauch, Blüte oder Tier, mit wahrer Meisterschaft und erstaunlich naturgetreu nachgebildet waren. Die Zentralfigur auf dem Brett war ein winziger Maharadscha in einem goldenen Anzug mit einer kleinen juwelenbesetzten Krone auf dem Kopf. Ian hatte Ruel berichtet, daß Namir ein ganzes Jahr an diesem Spiel gearbeitet hatte und nur einige Figuren hatte austauschen müssen, damit das Spiel Ruels Anforderungen genügte.

»Seht Ihr?« Der Maharadscha drückte auf den Mechanismus.

Ein Löwe sprang das gekrönte Figürchen an, verfehlte es nur knapp und löste damit einen anderen Mechanismus aus, der den Maharadscha in die Luft springen und in einer Baumkrone verschwinden ließ. Dies wiederum löste einen Mechanismus aus, der eine mit dem ersten Maharadscha identische Figur auf der anderen Seite des Baumes herunterbeförderte, so daß sie vor einem Rhinozeros landete. Das Rhinozeros ging zum Angriff über, die zweite Königsfigur erhob sich in die Lüfte und verschwand im nächsten Baum. Diese Abfolge von Angriff und Flucht setzte sich über das ganze Brett fort, wobei der kleine Maharadscha verschiedenen Tieren entkam, bis er den einer steil abfallenden Klippe nachgebildeten Brettrand erreichte. Der letzte Mechanismus schleuderte den Maharadscha in die Luft und ließ ihn über dem Abgrund hängen.

»Seht Euch das an. Da hängt er wie ein überreifer Granatapfel«, beklagte sich der Maharadscha. »Alle Welt weiß, daß ein Maharadscha immer über das Schicksal triumphieren muß. Dies hier ist höchst unbefriedigend.«

»Aber nur, weil Ihr die andere Hälfte des Spieles nicht besitzt.«

Der Maharadscha fuhr auf. »Welche andere Hälfte?«

Ruel deutete auf zwei beinahe unsichtbare Schlitze an der Brettseite. »Die zweite Hälfte wird hier angefügt. Der Prinz überlebt den Sturz von den Klippen, landet vor einem Tiger und springt auf einen Baum, von dem er auf den Rücken eines prächtigen weißen Elefanten gelangt. Dort ist er zu guter Letzt in Sicherheit.«

Die Augen des Herrschers leuchteten auf. »Ein Elefant?«

»Ein weißer Elefant. Welches andere Tier wäre würdig, einen Maharadscha zu tragen?«

»Genau das sagte ich zu meinem hohen Rat, aber bislang ist es nicht gelungen, einen weißen Elefanten aufzutreiben. Ständig werde ich mit Ausflüchten abgespeist.« Er runzelte ungehalten die Stirn, als sein Blick wieder auf die über der Klippe hängende Figur fiel. »Ich muß unbedingt den zweiten Teil des Spieles haben. Was für ein Mensch seid Ihr eigentlich... mir nur ein halbes Geschenk zu machen?«

»Dafür aber ein außergewöhnliches, Eurer Majestät würdiges Geschenk. Als ich es in einem Laden entdeckte, wußte ich sofort, daß es einem Mann von Eurer Majestät Geschmack und Intelligenz angemessen ist.«

»Aber ich brauche den zweiten Teil.«

»Ich bin momentan auf der Suche danach. Leider scheine ich ihn verlegt zu haben.«

Der Maharadscha bedachte Ruel mit einem argwöhnischen

Blick. »Und welchen Ansporns bedürfte es, um ihn zu finden?« Er seufzte. »Ich nehme an, Ihr erwartet Euch als Gegenleistung ebenfalls ein Geschenk? Alle wollen etwas von mir. Also, was soll ich Euch geben?«

»Verkaufen, nicht geben. Ihr besitzt im Indischen Ozean ein kleines Eiland mit Namen Cinnidar, das ich kaufen möchte. Ich biete Euch dafür vierzigtausend Pfund.«

»Cinnidar? Ich kann mich nicht besinnen...« Er vollführte eine ungeduldige Bewegung mit seinem Händchen. »Sehr bedeutend kann die Insel nicht sein, wenn ich mich nicht an sie erinnern kann. Ich will meine Ratgeber befragen, ob Euer Preis angemessen ist. Werdet Ihr in der Zwischenzeit die Suche nach dem zweiten Teil des Spieles fortsetzen?«

»Mit dem größten Eifer. Darf ich Euch morgen meine Fortschritte melden?«

»Ja, ja.« Der Maharadscha war bereits wieder ins Dschungelspiel vertieft und drückte den Knopf, der den Mechanismus auslöste. Hingerissen sah er zu, wie der Löwe in die Luft schnellte. »Morgen, also.«

Halleluja, frohlockte Ruel, als er die Stufen der Palasttreppe hinunterlief. Es war nur der erste Schritt, aber ein verdammt großer. Die Aussichten waren gut. Sogar der Regen hatte eine Pause eingelegt. Der finstere Himmel würde seine Schleusen zwar bald wieder öffnen, dennoch war es ein gutes Zeichen.

»Zum Hotel, Sahib?« fragte der Rikschafahrer, als Ruel das Gefährt bestieg.

»Ja.« Doch änderte er einem jähen Impuls folgend seine Absicht. »Nein.« Er schäumte über vor Hoffnung, die er mit jemandem teilen wollte, und ganz plötzlich wußte er, daß dieser Jemand nicht Ian war. »Bring mich zum Bungalow von Sahib Reilly.«

Die Kobra wiegte sich gelassen hin und her und hielt dabei ihre Onyxaugen bösartig auf den aufgeregt kläffenden Hund gerichtet.

Lieber Gott, laß nicht zu, daß sie angreift, betete Jane, als sie sich durch die Stalltür ins Innere schlich. Vorsichtig tastete sie nach dem Messer in ihrem Stiefel.

Die Schlange lag in der Mitte des Stalles direkt vor Bedelias Box. Ließ sie vom wie wild bellenden Hund ab, bestand immer noch die Möglichkeit, daß sie die Stute angriff.

»Um Himmels willen, Sam, sei still«, hauchte sie.

Natürlich schenkte ihr der dumme Hund keine Beachtung. Sein Gekläff steigerte sich noch, als die Schlange sich unvermittelt zu einer Höhe von fast vier Fuß aufrichtete.

Die Kobra mußte mindestens zehn Fuß lang sein. Sprang sie Sam mit dieser Länge an, hatte der Hund keine Chance. Jane bedachte das Messer in ihrer Hand mit einem ungeduldigen Blick und warf es weg. Eine Klinge war als Waffe gegen eine Schlange ungeeignet. Um es zu benutzen, mußte sie zu nahe an die Kobra heran. Die Mistgabel, die an der Wand lehnte, würde viel wirkungsvoller sein.

Sie erstarrte, als der Schlangenkopf sich in ihre Richtung drehte. Ihr Herz pochte so wild, daß es in ihren Ohren lauter dröhnte als Sams Toben. Obwohl außer Reichweite der Kobra, erfaßte Jane Eiseskälte, als die Reptilaugen sie fixierten.

»Zurück, Sam!« rief sie verzweifelt. »Um Himmels willen, hör auf, sie zu reizen.« Langsam ging sie in einem großen Bogen um die Schlange herum, bis sie hinter ihr stand.

»Was, zum Teufel, treibst du da?« Sie riß ihren Blick von der Schlange los. In der Tür stand Ruel, totenblaß und schweißglänzend. »Nichts wie raus!«

»Sei still!« stieß Jane scharf hervor. Sie hatte wieder die

Schlange im Blick. »Und rühr dich nicht von der Stelle. Wenn du sie erschreckst, greift sie Sam an.«

»Was kümmert mich Sam«, gab er zurück. »Sieh zu, daß du hier wegkommst, ehe das verdammte Biest dich tötet.«

Jane beachtete ihn nicht weiter und trat einen Schritt näher. Vier Meter bis zur Kobra. Drei.

Ruel fluchte. »Na schön, hole ich eben diesen verrückten Köter.« Er ging auf den Hund zu. »Du verschwindest besser.«

Seine Bewegung veranlaßte die Kobra, sich noch höher und drohender aufzurichten.

Jane erstarrte.

Die Schlange, die ihre Aufmerksamkeit zwischen Sam und Ruel teilte, hatte Jane vergessen. Wenn sie flink reagierte, konnte sie vielleicht...

Die Gabel vor sich haltend stürzte Jane vor und spießte den Schlangenkörper auf. Dann schleuderte sie ihn durch den Stall, bis er gegen eine Wand prallte und zu Boden fiel. Die Kobra blieb zuckend liegen.

Der Hund war mit einem Satz hinter der Schlange her.

»Nein!« rief sie aus.

Fluchend setzte Ruel Sam nach und erwischte ihn drei Handbreit vor der Kobra.

»Halte ihn fest!« Jane stieß Ruel beiseite und ließ den Gabelgriff mit aller Kraft auf den Schlangenschädel niedersausen. Sie schlug zu, immer wieder.

Atemlos hielt sie inne, als sie merkte, daß die Schlange sich nicht mehr rührte. »Ich... glaube, sie ist tot.«

Sie stocherte mit der Mistgabel im Schlangenkörper herum. Keine Reaktion. Ruel stürmte auf sie zu.

Er umfaßte ihre Schultern. »Verdammt.« In seinen Augen flammte es auf. »Verdammt!«

»Hände weg, oder du bekommst die Mistgabel in den Bauch«, wehrte sie ihn hitzig ab.

»Glaubst du, das schreckt mich ab? Du und deine verdammte Mistgabel und deine verdammte Schlange.« Wieder schüttelte er sie. »Ich könnte...« Er ließ sie los und ging schwankend zur Tür.

»Wohin willst du?« fragte sie, erstaunt, daß er so plötzlich von ihr abließ.

»Mich übergeben.« Ruel würgte bereits, als er hinausstürzte.

Verdattert sah sie ihm nach. Auch sie hatte Angst ausgestanden, aber Ruels Reaktion kam völlig unerwartet. Unwillkürlich wollte sie ihm nach, hielt dann aber inne. Er haßte es bestimmt, in Augenblicken der Schwäche beobachtet zu werden. Sie zitterte selbst noch vor Angst und fühlte sich seinem Unwillen nicht gewachsen.

Als sie Minuten später aus dem Stall trat, wusch Ruel sein Gesicht mit Wasser aus dem Pferdetrog. Sein Regenzeug lag auf dem Boden neben ihm, das nasse Hemd klebte ihm am Körper. Er blickte auf und sah sie an, noch immer ganz bleich. »Tut mir leid«, sagte er knapp. »Ich kann Schlangen nicht ausstehen.«

»Ich auch nicht.« Sie schob die Schultern hoch. »Aber ich habe mich an sie gewöhnt. Wenn man in Zelten aufgewachsen ist, hat man immer wieder mit diesen Biestern zu tun.«

»Warum hast du nicht getan, was ich sagte? Du hättest...«

»Es ging um Sam«, unterbrach sie ihn. »Die Kobra hätte ihn töten können.«

»Und deswegen setzt du dein Leben aufs Spiel?«

»Sam gehört mir. Man trägt Verantwortung für das, was einem gehört.«

Er starrte sie an. »Allmächtiger...«

»Es geht dich nichts an«, sagte sie kratzbürstig. »Sam mag ja nicht sehr klug sein, aber er...«

»Er ist ein Esel von einem Hund. Das passende Tier für dich. Ich konnte es nicht fassen, als ich sah, wie du diese Kobra mit einer Mistgabel angegriffen hast. Am liebsten hätte ich dich erwürgt.« Er ballte die Hände zu Fäusten.

Sie hatte Ruel noch nie in der Rolle des Hilflosen erlebt, und dieser Beweis der Schwäche erfüllte sie mit Neugierde. »Wie kommt es, daß du Schlangen so sehr fürchtest?«

»Wir alle fürchten uns vor etwas.« Er hob sein Regenzeug vom Boden auf und zog es sich über den Kopf. Als er bemerkte, daß sie ihn noch immer ansah, reagierte er mit einem Achselzucken. »Ich glaube, ich bin dir eine Erklärung schuldig.« Er schwieg einen Moment, ehe er gestand: »Ich wurde einmal gebissen.«

Ihre Augen weiteten sich vor Entsetzen. »Von einer Kobra?«

»Nein, nein. Es passierte vor Jahren auf Glenclaren. Es war eine Otter. Damals verbrachte ich gelegentlich eine Nacht draußen in den Hügeln.« Er sprach schnell und stoßweise, als wolle er die Sache rasch hinter sich bringen. »Von meinem Fuchs habe ich dir schon erzählt. Ihn nahm ich auf diesen Ausflügen oft mit. Draußen konnte es zuweilen sehr einsam werden. Eines Nachts erwachte ich, weil ich einen Stich im linken Bein spürte, und entdeckte, daß sich eine Otter unter meiner Decke ringelte. Ich tötete sie mit einem Felsbrocken.« Seine Lippen wurden schmal. »Ein Stück weiter fand ich dann meinen Fuchs tot auf. Die verdammte Schlange hatte ihn getötet, ehe sie zu mir schlüpfte.«

»O nein«, kam es ihr wie ein Hauch über die Lippen.

»Ich zog mein Hemd aus und riß ein Stück ab, mit dem ich mein Bein abbinden konnte. Dann machte ich mich auf die Suche nach Hilfe.« Er schob die Schultern hoch. »Leider war das Glück mir nicht gewogen. Meine Mutter war an jenem Abend ins Dorf gegangen. Ian war es, der mich am nächsten Morgen bewußtlos auffand und Hilfe holte.«

Seine Miene veränderte sich, wurde abweisend und verschlossen. »Jetzt verstehst du sicher, wieso die von Kartauk geschaffene Abbildung Abdars als Schlange meinen Beifall fand«, sagte er. »In meinen Augen gibt es keine größere Schmähung eines Menschen.« Er stand im Begriff, zur wartenden Rikscha zu gehen. »Es wird Zeit, daß ich zum Hotel fahre. Keine Angst, ich werde dich nicht länger mit meinen Erinnerungen langweilen.«

»Ich habe mich nicht gelangweilt«, sagte sie langsam. »Was du mir erzählt hast, fand ich sehr traurig.«

»Wirklich? Und warum?« Ruel schnalzte mit den Fingern. »Ach, der Fuchs. Das Schicksal meines Freundes läßt dein Herz bluten.«

»Nein.« Aber sie hatte eine Ahnung, daß in jener Nacht sein Herz geblutet hatte, obwohl er diese Schwäche nie eingestehen würde.

»Warum bist du hierhergekommen?« fragte sie ihn.

Ein undeutbarer Ausdruck huschte über sein Gesicht. »Ich wollte nur kurz vorbeikommen.«

Seine Antwort erstaunte sie. Die Beziehung zwischen ihr und Ruel war nicht so, daß zwanglose Besuche angebracht gewesen wären. »Wie ist die Audienz beim Maharadscha verlaufen?«

»Gut.« Ein strahlendes Lächeln erhellte sein Gesicht. »Sogar sehr gut.«

»Wirst du dein Cinnidar bekommen?«

Er nickte. »Ich bin nahe daran.« Er faßte Sam ins Auge. »Du solltest den Hund im Bungalow halten, ohne Rücksicht auf das, was Patrick sagt. Im Stallboden sind zu viele Risse, und du wirst sicher nicht wollen, daß ihn noch eine Schlange heimsucht.«

Damit zog er den Hut und empfahl sich.

Er ging schon zur Rikscha, als ihr plötzlich etwas einfiel.

»Ruel, wie alt warst du, als dich die Schlange gebissen hat?«

Er warf ihn einen Blick über die Schulter zu.

»Keine Ahnung. Etwa neun, schätze ich.«

Sie sah der Rikscha nach, die sich mit Glöckchengeklingel entfernte.

Draußen konnte es zuweilen sehr einsam werden.

Neun Jahre. Sie hatte geglaubt, der Zwischenfall mit der Schlange hätte sich viel später abgespielt. Was hatte ein so kleines Kind nachts draußen in den Hügeln zu suchen? Und warum hatte man ihn erst am nächsten Tag gefunden, nachdem es ihm gelungen war, sich bis zum Schloß durchzuschlagen? Die Antwort auf diese Fragen würde sie vermutlich nie bekommen.

»Nun, habt Ihr es mitgebracht?« fragte der Maharadscha begierig, als Ruel am nächsten Tag den Audienzraum betrat.

»Nein, aber ich bin nahe daran, es zu finden.« Ruel ließ eine kleine Pause eintreten. »Leider hat mich diese Verkaufsangelegenheit so belastet, daß mich mein Gedächtnis völlig im Stich ließ.«

Der Maharadscha sah ihn finster an. »Warum dieses alberne Spiel? Ich weiß, daß Ihr es mir geben könntet, wenn Ihr wolltet.«

Ruel beschränkte sich auf ein Lächeln.

»Also gut, meinetwegen könnt Ihr die Insel haben, aber nicht für vierzigtausend Pfund. Der Hohe Rat sagt, daß sie mindestens zehntausend mehr wert sei.«

Ruel ließ sich seine Anspannung nicht anmerken. »Ich bin kein reicher Mann. Ich könnte mir allenfalls zusätzliche fünftausend leisten.«

»Abgemacht.« Der Maharadscha lächelte listig. »Wir unterzeichnen die Dokumente, nachdem Ihr mir...«

Ruel unterbrach ihn ungeniert. »Mein Bruder und Oberst Pikkering warten draußen im Empfangssalon mit allen nötigen Unterlagen. Vielleicht können wir den Vertrag jetzt unterschreiben, damit ich anschließend meine Aufmerksamkeit ungeteilt der Suche nach dem Spiel widmen kann.«

»Dann bringen wir die Sache hinter uns«, gab der alte Maharadscha voller Ungeduld von sich. »Die beiden sollen hereinkommen.«

Fünfundvierzig Minuten später steckte Ruel den Vertrag in die Tasche und übergab eine Kopie Oberst Pickering, der wiederum beim Hohen Rat einen Scheck hinterlegte.

»Also, alles ist erledigt«, sagte der Maharadscha. »Jetzt haltet Euer Versprechen.«

»Dies beabsichtige ich auf jeden Fall.« Ruel schnalzte mit den Fingern. »Der Wagen! Eben fällt mir ein, daß ich das andere Paket in der Rikscha gelassen habe, nachdem ich aus dem Basar kam.« Er wandte sich an Ian. »Würdest du wohl hinuntergehen und es für Seine Majestät holen?«

»Gerne.« Ruel ging mit Oberst Pickering zur Tür. »Ich werde es einem Diener übergeben und erwarte dich am Hauptportal.«

Der Maharadscha wartete, bis sie den Raum verlassen hatten, ehe er sich mit schlauem Lächeln an Ruel wandte: »Ihr glaubt wohl, Ihr hättet mich hereingelegt?«

»Warum sollte ich das glauben?«

»In Wahrheit habe ich Euch hereingelegt. Cinnidar ist wertlos. Mein Emir schilderte mir die Insel als eine aus Dschungel und wüsten Gebirgen bestehende barbarische Wildnis. Sogar der Sommerpalast, den mein Urgroßvater dort erbauen ließ, dürfte inzwischen total verrottet sein. Die Insel ist nicht einmal ein Viertel dessen wert, was ich von Euch verlangt habe.«

»Dann habt Ihr mich offensichtlich zum Narren gehalten.«

Der Maharadscha schmollte. »Ihr regt Euch ja gar nicht auf. Und ich wollte, daß Ihr Euch aufregt!«

Ruel gestattete sich nur ein kleines Lächeln, obwohl ihm nach Luftsprüngen und Jubelrufen zumute gewesen wäre. Bei Gott, er hatte seine Insel! »Wenn ich Zeit haben werde, über meine Torheit nachzudenken, wird sich zweifellos der gebührende Ärger einstellen.«

Der Maharadscha strahlte. »Zweifellos. Ich war sehr schlau, nicht wahr?«

»Sehr schlau.« Ruel drehte sich um und verließ den Audienzraum.

»Du hast mehr als geplant dafür ausgeben müssen«, sagte Ian, kaum daß Ruel sich zu ihm gesellt hatte.

»Die dreitausend Pfund, die mir geblieben sind, genügen als Startkapital.«

»Ich wünschte, ich könnte dir unter die Arme greifen«, sagte Ian mit gefurchter Stirn. »Aber du weißt ja, daß auf Glenclaren Geld immer Mangelware war.«

»Ian, ich möchte dein Geld nicht.«

»Es ist auch dein Geld. Ich habe immer schon beabsichtigt, das Wenige, das vorhanden ist, mit dir zu teilen.« Leise fügte er hinzu: »Deine Verbitterung soll dich nicht daran hindern anzunehmen, was dir gehört.«

»Ich bin nicht verbittert.« Ruel merkte zu seiner Verwunderung, daß es stimmte. Seit er zurückdenken konnte, war es das erste Mal, daß er völlig frei von Bitterkeit war. Der Kauf der Insel schien ihn auf wundersame Weise von der Last schmerzlicher Erinnerungen befreit zu haben. »Behalte dein Geld, Ian. Glenclaren braucht es dringender als ich. Ich finde schon einen Weg, mir zu verschaffen, was ich brauche.«

Ian sah ihm prüfend ins Gesicht und nickte dann bedächtig. »Ja, das glaube ich auch. Ich schätze, es wird Zeit, daß ich nach

Hause komme.« Er räusperte sich und fuhr fort: »Wie wär's, wenn wir zwei Fliegen mit einem Schlag erledigen? Ich buche von Narinth aus zwei Schiffspassagen und mache mit dir die Probefahrt auf der Eisenbahn mit. Schottland erscheint mir als Zuflucht für Kartauk ziemlich sicher.«

»Die Frage ist, ob Glenclaren vor Kartauk sicher ist«, murmelte Ruel vor sich hin. »Womöglich kommt er auf die Idee, die Wehranlage abzureißen und aus den Steinen einen Brennofen zu bauen.« Er schmunzelte. »Aber sicher wird Maggie jeder dreisten Entweihung energisch Einhalt gebieten.«

»Margaret«, berichtigte Ian ihn automatisch, um sogleich in sanfterem Ton hinzuzufügen: »Margaret.«

Ein Blick in Ians ernstes Gesicht, und Ruel wurde von einer Woge der Zuneigung erfaßt. Nun, da Ian im Begriff stand, die Heimfahrt anzutreten, konnte er gefahrlos die Barrieren, die er vor langer Zeit gegen ihn aufgerichtet hatte, abbauen. »Ich will versuchen, es mir zu merken«, sagte er liebevoll. »Margaret.«

»Schottland?« Kartauk runzelte die Stirn. »Meine Mutter hat es mir als kahles, kaltes Land beschrieben. Ein Künstler braucht Wärme und Farbe als Nahrung für seine Seele. Ich liebe die Sonne.«

»Aber ich möchte wetten, daß Sie an Ihren Händen noch mehr hängen«, meinte Ruel.

»Stimmt.« Es folgte ein philosophisches Achselzucken. »Vielleicht kann ich mich an die Kälte gewöhnen. Ihr Bruder wird mein Gönner sein?«

»Ian kann sich nicht leisten, Ihnen mehr als ein Dach über dem Kopf zu bieten.«

»Dann suche ich mir selbst einen Gönner. Vielleicht Königin Viktoria höchstpersönlich. Sie soll viel Gold besitzen.«

»Sicher wird sie entzückt sein zu hören, daß Sie ihr Gold in ihre Pläne einbeziehen.«

»Wenn sie erst eines meiner Werke gesehen hat, wird sie überwältigt sein. Womöglich läßt sie mich sogar eine Büste von sich anfertigen.« Er zog die Brauen zusammen. »Obwohl ich es eher bezweifle. Ihr Gesicht sagt mir nicht zu, und Doppelkinne hasse ich.« Er wandte sich an Jane. »Wohin wird Patrick mit dir gehen, wenn dies hier fertig ist?«

»Patrick hat noch keine Projekte angeboten bekommen. Er sagte, wir würden uns entscheiden, sobald wir das Geld des Maharadschas bekommen haben.« Dann blickte sie den Goldschmied ernst an. »Kartauk, in zwei Tagen geht es um sieben Uhr abends nach Narinth. Ruel ist der Meinung, du solltest jenseits der Lanpur-Schlucht warten. Dort wäre es am sichersten. Ich hole dich am Nachmittag und bringe dich zur Schlucht.« Sie wandte sich zur Tür des Tempels.

Ruel folgte ihr hinaus. »Es ist besser, wenn ich Kartauk hole. Falls Abdar dahinterkommt, daß es mir geglückt ist, Cinnidar zu kaufen, wird er wissen, daß du nun sein einziger Weg zu Kartauk bist. Er wird dich genau im Auge behalten.«

»Aber du kennst doch den Weg nicht.«

»Doch.« Ihre verblüffte Miene entlockte ihm ein Lächeln. »Ich hätte schon die letzten drei Male den Führer spielen können. Mein Orientierungssinn ist ausgezeichnet, und das Labyrinth der Wege, das du mir zugemutet hast, war eine Kleinigkeit im Vergleich zum Londoner Kanalsystem. Habe ich schon erwähnt, daß ich als Rattenfänger arbeitete?«

Ihre Lippen wurden schmal. »Du hast mich also wieder zum Narren gehalten.«

Sein Lächeln erlosch. »Jane, das könnte ich niemals. Du besitzt zu viel Kraft und Würde.«

Zum erstenmal an diesem Tag sah sie ihn richtig an, und dabei fiel ihr auf, daß die Härte, die seinen Ausdruck so stark geprägt hatte, verschwunden war. Nein, nicht ganz, aber die Sanftheit, mit der er sie anblickte, erinnerte sie an Ian. Unmöglich, es mußte eine Täuschung sein. Er war seinem Bruder nicht ähnlich.

»Worte, nichts als schöne Worte.«

»Wahre Worte.« Er wandte den Blick ab. »Ich möchte dir etwas anderes sagen.« Er ließ eine Pause eintreten, ehe er herausplatzte: »Es... tut mir leid.«

»Was denn?« fragte sie ratlos.

»Du hast gehört, was ich sagte. Verlange ja nicht, daß ich es wiederhole.« Er ging den Weg entlang, ohne sie anzusehen. »Ich werde dich nicht belügen und sagen, ich würde es nie wieder tun. Ich habe dich haben wollen, und ich habe Cinnidar haben wollen, und die Chance ist groß, daß ich bei dir in Ungnade falle.«

»Warum dann die Entschuldigung? Warum diese Veränderung?«

»Du auch? Warum behauptet alle Welt, ich hätte mich verändert? Ich wollte nur...«

»Warum?« wiederholte sie.

Nach kurzer Überlegung erklärte er schließlich: »Ich glaube, daß ich glücklich bin. Ich kann mich nicht erinnern, jemals glücklich gewesen zu sein. Ich war befriedigt, ich war zufrieden, aber nicht glücklich. Ein sonderbares Gefühl.«

»Und jetzt bist du glücklich, weil du dein Cinnidar bekommen hast?«

»Es ist mehr als Cinnidar. Es ist wie...«

»Was?«

»Ein neues Leben, eine Chance...« Er grinste sie an. »Es ist, als stiege man bei der letzten Haltestelle mit dem Wissen aus dem Zug, angelangt zu sein. Ist es so verständlicher?«

»Ja.« Genauso hatte sie sich vor Jahren gefühlt, als sie Frenchie hinter sich gelassen hatte. Plötzlich fühlte sie sich Ruel verwandt.

»Na, das wollte ich dir jedenfalls sagen.« Schweigend lief er den Rest des Weges neben ihr her.

8. Kapitel

Das Klopfen an der Haustür riß Jane mitten in der Nacht aus dem Schlummer. Wer mochte...

Das Pochen ertönte von neuem, lauter diesmal.

Hastig warf sie einen Morgenmantel über ihr weißes Nachthemd, lief zur Haustür und riß sie auf.

Ruel stand vor der Tür.

»Was treibst du denn hier?« flüsterte Jane überrascht. Ein ängstlicher Blick über die Schulter zeigte ihr, daß das laute Pochen Patrick offenbar nicht gestört hatte. »Was ist los? Wieso bist du nicht in deinem Hotel?«

»Ich mußte dich unbedingt sehen. Seit heute nachmittag habe ich gründlich nachgedacht...« Er hielt inne, um dann überstürzt fortzufahren: »Was soll's, irgendwie muß es heraus. Also, ich möchte dich heiraten.«

Wie vor den Kopf geschlagen, glaubte Jane ihren Ohren nicht trauen zu können... »Wie bitte?«

»Nicht auf der Stelle. Es wird ein paar Jahre dauern, bis ich dir etwas anderes bieten kann als die Möglichkeit, mir zuzusehen, wie ich mich zu Tode rackere. Aber wenn die Mine einmal in Schuß ist und Geld hereinkommt...« Er schnitt eine Grimasse. »Nur Gott weiß, wann das sein wird. Vielleicht mußt du so lange warten wie Margaret auf Ian.«

Sie schüttelte wie betäubt den Kopf. »Ich begreife es nicht.«

»Ian sagt, daß ich ein Zuhause möchte. Er sagte, ich brauche...« Er ließ ein Achselzucken folgen. »Könnte ja sein, daß er recht hat. Was ist ein Zuhause ohne eine Frau?«

»Und deshalb willst du mich?«

»Nicht ganz. Ich... ich empfinde etwas für dich.«

»Lust.«

»Nein, etwas anderes.«

»Schuldgefühle.«

»Nein.« Und dann platzte er heraus: »Warum stellst du mir andauernd Fragen? Ich möchte nicht, daß du mich verläßt. Ich möchte mich um dich kümmern. Ich möchte... ich weiß nicht.« Sein Ton wurde brüsk. »Ich würde dafür sorgen, daß du alles hast, was du möchtest, und ich würde nichts von dir fordern, als daß du mein Bett teilst und mir mit der Zeit ein Kind schenkst. Hört sich das nicht vernünftig an?«

»Sehr vernünftig.« Sie war völlig verwirrt. Niemals hätte sie dies erwartet, hätte sich vorstellen können, daß es passiert. Ehe. Ruel. Ebenso hätte sie einen Dämon heiraten können. »Vernünftiger jedenfalls als dein Wunsch, mich zu heiraten.«

»Nun, was sagst du dazu?«

Nach einem tiefen Atemzug schüttelte sie den Kopf. »Nein, danke.«

»Warum nicht?« Ehe sie antworten konnte, sagte er ganz schnell: »Ich weiß, daß es zwischen uns falsch angefangen hat, aber das läßt sich korrigieren. Ich respektiere dich, und du respektierst mich, wenn du mir auch keine Bewunderung entgegenbringst.«

»Ich könnte dir nie trauen.«

»Das würdest du lernen. Ich hintergehe meine Freunde nicht, wie du mit der Zeit merken würdest.«

»Die Eisenbahn...«

»Ich würde mich auch um Patrick kümmern.«

»Patrick hat das nicht nötig«, sagte sie hastig. »Und selbst wenn es so wäre... das Leben, das du mir bietest, wäre nichts für mich. Verstehst du das nicht? Ich bin nicht die Frau, die für dich als Ehefrau geeignet ist. Und du bist auch nicht das, was ich möchte.«

Eine Gefühlsanwandlung huschte über sein Gesicht. Sie hätte schwören mögen, der Ruel, den sie kannte, kannte keine Kränkung, doch dieser fremde neue Ruel war verletzlicher. Oder hatte sie sich doch geirrt, da er sie mit seiner gewohnten Spottlust anlächelte?

»Ich muß widersprechen. Es gibt bestimmte Teile meiner Person, die du noch immer sehr gern möchtest.«

Sie erstarrte. »Da irrst du dich.«

»Ich irre mich nicht. Glaubst du denn, ich empfinde nicht ähnlich? Es ist ständig zwischen uns vorhanden.« Seine Verlegenheit war wie weggeblasen, und sie war sich seiner Nähe plötzlich stark bewußt. Genau das hatte er bewirken wollen, mußte sie sich verzagt eingestehen. Ein Wimpernschlag nur, und er hatte sich in den sinnlichen Verführer jener Tage vor ihrem Beisammensein im Salonwagen verwandelt. Seine Anziehungskraft war so stark, daß Jane sie zu greifen vermeinte.

»Du wirst feststellen, daß ich immer sehr beflissen bin, wenn es darum geht, einer Dame zu verschaffen, was sie möchte.« Er drehte sich um und ging auf die Tür zu. »Und da ich meinen Claim abstecken will, ehe sich unsere Wege trennen, möchte ich dich an das erinnern, was wir beide vermissen. Erwarte mich morgen zum Dinner.«

»Nein, ich möchte nicht, daß du...«

»Rechne mit mir.« Er drehte sich nach ihr um und ließ den

Blick über ihren losen, abgetragenen Morgenmantel wandern. »Ich habe dich noch nie zuvor im Nachthemd gesehen.« Er runzelte die Stirn. »Falls man dieses Kleidungsstück Nachthemd nennen kann. Eines Tages werde ich dich in einem weiblicheren Negligé sehen.«

Er wandte sich um und trat aus dem Haus. Gleich darauf hörte er, wie die Tür hinter ihm ins Schloß fiel.

»Ruel, geh sofort wieder«, sagte sie, kaum daß sie am nächsten Abend die Haustür geöffnet hatte. »Ich sagte dir, du solltest nicht kommen. Ich möchte dich nicht hier haben.«

Seine Brauen hoben sich. »Ist das Essen noch nicht fertig?« Er nahm das nasse Regenzeug ab und ließ es neben der Tür auf den Boden fallen. So förmlich gekleidet hatte sie ihn noch nie gesehen. Ruel war in einem dunkelbraunen Anzug erschienen, der von einem gestärkten weißen Hemd und einer schwarzen Krawatte ergänzt wurde. Das Licht der Türbeleuchtung spiegelte sich in seinen blankpolierten Schuhen und ließ die hellen Strähnen seiner braunen Haare schimmern. Seine elegante Aufmachung kam für sie völlig unerwartet und bewirkte nur, daß sie sich der eigenen unansehnlichen Kleidung peinlich bewußt wurde.

Es besteht kein Grund, daß ich mich in die Defensive gedrängt fühlen müßte, dachte sie. »Bitte geh.«

»Wenn du mir das Essen verweigerst, dann komme ich einfach so… auf ein Wort mit Patrick. Ist er zu Hause?«

»Er ist schon zu Bett gegangen.«

»Was… schon? Es ist doch kaum halb neun.«

»Er war müde. Du kannst jetzt nicht mit ihm reden.«

»Doch, ich muß. Ich möchte ihn um die Hand seiner Tochter bitten.« Er schnalzte mit den Fingern. »Aber das würde ihn womöglich in tiefe Verwirrung stürzen. Er will ja nicht zugeben, daß er eine Tochter hat.«

»Das kann doch nicht dein Ernst sein.«

»Natürlich ist es das. Seitdem ich den Pfad der Tugend beschritten habe, möchte ich die Form wahren. Er kann doch noch nicht eingeschlafen sein. Ich gehe einfach zu ihm und...«

»Nein!« Sie atmete tief durch. »Das ist purer Unsinn, und ich lasse nicht zu, daß du Patrick behelligst.«

Ganz unerwartet gab er sich geschlagen. »Na schön.«

Sie hätte am liebsten die Tür zugeschlagen.

»...wenn du mit mir einen Spaziergang machst.«

»Spaziergang?«

»Zu Hause auf Glenclaren ist es Sitte, daß ein Brautpaar abends zusammen lustwandelt. Unter gebührender Aufsicht, versteht sich.«

»Ich habe kein Bedürfnis, mit dir ›lustzuwandeln‹.«

»Dann bin ich gezwungen hineinzukommen und mit Patrick ein Gespräch zu führen. Ich glaube, er wird uns seinen Segen geben. Wie du ganz richtig bemerkt hast, hat er für mich eine Schwäche.«

Es war ihm anzusehen, daß er von seinem Wunsch nicht ablassen würde. »Es regnet«, wandte sie matt ein.

»Also gut, ich gebe mich zufrieden, mit dir auf der Veranda zu sitzen.«

Jane warf ihm einen verärgerten Blick zu. Ruels harmloses Lächeln konnte sie nicht über seine unerschütterliche Entschlossenheit hinwegtäuschen. »Also meinetwegen, zehn Minuten«, sagte sie und trat beiseite, um ihn einzulassen.

»Sehr wohl.« Er folgte ihr durch den Raum zur Verandatür. »Siehst du, wie gehorsam ich bin? Ich erfülle jeden deiner Wünsche und laufe dir wie dein getreuer Sam nach.«

»Sam läuft mir nicht nach.« Sie ließ sich auf der mit Kissen belegten Rattancouch nieder. »Dazu besitzt sogar Sam zuviel Verstand.«

»Soll diese Bemerkung mich etwa treffen?« Er ließ sich neben ihr nieder. »Aber ich bin vom Glück nicht so begünstigt wie Sam. Ich habe gesündigt und muß nun angemessene Demut an den Tag legen.«

»Du?«

Er grinste sie an. »Ich gebe zu, daß diese Vorstellung mir fremd ist, aber ich versuche mich anzupassen. Gib mir deine Hand.«

»Warum?«

»Ich möchte deine Hand halten. Sicher halten auch Ian und seine Margaret einander an den Händen. Das gehört dazu, wenn man um jemanden wirbt.«

»Von Werben kann bei uns keine Rede sein.«

»Doch, das kann es.« Er nahm ihre Hand und verschränkte seine Finger mit den ihren. »Nein, reiß dich nicht los ... Ich halte ja nur deine Hand.« Sein Ton war besänftigend. »Wir werden nur dasitzen, Konversation machen und dem Regen lauschen.«

Janes Muskeln waren angespannt, sie mußte sich zum Stillsitzen zwingen. Dabei war sie sich deutlich bewußt, wie ihre Schultern und ihre verschränkten Hände einander berührten ...

»Du scheinst ja genau zu wissen, wie man auf Glenclaren um jemanden wirbt«, sagte sie in spöttischem Ton.

»Ich kenne dies alles nur vom Hörensagen. Ich war ein ungestümer Knabe mit wenig Geduld für althergebrachte Förmlichkeiten und Traditionen.«

Das hatte er vermutlich auch gar nicht nötig. Dank seiner Zauberkraft brauchte er nur einen Lockruf hören zu lassen, und alle kamen zu ihm. »Ist Glenclaren weit von ...«

»Von Glenclaren möchte ich nicht sprechen. Es ist ein dumpfer, bedrückender Ort.« Er sah sie trotzdem lächelnd an. »Und es hat so gar nicht zu mir gepaßt. Zu dir würde es ebensowenig passen. Wenn wir verheiratet sind, werden wir auf Cinnidar leben.«

Verwirrt suchte sie nach einem weniger persönlichen Gesprächsthema. »Wie hast du dein Cinnidar gefunden?«

»Ich befand mich auf einem Schiff von Australien nach Afrika, das Cinnidar anlief, um Nahrungsmittel und Wasservorräte zu ergänzen. Als es wieder auslief, blieb ich auf der Insel.«

»Warum?«

Er zog die Schultern hoch. »Es... gefiel mir dort. Ich hatte das Gefühl –« Er suchte nach Worten. »Ich glaubte, einen Ruf zu vernehmen.«

»Ist es schön dort?«

»Ich glaube schon.« Er überlegte. »Ja, Cinnidar ist schön.«

»Aber nicht deshalb gefällt es dir«, vermutete sie.

»Als ich es sah, wußte ich sofort, daß es mir gehören würde. Ich spürte es.« Er drehte ihre Hand und zog mit seinem Zeigefinger Muster in ihre Handfläche. »Und da die Insel mir so offenkundig zugedacht war, konnte ich nicht einsehen, warum das Schicksal sie nicht mit dem ausgestattet haben sollte, was ich am meisten liebe.«

»Gold«, sagte sie mit einem Auflachen.

Er nickte. »Ich mußte losziehen und Nachschau halten. An der Wand des Canyons führt ein Pfad hinunter, den Steine blokkierten. Ich kroch hinüber. Am Grunde der tiefen Schlucht angekommen, benötigte ich drei Wochen, bis ich mir einen Weg durch den Dschungel gebahnt und den Berg erreicht hatte. Es gab dabei Momente, da glaubte ich nicht mehr, daß ich es schaffen würde. Aber als ich ankam...« Aus seiner Miene leuchtete

Feuereifer. »Ganze Adern von Gold! Reichhaltige, breite Adern... sogar die Bäche waren voller Nuggets. Ich brauchte mich nur zu bücken und ein Goldstück von der Größe eines Gänseeies aufzuheben.«

»Hast du sie mitgenommen?«

Er schüttelte den Kopf. »Die Nachricht vom Fund hätte sich wie ein Lauffeuer verbreitet, und vorher mußte Cinnidar rechtmäßig mir gehören. Ich tauchte daher abgerissen, halb verhungert und mit leeren Taschen im Hafen auf und berichtete jedem, der es hören wollte, daß ich es nicht geschafft hätte, über den Canyon hinauszugelangen. Mit dem nächsten auslaufenden Schiff verließ ich die Insel und versuchte mein Glück auf den Goldfeldern von Jaylenburg. Ich benötigte drei Jahre und zwei Goldfelder, aber schließlich hatte ich genug beisammen und konnte dem Maharadscha Cinnidar abkaufen.«

Drei Jahre Schwerarbeit und Entbehrungen, und das alles für Cinnidar, dachte sie. »Und jetzt gehst du dorthin zurück.«

»Ja. Ich lasse dich nachkommen, sobald...« Er sprach nicht weiter, als er ihre Miene bemerkte. »Es wird dazu kommen, Jane.« Er berührte eine Haarsträhne an ihrer Schläfe. »Ich habe dich noch nie mit offenem Haar gesehen. Ich möchte sehen, wie es dir auf die Schultern fällt. Damals im Salonwagen war ich nahe daran, dir den Zopf zu lösen, aber ich war so erregt, daß ich nicht an mich halten konnte.«

Sie spürte, wie ihr die Röte in die Wangen stieg und sich über Hals und Brustansatz ausbreitete.

»Jetzt könnte ich es«, sagte Ruel leise. Sein Zeigefinger strich über ihre Handfläche, hin und her, ein Prickeln setzte sich über ihren ganzen Arm fort. »Ich könnte alles tun, was du möchtest. Patrick schläft und würde uns nicht stören. Ich könnte die Türen schließen und...«

»Nein«, flüsterte sie. Heilige Muttergottes, ihre Brüste schwollen so an, daß sie gegen den Stoff ihres Hemdes drängten. Sie konnte nur hoffen, daß er es nicht bemerkte. Viel wahrscheinlicher aber war, daß er Bescheid wußte. Er schien genau zu wissen, wie er bei ihr gewisse Reaktionen auslösen konnte. »Kannst du dich an das Gemälde des Maharadschas erinnern? Es gibt so viele Wege zur Wollust, und ich möchte dir alle zeigen.«

Sie bekam kaum noch Luft und fing wie an jenem Tag im Eisenbahnwaggon zu zittern an. Plötzlich wußte sie, daß sie sich wie die Frau auf dem Bild auf die Knie niederlassen wollte, ihm blindlings gehorchen und alles tun, was er von ihr verlangte.

Sie war sich deutlich des schwachen Geruchs von Seife bewußt, der ihn umgab, des Regengeprassels auf dem strohgedeckten Dach des Bungalows.

So wie das Geräusch des Regens auf dem Salonwagen des Maharadschas...

»Es ist heute anders«, sagte er, als könne er ihre Gedanken lesen. »Ich versuche nicht, dich zu verführen.«

»Nein?«

Aus seinem Lachen war Verzweiflung herauszuhören. »So war es, als es anfing, aber jetzt... jetzt bin ich bereit, dir zu zeigen, wie zahm und anständig ich sein kann.«

Sie hätte sich von ihm losmachen sollen, war aber zur Reglosigkeit erstarrt. »Laß mich los«, flüsterte sie.

Sein Griff wurde momentan fester, ehe er langsam ihre Hand losließ. »Siehst du, wie brav ich bin? Ich wollte dich nicht loslassen.« Er stand auf und ging zur Tür. »Aber ich halte mein Versprechen. Die zehn Minuten sind um, ich gehe.« An der Tür blieb er stehen und warf ihr einen Blick zu. »Es ist nicht aus... und du wirst mich nicht los. Ich bleibe hier in Kasanpore, bis du und Patrick die Stadt verlaßt.«

»Das wäre Zeitverschwendung. Ich werde meine Absicht nicht ändern. Und was ist mit deinem Cinnidar?«

»Ich habe jahrelang auf Cinnidar gewartet. Ich kann noch eine Weile länger warten.« Er lächelte. »Jane Barnaby, du bist es wert.«

Die Lokomotive spuckte bereits Dampf, und die Scheinwerfer brannten schon, als Ruel in den Führerstand kletterte.

»Wo ist Kartauk?« fragte Jane.

»An der Lanpur-Schlucht in Sicherheit.« Er grinste. »Wir haben ihm einen Unterstand am Rand der Schlucht gebaut, aber er fluchte gotteslästerlich, weil es sich nicht vermeiden läßt, daß ihn der Regen durchnäßt, während er auf den Zug wartet. Ich mußte ihm versichern, daß es in Schottland keinen Monsun gibt.«

Sie wappnete sich gegen die Wirkung des Lächelns, mit dem Ruel sie ansah. Nach einer nahezu schlaflosen Nacht hatte sie sich eingeredet, sie sei imstande, seiner Anziehungskraft gegenüber gleichgültig zu bleiben, doch nun traf diese Jane wie ein neuer Schock.

Sie wandte rasch den Blick ab. »Ian ist vor einer Viertelstunde eingetroffen. Er ist im Waggon des Maharadschas. Er möchte sich in prunkvoller Umgebung ein Nickerchen gönnen, während wir uns hier abrackern.«

»Hoffentlich ahnt Abdar nichts von unserem Plan und lauert uns irgendwo entlang der Strecke auf«, sagte Ruel.

Jane nickte.

»Es wird Zeit zur Abfahrt.« Zu Ruel gewandt sagte sie: »Du kannst den Heizkessel bedienen. Ich halte indessen nach Hindernissen auf der Strecke Ausschau.« Sie gab Robinson, der auf dem Führersitz Platz genommen hatte, ein Zeichen, und gleich darauf setzte sich die Lokomotive in Bewegung. »Patrick hat zwar gesagt, die Strecke sei bis Narinth frei gewesen, als er sie gestern inspizierte, aber das heißt nicht, daß nicht in der Zwischenzeit etwas passiert sein könnte.«

Bevor sie die Sikor-Schlucht erreichten, mußten sie zweimal anhalten. Einmal, um einen umgestürzten Baum von der Strecke zu hieven, das zweite Mal, um einen Wasserbüffel zu verscheuchen, der seelenruhig kauend auf den Gleisen stand.

Kurz vor Erreichen der Sikor-Schlucht verlangsamte der Zug die Fahrt, kaum aber fuhren sie über dem dahintosenden Fluß dahin, als Robinson beschleunigte und die Lokomotive sicher über die Schienen führte.

»Die Lanpur-Schlucht liegt gleich vorne hinter der Biegung«, sagte Jane. »Halte nach Kartauk Ausschau.«

»Bei diesem Regen kann er die Zuglichter besser erkennen als wir ihn.« Ruel trat neben sie ans Fenster. Durch den dichten Regen sah man den gelblichen Fluß nur hin und wieder kurz heraufschimmern, als der Zug zur Überquerung der Lanpur-Brücke ansetzte. »Wir können davon ausgehen, daß Kartauk es kaum erwarten kann, aus diesem Regen herauszukommen. Er wird aufspringen, sobald wir langsamer... was ist das?«

Auch Jane hörte es, und ihr Herz sackte ab. »Robinson!«

»Ich weiß«, stieß Robinson mit heiserer Stimme hervor, während er das Tempo steigerte. »Es sind ja nur drei Waggons. Der Schwung könnte uns hinüberhelfen, ehe...«

Die Lokomotive neigte sich schräg, kam quietschend zum Stehen und tat einen Ruck zur Seite, so wie eine mit dem Schwanzende zuckende Schlange.

»Was ist passiert?« wollte Ruel wissen.

»Einer der hinteren Waggons ist entgleist«, stammelte Jane, der das Blut in den Adern gefror.

»Abdar!« Ruel stieß einen leisen Fluch aus.

Wieder machte der Zug einen Ruck, das Führerhaus schwankte.

»Alle Mann hinaus!« rief Robinson aufgeregt, während er die Bremsen betätigte. »Die Lok ist auch entgleist. Ich glaube, der ganze Zug kippt.«

»Allmächtiger!« Schon hatte Ruel Jane gepackt und sprang mit ihr hinaus. Trotz des schmerzhaften Aufpralls auf der Brücke schafften sie es, ein Stück weiterzurollen.

Die Holzbrücke erbebte, und Jane konnte nicht umhin, einen Blick in die Tiefe zu werfen, wo auf dem Grund der Schlucht das Wasser schäumte. Das ist nicht möglich, das darf nicht passieren, dachte sie in Panik. Lieber Gott, warum nur?

»Robinson!« schrie Jane laut.

Robinson erschien in der Tür des Führerhauses. Im nächsten Moment sprang auch er und landete knapp neben Ruel und Jane.

»Lauft los, ihr beiden!« Ruel sprang auf. »Seht zu, daß ihr ans Ufer kommt.« Er drehte sich um. »Ich muß nachsehen, was...« Das Wort erstarb ihm auf den Lippen, als er sah, daß der letzte Waggon, der Salonwagen des Maharadschas, stark ins Schwanken geraten war und sich immer stärker zur Seite neigte. Jeden Moment drohte der Wagen völlig abzurutschen. »Ian!«

Ian ist im Salonwagen, schoß es Jane durch den Kopf. Warum war er nicht abgesprungen? Seit sie sich aus dem Führerstand gerettet hatte, konnte höchstens eine knappe Minute vergangen sein, obwohl es ihr wie eine halbe Ewigkeit vorkam.

»Runter von dieser verdammten Brücke!« Ruel packte Janes Arm und drängte sie auf den nur wenige Meter entfernten, Sicherheit bietenden Rand der Schlucht zu.

Die schwere Tür des Salonwagens wurde aufgerissen, Ian kämpfte sich aus dem Inneren. Seine Stirn blutete, sein Ausdruck verriet tiefste Bestürzung. »Ruel!«

»Ian, spring!« Ruel rannte über die Brücke auf den Salonwagen zu. Die Brückenkonstruktion bebte, die Zwischenräume der Eisenbahnschwellen klafften wie Zahnlücken in einem zum Aufschrei geöffneten Mund.

Wieder erklang ein Geräusch, noch unheilverkündender, das Schreien von Metall auf Metall. Die Brücke schwankte so heftig, daß Jane umstürzte. Ihr angstgeweiteter Blick galt dem Salonwagen. Auch Ruel war auf den Knien gelandet, nur wenige Meter vom Waggon entfernt. Vor ihren Augen wurde Ian zurück ins Wageninnere katapultiert, als der Waggon von der Brücke glitt und über dem Abgrund hängenblieb. Er hing einzig und allein an der Kupplung, die ihn mit dem übrigen Zug verband. O Gott, gib, daß die Kupplung hält, betete sie. Laß Ian unversehrt entkommen!

Die Verbindung hielt stand, doch die Schwerkraft und das Gewicht des Waggons waren zu groß.

»Nein!« Ruel, der sich aus seiner knienden Position hochkämpfte, mußte hilflos mitansehen, wie die zwei Waggons samt der Lok von der Brücke glitten und in die Tiefe stürzten.

»Ian!«

Jane wußte, daß sie Ruels entsetzten Aufschrei ihr Leben lang nicht vergessen würde.

Salonwagen und Fahrgastwaggon schlugen auf den flachen Uferfelsen auf, die hölzernen Seitenwände brachen wie Kartons auseinander. Sie zerschellten wie Teile einer Spielzeugeisenbahn, während die Lokomotive sofort wie ein untertauchendes Krokodil im Wasser versank.

»Lieber Gott...« hauchte sie.

Ruel eilte an Jane und Robinson vorüber und machte sich daran, den glitschigen Uferhang hinunterzurutschen, auf die zerschellten Waggons zu.

»Nein!« Jane nahm ihren eigenen Aufschrei nicht wahr. Ruel würde ums Leben kommen! Er durfte nicht sterben. Sie würde Ruels Tod nicht überleben. Sie konnte nicht...

Sie lief ihm über die Uferböschung nach, war aber noch nicht weit gekommen, als Robinson sie auch schon einholte, zu Boden warf und sich rittlings über sie hockte.

»Runter!« Sie wehrte sich mit aller Kraft und trommelte auf seine Brust. »Begreifen Sie denn nicht? Er wird umkommen. Beide werden umkommen. Ich muß...«

»Wir können nichts tun, Miss Barnaby«, sagte Robinson atemlos.

»Er hat recht, Jane.« Plötzlich kniete John neben ihnen, in der Hand eine Laterne. Nasses, angeklatschtes Haar umrahmte sein bleiches Gesicht. »Hör auf ihn.«

Sie schloß die Augen, Tränen strömten ihr über die Wangen. Ian war tot, und bald würde auch Ruel tot sein. »Hast du es mitangesehen, Kartauk?« flüsterte sie.

»Ja, und ich möchte so etwas nie wieder mitansehen.«

»Der ganze Zug ist hinuntergestürzt. Er hätte nicht stürzen dürfen...«

»Was?«

»Ach, einerlei.« Sie konnte nicht daliegen und alles aufgeben, wo doch Ruel auch nicht aufgegeben hatte. Es stand nicht fest, daß Ian tot war. Vielleicht würde ein Wunder geschehen, und Ruel würde es schaffen, seinen Bruder und sich zu retten. Es galt bereit zu sein, falls Hilfe gebraucht würde. Ruel durfte nicht umkommen. Er durfte nicht...

Sie wandte sich an Kartauk. »Seile. Ist unter der Ausrüstung, die Ruel dir mitgab, ein Seil?«

Das Wrack des Salonwagens war halb auf dem Fels, halb im Wasser aufgetroffen. Ruel kroch durch den einzig möglichen Einstieg, eine klaffende Öffnung knapp oberhalb der Wasseroberfläche.

Von der luxuriösen Innenausstattung war nur ein chaotisches Durcheinander an Streben, Stützen und zerbrochenen Einrichtungsstücken geblieben. Aus dem umgestürzten Porzellanofen züngelten Flammen und verschlangen gierig das Wenige, was vom Waggon übrig war. Das Feuer ist kein Problem, ging es Ruel durch den Kopf, der strömende Regen hatte es schon fast gelöscht. Er hielt im Waggon kurz inne, während sein Blick suchend über die Trümmerteile glitt.

Ian lag auf dem Boden. Sein Körper war verdreht und unter dem eingedrückten Waggondach halb begraben.

Ruel kroch weiter und fing mit dem Mut der Verzweiflung an, die Trümmerteile, die auf seinen Bruder gestürzt waren, wegzuzerren.

Der Waggon glitt tiefer in den Fluß. Schlammiges gelbes Wasser drang ins Innere.

Er zerrte den Diwan beiseite.

»Nein, laß mich...«

Ein Blick in Ians Gesicht, und Ruel atmete erleichtert auf. Sein Bruder hielt die Augen offen, seine Züge waren schmerzverzerrt, doch er lebte.

»Den Teufel werde ich.« Ruel kippte den Diwan um.

Wieder rutschte der Waggon ein Stück weiter, und Wasser schwappte über Ruels Stiefel.

»Zu spät«, keuchte Ian. »Bring dich in Sicherheit.«

»Halt den Mund.« Ruel tastete in aller Eile Ians Arme und Beine ab. »Nichts gebrochen, wie es aussieht. Kannst du dich rühren?«

Ian versuchte es, sank jedoch sofort mit einem leisen Schmerzensschrei zurück.

»Nicht? Dann muß ich dich hinausziehen.« Ruel griff nach den elfenbeinfarbigen Kordeln der Vorhänge, die auf dem Boden lagen. »Ich mache daraus ein Haltegeschirr. Im Wasser könnte ich dich sonst vielleicht nicht festhalten.« Während er dies sagte, machte er geschickt eine Art Geschirr zurecht, das er sich überzog. Das lose Ende der Kordel band er unter Ians Achseln fest. »Fertig? Los geht's.« Er griff Ian unter die Achseln und zog ihn zur Öffnung.

Ian schrie auf.

Der Aufschrei traf Ruel wie ein Schlag. »Tut mir leid«, murmelte er, Ian weiterziehend. »Aber den Waggon wird es nicht länger auf dem Fels halten. Sobald er ganz im Wasser ist, wird uns die Strömung mitreißen.«

»Nicht deine Schuld... ich bin ein... Feigling...«

»Du bist kein Feigling.« Ruel zog ihn einen halben Meter weiter. »Nur noch knapp zwei Meter.«

»Aufhören«, stöhnte Ian. »Ich halte es nicht aus.«

»Na schön.« Ruel hielt inne und ließ sich neben seinem Bruder auf die Knie fallen. »Dann bleiben wir beide hier drinnen und ertrinken in diesem gottverdammten Fluß«, stieß er hervor. »Möchtest du das? Ich werde dich nämlich nicht allein lassen.«

»Ruel, bitte. Nicht...« Ian schloß erschöpft die Augen. »Meinetwegen, zieh fest...«

Die nächsten Minuten wurden für Ian zu einer Qual und für Ruel zu einer Mühsal, die ihm fast das Kreuz brach.

Als sie endlich die Türöffnung erreichten, hielt Ruel inne, um Atem zu holen. Ian war kaum mehr bei Bewußtsein. Wie sollte er ihn möglichst schonend aus dem Waggon und auf die Felsklippen schaffen?

Die Entscheidung wurde ihm abgenommen, als der Waggon nun vollends vom Fels ins Wasser rutschte.

Die Strömung spülte sie wie Treibholz aus dem Waggon. Im nächsten Moment schlug Ruel gegen die Klippen. Instinktiv streckte er die Arme aus und klammerte sich an einem Vorsprung fest.

Schmerz.

Dunkelheit.

Er mußte sich festhalten. Ian... wo war Ian? Er spürte einen heftigen Ruck am Geschirr, und als er sich umdrehte, sah er Ian ein Stück hinter sich im Wasser treiben. Er stemmte sich auf den Fels hoch, drehte sich dann um und fing an, die Kordel, die ihn mit seinem Bruder verband, Hand über Hand nachzuziehen. Die Strömung machte sich als starke Gegenkraft bemerkbar und drohte, Ian mitzureißen.

Eine Ewigkeit schien zu vergehen, ehe Ian so nahe herangekommen war, daß Ruel ihn festhalten und auf die Klippen ziehen konnte.

Ian blieb reglos liegen. Er hatte das Bewußtsein verloren, vielleicht sogar sein Leben.

»Du darfst nicht sterben, verdammt... Du kannst nicht sterben.« Ruel preßte sein Ohr an Ians Brust. Nichts. Er horchte etwas höher und entdeckte schwachen Herzschlag. Ian lebte, gottlob, aber wie lange noch? Er schob sich die Schnüre des Geschirrs über die Schultern und zog Ian, über die Felsen kriechend, hinter sich her.

Einen Meter. Zwei. Etwas Warmes lief ihm über die Schulter. Regen? Nein, Blut von den Schnüren, die ihm ins Fleisch schnitten, wie er undeutlich gewahr wurde.

Er erreichte die Uferböschung und begann den steilen Anstieg, bei jedem Schritt tief im Schlamm einsinkend.

Er zog Ian fünf Meter hinter sich her und rutschte zwei Fuß wieder zurück.

Drei Fuß vor, fünf zurück.

Fluchend setzte er von neuem zum Anstieg an.

»Wir übernehmen ihn. Nimm die Halterung ab.« Kartauk war es, der ihm diese Worte zurief, Kartauk, der etwas oberhalb auf der Böschung stand. Und Jane.

Kartauk befreite Ruel von den Schnüren der Halterung. »O Gott, du bist ja beinahe in Stücke geschnitten.«

»Ian…«

»Wir schaffen ihn hinauf.« Jane ersetzte die Schnüre um Ians Körper durch das Seil, das sie bei sich hatte. Robinson hatte das andere Ende um einen Baum geschlungen. »Sobald wir oben ankommen, ziehen wir ihn nach.« Sie prüfte den Knoten. »Der sitzt. Los jetzt.«

Ruel kämpfte sich schwankend hinter Kartauk und Jane die Uferböschung hinauf. Es war mühsam, aber nicht unmöglich, da ihn jetzt Ians Gewicht nicht mehr belastete. Sie benötigten zehn Minuten bis ganz oben, wo Robinson sie erwartete.

»Wir müssen ihn in Kartauks Unterstand schaffen, damit er ins Trockene kommt«, drängte Ruel.

Wenige Minuten später lag Ian unter dem behelfsmäßig aufgespannten Segeltuch, das den Unterstand bildete. »Paßt auf ihn auf.« Ruel drehte sich um und wollte wieder zur Brücke.

»Wohin gehst du?« rief Jane ihm nach.

»Nach Kasanpore. Einen Arzt…«

»Du kannst dich kaum auf den Beinen halten. Wie willst du es nach Kasanpore schaffen?«

»Mach dir keine Sorgen.« Er warf ihr einen Blick über die Schulter zu, und sie sah, daß es in seinen Augen loderte. »Halte Ian am Leben, bis ich zurück bin.«

Jane hielt den Atem an, während sie beobachtete, wie Ruel über die Brücke zurückging. Die Konstruktion schien nicht gelitten zu haben, aber sicher konnte man nach der schweren Erschütterung durch den Absturz nicht sein.

Erleichterte atmete sie auf, als Ruel endlich das andere Ufer erreicht hatte. Gleich darauf war er um die Biegung verschwunden.

Halte Ian am Leben, bis ich zurück bin.

Wie soll ich das nur anfangen, fragte sie sich zutiefst verzweifelt. Ian sah aus, als würde es jeden Moment mit ihm zu Ende gehen, und bis Ruel mit Hilfe zurückkäme, würden Stunden vergehen. Die Decke, die sie über ihn gebreitet hatten, war schon durchfeuchtet, und eine Möglichkeit, ihn trockenzuhalten oder ein Feuer anzuzünden, gab es nicht.

Es würde ihr vielleicht nicht glücken, Ian am Leben zu erhalten, aber die Möglichkeit, Kartauk vor Abdar zu retten, bestand noch immer. Sie wandte sich an ihn: »Du mußt sofort nach Narinth aufbrechen.«

»Ich lasse dich hier nicht allein«, wandte Kartauk ein.

»Tu, was ich dir sage!« Sie mußte innehalten, um zu einem ruhigeren Ton zu finden. »Alles andere habe ich verloren. Ich will dich nicht an Abdar verlieren. Vielleicht wird er glauben, du hättest dich ebenfalls im Zug befunden und seiest getötet worden. In Narinth mußt du dir ein Quartier in Hafennähe suchen und sofort mit mir Kontakt aufnehmen.«

Kartauk runzelte die Stirn. »Ich kann mir nicht denken...«

»Hör auf zu denken und tu, was ich dir sage. Ich bin hier sicherer, als du es sein wirst. Du brauchst womöglich einige Tage, bis du Narinth zu Fuß erreichst.«

Kartauk nickte stumm und erhob sich.

»Viel Glück«, sagte Jane tonlos. Damit drehte sie sich um und starrte Ian an. In diesem Augenblick erschien es ihr ausgeschlossen, daß es irgendwo auf der Welt Glück geben könne. Armer Ian. Ihr schien es zweifelhaft, ob er Glenclaren oder seine Margaret jemals wiedersehen würde. Als sie aufblickte, war Kartauk bereits verschwunden.

Halte ihn am Leben.

Eine Unmöglichkeit, wie ihr schien, doch sie mußte es wenigstens versuchen. Sie mußte wenigstens etwas aus diesem entsetzlichen Geschehen retten. Sie mußte Ian für Ruel retten. Jane legte sich auf die feuchte Erde, ganz eng an Ian gedrückt, um ihm etwas von ihrer Wärme zu spenden.

Dunkelheit umhüllte sie.

»Nein!« Man wollte ihn ihr wegnehmen. Begriffen sie denn nicht, daß er sterben würde, wenn sie ihn nicht wärmte? »Nein, ihr könnt nicht...«

»Pst, schon gut.« Ruels Stimme. »Man legt ihn auf eine Tragbahre, damit er über die Brücke geschafft werden kann.«

Allmählich kam sie zu sich. Um sie herum waren laute Stimmen, Lichter, Bewegung. Jane setzte sich mühsam auf. »Ist er noch am Leben?«

»Kaum.« Ruel äußerte es knapp, als er aufstand und ihr auf die Beine half. »Wir müssen ihn aus dieser Nässe herausschaffen. Patrick wartet auf der anderen Seite mit einem Wagen. Von dort aus wird es dann rascher vorangehen.« Er sah sie forschend an. »Du bist ebenso bleich wie Ian. Schaffst du es über die Brücke? Ein paar Schwellen fehlen, deshalb wäre es zu gefährlich, wenn ich dich trüge.«

»Ich kann laufen.« Sie stolperte den vier Männern, die Ian trugen, hinterdrein, wobei sie den Blick nicht von der Tragbahre wandte. »Er muß am Leben bleiben... meine Schuld.«

»Mach dich nicht lächerlich«, ließ Ruel sich barsch vernehmen. »Es ist niemandes Schuld. Erst glaubte ich, Abdar müsse dahinterstecken, aber in diesem Fall wäre er schon auf der Szene erschienen, und außerdem: Warum sollte er durch Sabotage den Zug zum Entgleisen bringen? Langsam glaube ich, daß es ein Unfall war.« Auf der anderen Seite der Schlucht angekommen, hob er sie hoch. »Meine Güte, du zitterst ja wie Espenlaub. Kein Wunder, daß du nicht klar denken kannst.«

»Meine Schuld...«

Als sie in ihrem Schlafzimmer erwachte, saß Ruel auf einem Stuhl neben ihrem Bett. Er hatte sich trockene Sachen angezogen, sah aber noch immer sehr schlimm aus. Unter seinen Augen lagen tiefe Schatten, tiefe Falten hatten sich zwischen Nase und Mundwinkeln gegraben.

»Ian?« flüsterte sie.

»Er hat uns nicht verlassen. Wir hatten Angst, ihn weiter als bis hierher zu transportieren, deshalb hat Patrick uns sein Zimmer überlassen und einen Arzt aus dem Fort geholt. Dr. Kendrick ist jetzt bei Ian. Sicher tut er für ihn alles, was in seiner Macht steht.«

»Bestimmt.«

»Ich möchte dir danken, daß du meinem Bruder geholfen hast«, sagte er stockend, um verwundert zu wiederholen: »Meinem Bruder... Weißt du, daß ich Ian seit unseren Kindertagen nie so genannt habe? Ich dachte, wenn ich ihn auf Distanz hielte...« Er schloß die Augen. »Ich... ich habe ihn lieb, mußt du wissen.«

»Ja, es ist mir aufgefallen, wenn ihr beisammen wart.«

»Ach? Dann ist es ihm vielleicht auch aufgefallen. Ich habe weiß Gott alles darangesetzt, es nicht einzugestehen. Ich wollte ihn nicht lieben. Ich wollte niemanden lieben, aber irgendwie…« Er blickte sie an. »Er will nicht zu sich kommen. Der Arzt sagt, daß sich nicht viel machen läßt. Ian wird möglicherweise nie mehr zu sich kommen und einfach hinüberdämmern…«

»Es tut mir so leid, Ruel«, sagte sie voller Mitgefühl.

In seinen Augen blitzte es unvermittelt auf. »Trauer ist verfrüht. Weil der Arzt sich irrt. Ich lasse Ian nicht sterben.«

»Aber wenn man nichts machen kann…«

»Man kann immer etwas machen.« Er stand auf und ging zur Tür. »Und ich werde es tun.«

Die Tür fiel hinter ihm ins Schloß.

O Gott, wie sehr sie ihn liebte! Diese Erkenntnis war ihr gekommen, als sie Ruel die Uferböschung hatte hinunterlaufen sehen. Aber sollte Liebe nicht süß sein? Sie empfand nichts davon, spürte nur ein Gefühl der Unvermeidlichkeit. Auch wenn sie sich noch so bemüht hatte, es zu verhindern, waren ihre Gefühle gewachsen und hatten sich vertieft, bis sie gezwungen war, sich ihnen zu stellen. Sie *wollte* aber keine Liebe für Ruel MacClaren empfinden, verdammt noch mal. Er war rücksichtslos, zynisch, auf den eigenen Vorteil bedacht und der schwierigste Mensch, dem sie je begegnet war.

Ruel gehört zu den Helden dieser Welt.

Ian hatte diese Worte ausgesprochen, und Ruel hatte bewiesen, daß sie der Wahrheit entsprachen. Mochte er zuweilen auch rücksichtslos sein, so zeigte er sich doch auch selbstlos und beherzt, ohne an die eigene Sicherheit zu denken. Und was seinen Zynismus betraf, so war dem Mann, den sie vor wenigen Minuten gesehen hatte, davon nichts anzumerken. Er hatte gelitten, hatte seine Verwundbarkeit gezeigt. Ein schmerzliches Gefühl der Hilflosigkeit erfaßte Jane, die Ruels Schmerz empfand, als wäre es ihr eigener.

Jane lag da und machte sich auf das Bevorstehende gefaßt, obwohl ihr vor Angst ganz elend zumute war. Entschlossen warf sie die Decke beiseite und schwang die Beine aus dem Bett, eine Bewegung, die sie zusammenzucken ließ, da sie jeden einzelnen Muskel spürte. Ohne Rücksicht auf diese Schmerzen tastete sie sich zum Waschtisch.

Zehn Minuten später trat sie mühsam aus dem Zimmer, um sich auf die Suche nach Patrick zu machen. Sie traf ihn auf der Veranda an, in seinem bevorzugten kissenbelegten Rattansessel, das übliche Glas Whisky in der Hand. Du lieber Gott, sie hoffte, daß er noch einigermaßen nüchtern und ansprechbar war.

Als Jane auf die Veranda heraustrat, rührte er sich nicht. »Warum bist du auf den Beinen? Du brauchst Ruhe«, sagte er, in sein Glas blickend. »Geh wieder zu Bett.«

»Patrick, ich muß mit dir reden.«

»Ein Jammer, das mit Ruel MacClarens Bruder. Ich glaube nicht, daß er...«

»Patrick, es hätte nicht passieren dürfen.«

»Es war ein Unfall. Dieser gottverdammte Fluß...« Er trank einen Schluck. »Pech. Aber Unfälle passieren eben.«

»Solche nicht.«

Er umfaßte das Glas fester. »Was soll das, Jane! Habe ich nicht genug um die Ohren? Der Maharadscha tobt, weil er seine Eisenbahn los ist, und droht, mir die Bezahlung vorzuenthalten.«

»Der Maharadscha kümmert mich nicht.« Sie war um einen ruhigen Ton bemüht. »Wir haben einen Sterbenden im Haus, einen, der ein guter Mensch ist.«

»Ich kann nichts dafür«, versuchte Patrick jede Schuldzuweisung abzuwehren. »Wer konnte denn damit rechnen, daß die Strömung die Brückenpfeiler so heftig erschüttern würde? Das hätte nicht sein sollen.«

»Patrick, ich habe die Schienen gesehen.«

Er nippte, ihrem Blick ausweichend, an seinem Glas. »Ich weiß gar nicht, was du meinst.«

»Eine Schiene brach auseinander, als wir die Fahrt über die Brücke begannen. Die Schienen hätten aus Stahl der belastbarsten Sorte sein sollen. Ich bin zurückgegangen und habe sie mir angesehen. Sie waren aus Eisen, und nicht aus Stahl, Patrick. *Eisen.* Du weißt, daß Eisen nicht so belastbar ist wie Stahl. Die Schienen waren durch das Hochwasser schon über Gebühr beansprucht. Und als dann der Zug auf die Brücke fuhr, ließ sein Gewicht die...« Sie hielt verblüfft inne.

Tränen liefen über Patricks Wangen. »Ich wollte nicht, daß es passiert. Ich dachte, es würde schon gehen, da es ja nur eine ganz kurze Strecke war. Das Messingzeug an der Lok hat zuviel gekostet, ein zusätzliches Darlehen wollte man mir nicht mehr geben. Daß jemand ums Leben käme, war das Allerletzte, was ich wollte.«

»O Patrick«, flüsterte sie verzweifelt. Sie hatte so sehr gehofft, er würde ihr eine glaubwürdige Erklärung liefern und sagen, sie hätte sich geirrt.

»Ich habe einen großen Fehler begangen«, sagte er nun. »Aber ich werde dafür bezahlen, Jane. Ich bin ruiniert. Niemand wird mir jemals mehr ein Projekt anvertrauen, wenn ruchbar wird, daß der Maharadscha mir die Schuld gibt.«

Jane verspürte Übelkeit. »Patrick, ich kann kein Mitleid für dich empfinden.«

Er ließ ein rasches Nicken folgen. »Ich werde es mir selbst nie verzeihen, falls dieser Mann stirbt.«

Sie war nicht sicher, ob sie ihm verzeihen konnte, auch wenn Ian am Leben bleiben sollte.

»Du wirst doch niemandem etwas von den Schienen sagen?

Dem Maharadscha habe ich weisgemacht, es sei ein durch heftige Vibrationen ausgelöster, unvermeidlicher Unfall, und eigentlich sei der Fluß schuld... was zum Teil auch der Wahrheit entspricht«, setzte er noch rasch hinzu.

»Ich werde es niemandem sagen«, gab sie matt zurück. »Du bist zwar der Hauptschuldige, aber ich bin nicht frei von Schuld. Es erschien mir zwar sonderbar, daß du die Aufsicht beim Strekkenbau übernehmen wolltest, nachdem die letzte Schienenlieferung eintraf, aber ich wollte glauben, daß du...« Von Schuldgefühlen überwältigt, konnte sie nicht weitersprechen. Wäre sie damals ihrem Instinkt gefolgt, dann würde Ian nun nicht dem Tode nahe nebenan im Zimmer liegen. Ein Blick auf die Schienen hätte genügt, und sie hätte gewußt, was für eine Gefahr sie darstellten.

»Braves Mädchen«, sagte er erleichtert. »Inzwischen wollen wir alles in unserer Macht Stehende tun, dem armen Menschen zu helfen.«

»Ich möchte dich hier nicht mehr sehen«, flüsterte sie.

»Wie...?«

»Ich kann deinen Anblick nicht ertragen.« Das hörte sich hart an, wie ihr klar war, doch sie spürte keine Härte. Sie fühlte sich nur hohl. »Pack deine Sachen, und verschwinde in den Offiziersklub.«

Patrick, der rot anlief, starrte sie entgeistert an. »Aber ich...« Ihr Blick bewog ihn, ohne Illusion fortzufahren: »Nun, wenn du sicher bist, daß du das möchtest.«

»Genau das möchte ich.« Damit drehte sie sich um und ließ ihn allein.

Die Dunkelheit lichtete sich, und Ian blickte in ein wärmendes, liebevolles Gesicht.

»Ian, ich weiß, daß du wach bist. Mach endlich die Augen auf.«

Es war wieder Ruels Stimme, fordernd und schmeichelnd, die auf ihn einredete, ohne Unterlaß.

»Müde.«

»Du bist nicht müde. Du gibst auf. Jetzt sieh mich an.«

Langsam hoben sich Ians Lider.

Über ihm war Ruels Gesicht, schmaler, hohlwangig, mit blitzenden blauen Augen, die ihn bezwingend ansahen.

»Gut so. Und jetzt den Mund auf.«

Suppe, heiß, dickflüssig.

»Nein, nicht den Kopf abwenden. Du wirst alles aufessen. Ohne Kraft läßt sich nicht kämpfen.«

»Schmerz. So großer Schmerz.«

»Den Schmerz kannst du aushalten. Bleib bei mir.«

Ruels Augen schimmerten hell, sein Griff war von verzweifelter Festigkeit. Ian spürte durch seinen Schmerz hindurch, wie wichtig es seinem Bruder sein mußte.

»Ich will es versuchen...«, sagte er matt. »...versuchen.«

»Mehr verlange ich nicht.« Ruels Stimme war rauh vor Rührung, aber Ian hörte den stählernen Unterton heraus, den unbeugsamen Willen, der ihn der lockenden Dunkelheit entrissen hatte. »Alles übrige mache ich, Ian.«

Alles in Ordnung. Kedains Kneipe.

Jane war unendlich erleichtert, als sie die Nachricht faltete und in kleine Stückchen zerriß. Kartauk war in Sicherheit. Gottlob war wenigstens dies gutgegangen.

Ruel trat aus dem Schlafzimmer. »Eben ist Nachricht von Kartauk gekommen. Er ist wohlbehalten in Narinth eingetroffen«, teilte sie ihm mit.

»Gut.« Ruel schloß behutsam die Tür. »Ian schläft jetzt. Die Untersuchung heute morgen hat ihn fast wahnsinnig gemacht.«

Sie hatte die Schmerzensschreie gehört und hatte ebenso gelitten wie Ruel. »Zumindest ist er am Leben und scheint sich mit jedem Tag ein wenig mehr zu erholen. In dieser Woche muß er ein, zwei Pfund zugenommen haben.«

Hatte Ian zugenommen, so war Ruel abgemagert. Er schlief auf einer Pritsche im Krankenzimmer und war in den letzten drei Wochen kaum von Ians Seite gewichen. Mindestens fünfzehn Pfund hatte er, der immer schlank gewesen war, abgenommen, und wirkte dennoch nicht schwächlich. Im Gegenteil, wenn sie ihn manchmal ansah, schien ein Strahlen von ihm auszugehen. Die Willenskraft, mit deren Hilfe er Ian am Leben erhalten hatte, war nun die Flamme, die in ihm brannte. »Was hat der Arzt gesagt?«

»Ian ist außer Gefahr.«

»Gott sei Dank.«

»Nun, Ian hat dies nicht so gesehen.« Ruel lächelte voller Bitterkeit. »Er hat wenig Grund, Gott zu danken, denn er wird vielleicht nie wieder gehen können.«

»O nein!«

»Mit seinem Rücken stimmt etwas nicht«, fuhr Ruel stockend fort. »Er hat in den Beinen kein Gefühl. Womöglich wird er sich nie wieder aufsetzen können.«

»Vielleicht ist es nur vorübergehend. Vielleicht hat der Arzt sich geirrt.«

»Ich will es hoffen.« Ruel wandte sich ab und ging schweren Schrittes durch den Raum. »Ich muß zu ihm zurück. Er soll beim Aufwachen nicht allein sein.«

Tränen brannten ihr in den Augen, als sie ihm nachsah. In den vergangenen Wochen, in denen sie um Ians Leben gekämpft hatten, war ihr aufgegangen, daß Ruel mehr war als der sinnliche Mann, den sie zu fürchten gelernt hatte. Er war daneben auch ein Mensch, der Schmerz und Mutlosigkeit kannte, Sanftheit wie Stärke zu zeigen vermochte. Sie verspürte das Verlangen, ihm nachzulaufen, ihn zu trösten, den Schmerz zu lindern, den sie in ihm ahnte.

»Jane.«

Sie drehte sich um. Patrick stand in der Tür, hochrot und verlegen. »Ich hörte, daß es Ian besser gehen soll. Ich bin vorbeigekommen, um zu sehen, ob hier etwas gebraucht wird.«

Sie schüttelte den Kopf.

»Lebensmittel? Medizin? Es ist ja noch etwas Geld übrig, wie du weißt.«

»Ruel sorgt für alles.«

»Ach.« Er stand noch immer in der Tür und drehte seinen Hut mit beiden Händen. »Also, falls etwas gebraucht wird... laß es mich wissen.«

»Du kannst gar nichts machen.« Sie hielt inne, um dann um so heftiger hervorzustoßen: »Ian wird vielleicht nie wieder laufen können.«

»Nein«, kam es ihm fassungslos über die Lippen.

Sie nickte ruckartig. »Das ist nicht fair. Du kennst ihn nicht. Ein so sanfter und guter Mensch...« Ihre Stimme gehorchte ihr nicht mehr.

Patrick war mit ein paar Schritten an ihrer Seite und nahm sie in die Arme. »Schon gut.« Er umfaßte ihren Kopf, strich ihr übers Haar. »Jane, nicht weinen.«

Es war nicht recht. Und sie hatte das Gefühl, es würde nie wieder etwas recht sein, aber Patricks Arme waren stark und liebevoll. Wie oft hatte sie sich danach gesehnt, Patrick möge sie so liebevoll umarmen.

»Du bist mein Mädchen«, versuchte er sie zu beruhigen. »Du bist meine Jane.«

Mit einem schwachen Aufseufzen schob sie ihn von sich. »Entschuldige. Ich weiß, daß dir solche Szenen unangenehm sind.«

»Nein, ich bin es, der sich entschuldigen muß. Ich war ein Idiot.« Patrick rang sich ein Lächeln ab. »Aber du hast mir verziehen, oder?«

»Ich weiß nicht, ob ich dir verzeihen kann oder nicht.«

»Wir sind schon zu lange zusammen, um bittere Gefühle füreinander zu hegen.« Nach einer kurzen Pause beeilte er sich fortzufahren: »Ich bringe dir nur höchst ungern weitere schlechte Nachrichten, aber du wirst Ende des Monats leider den Bungalow räumen müssen. Der Maharadscha hat den Mietvertrag gekündigt.«

Sie schüttelte den Kopf. »Wir können hier nicht weg, ehe Ian nicht transportfähig ist.«

»Jane, der Maharadscha möchte uns aus Kasanpore entfernen.«

»Mir egal, was er will«, entgegnete sie hitzig. »Ich gehe nicht, solange Ruel und Ian mich brauchen. Wenn du uns helfen willst, dann finde eine Möglichkeit, den Maharadscha von seinem Vorhaben abzubringen.«

Er zögerte, als habe er noch etwas auf dem Herzen. »Jane, ich habe darüber nachgedacht, was wir tun könnten, wenn wir hier fortgehen. Vielleicht sollten wir zurück nach Amerika gehen und von neuem anfangen. Amerika ist weit weg, dort hört man vielleicht nicht von…«

»Jetzt nicht. Im Moment kann ich nur an Ian denken.«

Er nickte. »Ich verstehe. Weißt du… es wird eine Weile dauern, aber dann wird alles wieder so sein wie früher.«

Jane sah ihn ungläubig an. »Du irrst dich.«

Er machte den Mund auf, um etwas zu sagen, wandte sich dann aber mit den Worten ab: »Wenn ich sonst noch etwas tun kann, laß es mich wissen, Liebes.« Nach kurzem Zögern drehte er sich noch einmal um. »Da wäre noch etwas, das du wissen solltest. Der Maharadscha hat Oberst Pickering gebeten, das Zugwrack durch einen seiner Ingenieure untersuchen zu lassen.«

Ihr Blick tastete sein Gesicht ab. »Warum hast du mir das nicht gesagt?«

»Warum sollst du dich mit solchen Dingen belasten. Ich glaube nicht, daß Pickering dich mit Fragen belästigen wird. Ich habe mich um alles gekümmert.«

»Patrick, was hast du ihm gesagt?«

Er wich ihrem Blick aus. »Es war besser, ihn in dem Glauben zu lassen… sie alle in dem Glauben zu lassen, daß…«

»Antworte mir!«

»Ich sagte, du hättest die Schienen bestellt.« Seine nächsten Worte überstürzten sich beinahe: »Ich mußte es tun. Der Maharadscha wollte mir die Schuld in die Schuhe schieben. Verstehst du nicht? Man wird mir vielleicht Dummheit anlasten, weil ich eine so wichtige Entscheidung einer Frau anvertraut habe, aber man wird mir nicht Fahrlässigkeit oder Betrug vorwerfen. Ich werde es möglicherweise schaffen, aus dieser Katastrophe für uns etwas…«

»Du hast über mich eine Lüge verbreitet?«

»Sieh mich nicht so an. Ich sagte schon, Pickerings Ingenieur hat nach einem einzigen Blick auf die Schienen gewußt, daß…«

Sie konnte es nicht fassen. Er hatte das Undenkbare getan und ihr die gesamte Verantwortung für jene Nacht des Grauens angelastet. »Das ist nicht fair! Du hattest kein Recht, mir die ganze Schuld aufzuhalsen.«

»Sieh mal, mein Liebling, in ein paar Wochen werden wir schon weit fort sein und alles vergessen können.«

»Sag ihnen die Wahrheit!«

»Das geht jetzt nicht. Du sollst nicht…«

»Wenn du es Oberst Pickering nicht sagen willst, dann werde ich es tun.«

»Nein!« Er versuchte, seinen Ton zu entschärfen und begann anders: »Wo bleibt deine Loyalität, Mädchen?«

»Wo bleibt deine Ehre, Patrick?«

Sein Ton wurde einschmeichelnd, ja flehend. »Du hast mir vor langer Zeit ein Versprechen gegeben. Willst du es ausgerechnet jetzt brechen?«

Jane wollte ihren Ohren nicht trauen. »Was sagst du da?«

»Ich habe dich damals aus schrecklichen Verhältnissen herausgeholt und dir ein anständiges Leben geboten. Ich habe dir die Chance gegeben, mehr als eine Zeltstadt-Hure zu werden. Damals hast du gesagt, du würdest immer tun, was ich wollte.«

»Ich dachte, ich hätte meine Schuld abgetragen.«

Er lief rot an, scheute sich aber nicht zu wiederholen: »Du hast mir ein Versprechen gegeben…«

Es brannte in ihren Augen, als sie ihn ansah. Verlorene Hoffnung, verlorener Glaube. Fragte sie ihn jetzt danach, würde er womöglich zugeben, daß er ihr Vater war, würde alles sagen, was sie wollte, nur um seine Haut zu retten.

»Ich werde mein Versprechen halten.«

Er war sichtlich erleichtert. »Du versprichst, daß du niemandem etwas sagen wirst? Keiner Menschenseele?«

Jedes seiner Worte war wie ein Stachel, der sich in sie bohrte. »Niemandem. Ich werde die Schuld auf mich nehmen. Sollte mich jemand danach fragen, werde ich sagen, ich hätte die Schienen bestellt.«

»So ist es am besten, glaube mir.«

»Aber dann sind wir quitt, Patrick. Dann bin ich dir nichts mehr schuldig.«

»Natürlich nicht. Wir können von vorne anfangen, einfach und sauber.«

»Wir werden nicht von vorne anfangen.« Irgendwie brachte sie es fertig, ganz ruhig zu sprechen. »Ich möchte dich nicht wiedersehen, Patrick.«

Er schien zutiefst betroffen. »Das kann nicht dein Ernst sein.«

»Es ist mein Ernst. Nie war es mir ernster seit jenem Tag, als du mich von Frenchie fortgeholt hast.« Sie drehte ihm den Rükken zu und ließ ihn stehen.

Jane hielt ihre Tränen zurück, bis sie die Tür ihres Zimmers hinter sich geschlossen hatte. Der Traum war ausgeträumt. Es war ohnehin ein sehr törichter Traum gewesen. Sie brauchte keinen Vater. Sie würde es auch ohne seine Hilfe schaffen.

Gott im Himmel, wie weh es tat!

9. Kapitel

»Ian, Sie müssen essen.« Jane blickte besorgt auf das unberührte Tablett neben ihm nieder. »Wie wollen Sie zu Kräften kommen, wenn Sie nichts essen?«

»Entschuldigung. Ich bin wohl eine große Plage, nicht wahr?« Ian griff zur Gabel und aß ein paar Bissen. »So, nun habe ich gegessen.«

»Nicht genug.«

»Mehr als genug für einen Menschen, der flach auf dem Rükken liegt. Mein Energieverbrauch ist nicht der Rede wert.« Er drehte sich von der Seite auf den Rücken. »Aber Ruel darf es nicht erfahren. Er macht sich ohnehin schon zu viel Sorgen.«

»Er möchte, daß Sie zu Kräften kommen, damit Sie nach Glenclaren zurückkehren können.«

»Ich habe darüber nachgedacht.« Ian hielt den Blick auf den Teller gerichtet. »Wahrscheinlich wäre es besser, ich würde nicht zurückkehren.«

Wie vor den Kopf geschlagen sah sie ihn an. »Sie wollen nicht nach Hause?«

»Personal ist hier sehr billig, und ich werde Pflege brauchen... eine Zeitlang.«

Voller Mitleid sah sie ihn an. Sein dunkles Haar war in den letzten Wochen verfilzt und glanzlos geworden, sein Körper erschreckend mager, doch sein Verlangen nach Erlösung von diesem Leben war es, das ihr die größte Sorge bereitete. »Aber Sie lieben Glenclaren.«

Er kniff die Lippen zusammen. »Deswegen will ich nicht zurück. Ich bin für Glenclaren nicht mehr gut.«

»Unsinn. Sie werden eine große Hilfe für...«

»Für Margaret?« Große Bitterkeit sprach aus seiner Miene. »Ja, ich wäre Margaret eine große Hilfe... noch ein Invalide, den sie pflegen müßte. Ein Krüppel, der auf sie angewiesen ist.«

»Wenn sie die Frau ist, als die Sie Margaret schilderten, dann wird sie wollen, daß Sie zu ihr kommen.«

»Ich hätte bei dem Unfall ums Leben kommen sollen. Gott hat gewollt, daß ich in jener Nacht sterbe. Ruel hätte mich nicht herausholen dürfen.«

»Glaubst du, es stünde in meiner Macht, Gottes Wille auszuschalten?« In der Tür stand Ruel. Ein aufgesetztes Lächeln erhellte sein blasses Gesicht. »Ian, ich muß mich sehr über dich wundern. Das ist ja reinste Blasphemie, und außerdem tust du mir damit zuviel Ehre an.« Er trat einen Schritt vor. »Wie ich sehe, hast du nicht aufgegessen. Warum versuchst du es nicht noch einmal?«

»Ruel, ich kann nicht…« Er begegnete Ruels Blick mit einem Seufzen, griff wieder zur Gabel und fing zu essen an.

Jane ging hinaus, weil sie es nicht länger aushielt. Sie trat auf die Veranda, die Arme verschränkt, weil sie so heftig zitterten.

Zehn Minuten später kam Ruel zu ihr hinaus.

»Hast du ihn zum Essen bewegen können?« fragte sie.

»Ja, ich bringe ihn immer dazu, daß er tut, was ich möchte.«

»Er will hier in Kasanpore bleiben.«

»Das hat er mir auch gesagt.« Er schüttelte den Kopf. »Wenn ich ihm erlaubte, hier zu bleiben, wird er dahinkümmern und sterben. Auf Glenclaren hat er wenigstens eine gewisse Überlebenschance.«

»Er scheint sich Sorgen zu machen, daß er Glenclaren nicht mehr richtig verwalten kann.«

»Das stimmt, das ist keine Aufgabe für einen, der sich nicht rühren kann. Mein Vater war jeden Tag unterwegs und hat selbst überall nach dem Rechten gesehen.«

»Könnte Ian nicht jemanden dafür einstellen?«

»Einen Verwalter? Ja, aber das würde eine zusätzliche finanzielle Belastung bedeuten. Er kann sich doch auch so schon kaum über Wasser halten.«

»Was wirst du nun tun?«

Er schüttelte müde den Kopf. »Ich habe Maggie geschrieben und für Ian auf der *Bonnie Lady*, die in drei Wochen von Narinth ausläuft, eine Passage gebucht.«

»Wirst du ihn begleiten?«

Wieder schüttelte er den Kopf. »Ich gehe nach Cinnidar, sobald Ian die Heimreise angetreten hat.« Mit einem Ruck drehte er sich zu ihr um. »Sieh mich nicht so an. Im Moment kann ich auf Glenclaren gar nichts für ihn tun. Gehe ich aber nach Cinnidar, dann habe ich wenigstens die Chance, ihm zu verschaffen, was er für dieses verdammte Stückchen Erde, das sein ein und alles ist, braucht. Mit Geld kann man sich ein angenehmes, wenn auch kein glückliches Leben erkaufen.«

»Wie könnte ich dich tadeln? Du hast für Ian mehr getan, als zumutbar ist.«

Ein bitteres Lächeln umspielte seine Lippen. »Mehr jedenfalls, als er wollte.« Er richtete sich auf. »Ich muß in den Offiziersklub, um Oberst Pickering zu bitten, er möge veranlassen, daß Ian auf einem der Truppentransporter nach Narinth eine Passage bekommt. Ein Transport über Land wäre für ihn zu strapaziös. Siehst du nach ihm, während ich das erledige?«

Sie erstarrte, von eiskalter Panik erfaßt. Seit der Katastrophe war Ruel nicht von Ians Seite gewichen und wußte daher nichts von der Untersuchung, die der Oberst eingeleitet hatte. Was würde geschehen, wenn er…

»Was ist denn? Gibt es ein Problem?«

»Nein, es ist nichts. Natürlich werde ich nach Ian sehen.«

»Natürlich«, wiederholte er mit seinem Lächeln, das sanft und liebevoll war. »Ein ›Natürlich‹ gibt es in diesem Fall nicht. Du hast Ians Schmerzensschreie und mein Geschimpfe über dich ergehen lassen und hast dich in den letzten Wochen so abgemüht, daß du nur mehr ein Schatten deiner selbst bist… und das alles ohne Dank meinerseits.«

»Deinen Dank möchte ich nicht. Ich hätte nicht anders handeln können.«

Er blickte sie eindringlich an. »Aber du sollst wissen, daß ich es dir nie vergesse… und daß ich einen Weg finden werde, es dir zu vergelten.«

Zum ersten Mal seit dem Zugunglück schaute er sie richtig an, so daß es sie wie ein kleiner Schock durchfuhr. Ihr Lachen fiel unsicher aus. »Wirst du mir auch einen Palast bauen?«

»Schon möglich.« Er streckte die Hand aus, um ihr mit dem Zeigefinger sanft über die Wange zu streichen. »Ich muß es mir überlegen. Hast du nicht einmal gesagt, du würdest dich in einem Palast nicht wohl fühlen?«

Die Sanftheit seiner Berührung war ein wundervolles Gefühl. »Ein Wunder, daß du das noch weißt.«

»Ich habe ein gutes Gedächtnis.« Er ließ die Hand sinken. »Für wichtige Dinge.«

Wie sehr sie sich danach sehnte, die Hand nach ihm auszustrecken, ihn zu berühren, der Flamme nahe zu sein, die ständig in ihm brannte. Glaubte sie schon zuvor, ihn zu lieben, so hatten sich ihre Gefühle während der vergangenen, gemeinsam verbrachten Tage noch gesteigert.

»Wir sehen uns in wenigen Stunden.« Damit drehte er sich um und ging aus dem Haus.

Jane überlief ein Frösteln, obwohl ihre Angst möglicherweise unbegründet war. Vielleicht meinte das Schicksal es gut mit ihr und ließ zu, daß sie dieses Geschenk behalten durfte. Sie hoffte inständig, Pickering würde es Ruel nicht sagen.

»Der nächste Truppentransport geht am siebenundzwanzigsten flußaufwärts«, sagte John Pickering. »Ich könnte den diensthabenden Offizier bitten, seine Koje zur Verfügung zu stellen. Wird Ian zu diesem Zeitpunkt reisefähig sein?«

»So reisefähig wie nur möglich.« Ruel stand auf. »Sie sind sehr liebenswürdig. Vielen Dank.«

»Keine Ursache. Wir alle mögen Ian gern. Ein reizender Mensch, wirklich.« Der Oberst nickte knapp. »Und jetzt setzen

Sie sich wieder, damit ich Ihnen einen Drink bestellen kann. Sie sehen aus, als hätten Sie einen nötig.«

Ruel schüttelte den Kopf. »Ich muß zurück zu...«

»Setzen Sie sich«, wiederholte Pickering mit Nachdruck.

Ruel ließ sich zurück auf seinen Sessel fallen. »Auf einen Drink, meinetwegen.«

Der Oberst gab einem weißgekleideten Boy hinter der Bar ein Zeichen. »Wenn Sie sich nicht mehr Schonung gönnen, werden Sie es sein, den wir auf einer Tragbahre den Fluß hinaufschaffen müssen.« Er wartete, bis der Boy ihnen zwei Whiskys serviert hatte, ehe er fortfuhr: »Der Anblick von Männern, die so mitgenommen aussehen wie Sie, ist mir nicht fremd, aber das waren Männer, die eine Schlacht hinter sich hatten.«

Ich habe eine hinter mir, dachte Ruel bei sich. Er nippte an seinem Glas. »Mir fehlt nichts. Ian ist derjenige, der leidet.«

»Warum dann dieses Händezittern?«

Pickering hat recht, stellte Ruel überrascht fest. Seine Hand, die das Glas hielt, zitterte. Mit Aufbietung aller Willenskraft schaffte er es, seine Hände ganz ruhig zu halten, und sagte dann: »Ich konnte mich in letzter Zeit nicht richtig ausruhen. Das heißt nicht, daß ich krank bin.«

»Sicher wird Abdar dies mit Bedauern zur Kenntnis nehmen.«

Ruel blickte auf. »Abdar?«

»Pachtal hat im Auftrag Abdars große Neugierde an den Tag gelegt. Letzte Woche hat er mich aufgesucht und mir Fragen über Ihren Erwerb von Cinnidar gestellt.«

»Was für Fragen?«

»Die unverschämteste war die Frage nach dem Grund Ihres Kaufes. Da Sie mich darüber im unklaren ließen, konnte ich sie ihm nicht beantworten...« Er zog die Schultern hoch. »Aber ich habe den deutlichen Eindruck, sein Interesse an dieser Sache ist noch lange nicht befriedigt. Am besten, Sie verlassen Kasanpore.«

»Haben Sie den Kaufvertrag in Kalkutta hinterlegt?«

Pickering nickte. »Alles ist korrekt registriert worden. Cinnidar ist Ihr rechtmäßiges Eigentum.«

»Zumindest bietet sich keine legale Möglichkeit, mir die Insel zu nehmen.«

»Zu Lebzeiten seines Vaters steht nicht zu befürchten, daß Abdar in die Angelegenheiten des Maharadschas eingreift.«

»Man wird ja sehen.«

»Ich dachte mir nur, Sie sollten es wissen.« Der Oberst ließ eine Pause eintreten. »Pachtal wurde in der Lanpur-Schlucht gesichtet, als er sich dort herumtrieb. Könnten Sie sich einen Grund denken, der sein Interesse an der dort durchgeführten Untersuchung erklärt?«

Kartauk. Abdar mußte argwöhnen, daß Kartauk nicht von den Wassermassen mitgerissen worden war. Ein anderer Grund für Pachtals Auftauchen in der Schlucht wollte ihm nicht einfallen. Dann erst traf ihn jäh die Erkenntnis, was die letzten Worte von Pickerings Frage bedeuteten. »Untersuchung? Was für eine Untersuchung?«

Der Oberst sah ihn verblüfft an. »Nun, die Untersuchung der Eisenbahnkatastrophe. Der Maharadscha hat uns beauftragt, die Ursache herauszufinden.« Seine Miene sprach Bände. »Keine angenehme Aufgabe, wie Sie sich denken können. Patrick Reilly war mir immer sehr sympathisch. Daß er nun praktisch durch mein Dazutun um sein Geld kommt, ist mir mehr als peinlich.«

Ruel wußte nicht, wie ihm geschah. »Wovon reden Sie da? Patrick erklärte mir, die durch die Schlucht strömenden Wassermassen wären durch den Regen so angeschwollen, daß die Schienen den Schwingungen nicht standzuhalten vermochten.«

Pickering schüttelte bedauernd den Kopf. »Unser Ingenieur hat festgestellt, daß die Schienen sehr wohl standgehalten hätten, wären sie nicht von minderer Qualität gewesen.«

Ruel hatte das Gefühl, ein Faustschlag träfe ihn mitten in den Leib. Seinen nächsten Satz formulierte er mit äußerster Vorsicht: »Wollen Sie damit sagen, der Unfall hätte vermieden werden können?«

Pickering blinzelte verlegen. »Ich dachte, Sie wüßten es. Patrick muß doch Miss Barnaby von der Untersuchung erzählt haben.«

»Wenn er es tat, dann hat sie es nicht für nötig befunden, mich zu informieren.« Er stand langsam auf. »Ich glaube, jetzt wird ein Besuch bei Patrick Reilly fällig. Ich möchte ihm ein paar Fragen stellen.«

»Ich fürchte, er wird Ihnen nicht antworten. Neuerdings ist er immer schon zum Mittag sternhagelvoll.« Er ließ eine Pause eintreten. »Warum stellen Sie diese Fragen nicht Miss Barnaby? Will man Patrick Glauben schenken, dann wußte sie sehr gut, was da vor sich ging.«

Ruel hielt mitten in der Bewegung inne. »Was soll das heißen?«

Pickerung rutschte verlegen hin und her. »Patrick hat versucht, sie zu verteidigen, aber einige Lieferanten haben übereinstimmend erklärt, sie sei für Bestellungen allein zuständig gewesen. Zu guter Letzt mußte er zugeben, daß sie die Schienen bestellt hatte. Ein wahrer Jammer, daß er so dumm war, sich auf eine Frau zu verlassen. Damit hat er sich vermutlich seine weitere Laufbahn für immer verbaut.«

Ich mußte an allen Ecken und Enden sparen.

Janes Worte, die sie an der Schlucht geäußert hatte, kamen ihm in den Sinn.

Die Tür hat uns zuviel gekostet.

Es ist meine Schuld.

»Ich muß gehen«, sagte er mit belegter Stimme. »Ich muß dringend fort...«

Als Ruel sich umdrehte, um den Klub zu verlassen, hörte er gar nicht mehr, wie Pickering in dem Bestreben, ihn aufzuhalten, besorgt seinen Namen rief.

Jane umklammerte nervös die Armlehnen des Sessels, als sie hörte, wie Ruel das Haus betrat. Sie hatte sich eingeredet, daß sie diese Konfrontation wolle, nun aber hätte sie alles darum gegeben, ihr auszuweichen. Vielleicht würde Ruel direkt in Ians Zimmer gehen und...

»Jane«, rief Ruel leise.

Vielleicht hat Pickering ihm nichts gesagt, dachte sie hoffnungsvoll. Lieber Gott, wie hatte sie darum gebetet, Pickering würde schweigen. »Ich bin auf der Veranda. Hat es mit dem Oberst Probleme gegeben?«

Er erschien in der Tür, als dunkle Silhouette vor dem erleuchteten Wohnzimmer.

»Wie kommst du darauf?«

Der merkwürdige Unterton, der gespannt hinter seiner vorgeblichen Sanftheit lauerte, ließ sie aufhorchen. »Weil du stundenlang ausgeblieben bist. Es ist schon nach zehn Uhr.«

»War denn Ian eine so große Last?«

»Nein, ich fragte mich nur...« Nach kurzer Überlegung sagte sie: »Ian hat schon sein Essen und sein Laudanum bekommen. Er müßte eigentlich durchschlafen.«

»Das tut er auch mit Laudanum nur selten. Zuerst ist er schreiend vor Schmerzen aufgewacht, jetzt liegt er nur noch da und weint.« Sein Ton verhärtete sich. »Weißt du, was das für einen

Mann bedeutet? Es erfüllt ihn mit Scham. Ich muß mich schlafend stellen, damit er mich nicht für seine Schwäche um Entschuldigung bittet. Herrgott... man stelle sich das vor... Ian und Schwäche!«

Er *wußte* es. Sie stand auf. »Ich glaube, ich gehe zu Bett. Gute Nacht, Ruel.«

»Noch nicht. Ich möchte dich noch etwas fragen.«

Es war soweit. Sie mußte auf alles gefaßt sein. »Was denn?«

»Es geht um die Schienen.«

Sie hatte geglaubt, gewappnet zu sein, und wurde doch starr vor Angst.

»Was für eine heftige Reaktion. Macht dir der Gedanke daran zu schaffen?«

»Ruel, ich...«

»Mir machte er so zu schaffen, daß ich einen langen Spaziergang unternahm.« Er hielt inne. »Mein Weg führte mich hinaus zur Lanpur-Schlucht.«

Sie benetzte ihre Lippen. »Warum?«

»Ich wollte die Schienen selbst sehen. Der Anblick der verformten Schienen ließ mich an Ian denken.« Er hob den Kopf, um ihr direkt in die Augen zu sehen. Ihr Atem stockte, als sie Qual und Zorn erkannte, die in ihm tobten. »Und da beschloß ich, Patrick Reilly zu töten.«

»Nein!« Es kam ihr unwillkürlich über die Lippen.

»Warum nicht? Niemand verdient den Tod mehr als er.« Er hielt inne. »Außer dir.«

Sie starrte ihn in hilflosem Schweigen an.

»Warum sagst du nichts?« Die Heftigkeit, die sie vorhin nur geahnt hatte, brach ungezügelt aus ihm hervor. »Verdammt, steh nicht einfach da. Sag mir, daß ich mich irre. Sag mir, daß Pickering sich irrt.«

»Was hat er gesagt?«

»Er hat gesagt, du wärest für die Bestellungen verantwortlich. Stimmt das?«

»Ja, es stimmt«, kam es im Flüsterton über ihre Lippen.

Er sah aus, als hätte ihn ein Schlag getroffen. »Hast du das gemeint, als du sagtest, die Katastrophe sei deine Schuld?«

Sie zuckte zusammen. »Ja.«

»Du verdammte...!« Er trat einen Schritt auf sie zu und umfaßte ihre Kehle. »Und alles nur, um für deinen Patrick alles glatt und einfach zu machen.« Sein Blick drohte sie zu versengen.

Sie rang verzweifelt um Atemluft, worauf sein Griff nur noch fester wurde. Sie war des Todes... Jane faßte nach ihrer Kehle, bemüht, seinen Griff zu lockern, hilflos in sein angespanntes Gesicht starrend. »Bitte...« Es hörte sich an wie ein Krächzen, und sie hatte den Eindruck, er hätte sie gar nicht gehört. Sein Ausdruck war blind, gequält, verzerrt.

Ein Schauer ließ ihn erbeben. Sein Griff ließ nach, um sie dann endgültig freizugeben. »Warum bringe ich es nicht über mich?« stieß er hervor. »Es würde dir gebühren. Niemand verdient es mehr als...« Er drehte sich plötzlich um und ging auf Ians Zimmer zu. »Wenn dir dein Leben lieb ist, dann komm mir nicht mehr unter die Augen.« Sie hätte erwartet, daß er die Tür zuknallen würde. Die Vorsicht, mit der er sie schloß, war um so furchterregender.

Sie faßte mit zitternder Hand nach ihrer schmerzenden Kehle. Noch nie war sie dem Tod so nahe gewesen. Wäre sie auch imstande gewesen, ihr Versprechen zu halten und über Patricks Schuld Schweigen zu bewahren, wenn Ruel nicht in letzter Minute von seiner Absicht abgelassen hätte?

Langsam und schleppenden Schrittes ging sie in ihr Zimmer.

Ich muß aufhören, ihn zu lieben, dachte sie dumpf. Von nun

an würde er ihre Liebe wie eine Waffe gegen sie einsetzen. Es galt nun, Ruel als Feind anzusehen und sich zu schützen. Ja, sie mußte aufhören, ihn zu lieben.

An Einschlafen war nicht zu denken, trotzdem mußte sie kurz eingenickt sein, denn sie fuhr mitten in der Nacht auf und sah Ruel vor ihrem Bett stehen. Erschrocken wich sie gegen den Kopfteil des Bettes zurück.

Das Licht der Öllampe, die er in der Hand hielt, umgab ihn mit ihrem Schein und ließ die Bitterkeit seines Lächelns erkennen. »Keine Angst, ich werde dich nicht umbringen. Darüber bin ich jetzt hinaus.« Er hielt inne. »Vielleicht ist es sogar besser, daß ich unfähig bin, dich zu töten. Der Tod wäre als Vergeltung zu einfach. Du hättest dieses Jammertal hinter dir, während Ian allnächtlich darum beten müßte, es verlassen zu dürfen.«

In diesem Moment hätte sie gegen den Tod nicht angekämpft. Das Leben war zu schmerzlich. Jedes seiner Worte traf sie bis ins Mark.

Er setzte sich an den Bettrand, die Lampe stellte er auf den Nachttisch. »Du zitterst ja.« In aller Gemütsruhe machte er sich daran, ihr Nachthemd aufzuknöpfen. »Hast du Angst, ich würde dich vergewaltigen? Du weißt, daß ich es könnte. Ob ich dich hasse oder nicht, macht keinen Unterschied. Ich brauche dich nur anzusehen und werde steif. Ich weiß nicht, ob ich jemals aufhören werde, dich zu begehren.« Er schob den Baumwollstoff beiseite und umfaßte mit seiner warmen Hand ihre Brust.

Sie tat einen hörbaren Atemzug, so daß ihre Brüste sich unter seiner Berührung hoben und senkten. »Bitte... du willst es gar nicht.«

»Doch.« Er faßte nach ihrer Hand und ließ sie seine Erregung spüren. »Siehst du?« Sein Daumen strich über ihre Brustspitze, hin und her, bis sie vergrößert und mit schmerzhafter Empfindlichkeit hervortrat. »Und du möchtest es auch. Ich müßte dich gar nicht mit Gewalt nehmen. Ich könnte dich auf diesem Bett nehmen, in dich eindringen, immer wieder, bis du vor Wonne schreist.«

Seine Augen funkelten wild im Schein der Lampe, um seine Lippen lag ein kühnes Lächeln. Seine Schönheit strahlte heller als an jenem ersten Abend in Zabries Haus. Der ganze Raum schien durch ihn erfüllt.

O Gott, er hatte ja so recht! Sie begehrte ihn. Sie wollte ihrer beider Pein auf die einzig mögliche Art lindern. Welcher Wahnsinn ließ sie vergessen, wie quälend und erniedrigend diese Vereinigung sein würde? Ihren Körper kümmerte es nicht, was Ruel für sie empfand, er wollte nur das Begehren stillen, das er erweckte. Nach dieser Nacht würde Ruel sie wahrscheinlich nie wieder berühren. Sie *wollte* dieses eine Mal, sie wollte seine Berührung.

»Aber ich werde dir keine Lust verschaffen«, sagte er leise. »Nicht einmal mir werde ich sie gönnen.« Er ließ ihre Brust los und schloß ihr Nachthemd mit einem Ruck. »Deshalb muß ich einen anderen Weg finden.«

Vermutlich hatte er gar nicht beabsichtigt, sie zu nehmen. Er hatte ihr nur ihre eigene Schwäche und seine Macht über sie verdeutlichen wollen. Sie schluckte, um die würgende Enge ihrer Kehle zu lösen. »Du sollst wissen, wie tief ich bedaure, was Ian zugestoßen ist.«

»Das reicht nicht. Du sollst so leiden, wie Ian leidet.« Ganz plötzlich brach es aus ihm hervor. »Jane, ich werde dich nicht einfach ungeschoren davonkommen lassen.«

»Das habe ich nicht erwartet.«

Er lachte verbittert auf. »Den Teufel hast du. Du hast geglaubt, wenn du Ian dein Haus öffnest und mich reizend anlächelst, wäre es Wiedergutmachung genug. O nein, ich werde dafür sorgen, daß du dich ebenso eingekerkert fühlst, wie Ian sich fühlt. Ich kann nicht bei ihm auf Glenclaren bleiben, aber du wirst dort sein. Du wirst dich um seine Bedürfnisse kümmern und seine nächtlichen Schreie hören, und immer wirst du wissen, daß du an seinem Leiden schuldig bist.«

Ihre Augen wurden groß. »Du möchtest, daß ich mit ihm nach Glenclaren gehe?«

»Du wirst deine Schuld begleichen, und wenn nicht, dann werde ich dafür sorgen, daß dein Patrick mehr leidet als Ian, ehe ich ihn töte.«

»Die Drohungen sind überflüssig«, sagte sie ruhig. »Ich bin völlig einverstanden, nach Glenclaren zu gehen. Du hättest mich nur fragen müssen.«

»Ich frage nicht. Ich teile dir mit, worin die erste Rate deiner Schuldtilgung besteht.«

»Die erste Rate?«

»Meinst du, ein paar Jahre Dienstbarkeit wären deine ganze Bestrafung?«

Sie war versucht zu sagen, daß er ihr bereits genug angetan hatte, wußte aber, daß Ruel ihr nicht glauben würde. Eine solche Bitterkeit hatte sie noch nie erlebt.

»Ich werde alles tun, was in meiner Macht steht, um Ian zu helfen.« Sie strich sich über die pochende Schläfe. Heute schien die ganze Welt voller Schmerz. »Aber Kartauk muß mitkommen. Hierzubleiben wäre für ihn zu gefährlich.«

»Wie du meinst. Glenclaren kann jede Hilfe gebrauchen.«

»Und Patrick.« Janes aus heiterem Himmel kommende Worte erschreckten sie selbst gehörig. Sie hatte geglaubt, mit Patrick endgültig fertig zu sein, doch diese viele Jahre währende Beziehung ließ sich offenbar trotz ihres Abscheus und ihrer Verachtung nicht so einfach lösen. Sie war nicht fähig, Patrick an Ruels tödlichen Haß auszuliefern.

Er sah sie eindringlich an. »Ich habe ernsthaft erwogen, Patrick nach Cinnidar mitzunehmen, als Garantie für deine immerwährende Mithilfe sozusagen.«

»Er würde dir dort nur im Wege sein«, sagte sie rasch.

»Du glaubst, ich könnte ihn töten.« Er schwieg still. »Vielleicht hast du recht. Wenn ich an Ian denke, könnte es geschehen. Aber ich brauche keine Geisel. Ich werde mit Maggie ständig in Verbindung stehen und auf diesem Weg erfahren, ob du dein Wort hältst.«

»Ich werde mein Wort halten.« Matt setzte sie hinzu: »Es könnte ja sein, daß du mit der Zeit deine Meinung änderst.«

»Das wird nicht geschehen. Ich habe dir schon gesagt, daß es um mein Erinnerungsvermögen sehr gut bestellt ist.«

Drei Wochen später stach die *Bonnie Lady* mit Jane, Ian, Patrick und Kartauk an Bord von Narinth aus in See.

Jane warf einen letzten Blick zu Ruel hin, der allein am Dock stand. Er starrte sie an. Sie konnte seinem Blick nicht standhalten und wandte sich ab. Bestimmt wollte Ruel ihr zu verstehen geben, daß diese Trennung nur vorübergehend war und daß sie es nie schaffen würde, ihm zu entkommen.

»In letzter Zeit benimmt er sich dir gegenüber sehr merkwürdig. Ich gehe davon aus, daß du mir nicht sagen möchtest, was…«, Kartauk hatte sie beide beobachtet.

»Nein, ich möchte nicht.« Während er sich in Narinth versteckt gehalten hatte, war ihm vom Ergebnis der Untersuchung nichts zu Ohren gekommen, und sie hatte nicht die Absicht, ihn aufzuklären.

Warum wandte Ruel den Blick nicht ab? Sie spürte, wie seine Augen sie ansahen. Sie stieß sich von der Reeling ab. »Ich kann nicht länger bleiben. Ich muß zu Ian.«

Kartauk schüttelte den Kopf. »Er schläft. Gönnen wir ihm die Ruhe.« Fragend blickte er sie an: »Wo ist Patrick?«

»Wo er immer ist. Er versucht, sich in seiner Whiskyflasche zu verkriechen. Seit dem Unfall ist es mit ihm noch schlimmer geworden.«

»Und doch nimmst du ihn nach Glenclaren mit.«

»Er wird nicht nach Glenclaren gehen.«

Kartauk sah sie überrascht an. »Er sagte zu mir, daß er mit uns käme.«

»Ich werde ihn in einer kleinen Pension in Edinburgh einquartieren. Uns ist ein wenig Geld geblieben, ausreichend, um ihn ein Jahr über Wasser zu halten. Danach wird er sich Arbeit suchen müssen.«

Ruel blickte ihr noch immer nach. Warum drehte er sich nicht um und ging endlich? Der Schmerz war kaum erträglich. Sie mußte sich von ihm befreien.

»Entschuldige, Kartauk, ich möchte hinunter in den Frachtraum, um nach Sam und Bedelia zu sehen.«

»Alle werden sich freuen, Sie wiederzusehen.« Jane faßte nach Ians eiskalter Hand. »Ihr Glenclaren ist wunderschön. Jetzt verstehe ich erst, warum Sie mit so viel Liebe daran hängen.«

Ian riß seinen Blick nicht von den in der Ferne auftauchenden Türmen und Zinnen los. »Ja, es ist wunderschön.«

Sie zog seine Decke höher. Die anstrengende Fahrt hat ihm nicht gutgetan, dachte sie. Er war noch bleicher als vor zwei Tagen, als man seine Tragbahre im Hafen von Edinburgh auf diesen Wagen gehoben hatte. »Wahrhaftig, alles wird jetzt gut werden.«

»Fast könnte ich es glauben«, flüsterte er, ohne den Blick vom Schloß zu wenden. »Vielleicht gab es wirklich einen Grund...«

Zehn Minuten später rumpelte der Wagen über die hölzerne Zugbrücke und fuhr auf dem gepflasterten Innenhof vor.

Ein abbröckelnder und mit Flecken übersäter Ziehbrunnen nahm die Mitte des Hofes ein. Zwischen den Steinen sprossen trockene Grashalme. Wohin ihr Blick auch fiel, Jane entdeckte allenthalben Anzeichen des Alters und der Vernachlässigung.

»So ist es nicht immer«, sagte Ian, dem ihr Blick nicht entgangen war. »Ich war sehr lange fort, und Bauwerke dieses Alters benötigen ununterbrochen sorgfältige Pflege.«

»Oder aber man reißt sie ab«, murmelte Kartauk.

Jane bedachte ihn mit einem vernichtenden Blick. »Ian, die Zeit für ein paar Reparaturen werden wir leicht aufbringen können.« Wie merkwürdig, sich vorzustellen, daß Ruel hier aufgewachsen war, denn dieses verwitterte alte Gemäuer schien so gar nicht zu ihm zu passen.

»Wo ist er?« Das messingbeschlagene Hauptportal flog auf, und eine junge Frau kam aufrechten Schrittes die Freitreppe herunter. »Du lieber Gott, Ian, hat man dich denn noch nicht zum Sitzen gebracht?«

»Margaret?« sagte Ian ungläubig. Er stützte sich auf einen Ellbogen auf, um über das Seitenbord des Wagens sehen zu können. »Du hier?«

»Wo sonst?« Sie eilte auf den Wagen zu. »Als ich Ruels Brief bekam, zog ich mit Vater hierher nach Glenclaren. Es erschien mir als die praktischste Lösung, bis du wieder zu Kräften kommst.«

Für Jane stellte Margaret McDonald gelinde gesagt eine Überraschung dar. Weiche Hände, Spitzen und eine modische Tournüre. Doch das hochgeschlossene dunkelblaue Kleid war alt und abgetragen. Die von verhaltener Anmut geprägten Bewegungen der großen und schlanken Margaret, deren weizenblondes Haar zu einem schlichten Nackenknoten zusammengefaßt war, verrieten unerschütterliche Selbstsicherheit. Das kräftige Kinn und der große Mund waren zu markant, um als hübsch zu gelten, doch die grauen Augen verliehen ihrem Gesicht einen Reiz, dem man sich nur schwer entziehen konnte.

Margaret, die in den Wagen kletterte, kniete neben Ian nieder. »Schrecklich siehst du aus«, erklärte sie ohne Umschweife. »Höchste Zeit, daß du nach Hause kommst.« Nach einem raschen Kuß fuhr sie energisch fort: »Warte nur, ich bringe alles wieder ins Lot.«

»Margaret...« Ian strich ihr mit dem Finger über die Wange. »Hübsche Margaret.«

»Dein Leiden muß sich auch auf dein Sehvermögen geschlagen haben«, gab sie spitz zurück. »Hübsch bin ich wahrlich nicht.« Zu Jane gewandt wollte sie wissen: »Wer sind Sie?«

»Jane Barnaby.« Sie deutete auf den Mann neben dem Kutscher. »Das ist Kartauk.«

»Und warum sind Sie hier?«

»Ruel schickte...«

»Genug, das erklärt alles«, unterbrach Margaret sie. »Ruel hat sich immer schon mit den merkwürdigsten Typen abgegeben.« Ihr Blick glitt abschätzend über Kartauk. »Wie steht es um Ihre Kräfte?«

Kartauk zwinkerte. »Ich bin stark wie ein Bulle. Oder wie Herkules.«

»Ich hoffe, Sie übertreiben nichts.« Sie drehte sich um und rief: »Jock!«

Ein kleiner stämmiger Mann mit rotem Haarschopf kam die Treppe heruntergelaufen.

Margaret gab Kartauk die Anweisung: »Steigen Sie von Ihrem Sitz, und helfen Sie Jock, Ian auf sein Zimmer zu tragen.« Sie sprang vom Wagen. »Jock, schaffen Sie ihn ins Bett, während ich in der Küche nachsehe, was ich an Eßbarem finden kann.« Dann wandte sie sich an Jane. »Kommen Sie mit, und machen Sie sich nützlich. Wir haben nur drei Dienstboten für das riesige Schloß, und da es nun zusätzliche Mäuler zu stopfen gilt, kann ich nicht ...«

»Wir werden Ihnen nicht zur Last fallen«, warf Jane rasch ein.

»Das mag für die anderen gelten«, meinte Kartauk, während er und Jock Ians Tragbahre behutsam vom Wagen hoben. »Ein Künstler aber ist immer die allerkostbarste Last. Ihn zu nähren und zu umhegen ist ein Privileg.«

»Sie betätigen sich mit Farben?« fragte Margaret.

»Ich betätige mich nicht. Ich schaffe epochale Werke. Ich bin ein großer Goldschmied.«

»Mir soll es recht sein, solange Sie ein starker Goldschmied sind und Ian auf der Treppe nicht fallen lassen.«

»Du behandelst unsere Gäste wie Dienstboten«, protestierte Ian.

»Glenclaren kann sich keine Gäste leisten, die sich ihr Brot nicht erarbeiten.« Die Sanftheit, mit der sie sein Haar zurückstrich, strafte ihre barschen Worte Lügen. »Und jetzt sei still, und laß mir meinen Willen in diesem Punkt. Ich komme hinauf zu dir, sobald Jock dich ins Bett geschafft hat und du dich ein wenig ausruhen konntest.« Damit drehte sie sich um und querte den Schloßhof, nicht ohne Jane über die Schulter hinweg zuzurufen: »Kommen Sie?«

Jane lief ihr nach. »Ich komme.«

»Warten Sie.« Margarets Blick heftete sich auf Sam, der Jane hinterhersprang. »Der Hund gehört Ihnen?«

»Sam wird keine Umstände machen.«

Margarets Blick wanderte zu Bedelia, die dem Wagen in den Stall folgte. »Und das Pferd?«

»Ich konnte Bedelia nicht in Kasanpore lassen.«

»Sehen Sie zu, daß Sie beide loswerden. Wir können sie uns nicht leisten«, sagte Margaret tonlos.

Jane atmete tief durch. »Nein.«

Margaret schien verblüfft. »Nein?«

»Die Tiere gehören mir, ich werde mich um sie kümmern.«

»Ich verstehe.« Widerwilliger Respekt huschte über Margarets Gesicht, ehe sie sich umwandte und das Schloßinnere betrat. »Also dann... kümmern Sie sich um sie.«

Die Küche, in die Margaret sie führte, war zugig und ähnlich renovierungsbedürftig wie der Innenhof. Vor allem aber hatte sie eine gründliche Reinigung dringend nötig.

Margaret, der Janes kritischer Blick nicht entging, lieferte sogleich eine Erklärung. »Ich bin erst vor zwei Tagen angekommen und schaffe nicht alles allein. Wenn es Ihnen nicht paßt, müssen Sie selbst saubermachen.«

»Ich wollte nicht...«

»Natürlich wollten Sie. Mit mir heißt es aufrichtig sein. Für höfliche Floskeln ist nicht die Zeit.«

Jane ertappte sich bei einem Lächeln. »Dann werden Sie von mir keine zu hören bekommen. Aber die Küche ist trotzdem ein Saustall. Ich werde hier saubermachen.«

»Schon besser.« Margaret deutete auf eine kleine grauhaarige Frau, die neben einer großen offenen Feuerstelle Kartoffeln schälte. »Das ist Mary Rhodes. Mary, das ist Jane Barnaby. Sie ist mit Ian gekommen.«

»Noch ein Maul, das gestopft werden muß«, äußerte die Frau mißmutig. »Haben wir nicht schon genug Sorgen?«

»Sie wird sich ihr Essen verdienen.« Margaret trat ans Feuer. »Und Sorgen habe ich keine. Es ist töricht, sich um Dinge zu sorgen, die man nicht ändern kann. Ist das Stew fertig?«

»Wenn ich die Kartoffeln dazugetan habe.«

»Das mache ich. Du gehst jetzt und machst zwei zusätzliche Zimmer fertig.«

»Zwei?«

»Zwei«, wiederholte Margaret mit Nachdruck. »Und kein Groll deswegen. Der Herr wird für uns alle sorgen.«

»Meist sind Sie diejenige, die für alle sorgt«, brummte Mary, als sie Margaret die Schüssel mit den Kartoffeln und das Messer in die Hand drückte. »Mir ist aufgefallen, daß der Herr Ihnen viel allein überläßt.« Sie ging zur Tür. »Wenn ich schon oben bin, will ich auch nach Ihrem Vater sehen.«

»Mache dir nicht die Mühe.« Ein plötzliches Lächeln erhellte Margarets Gesicht. »Trotzdem vielen Dank, Mary.« Ihr Lächeln erlosch, als sie sich wieder zu Jane umwandte. »Ruel hat mir zwar geschrieben, aber ich hatte nicht erwartet...« Sie setzte sich auf Marys Stuhl und machte sich flink daran, die Kartoffeln zu schälen. »Besteht denn gar keine Hoffnung, daß er jemals wieder laufen wird?«

»Der Arzt war nicht der Meinung«, gab Jane leise zurück.

»Ein Arzt kann ebenso dumm sein wie jeder andere Mann. Wir wollen dieser Diagnose keine Beachtung schenken und unser Bestes tun –« Sie bewegte die Schultern, als entledige sie sich einer Last, wobei ihr Blick über Jane glitt. »Warum tragen Sie Hosen? Sonderbar sehen Sie aus.«

Mit einem Schlag erwachte Janes Argwohn. Margaret besaß zwar keine zarten Hände und war auch nicht modisch gekleidet, unterschied sich aber von anderen Frauen vielleicht doch nicht so stark, wie es auf den ersten Blick schien. »Es sind die einzigen

Kleidungsstücke, die ich besitze. Wenn Ihnen meine Aufmachung nicht gefällt, tut es mir leid.«

Margarets Miene verfinsterte sich. »Eine Frau sollte aussehen wie eine Frau. Männer sind an sich schon viel zu sehr von sich eingenommen, als daß man ihnen durch Nachahmung noch schmeicheln müßte.«

Jane sah sie erst verblüfft an, dann lachte sie laut. »Eine Nachahmung ist es nicht. Ich habe im Streckenbau neben Männern gearbeitet und fand diese Kleidung sehr praktisch.«

»Ach? Nun, vielleicht haben Sie gute Gründe, sich so sonderbar zu kleiden, aber Sie hätten lieber einen Kompromiß suchen sollen.« Plötzlich flammte Interesse in Margarets Miene auf. »Streckenbau? Mir imponieren Frauen, die etwas *tun*. Wie ist es gekommen, daß Sie bei der Eisenbahn...« Innehaltend schüttelte sie den Kopf. »Das können Sie mir später auch noch erzählen. Ich muß mich auf das Wichtige und Naheliegende konzentrieren. Wie lange wollen Sie bleiben?«

»Ich habe Ruel versprochen, ich würde so lange bleiben, wie Ian mich braucht.«

Margarets Miene umwölkte sich. »Und nur Gott weiß, wie lange das sein wird. Ian ist so gut wie hilflos, und Glenclaren kann jede zusätzliche Hand brauchen, die sich bietet.«

»Das war auch Ruels Meinung«, sagte Jane.

»Wirklich? Eigentlich erstaunlich. Wäre es nach Ruel gegangen, hätte Glenclaren zu Staub zerfallen können.«

»Ach? Meist ist es doch so, daß einem jener Ort besonders am Herzen liegt, wo man seine Jugend verlebte.«

Margaret blickte sie erstaunt an. »Ruel hat hier nicht seine Jugend verbracht. Annie hatte ein Haus auf der anderen Seite des Tales.«

»Annie?«

»Annie Cameron, Ruels Mutter. Wußten Sie denn nicht, daß er außerehelicher Geburt ist?«

Janes Augen wurden groß vor Staunen. »Aber er heißt doch MacClaren?«

»Ruel weigerte sich, anders zu heißen, gleichwohl sein Vater sich weigerte, ihn anzuerkennen. Mit Glenclaren hatte er nicht viel im Sinn, er wirbelte zu gern Staub auf.«

»Aber Ian hat von ihm immer gesprochen, als...« Jane schüttelte verwirrt den Kopf. »Ich begreife das nicht.«

»Ian erzählt niemandem von Annie. Wie oft habe ich schon versucht, ihm klarzumachen, daß es nicht seine Schuld ist, wenn sein Vater Ruel schlecht behandelte, aber er will ja nicht hören. Ruel war für ihn immer sein Bruder, und er hatte das Gefühl, es sei auch seine Schuld, daß sein Vater die Frau nicht heiraten wollte... und die Vaterschaft an Ruel leugnete.«

»Warum hat er das getan?«

»Der Grund war Glenclaren. Der Grundherr hatte bereits einen Sohn und brauchte keinen zweiten, zudem war Annie keine tugendhafte Frau.« Trocken setzte sie hinzu: »Obwohl ihn diese Tatsache nicht kümmerte, ehe er ihrer überdrüssig wurde. Zuerst war er versessen nach ihr. Wie ich hörte, soll sie so hübsch gewesen sein, wie Ruel es jetzt ist. Alle Welt glaubte, sie hätte den Herrn von Glenclaren verhext.«

»Lebt sie noch?«

Margaret schüttelte den Kopf. »Als Ruel zwölf war, ist sie nach Edinburgh gegangen. Später hörte man, sie sei an einer Grippe gestorben.«

»Sie hat Ruel einfach verlassen?«

»Er konnte schon damals gut für sich selbst sorgen.« Margaret zog ungeduldig die Schultern hoch. »Genug von Ruel. Die Aufmerksamkeit, die dieser Tunichtgut beansprucht, selbst wenn er sich auf einem anderen Kontinent aufhält, ist nicht gerechtfertigt.« Sie stand auf und ging an den offenen Herd, um die Kartoffeln in einen Kessel zu schütten. »Und jetzt möchte ich etwas über Ihren Begleiter erfahren, diesen aufgeblasenen Prahlhans.«

Zwei Stunden später eilte Margaret in Ians Zimmer. »Na, hat man es dir einigermaßen behaglich gemacht?« Ihr Blick fiel auf den neben dem Bett sitzenden Kartauk. »Wir brauchen Sie hier nicht mehr. Sie können gehen und sich ein Plätzchen für Ihre Werkstätte suchen. Jane sagte mir, daß Sie vielleicht eine Zeitlang hier bleiben und für Ihre Tätigkeit einen Raum benötigen werden.«

»Tätigkeit.« Das sagte er, als hinterließe das Wort einen üblen Geschmack im Mund. »Ihnen geht jegliches Gefühl für die Bedeutung meiner Arbeit ab.«

»Ein um so besseres Gefühl habe ich für die Bedeutung meiner Arbeit.« Sie deutete auf die Tür. »Lassen Sie sich mit Ihrer Arbeit nieder, wo es Ihnen beliebt, aber gehen Sie.«

Kartauks Miene verfinsterte sich. »Etwas anderes war in diesem kalten, barbarischen Land nicht zu erwarten.« Damit schloß er die Tür hinter sich.

»Gottlob, daß er draußen ist.« Margaret setzte sich auf Ians Bett. »Ich habe veranlaßt, daß der Vikar in drei Tagen kommt und uns traut, deshalb mußt du dich ausruhen und nach der anstrengenden Reise wieder zu Kräften kommen.«

»Wir werden nicht heiraten.«

»Natürlich werden wir. Aber etwas ähnlich Törichtes habe ich von dir erwartet.« Sanft strich sie ihm das Haar aus der Stirn. »Ich habe mitangesehen, wie du versucht hast, Ruel vom Zeitpunkt seiner Geburt an zu retten, und jetzt glaubst du, ich müßte gerettet werden.«

»Ich werde nicht zulassen, daß ich zu einer weiteren Last für dich werde. Dein Vater...«

»...kümmert dahin und wird sich bald nicht mehr einmischen können.«

Er blickte sie erstaunt an. »Du hast mir nichts davon geschrieben.«

»Warum auch? Hätte es ihm geholfen?«

»Ich wäre zu dir zurückgekehrt.«

Ihre Miene wurde weich. »Ja, ich weiß.«

»Ich teile deinen Kummer.«

Sie verzog das Gesicht. »Ich wünschte, ich könnte Kummer empfinden, aber wir beide wissen, daß mein Vater kein liebenswerter Mensch ist.« Sie wechselte das Thema und kam auf Ians Bruder zu sprechen: »Gestern kam von Ruel ein Scheck über zweitausend Pfund mit der Nachricht, er wolle mehr Geld schikken, sobald er es zur Verfügung hätte.«

»Unmöglich!« Ian schüttelte den Kopf. »Damit bleiben ihm nur tausend für den eigenen Bedarf. Schicke ihm das Geld zurück.«

»Nichts dergleichen werde ich tun. Glenclaren braucht es. Du brauchst es. Zur Abwechslung tut es Ruel sicher gut, einmal an jemand anderen zu denken.«

»Er hat mir das Leben gerettet, indem er sein eigenes aufs Spiel setzte.«

»Ach was, das ist für ihn typisch. Seine Schwäche besteht in einem Mangel an Selbstdisziplin.«

Ian lachte. »Herrgott, wie du mir gefehlt hast, Margaret.« Sein Lächeln verschwand sofort wieder. »Aber ich werde nicht zulassen, daß du einen Krüppel heiratest. Du hast schon genug Zeit mit Krankenpflege vergeudet.«

»Wer kann wissen, ob du ein Krüppel bleiben wirst?« Als er

protestierend etwas einwerfen wollte, fügte sie hastig hinzu: »Außerdem ist ein kräftiger Körper zwar schön und gut, aber viel wichtiger sind Kraft des Herzens und des Gemüts.«

»Ich kann dir keine Kinder schenken. Und du liebst Kinder über alles, Margaret.«

»Kindersegen ist nicht ausgeschlossen. Ich werde mit dem Arzt sprechen.«

Ian beschränkte sich auf ein Kopfschütteln.

»Vielen Ehepaaren bleiben Kinder versagt. Vielleicht hätte Gott uns auch kein Kind geschenkt, wenn du gesund und heil geblieben wärest.«

»Nein, Margaret.«

»Na schön, ich will mit der Trauung warten ... bis du die Zeremonie sitzend miterleben kannst. Bis dahin wirst du auf dem Weg der Besserung und hoffentlich nicht mehr so halsstarrig sein.«

»Das ist unmöglich. Mein Rücken ...«

»Es ist möglich. Ich werde dafür sorgen.« Sie beugte sich über ihn und drückte ihm einen Kuß auf die Stirn. »Und jetzt mußt du dich ausruhen. Die Reise hat dich sehr erschöpft.«

»Alles erschöpft mich.«

»Das wird sich bessern.« Sie stand auf. »Während ich dir eine Schüssel Stew hole, werde ich dir Jock schicken, damit er dich badet. Ich nehme an, dein Stolz läßt nicht zu, daß ich diese Aufgabe übernehme?« Sie nahm seine Reaktion mit einem Nicken zur Kenntnis. »Das dachte ich mir.« Sie ging zur Tür. »Ich weiß nicht, warum Gott dem männlichen Geschlecht so viel Macht über die Weiblichkeit verliehen hat, wenn es doch den Männern so sehr an gesundem Menschenverstand mangelt.«

Kaum war die Tür hinter Margaret zugefallen, als sie ganz fest die Augen schloß, um sich jenen Gefühlen hinzugeben, die sie sich vor niemandem anmerken lassen konnte – Wut, Sorge und Verzweiflung. O Gott, armer Ian!

Und arme Margaret. Warum wurde ihr diese neue Prüfung auferlegt? Zuweilen konnte Gott sehr ungerecht sein.

»Sie haben ein interessantes Gesicht. Vielleicht lasse ich mich verleiten, von Ihnen eine Büste anzufertigen.«

Sie riß die Augen auf. In einiger Entfernung vor ihr stand John Kartauk. Margaret errötete vor Verlegenheit, als ihr klar wurde, daß er Zeuge ihrer Schwäche geworden sein mußte. Nein, vermutlich doch nicht, da sein Blick abschätzend, aber völlig leidenschaftslos auf ihr lag. Sie räusperte sich. »Ich dachte, ich hätte gesagt, Sie sollen sich einen Raum für Ihre Werkstatt suchen.«

»Das habe ich getan.« Er hielt den Blick noch immer unverwandt auf ihr Gesicht gerichtet. »Ich habe mich entschlossen, die Küche zu benutzen.«

»Die Küche?« wiederholte sie fassungslos. »Aber Sie können doch nicht...«

»Natürlich kann ich. Ich brauche einen Brennofen, und auf diese Weise erspare ich mir die Mühe, einen zu bauen. Ich kann die große Feuerstelle verwenden.« Einen Schritt nähertretend hob er mit dem Zeigefinger ihr Kinn an. »Auf den ersten Blick konnte ich nichts Bemerkenswertes in Ihrem Gesicht entdecken, doch bin ich inzwischen zu der Meinung gelangt, daß die Kinnpartie erträglich ist und die Form der Backenknochen...«

Sie schlug seine Hand beiseite. »Ich werde nicht für Sie Modell sitzen.«

Er schien gekränkt. »Gnädigste, Ihnen ist wohl nicht klar, welche Ehre Ihnen widerfährt. Immerhin habe ich Königin Viktoria einen Korb gegeben.«

Ihre Augen wurden groß. »Die Königin hat Sie gebeten...«

»Na ja, die Gelegenheit hat sich ihr nie geboten, doch ich bin fest entschlossen, sie abzulehnen.« Er machte kehrt und ging den Korridor entlang. »Wenn Sie wieder bei Sinnen sind, kommen Sie und sagen mir Bescheid. Ich muß in die Küche... die vielen Töpfe und Pfannen hinauswerfen.«

Sie eilte ihm nach. »Hinauswerfen... kommt nicht in Frage!«

»Warum nicht? Sie sind mir im Weg.«

»Haben Sie denn den letzten Rest Verstand verloren? Wir alle müssen essen. Die Küche können Sie nicht bekommen.«

»Schönheit besitzt höheren Wert als Essen.« Er furchte die Stirn. »Aber ich bin zu einem Kompromiß bereit. Ich werde zulassen, daß Sie die Küche abends für Ihre Zwecke benutzen dürfen.«

»Sie werden zulassen...« Nach einem tiefen Atemzug stieß sie zähneknirschend hervor: »Wenn Sie einen einzigen Kochtopf hinauswerfen, werden Sie morgen als Fleisch für das Stew dienen.«

Er warf ihr über die Schulter einen prüfenden Blick zu. »Zuzutrauen wäre es Ihnen.« Er lachte unvermittelt auf. »Sie würden feststellen, daß ich ein zäher Happen bin. Kein zartes Häschen jedenfalls.«

»Ein einziger Topf...« gab sie entschlossen von sich.

»Na schön. Im Stall habe ich einen fast ebenso geeigneten Raum entdeckt, aber Sie müssen mir helfen, ihn auszuräumen, und Jock muß mir helfen, Steine für den Ofen zu finden.«

»Jock wird mit Ians Pflege so beschäftigt sein, daß er für Ihre Narreteien keine Zeit hat, und ich schon gar nicht.«

Kartauk ließ einen Seufzer hören. »Ich bin in ein Land voller stumpfsinniger Banausen gekommen, die mir keine Hilfe angedeihen lassen.«

Margaret machte ein nachdenkliches Gesicht. »Sie hatten gar nicht die Absicht, die Küche zu benutzen«, sagte sie tonlos.

»Nein? Warum hätte ich es dann behauptet?«

Die Antwort kannte sie nicht. Aber vielleicht... aus Menschenfreundlichkeit, in einem Versuch, sie von ihrem Kummer abzulenken? Er war Zeuge ihrer Schwäche geworden und hatte mit untrüglichem Gespür dafür gesorgt, daß sie diese rasch überwand. Nein, sie mußte sich irren. Sie waren einander völlig fremd, es war daher ausgeschlossen, daß er sie so gut durchschaute.

»Aus welchem Grund Sie solche Umwege gehen sollten, weiß ich nicht«, sagte sie spitz. »Aber die Menschen des Ostens sollen zu gern auf verschlungenen Pfaden wandeln. Zweifellos ist Ihr heidnisches Blut daran schuld...«

»Zweifellos«, sagte er ausdruckslos. »Aber eine gottesfürchtige schottische Lady wie Sie wird ebenso zweifellos imstande sein, meine heidnische Tücke zu durchschauen.«

Ehe sie antworten konnte, ging er ihr voraus den Korridor entlang und die Treppe hinunter.

Cinnidar.

Ruel umklammerte die Reeling fester, während sein Blick unverwandt auf die Insel gerichtet war, auf die der kleine Fischkutter zusteuerte. Dieses Gefühl wundersamer Verheißung hatte sich auch damals eingestellt, als er Cinnidar zum ersten Mal sah.

Jane hatte ähnlich für ihre Eisenbahn empfunden, wie ihm plötzlich einfiel. Ihr Gesicht hatte geglüht, und doch hatte sie ernst...

Verdammt, er wollte nicht an sie denken.

Er wollte statt dessen an Ian denken, wie er ihn zuletzt gesehen hatte, in seiner Koje auf der *Bonnie Lady*. Bleich, verfallen... schmerzgepeinigt.

Das Schiff glitt näher an den Pier heran. Fast zu Hause.

Auch diesen Gedanken wies er zurück. Cinnidar war für ihn ein Topf voller Gold, aber keine Heimat. Er brauchte keine Heimat, so wie er auch Jane Barnaby nicht brauchte. Was er brauchte, lag tief im Inneren dieses Berges vergraben, und er würde schuften und schwitzen müssen, um es ans Tageslicht zu fördern. Er würde keine Zeit haben, an etwas anderes als an die vor ihm liegende Aufgabe zu denken.

Jetzt gab es nur noch Cinnidar.

10. Kapitel

4. Oktober, 1879
Glenclaren

Jane, die an die Mauer gelehnt gewartet hatte, richtete sich auf, als Margaret aus Ians Zimmer trat. »Wie geht es ihm?«

»Ach, eigensinnig ist er wie immer.« Margaret ging eilig den Korridor zur Treppe entlang. »Er will nichts von meinem Vorschlag hören, den Winter in Spanien zu verbringen. Mit diesem Menschen kann man rein gar nichts anfangen.«

»Hat der Arzt noch einmal mit ihm gesprochen?«

»Heute morgen. Ian aber beharrt darauf, daß er auf Glenclaren unentbehrlich sei. Nach Spanien will er erst im Frühjahr.« Sie umfaßte das Treppengeländer unwillkürlich fester. »Ich habe diesem Dickschädel entgegengehalten, er würde mich zur Witwe machen, wenn er nicht endlich diesen Husten loswürde. Das schafft er hier niemals, auf
Glenclaren sind die Winter zu rauh.«

Jane, die hier drei harte Winter miterlebt hatte, teilte Margarets Besorgnis. »Vielleicht ändert er seine Meinung.«

»Das hat er seit drei Monaten nicht getan. Dauernd spricht er von Glenclaren und davon, was er den Winter über hier tun muß. Er wird hier sterben...« Margaret verzog das Gesicht. »Aber nachdem ich ihm drei Jahre lang weisgemacht habe, daß Glenclaren nicht ohne ihn auskäme, kann ich ihm jetzt wohl nicht gut klarmachen, daß er hier alles liegen- und stehenlassen und sich in die Sonne legen soll?«

»Hast du mich deshalb kommen lassen? Ich habe ihm schon berichtet, daß die Mühle gut läuft, praktisch von allein.« Jane runzelte die Stirn. »Aber es könnte nicht schaden, wenn ich wieder einmal ein längeres Gespräch mit ihm führe.«

»Er würde nicht auf dich hören. Nur gut, daß ich in weiser Voraussicht Maßnahmen ergriffen habe.«

»Was für Maßnahmen?«

»Ruel.«

Als Jane mitten im Schritt innehielt, bedachte Margaret sie mit einem wissenden Blick. »Du bist ja bleich wie das Mehl in deiner Mühle. Genügt allein der Gedanke an Ruel, um dich so zu verwirren?«

Jane nahm die nächste Stufe. »Wo denkst du hin. Natürlich nicht. Wenn ich blaß aussehe, muß die Beleuchtung daran schuld sein.«

»Ach, es ist Nachmittag und das Licht noch gut.«

»Warum sollte es mich verwirren, wenn du von Ruel sprichst?«

»Der Grund könnte derselbe sein, der dich daran hindert, seit dem Tag deiner Ankunft seinen Namen in den Mund zu nehmen.« Margaret schüttelte resigniert den Kopf. »Es geht mich nichts an, wie Ruel es geschafft hat, deine Abneigung zu wecken. Ich weiß ja, daß dies zu seinen speziellen Talenten gehört. Wenn du es mir nicht sagen möchtest, kann ich...«

»Ich spreche nicht davon, weil es unwichtig ist«, unterbrach Jane sie. »Das alles ist längst Vergangenheit.«

Margaret nahm ihr blaues wollenes Umschlagtuch vom Kleiderständer neben der Tür und legte es sich um die Schultern. »Ich habe Ruel vor drei Monaten geschrieben, als Ian sich weigerte, den Winter in Madrid zu verbringen. Heute morgen kam Bescheid aus Edinburgh... Ruel trifft morgen auf Glenclaren ein.«

Jane stockte der Atem. »Er kommt hierher?«

»Ruel hat es immer noch geschafft, sich bei ihm durchzusetzen.«

Ruel hat es immer geschafft, sich bei jedermann durchzusetzen, dachte Jane. »Was ist mit Cinnidar?«

»Ruels Charakter muß seit unserem letzten Beisammensein eine Wende zum Guten genommen haben. Es sieht ganz danach aus, als sei ihm das Leben seines Bruders wichtiger als die Goldgräberei.« Margaret öffnete die Tür. »Aus diesem Grund mußt du alle Differenzen mit Ruel begraben, bis er es geschafft hat, Ian klarzumachen, daß ein Spanienaufenthalt unumgänglich ist. Danach kannst du nach Belieben mit ihm umspringen.«

»Danke.« Jane zwang sich zu einem Lächeln. »Aber ich bezweifle sehr, ob ich ihn viel zu Gesicht bekomme. Ich werde in der Mühle zu beschäftigt sein, um aufs Schloß zu kommen.«

Margaret wollte den Hof queren.

»Wohin gehst du?«

»Zu Kartauk.« Um Margarets Mund legte sich ein grimmiger Zug. »Nicht genug, daß ich mich mit Ians Eigensinn herumschlage, jetzt muß ich auch noch versuchen, die Triebe dieses Bullen von Goldschmied zu zügeln.«

Jane verkniff sich ein Lächeln. »Schon wieder?«

»Du hast mir keinen Gefallen getan, als du ihn nach Glenclaren mitbrachtest. Gestern erschien Ellen MacTavish heulend und händeringend bei mir, weil Kartauk ihre Unschuld ausgenutzt hat.«

»Eine ernste Anschuldigung.«

»Und eine falsche obendrein. Sie hat ihre Beine für jeden Burschen in der ganzen Gegend breit gemacht.« Margarets Miene verdüsterte sich. »Aber das ist jetzt Nebensache. Es ist das dritte Mal in zwei Monaten, daß ich mich mit seinen Ausschweifungen befassen muß. Glaubt er denn, ich hätte nichts Besseres zu tun, als mir die Klagen seiner diversen Liebchen anzuhören?«

Janes Lächeln war wie weggeblasen, als Margaret in Kartauks Werkstatt verschwand. Als sie in Bedelias Sattel stieg, zitterten ihre Hände.

Sie gab dem Pferd die Sporen, wandte sich aber einem Impuls folgend südwärts, anstatt wie ursprünglich beabsichtigt in nördlicher Richtung zur Mühle zu reiten.

Wenig später hielt sie auf der Anhöhe inne, von der aus man auf die Reste von Annie Camerons kleinem Haus hinunterblikken konnte. Einmal war sie schon hier gewesen, in der ersten Zeit nach ihrer Ankunft auf Glenclaren. Damals hatte sie sich eingeredet, nur die Neugierde hätte sie dorthin gezogen, obwohl sie insgeheim wußte, daß es ein verzweifelter Versuch gewesen war, Margarets Äußerung über Ruel und seine Mutter aus ihrem Gedächtnis zu bannen.

Die Nachricht von Ruels unmittelbar bevorstehender Ankunft hatte sie völlig unvorbereitet getroffen. Daß sie ihn noch immer liebte, war nicht möglich. Sie hatte alles darangesetzt, um die Glutreste jener Leidenschaft, von der sie geglaubt hatte, sie würde ewig währen, zu ersticken. Sicher war ihr Unbehagen eine ganz natürliche Reaktion, da sie Ruel nach jenem letzten, furchteinflößenden Blick im Hafen nicht mehr gesehen hatte.

Woher sollte sie wissen, ob er ihr noch immer zürnte? Die

Trennung hatte sie zu Fremden gemacht. Er konnte sich geändert haben, war im Laufe der Jahre vielleicht sanfter geworden. Gewiß würde er es eilig haben, wieder nach Cinnidar zu kommen. Gut möglich, daß er sie eines Besuches gar nicht würdigte.

Jane sandte mit geschlossenen Augen ein Gebet zum Himmel.

Lieber Gott, gib, daß er mich nicht aufsucht.

»Allmächtiger, wie es hier stinkt!« Margaret rümpfte die Nase, kaum daß sie Kartauks Werkstatt betreten hatte. »Es riecht ja wie Mist, was Sie da im Ofen verbrennen.«

Kartauk grinste sie über die Schulter hinweg an. »Weil Mist der Hauptbestandteil ist. Es ist billiges Heizmaterial.« Er öffnete die Tür des Ofens, um ein Tablett mit einer Lehmform hineinzuschieben. »Ein Umstand, der Ihr knauseriges Herz erfreuen sollte, Gnädigste.«

»Nun, dieser Gestank ist alles andere als erfreulich.« Sie blieb dicht vor ihm stehen. »Deshalb will ich vorbringen, was ich vorzubringen habe, und schleunigst wieder gehen.«

Er blickte gar nicht auf. »Steht mir eine Gardinenpredigt bevor? Welches Vergehen habe ich mir diesmal zuschulden kommen lassen?«

»Wenn Sie mir einen Moment Gehör schenken könnten, würde ich es Ihnen sagen.«

»Sofort. Wenn Sie wollen, können Sie sich eine Tasse Kaffee eingießen.«

»Und mir den Magen mit Ihrem Gebräu verderben?« Sie stand auf, um zum Ofen zu gehen. »Aber etwas anderes bleibt mir wohl nicht übrig, wenn Sie mich unbedingt warten lassen wollen.«

»Nein, es bleibt Ihnen nichts anderes übrig.«

Margaret goß Kaffee in eine gesprungene, aber makellos saubere Tasse. Sie hatte festgestellt, daß dies eine von Kartauks Schrullen war. Obwohl er inmitten eines chaotischen Durcheinanders lebte, mußte alles, was er benutzte, vor Sauberkeit blitzen.

Sie blickte ihn ernst an.

»Es geht um Ellen MacTavish.«

Kartauk ließ ein Lächeln sehen. »Ein lebenslustiges Geschöpf, das mir viel Wonne bereitet hat.«

»Mehr als umgekehrt. Sie kam zu mir gelaufen und jammerte, Sie hätten sie ihrer Unschuld beraubt.«

Sein Lächeln wich Ernst. »Stimmt nicht. Als Mann hat man seine Bedürfnisse, aber ich meide Umgang mit Frauen, denen es an Erfahrung mangelt. Jock hat mir versichert, sie...«

»Jock? Sie lassen sich von Ians Dienerschaft Ihre Frauenzimmer zuschanzen?«

»Ein Mann hat seine Bedürfnisse«, wiederholte Kartauk. Er ließ sich auf dem Hocker vor dem Arbeitstisch nieder. »Ist Ellen MacTavish Gegenstand der Gardinenpredigt?«

»Und Deidre Cameron und Martha Belmar.«

»Herrjeh, wie schwatzhaft diese Schottinnen sind. Sie alle sind zu Ihnen gerannt?«

»Ich bin die Frau des Grundherrn. Es ist üblich, daß die Frauen aus dem Tal sich bei Schwierigkeiten ratsuchend an die Grundherrschaft wenden.«

»Ich habe ihnen Lust und nicht Schwierigkeiten gebracht, und ich habe keiner einzigen die Ehe versprochen. Oder hat eine das Gegenteil behauptet?«

»Nein.« Margaret runzelte die Stirn. »Sie haben miaut wie läufige Katzen, weil Sie sich nicht wieder blicken ließen.«

Kartauk ließ ein schallendes Lachen hören.

Sie schloß die Augen. »Bei allen Heiligen, was für ein aufgeblasener Esel Sie doch sind. Ich weiß gar nicht, wie ich es mit Ihnen in einem Raum aushalte.«

»Weil Sie mich brauchen.«

»Ich brauche Sie?« Sie riß die Augen auf. »Ich brauche niemanden. Und schon gar nicht einen unverschämten Angeber, der alle Frauen für nutzlos hält, wenn sie nicht mit ihm ins Bett gehen oder für seine Arbeiten Modell stehen.«

»Nein, nicht ganz nutzlos. Ich toleriere Sie, die mir nicht Modell stehen wollen und mir keine Lust...«

»Sie tolerieren mich.« Sie stand auf und funkelte ihn an. »Ich bin es, die Sie toleriert. Sie beanspruchen diesen Stall, den wir jetzt für unser Vieh brauchen würden, und Sie helfen nicht...«

»Ganz recht.«

»Wie bitte?«

Sein Lächeln war voller Sanftheit. »Ich bin ein selbstsüchtiger Halunke, der Ihnen nur Ärger bereitet.«

»Das sind Sie.« Argwöhnisch sah sie ihn an. »Und wieso diese plötzliche Einsicht?«

»Vielleicht bin ich einsam und möchte nicht, daß Sie schon gehen. Nehmen Sie doch Platz, damit Sie in aller Ruhe Ihren Kaffee austrinken können.«

Sie lehnte sich zurück. »Sie sind nie einsam.«

»Woher wollen Sie das wissen?« Er ging zum Ofen und schenkte sich eine Tasse Kaffee ein. »Eines Mannes Bedürfnisse sind nicht immer nur körperlicher Natur.« Er setzte sich wieder an den Arbeitstisch. »Ich frage mich nur, weshalb Sie mich wegen meiner Amouren erst heute zur Rede stellen, da doch Ellen gestern zu Ihnen kam?«

»Gestern war ich beschäftigt.« Sie wich seinem Blick aus. »Für Banalitäten hatte ich keine Zeit. Sie glauben doch nicht etwa, ich suche nach Vorwänden, um Sie zu besuchen?«

»Der Himmel verhüte, daß ich mir dies einbilde.« Er trank einen Schluck. »Aber ich konnte nicht umhin zu bemerken, daß Sie heute angestrengt aussehen.«

»Ellen MacTavish...«

»... wegen Ellen hätten Sie nicht mit der Wimper gezuckt. Ich bin sicher, Sie haben sie wegen ihres lockeren Lebenswandels gescholten und wieder fortgeschickt. Was ist wirklich los?« Er hielt ihren Blick fest. »Ian?«

Erleichterung durchströmte sie und brachte Beruhigung. Er hatte es erraten, jetzt konnte sie darüber sprechen. Kartauk schaffte es immer, ihr zu entlocken, wie ihr zumute war.

»Ian will nicht nach Spanien gehen.«

»Das wußten Sie schon vor drei Monaten. Ruel wird ihn zur Einsicht bringen. Wann kommt er?«

»Morgen.«

»Dann sind ja alle Sorgen überflüssig.«

»Ian hat die ganze Nacht über gehustet.« Sie umfaßte die Tasse fester. »Und doch hat er mich ausgelacht, als ich von Spanien anfing. Er sagte, Glencaren brauche ihn. Daß ich ihn auch brauche, ist unwichtig.«

»Haben Sie ihm das gesagt?«

»Sind Sie wahnsinnig? Ist seine Bürde nicht schon groß genug? Muß man sie um Schuldgefühle vermehren?«

»Sie würden sie nie vermehren wollen.« Er lächelte. »Aber ich bedeute Ihnen nichts, und meine Schultern sind so breit, daß sie jeder Bürde standhalten. Los, erzählen Sie schon.«

Er wollte es tatsächlich wissen. Sein Blick hing eindringlich an ihrem Gesicht, so daß sie zu spüren vermeinte, wie seine Willenskraft sie einhüllte.

»Erleichtern Sie sich«, sagte er leise. »Halsen Sie es mir auf. Fangen Sie mit letzter Nacht an, als Ian zu husten begann.«

Nach einem tiefen Atemzug fing sie mit ihrem Bericht an.

Er lauschte aufmerksam, wobei seine geschickten Finger ein Stück Ton formten, während ihr die Worte einem Sturzbach gleich entströmten. Margaret merkte gar nicht, wie die Zeit verstrich, doch schließlich stand Kartauk auf, um die Lampe auf dem Holzständer neben dem Tisch zu entzünden. Dann setzte er sich wieder, um ihr zuzuhören.

Endlich war sie fertig. Schweigen trat zwischen ihnen ein.

Frieden.

Kartauks mächtige Hand fiel auf die Tonform vor ihm auf dem Tisch.

»Was...« Sie sah ihn erschrocken an. »Warum tun Sie das? Den ganzen Nachmittag haben Sie daran gearbeitet.«

»Es war nicht genug.« Er griff nach einem Handtuch, um sich die Hände abzuwischen. »Besser, man zerstört etwas mit einem Schlag, als zu versuchen, aus Banalem etwas Großartiges zu machen.« Er grinste. »Nicht, daß ich je banal sein könnte.«

Ihr momentanes Unbehagen hatte sich verflüchtigt. Sie erwiderte sein Lächeln. »Arroganz.«

»Wahrheit.« Er stand auf und streckte sich faul. »Und noch eine Wahrheit: Es wird Zeit, daß Sie zu Ihrem Ian zurückgehen. Bald wird es dunkel, und er wird sich Sorgen machen.«

»Ja.« Sie stand auf und blieb zögernd stehen. »Werden Sie heute nach dem Essen eine Partie Schach mit Ian spielen?«

»Heute nicht.« Seine Miene sagte alles, als er das zerdrückte Stückchen Ton auf dem Tisch ansah. »Ich muß hier arbeiten.«

Sie ging zur Tür. »Dann sehe ich Sie sicher, wenn Ruel eintrifft.«

»Möglich.« Seine Stirn war nachdenklich gerunzelt, seine Finger kneteten den Ton.

Er hatte ihre Anwesenheit schon vergessen, ebenso ihre

Worte. Nun, das war es ja, was sie wollte, oder nicht? Er verschaffte ihr Ruhe und Frieden und schloß sie dann völlig aus. Und doch störte sie seine Verschlossenheit heute aus einem unerfindlichen Grund.

An der Tür hielt sie inne.

»Ich habe nicht die Wahrheit gesagt«, kam es ihr stockend über die Lippen. »Wenn Sie Glenclaren verließen, würde man Sie vermissen.«

Ohne sie anzusehen hielt er mitten in der Bewegung inne. »Würde Ian mich vermissen?«

»Ja.« Sie benetzte die Lippen, ehe sie verlegen fortfuhr: »Und ich auch. Ich glaube, Sie sind viel netter, als Sie zugeben.«

Jane zog das grün-schwarz gemusterte Tuch enger um sich, als sie langsam den Hügel hinaufstieg. Die Sonne war fast untergegangen, der Herbstwind wehte kühl um ihre Wangen. Sie bewegte sich schnell, fast lief sie den holprigen Pfad hinauf. Vernünftiger wäre es, sie würde in die Mühle, in der sie jetzt wohnte, zurückkehren, ihr Abendessen zubereiten und zu Bett gehen. Aber sie fühlte sich nicht müde, obgleich sie seit Tagesanbruch auf den Beinen war. Sie hatte den ganzen Tag die Arbeit in der Mühle beaufsichtigt, bis sie auf Margarets Geheiß hin ins Schloß gekommen war.

Morgen würde alles anders sein. Morgen wurde Ruel erwartet.

Sie wollte nicht an Ruel denken. Sie wollte an die Arbeit denken, die auf Glenclaren noch zu tun war.

»Wie ich sehe, hast du dir die Farben des MacClaren-Tartans zu eigen gemacht.«

Jane schrak zusammen, starr vor Entsetzen.

Ruel fuhr spöttisch fort: »Deine rote Mähne ist ein zu starker Kontrast zu diesen Farben. Ich würde dich ganz anders kleiden.«

Jane drehte sich langsam um. Ruel kam den Weg hangaufwärts auf sie zu. Er war derselbe. Keine Spur der Empfindsamkeit, um die sie gebetet hatte, als sie Annies Haus unter sich hatte liegen gesehen. Er hatte sich nicht verändert, war nur zäher und hagerer geworden.

O Gott, was war nur mit ihr los! Sie hatte das Gefühl, jeden Moment in Ohnmacht zu fallen. Um Atem kämpfend, fühlte sie sich so eingeengt wie an dem Tag, als sie Kasanpore verlassen hatte – verzweifelt, traurig. In dem Bemühen, ihr wildes Herzklopfen unter Kontrolle zu bringen, atmete sie tief durch. »Du wirst erst für morgen erwartet.«

»Es ist nie klug, das Erwartete zu tun, denn damit räumt man seinen Feinden Zeit ein, sich zu rüsten.«

»Du hast hier keine Feinde.«

»Nein?« Er war mit ihr nun auf gleicher Höhe. »Warum hat mich dann der Gedanke an dich mehr gequält als jeder Feind?« Er lächelte. »Hast du auch an mich denken müssen?«

»Nein«, log sie. »Dazu war ich viel zu beschäftigt.«

Der Wind blies ihm das Haar aus der Stirn und gab den Blick auf die strenge Schönheit seiner Züge frei. Sie ertappte sich dabei, daß sie ihn so fasziniert anstarrte wie bei der allerersten Begegnung.

»Das hat Maggie mir geschrieben.« Er blickte hinunter auf die unter ihnen im Tal liegende Mühle. »Die Renovierungsarbeiten am Schloß, die Molkerei, die neue Mühle. Ian muß sehr glücklich sein.«

»War es nicht das, was du wolltest?«

»Nicht ganz.« Sein Blick erfaßte ihr Gesicht. »Ich wollte auch, daß du leidest, und statt dessen hast du den leichten Weg eingeschlagen.«

»Leicht?« fragte sie gekränkt. »Ich habe schwer gearbeitet.«

»Aber es ist Arbeit, die dir Erfüllung bringt. Du wärest unglücklich, wenn du sie nicht hättest.«

»Tut mir leid, dich enttäuschen zu müssen, aber um Ians persönliche Bedürfnisse kümmert sich lieber Margaret.«

»Es war zu erwarten, daß du dich drückst.« Er lächelte. »Aber jetzt bin ich da und kann diesen Fehler korrigieren.«

Jane starrte ihn ungläubig an. »Du hast mir nichts zu sagen. Ich bin aus freien Stücken gekommen, und es wird auch meine Entscheidung sein, wann ich gehe.«

»Und du denkst schon lange daran, Glenclaren zu verlassen, ist es nicht so?« fragte er gedämpft.

»Ich nehme an, Margaret hat dir mitgeteilt, daß ich Arbeit bei einigen Eisenbahnfirmen suchte.«

»Nein, bei ihr war die Rede immer nur von Glenclaren, aber ich dachte mir, daß sich bei dir Unruhe regen würde.«

Sie schauderte zusammen. »Du haßt mich.«

»Ich weiß nicht mehr, was ich für dich empfinde. Ich weiß nur, daß ich mich von dir befreien muß.« Er machte eine Pause. »Und das kann ich erst, wenn ich weiß, daß du für das, was du Ian angetan hast, bestraft wurdest.«

»Guter Gott, ich wurde hart bestraft. Jedesmal, wenn ich ihn ansehe, tut es mir ins Innerste weh.«

»Aber du siehst ihn nicht an. Du hältst dich vom Schloß fern, bleibst in deiner Mühle und wirst nur selten zum Zeugen seiner Qual.«

Auf eine Rechtfertigung konnte sie getrost verzichten, da er ohnehin nicht bereit war, ihr Glauben zu schenken. »Ich werde mich nicht in Entschuldigungen flüchten. Was ich zu sagen habe, willst du nicht hören.«

»Nein, für Entschuldigungen ist es zu spät. Und es ist meine eigene Schuld, daß ich Margarets Eifer nicht bedachte. Aber das spielt jetzt keine Rolle. Ich bin da und kann alles nach Wunsch einrichten.« Er lächelte. »Ich muß weiter, ins Schloß. Ich wollte hier nur haltmachen und dich warnen, nicht vor mir zu fliehen.«

»Wenn ich hier fort wollte, könntest du mich nicht aufhalten.«

»Aber ich würde dich finden. Oder Patrick.« Er hielt inne. »Habe ich schon erwähnt, daß ich Patrick in seiner Pension in Edinburgh besuchte?«

»Du weißt genau, daß du es nicht erwähnt hast.«

»Mit ihm scheint es rapide bergab zu gehen. Ist er neuerdings ständig betrunken?«

»Meines Wissens ja«, äußerte sie emotionslos.

»Ein Wunder, daß du ihn nicht mehr unter deine schützenden Fittiche nimmst. Könnte es sein, daß deine Zuneigung für den alten Taugenichts im Schwinden begriffen ist?«

Sie gab keine Antwort.

»Aber so ganz können die Gefühle nicht gestorben sein. Seine Wirtin sagte mir, daß ihn deine vierteljährlichen Zahlungen vor der Gosse bewahren.« Ruel nickte. »Ja, ich glaube, ich kann Patrick gebrauchen.« Er streckte die Hand aus und zog ihr das Tuch in einer merkwürdig besitzergreifenden Geste enger um die Schultern. »Geh zurück ins Haus. Es wird kalt, du könntest dich erkälten.«

Seine Geste traf sie ganz unvorbereitet. Verwirrt starrte sie ihn an. »Und wenn ich erfröre, würde es dich nicht kümmern.«

»Das stimmt nicht. Es wäre alles andere als gleichgültig. Ich möchte nicht, daß etwas oder jemand dich berührt.« Seine Worte kamen leise, fast beiläufig. Dennoch war ernste Eindringlichkeit herauszuhören. Seine Finger faßten nach ihr und strichen liebkosend über ihre Kehle. Ein heißer Schock durchfuhr sie, so daß sie mit einem Ruck auf Abstand ging.

Ihre unwillkürliche Reaktion entlockte ihm ein Lächeln.

»Morgen komme ich wieder. Bis dahin werde ich das Gespräch mit Margaret und Ian geführt haben und kann dir meinen Vorschlag unterbreiten.«

»Du willst Ian überreden, er solle nach Spanien gehen?«

»Nein, ich werde ihn zu mir nach Cinnidar nehmen.«

Ihre Augen weiteten sich. »Dorthin wird er nie gehen.«

»Du irrst dich. Ian wird mit mir gehen.« Er begegnete ihrem Blick. »Und du auch, Jane.«

Sie vergaß zu atmen. »Nein«, kam es im Flüsterton über ihre Lippen.

»Geh morgen nicht in die Mühle. Ich würde dir folgen.«

»Drohst du mir?«

»Mein Vorschlag ist ganz entschieden zu deinem Vorteil, wie du feststellen wirst, Jane.« Er drehte sich um und machte sich an den Abstieg. »Ach übrigens... morgen solltest du dieses Tuch nicht tragen. Es mißfällt mir.«

Dieser Mann, der sie einmal gebeten hatte, seine Frau zu werden, hielt sie nun für unwürdig, die Farben seines Clans zu tragen. Sonderbar, daß diese Kleinigkeit sie traf, da sie doch viel Schlimmeres von ihm hingenommen hatte. »Deinem Dafürhalten nach mag ich nicht hierhergehören, aber Margaret hat mir dieses Tuch gegeben, und ich beabsichtige, es zu tragen.«

»Glaubst du etwa, mich stört es, daß du die Ehre des Clans befleckst?« Er schüttelte den Kopf. »Wenn ich der Meinung wäre, du tätest es, dann würde ich dich von Kopf bis Fuß in unsere Farben kleiden. Ich habe für Glenclaren nichts übrig. Mein Vater hat mir klargemacht, daß ich nicht hierhergehöre.« Er wandte sich ab.

Die Panik, die sie vor ihm zu verbergen versucht hatte, erfaßte sie von neuem, als sie ihm nachblickte. Er mußte nur auftauchen, und sie erlebte denselben Gefühlsaufruhr wie beim Abschied in

Kasanpore. Vor seinem Auftauchen hatte sie die Gleichförmigkeit des Lebens auf Glenclaren beklagt, aber jetzt sehnte sie sich verzweifelt nach dieser Monotonie.

Er kann mich nicht zwingen, nach Cinnidar zu gehen, dachte sie in ihrer Verzweiflung. Er konnte sie zu gar nichts zwingen. Die Zeiten waren vorbei, da er mit ihren Gefühlen hatte spielen können, sie nach seinem Willen hatte drehen und wenden können. Jetzt war sie vor ihm sicher.

Sie tat einen tiefen, beruhigenden Atemzug. Ja, sie hatte noch die Faszination empfunden, die sie zu ihm hinzog, doch das war nur das Fleisch. Liebe war es nicht. Über diese Narrheit war sie jetzt hinaus. Sie hatte sich während der fern von ihm verbrachten Jahre davon befreit.

Liebe war es nicht.

11. Kapitel

»Dorthin würde er nie gehen«, sagte Margaret tonlos. »Glaubst du, er wird um die halbe Welt nach Cinnidar fahren, wenn er sich geweigert hat, nach Spanien zu gehen?«

»Wir werden ihn überreden. Spanien ist zu nahe, um eine Lösung darzustellen. Er wäre in Gedanken ständig in Glenclaren, und du würdest dich mit ihm bald auf dem nächsten Schiff nach Schottland wiederfinden.«

»Mag sein.« Sie runzelte die Stirn. »Aber der Orient soll doch so heiß und strapaziös sein.«

»Sehe ich aus, als hätte der Orient mir geschadet?«

Ruel sieht aus wie ein Baum, so ansehnlich wie immer, dachte sie. »Nun ja, der Teufel sorgt für seinesgleichen.«

Er brach in Gelächter aus. »Maggie, ich glaube, du hast mir gefehlt. Du hast mich immer schon besser gekannt als Ian.«

»Das dachte ich früher auch, aber deine Großzügigkeit Ian und Glenclaren gegenüber hat bewirkt, daß ich mein Urteil über dich in Frage stellen muß.«

Sein Lachen verstummte. »Ian liegt mir am Herzen.«

»Du hast dich verändert. Als du von hier fortgingst, hättest du das niemals eingestanden.« Sie sah ihn herausfordernd an. »Wenn du ihn liebst, dann komm mit uns nach Spanien und sorge dafür, daß Ian bis zu seiner Genesung nicht nach Schottland zurückgeht.«

»Das kann ich nicht. Ich muß mit dem nächsten Schiff nach Cinnidar zurück. Die Situation auf der Insel ist... heikel.«

»Das ist auch Ians Zustand.«

Er furchte die Stirn. »Cinnidar ist nicht wie Kasanpore. Auf der Insel wird die Hitze von einer Seebrise gemildert. Glaubst du, ich würde riskieren, daß Ian einen Rückfall erleidet?«

Margaret sah ihn prüfend an. »Nein«, sagte sie schließlich. »Du würdest Ian nicht schaden wollen.«

»Ich kann dir auch so viele Dienstboten zusichern, daß sie bei Ians Pflege übereinander stolpern werden.«

»Wie steht es mit der Unterbringung?«

»Es steht ein Palast zur Verfügung. Die Familie Savitsar hat dort vor langer Zeit über dem Canyon einen Palast errichten lassen. Der Bau ist seit Jahrzehnten verlassen, aber ehe ich Cinnidar verließ, habe ich veranlaßt, daß alles renoviert und neu eingerichtet wird.« Er lächelte. »An der Einrichtung wirst du nichts auszusetzen haben.«

»Man wird sehen.« Sie schüttelte ungeduldig den Kopf. »Warum sprechen wir überhaupt davon? Du wirst ihn nie dazu überreden können.«

»Wenn er befürchten muß, daß Glenclaren in seiner Abwesenheit nicht ordentlich verwaltet wird, könnte er sich allerdings weigern. Wüßtest du jemanden, der hier verläßlich nach dem Rechten sieht?«

»Er würde Jane vertrauen...«

»Jane kommt mit uns«, unterbrach Ruel sie. »Laß dir jemanden anderen einfallen.«

»Das ist nicht so einfach.«

»Die Entscheidung muß ja nicht heute getroffen werden. Uns bleiben ein paar Tage Zeit.«

»Möchtest du jetzt hinauf zu Ian gehen?«

Er schüttelte den Kopf. »Ian ist nicht dumm. Wenn er mich sieht, weiß er sofort, warum ich gekommen bin. Er soll sich noch eine Nacht tüchtig ausschlafen, ehe ich zur Attacke übergehe.«

»Dann werde ich Mary sagen, sie soll dir dein Zimmer zeigen.«

Wieder schüttelte Ruel den Kopf. »Hier werde ich nicht bleiben. Mein Vater würde sich im Grab umdrehen, wenn er wüßte, daß ich in diesen geheiligten Hallen nächtige.«

»Wohin willst du dann?«

Er hob die Schultern. »Es wird sich schon etwas ergeben. Am Morgen bin ich jedenfalls zur Stelle, um Ian ins Gewissen zu reden.«

»Und er wird sich sträuben.«

»Am Anfang. Aber am Ende wird er zustimmen, wenn du jemanden findest, der fähig ist, Glenclaren zu verwalten.«

Sie runzelte die Stirn. »Vielleicht kennt der Vikar jemanden. Ich würde ja Kartauk vorschlagen, aber Ian würde ihm niemals Vertrauen schenken, aus Angst, Kartauk könnte sich so sehr in seine Arbeit vertiefen, daß er das Schloß bis auf die Grundmauern abbrennen ließe.«

»Kartauk kommt ebenfalls mit uns. Ich brauche ihn.«

»Das wird Schwierigkeiten geben«, sagte sie trocken. »Er hat in allem seinen eigenen Kopf.«

»Hast du das festgestellt?«

»Kartauk hat sich als... hilfreich erwiesen.« Sie wich seinem Blick aus. »Er amüsiert Ian.«

»Und dich? Amüsiert er dich auch, Maggie?«

Als sie überrascht aufsah, merkte sie, daß sein Blick prüfend auf ihr lag. »Was meinst du damit?«

»Nichts.« Er ließ ein Achselzucken folgen. »Ich war lange fort und hatte vergessen, wie tugendhaft du bist.«

»Tugendhaft?« Sie riß erschrocken die Augen auf. »Du hast doch tatsächlich geglaubt, ich...«

»Es ist mir nur so entschlüpft. Vergiß es.«

»Ich werde es nicht vergessen.« Ihr Zorn regte sich. »Ich liebe meinen Mann. Wie kannst du es wagen...«

»Verdammt, ich entschuldige mich. In Zukunft werde ich meine Zunge hüten.«

»Hüte lieber deine schmutzigen Gedanken.« Damit drehte sie sich auf dem Absatz um und ging zur Tür. »Und ich heiße Margaret. Als Bub durftest du dir bei mir einiges herausnehmen, aber solltest du mich in Zukunft auch nur ein einziges Mal ›Maggie‹ nennen, wird deine Frechheit bestraft.«

»Ja, Margaret.«

Der amüsierte Unterton, den sie aus seiner demütigen Antwort herauszuhören glaubte, reizte sie noch mehr. »Ich muß meine Meinung revidieren. Du hast dich kein bißchen geändert. Du bist so zügellos und unerträglich wie eh und je.«

Seine Belustigung verflüchtigte sich jäh. »Ich brauche deine Hilfe, um Ian nach Cinnidar zu schaffen. Laß nicht zu, daß deine Wut ihm schadet.«

»Glaubst du, ich wäre dazu imstande?« Mit einem tiefen Seufzen versprach sie ihm: »Ich werde noch heute mit Ian reden und versuchen, dir den Weg zu ebnen.«

»Mehr verlange ich nicht.«

»Ich bezweifle sehr, ob es etwas nützt.« Sie öffnete die Tür. »Stell dich lieber darauf ein, deinen Plan fallenzulassen und Ian nach Spanien zu bringen.«

»Wenn ich nicht bald nach Cinnidar zurückkehre, dann wird es womöglich kein Cinnidar mehr geben… und auch kein Glenclaren.« Er machte eine Pause und lächelte. »Merkwürdig. Ich frage mich, weshalb du so wütend bist.«

Da knallte sie die Tür des Arbeitszimmers zu und marschierte den Flur entlang zur Treppe.

Ruel war erst ganz kurz da und schon hatte er es mit seiner losen Zunge und seinen noch loseren Gedanken geschafft, sie in tiefe Verwirrung zu stürzen. Am liebsten hätte sie ihn in sein hübsches Gesicht geschlagen und…

Warum eigentlich? Ruel hatte recht. Um ihre Fassung war es sonst nicht so leicht geschehen.

Ich muß diesen frechen Kerl aus meinem Bewußtsein verbannen, entschied sie. Sie brauchte ihre Energie für anderes, für wichtigere Dinge. Sie mußte Ian auf Ruels bevorstehenden Besuch einstimmen.

»Nicht übertrieben luxuriös, aber hell und freundlich.« Ruel sah über Janes Kopf hinweg ins Innere des Raumes. »Darf ich eintreten?«

»Nein«, sagte Jane unverblümt.

»Dachte ich mir's doch, daß dies deine Antwort sein würde. Dann komm heraus, und geh ein Stück mit mir spazieren.«

Geh mit mir spazieren.

Die Worte, die er an jenem Abend in Kasanpore gesagt hatte, kamen ihr in den Sinn, so als wären sie erst am Tag zuvor ausgesprochen worden.

»Aber diesmal werbe ich nicht um dich«, sagte er leise. »Über diese Torheit sind wir längst hinaus. Ich möchte dir einen Vorschlag machen.«

Wie kommt es nur, daß dieser Teufel immer weiß, was ich denke? fragte sie sich fassungslos. »Ich habe dir nichts zu sagen.«

»Ach, vermutlich werde ohnehin ich es sein, der redet. Das einzige Wort, das du äußern mußt, ist ›Ja‹.«

Aus ihrem Blick sprach Trotz.

»Du kannst jetzt mit mir ein Stück gehen, oder aber ich komme hinein. Weggehen werde ich auf keinen Fall.«

Erst zögerte sie, dann griff sie mit Absicht nach dem MacClaren-Tuch, das auf dem Stuhl neben der Tür lag, und trat ins Freie.

»Schon besser.« Er schloß die Tür und ging neben ihr auf dem zum Hügelrücken bergauf führenden Pfad.

»Ich werde nicht nach Cinnidar gehen, und du bist verrückt, wenn du glaubst, Ian würde mit dir kommen. Hast du schon mit ihm gesprochen?«

»Heute früh.«

»Und?«

»Natürlich hat er abgelehnt.«

Ihre Erleichterung kam ihr selbst lächerlich vor. Natürlich hatte Ian sich geweigert. Sie hatte sich völlig grundlos Sorgen gemacht.

»Heute werde ich wieder mit ihm reden. Und auch morgen ... so lange, bis er endlich einverstanden ist.«

Er lächelte, während sie weiter bergan stiegen.

»Ich werde nicht gehen«, äußerte sie mit einem Anflug von Verzweiflung. »Zwingen lasse ich mich nicht. Ich wäre töricht, mich von dir in eine Lage manövrieren zu lassen, in der du mir schaden könntest.«

»Es sei denn, du sähest darin für dich einen Vorteil.«

»Und ich soll dir einfach so ins Netz gehen?«

»Nein, du wirst dich vorsichtig vorwagen, alles nur Mögliche tun, um auszuweichen, und nur nachgeben, wenn dir nichts anderes mehr übrig bleibt.« Er warf ihr einen Seitenblick zu. »Weil der Köder, den ich auswerfe, so köstlich ist, daß dein Widerstand dahinschmelzen wird.«

»Was für ein Köder?«

»Eine Eisenbahn.«

Ihre Augen wurden groß vor Überraschung. »Was?«

»Eine Bahn und dazu so viel Geld, daß du ein unabhängiges Leben führen kannst. Nun, bist du interessiert?«

»Nein.«

»Doch, du bist daran interessiert, aber du glaubst, ich versuche, dir mit einem Trick beizukommen. Ich habe keine Tricks. Meine Karten liegen offen auf dem Tisch. Du sollst genau wissen, welchen Lohn und welche Strafen du zu erwarten hast.«

»Dieses Gespräch ist sinnlos.«

»Dann muß ich mich mit den Erläuterungen beeilen. Ich brauche eine Bahn, die Golderz von der Mine durch den Dschungel transportiert, die Wand des Canyons hinauf und weiter bis zum Hafen. Ich habe einen Pfad durch das Gelände schlagen lassen, aber auf diesem Weg kann nur ein Zehntel dessen transportiert werden, was eine Bahn schaffen würde. Ich brauche dieses Gold.«

»Brauchst du es, oder willst du es?«

»Beides. Ich will es, weil es mich reich wie Midas machen wird. Und ich brauche es, um den Unterhalt für Glenclaren zu sichern. Außerdem muß ich Cinnidar vor Abdar schützen.«

»Vor Abdar?«

»Glaubst du, nach deiner Abreise aus Kasanpore hätte sich die Erde aufgetan und ihn verschluckt?«

»An ihn habe ich keinen Gedanken mehr verschwendet.« Sie hielt inne. »Ebensowenig wie an dich.«

Er überging die Bemerkung. »Abdar ist überaus aktiv und zeigt reges Interesse an Cinnidar.«

»Woher weißt du das?«

»Vor über einem Jahr ist Pachtal auf der Insel aufgetaucht. Sicher hat er Abdar einen faszinierenden Bericht über das von mir geförderte Gold geliefert.«

»Was macht das schon aus? Cinnidar gehört dir. Er kann es nicht mehr in seinen Besitz bringen.«

»Noch nicht. Aber Pickering glaubt, daß Abdar bald die Nachfolge seines Vaters antreten dürfte. Der Maharadscha leidet an Schwindsucht. Pickering bezweifelt, daß er das nächste Jahr überlebt. Das heißt, Cinnidar muß gerüstet sein, wenn Abdar an die Macht kommt.«

»Aber die Insel gehört dir.«

»Die Savitsars haben sich Cinnidar seinerzeit gewaltsam angeeignet. Wenn es ihm beliebt, wird Abdar nicht zögern, den Kaufvertrag für null und nichtig zu erklären und die Insel wieder in seinen Besitz zu bringen.«

»Die Engländer würden...«

»Die Engländer werden nicht einschreiten, wenn Abdar gegen eine zweihundertfünfzig Meilen vor der Küste gelegene Insel vorgeht. Wenn ich Cinnidar behalten möchte, muß ich darauf gefaßt sein, es auf eigene Faust zu verteidigen.«

»Und dazu benötigst du die Bahnstrecke?«

»Und jemanden, der sie baut.« Er machte eine bedeutungsschwere Pause. »Dich, Jane.«

Sie schüttelte den Kopf.

»Ein schwieriges, aber nicht aussichtsloses Unternehmen. Ich habe das Gelände von James Medford vermessen lassen, einem Techniker, den Pickering mir empfahl. Ist er dir ein Begriff?«

»Natürlich. Ein sehr angesehener Mann.«

»Medford sagt, das Projekt hätte alptraumähnliche Aspekte, ließe sich aber in sieben Monaten bewerkstelligen.«

»Dann überlasse ihm diese Aufgabe.«

»Medford wird die Strecke vom Canyon zur Verarbeitungsanlage im Hafen bauen. Den Canyon habe ich für dich reserviert.«

»Vielen Dank«, erwiderte sie ironisch. »Ich muß mich sehr wundern, daß du mir deine prächtige Eisenbahn anvertraust.«

»Ich weiß, daß du mehr als kompetent bist.« Er begegnete ihrem Blick. »Und bei mir würdest du es nie wagen, minderwertiges Material zu verwenden.«

»Nein?«

Ohne auf ihren sarkastischen Ton einzugehen, fuhr er fort: »Unser Vertrag sieht vor, daß die Strecke bis Elephant Crossing acht Wochen nach Beginn der Arbeiten fertiggestellt sein muß und daß dein Streckenabschnitt sich mit jenem Medfords sieben Monate nach Beginn der Arbeiten treffen muß. Es ist die Zeitspanne, die Medford errechnet hat. Verfehlst du den Termin bei Elephant Crossing, wird dir fünfzig Prozent deines Gesamthonorars abgezogen. Schaffst du den gesamten Streckenabschnitt nicht in sieben Monaten, verlierst du weitere dreißig Prozent.«

»Wozu sagst du mir das alles? Ich bin an deinen Bedingungen nicht interessiert.«

»Du wirst daran interessiert sein. Denn wenn die Strecke zeitgerecht fertig ist, bekommst du genug Geld, um eine eigene Baufirma zu gründen, außerdem Startkapital fürs erste Jahr.«

»Das kann nicht dein Ernst sein.« Sie sah ihn entgeistert an.

»Es ist alles im Vertrag festgehalten. Sobald die Bahn fertig ist, bedeutet diese Summe mir nichts mehr. Aber dir würde sie viel bedeuten, oder nicht?«

»Ja.« Es wäre wie ein Wunder. Freiheit, um zu bauen. Freiheit, um arbeiten zu können. Aber es war ja nur eine Falle, in der ein Köder lockte. Sie durfte nicht mehr daran denken.

»Du hättest auch genügend Geld, um Patrick anständig zu versorgen.«

»Sei ruhig«, zischte sie ihn an.

»Du möchtest es, Jane«, sagte er leise und lockend. »Du weißt, daß du es möchtest.«

»Nicht von dir.«

»Wer sonst könnte es dir geben? Ich kenne ein Dutzend Leute, die für eine Gelegenheit wie diese ihre Seele verkaufen würden. Sicherheit und die Chance, reich zu werden...«

Freiheit.

»Ich möchte nicht mehr davon hören.«

»Warum nicht? Wenn es dir doch so süß in den Ohren klingt?«

Sie drehte sich auf dem Absatz um und wollte talwärts gehen.

Sofort war er an ihrer Seite, seine Hand auf ihrem Arm.

»Du wärest längst nicht mehr hier, wenn du anderswo Arbeit gefunden hättest. Du möchtest es, und ich möchte es auch.«

»Ist es dir das viele Geld wert, mich nach Cinnidar zu bekommen?«

»Ja. Denn wenn ich dich auf Cinnidar habe, werde ich einen Weg finden, dich zu strafen. Du wirst mir nicht wie hier auf Glenclaren entwischen.«

Es war die Antwort, die sie erwartet hatte. Es gab keinen Grund, sich so schmerzlich getroffen zu fühlen. Als sie auflachte, war es ohne Heiterkeit. »Guter Gott, warum sollte ich dann so dumm sein und mit dir gehen?«

»Ich habe dir alle Gründe genannt.« Er lächelte. »Bis auf einen.«

Jane wartete.

»Du möchtest das, was wir zusammen in Kasanpore hatten.«

»Nein!«

Sie mußte fort, fort aus seiner Nähe! Jane drehte sich um und lief den Abhang hinunter. Der kalte Wind schlug gegen ihre Wange, sie spürte es kaum.

Sie hielt nicht inne, bis sie die Mühle erreicht hatte. Sie schlug die Tür zu, schob den Riegel vor und warf sich aufs Bett.

Vor Kälte zitternd lag sie da.

»Jane.«

Ihr Blick flog zur Tür.

»Morgen komme ich, um mir deine Antwort zu holen«, rief Ruel durch die Tür. »Den Vertrag und Medfords Gutachten schiebe ich unter der Tür durch. Du hast genug Zeit, beides gründlich zu studieren.«

»Ich will nichts sehen.«

»Du wirst trotzdem beides durchlesen. Du wirst an Patrick denken. Du wirst auch daran denken, wie schwer es für eine Frau ist, sich ihren Platz in der Welt zu erobern.« Zwei zusammengefaltete Dokumente glitten auffordernd unter der Tür hindurch. »Wir sehen uns morgen, Jane.«

Kartauk saß an die Stallmauer gelehnt auf dem blanken Boden.

»Wie... nicht an der Arbeit?« Ruel schlenderte über den Hof auf Kartauk zu. »Ich glaube, so entspannt habe ich dich noch nie gesehen.«

»Eben habe ich eine Figur im Ofen gebrannt. Sie kühlt jetzt

aus.« Kartauk blickte ihn spöttisch an. »Margaret sagte mir, ich solle nach Cinnidar. Wie freundlich von dir, mich einzuladen.«

»Ich wollte es selbst mit dir besprechen, aber ich war beschäftigt. Kartauk – ich brauche dich.«

»Die ganze Welt braucht mich.«

»Man braucht deine Arbeit. Aber ich brauche dein Wissen über Abdar. Ich brauche deine Hilfe, wenn er wieder am Horizont auftaucht... eine Möglichkeit, die immer wahrscheinlicher wird.«

»Drei Jahre habe ich zugebracht, Abdar auszuweichen, und du willst mich ein eine Position manövrieren, in der er mich nicht übersehen kann?«

»Vor dir liegt noch ein ganzes Leben. Möchtest du Abdar nicht für immer loswerden?«

»Für immer? Und wie willst du einen Mann in seiner Position für immer ausschalten?«

»Cinnidar gehört mir, komme, was da kommen mag. Ich bin der Maharadscha von Cinnidar. Unternimmt Abdar den Versuch, mir die Insel wegzunehmen, ist es mein gutes Recht, ihm wie einem gewöhnlichen Angreifer entgegenzutreten.« Er ließ ein grimmiges Lächeln sehen.

»In diesem Fall kann ich ebensogut hier sitzen bleiben und es dir überlassen, ihn auszuschalten.«

»Gewiß, aber seine Niederlage wird rascher kommen und verheerender sein, wenn ich einen Verbündeten habe, der die Natur des Untieres kennt.«

»Untier?« Kartauk ließ das Wort auf der Zunge zergehen. »Ja, das ist er. Ein Ungeheuer.« Er schüttelte den Kopf. »Ich halte es nicht für klug zu gehen.«

»Warum nicht?«

»Aus mancherlei Gründen.«

»Du könntest im Palast ein eigenes Atelier bekommen.«

»Ich habe mich an mein hiesiges Atelier gewöhnt.«

»Hast du dich auch daran gewöhnt, nur mit Bronze und Holz zu arbeiten?«

Kartauk sah Ruel aufmerksam an. »Sollte mir eine Bestechung winken?«

»Eine unwiderstehliche, goldene Bestechung. Bargeld ist im Moment bei mir knapp, aber ich verfüge über soviel Gold, daß auch deine Bedürfnisse befriedigt werden können.«

»Du willst mein Gönner werden?«

»Braucht nicht jeder Herrscher einen Künstler, der seinen Palast verschönt?«

»Gold…«

»Und mein Versprechen, dich vor Abdar zu schützen.«

»Solange du am Leben bist und es halten kannst.«

Ruel senkte den Kopf. »Volltreffer. Aber ich habe die feste Absicht, Abdar zu überleben.«

Kartauk schaute ihn prüfend an. »Wie könnte ich widerstehen?«

Ruel trat leise aus Ians Zimmer. Er traf Margaret dabei, wie sie Eintragungen in ihrem Haushaltsbuch vornahm. »Ian lenkt schon ein. Es könnte nicht schaden, wenn du jetzt zu ihm gehst und deine Argumente zur Untermauerung der meinen vorbringst«, sagte er.

Sie schloß ihr Haushaltsbuch. »Ich hätte nicht gedacht, daß du es schaffst.«

»Es ist noch kein sicherer Sieg. Hast du jemanden gefunden, der Glenclaren in deiner Abwesenheit verwaltet?«

»Timothy Drummond, der Sohn des Pfarrers, ist kürzlich aus Edinburgh zurückgekehrt, wo er die Universität besuchte. Ein umsichtiger, fähiger Mensch, ohne Phantasie zwar, aber durchaus geeignet, hier nach dem Rechten zu sehen, bis ich zurückkomme.«

»Dann sag es Ian. Für ihn scheint Glenclaren ein Kind zu sein, das es zu nähren und zu behüten gilt.« Er hielt inne, ehe er zögernd fortfuhr: »Er wünscht sich nichts sehnlicher, als dir ein Kind zu geben.«

»Meinst du, das wüßte ich nicht?« fuhr sie ihn aufgebracht an. »Doch es wird nicht dazu kommen.«

»Ian sagte, der Arzt hätte festgestellt...«

»Weil ich ihn gezwungen habe, Ian zu belügen. Er hätte mich nie geheiratet, wenn er gewußt hätte, daß es aussichtslos ist.«

»Ganz aussichtslos?«

»So gut wie aussichtslos. Manchmal läßt Gott zwar ein Wunder geschehen...«

»Zu schade.«

»Schade? Es ist schlimmer als nur schade. Nicht nur, daß Ian sich schuldig fühlt, weil ich kinderlos bleibe, ein Kind würde ihm ein Ziel geben, einen Grund zu leben.«

»Es tut mir leid Magg- Margaret.«

»Mitleid nützt Ian nichts.« Sie straffte die Schultern und ging an Ians Tür. »Ich will zu ihm gehen und mit ihm reden.«

Eine eigene Bahnstrecke.

Die Worte drängten sich immer wieder in Janes Bewußtsein. Warum kauerte sie auf diesem Bett, zu verängstigt, um die Herausforderung anzunehmen? Ruel war nur ein Mann wie alle anderen. Nun, vielleicht nicht wie alle anderen, aber immerhin menschlich und fehlbar. Er hatte zu ihr gesagt, daß er sich rächen wolle, doch kannte sie ihn gut genug, um zu wissen, daß er sich keiner üblen Tricks bedienen würde.

Eine Bahn.

Du lieber Gott, wieviel Angst sie hatte! Denn sie zweifelte nicht daran, daß Ruel bei jeder Konfrontation erbarmungslose Härte zeigen würde.

Eine Bahn.

Wie kam es, daß sie von vornherein annahm, sie würde nicht die Kraft aufbringen, gegen Ruel anzukämpfen? Immerhin hatte sie die vergangenen drei Jahre darauf verwendet. Sie war nun nicht mehr das Kind, mit dem er es in Kasanpore zu tun gehabt hatte. Wer konnte wissen, ob sie es nicht mit ihm aufnehmen und ihn gar übertrumpfen würde?

Mitternacht war vorüber, als Jane sich langsam aufraffte und die Papiere vom Boden aufhob. Sie zündete die Tischlampe an, setzte sich und schlug Medfords Gutachten auf.

»Ich mache es«, sagte Jane, kaum daß sie am nächsten Morgen auf Ruels Klopfen hin die Tür öffnete. Sie hielt ihm den Vertrag hin. »Hier. Ich habe unterschrieben. Das Gutachten behalte ich, damit ich es noch gründlicher studieren kann. Ich teile dir mit, was an Ausrüstung und Material gebraucht wird. Wenn ich in Cinnidar eintreffe, muß alles zur Stelle sein. Wann soll ich kommen?«

»Sobald als möglich. Ich nehme das nächste Schiff. Ian hat sich heute einverstanden erklärt, binnen eines Monats nachzukommen. Du kannst mit ihm und Margaret fahren.« Ein prüfender Blick traf ihr Gesicht. »Du siehst mitgenommen aus. Eine schlaflose Nacht?«

Ohne auf seinen spöttischen Ton einzugehen, fuhr sie brüsk fort: »Ich habe mir den Bericht angesehen. Ist er exakt?«

»So exakt, wie es Medford möglich war. Überraschungen kann es immer geben.«

»Wenn etwas schiefgeht, bringen mich die Bußzahlungen fast um mein gesamtes Geld.«

Er nickte. »Das stimmt, aber solche Klauseln enthält jeder Vertrag.«

»Nicht einmal der Maharadscha bestand auf so hohen Entschädigungssummen. Geh mit der ersten Buße auf zwanzig Prozent und mit der zweiten auf zehn Prozent herunter.«

Er schüttelte den Kopf. »Eine Senkung der Bußgelder mindert auch den Anreiz. Du sollst alles daransetzen und schwer arbeiten, um die Strecke termingerecht fertigzustellen.«

»Ich soll also auf dein Kommando Sklavenarbeit leisten und dann alles verlieren.«

»Das wäre auch eine Art, dich zu bestrafen, findest du nicht?« Er lächelte. »Möchtest du den Vertrag zerreißen?«

Janes Hoffnung, er würde ihr bessere Bedingungen bieten, war zwar nur gering gewesen, aber einen Versuch hatte sie machen wollen. »Die Strecke wird termingerecht fertig sein.«

»Dann gibt es nichts mehr zu besprechen.« Er nickte höflich. »Wir sehen uns dann auf Cinnidar.«

Sie blickte ihm nach, wie er davonging, kühn, hart und von einschüchterndem Selbstvertrauen erfüllt.

Sie aber würde sich von ihm nicht einschüchtern lassen. Nie wieder.

Sie würde ihm seine Bahn verschaffen und die Chance für ein unabhängiges Leben ergreifen. Sie würde so schwer arbeiten, daß keine Möglichkeit blieb, an etwas anderes zu denken.

Diesmal würde Ruel nicht den Sieg davontragen.

12. Kapitel

»Das ist ja ein richtiger Palast!«

Es war ein Anblick, bei dem Janes Griff um Bedelias Zügel unwillkürlich fester wurde. Zypressen säumten die Straße, die in den Schloßhof mündete. Dessen Mittelpunkt bildete ein großer Marmorspringbrunnen. An den Mitteltrakt des Palastes, der von einer Kuppel gekrönt wurde, schlossen sich zwei Seitentrakte von vollendeter Symmetrie an. Acht Säulenbögen zierten die über die gesamte Länge des Baues verlaufende Veranda, deren kunstvolle weiße Marmorbalustrade in der Nachmittagssonne wie Häkelspitze schimmerte. An diesem Bauwerk zeugte alles von exotischer Schönheit... und von Macht. Ruels Macht. Doch hätte es dieses eindrucksvollen Anblicks nicht bedurft, um ihr in Erinnerung zu rufen, daß sie sich in Ruels Königreich befand. Er hat immer schon gesagt, daß er einen Palast wolle, schoß es ihr durch den Kopf.

Jane blickte sich nach dem großen Reisewagen um, der mit Margaret, Kartauk und Ian in einigem Abstand hinter ihr hügelan holperte. Ian hatte die Reise sehr gut überstanden, viel besser als seinerzeit die Fahrt nach Schottland.

Aus dieser Entfernung war der Mann auf der Veranda nur als weißer Fleck auszumachen. Jane wußte, daß es Ruel war. Sie spürte es, wie Aufregung sich ihrer zu bemächtigen drohte, und kämpfte energisch dagegen an. Diesen Augenblick hatte sie seit dem Aufbruch von Schottland gefürchtet. Sie durfte sich ihre Nervosität auf keinen Fall anmerken lassen.

Sonderbar, daß Ruel sich von dieser Insel so angezogen gefühlt hatte. War es ihre Schönheit, die ihn lockte? Von jenem nebelumwallten Berg bis zu dem pittoresken Dorf, das die Hafenbucht säumte, war Cinnidar unbestritten schön, aber Ruel war kein Mensch, der sich von einer schönen Kulisse hinreißen ließ. Vielleicht war es der besondere Zauber, der von dieser Insel ausging. Die Luft schien prickelnder, man atmete leichter, obwohl die Düfte – Vanille, Sandelholz, Jasmin, Zedern und Hunderte andere – bei jedem Atemzug auf die Sinne wirkten.

O Gott, ich reagiere so albern, dachte sie voller Ungeduld. Cinnidar war ein Ort wie jeder andere, ein Ort, den sie sich ihren Bedürfnissen gemäß zurechtformen würde, wie Ruel ihn sich zurechtgeformt hatte.

»Jane.«

Sie drehte sich um. Margaret steckte den Kopf durch das Wagenfenster.

»Wie weit noch? Kann man ihn schon sehen?«

Jane deutete wortlos auf den Palast auf dem Hügel.

Margarets Augen wurden groß, als ihr Blick der Geste folgte. »Allmächtiger!« Sie fing zu lachen an. »Ich glaube, ich bin beeindruckt. Dieser Halunke hat immer gesagt, er würde es schaffen.«

Zwei weiß gekleidete Diener beeilten sich, den Wagenschlag zu öffnen, kaum daß das Gefährt vor dem Eingang angehalten hatte. Gleich darauf tauchten zwei muskelbepackte Eingeborene auf, die einen großen thronähnlichen, auf vier Stangen ruhenden und mit einem roten Seidendach überwölbten Sessel trugen. Ein anderer Boy übernahm Bedelias Zügel und führte das Pferd zum Haltepfosten, wo Ruel wartete. Ganz in makelloses Weiß gekleidet, wirkte Ruel so elegant und eindrucksvoll wie der Palast, der nun sein Zuhause war.

»Jane«, begrüßte er sie mit einem höflichen Nicken, ehe er vortrat und sie aus dem Sattel hob. »Willkommen auf Cinnidar.«

»Danke.« Sie spürte durch den Stoff ihres Hemdes die Wärme

seiner Hände, ein Gefühl, das wie ein kleiner Schock auf sie wirkte. Rasch trat sie zur Seite, um seiner Berührung zu entgehen. Zu rasch. An seiner Miene las sie ab, daß sie enthüllt hatte, was sie verzweifelt zu verbergen suchte. Sie machte alles noch schlimmer, indem sie hervorstieß: »Auf dem Weg vom Hafen hierher konnte ich nirgends Medfords Schienen entdecken.«

Er zog die Brauen hoch. »Glaubst du, ich hätte dich belogen?«

»Das habe ich nicht gesagt.«

Sein Nicken wies westwärts. »Medfords Lager liegt eine Meile jenseits dieses Regenwaldes. Du wirst ihn bei Tisch kennenlernen.« Damit drehte er sich um und ging auf den Wagen zu.

Kartauk, der bereits ausgestiegen war, verscheuchte die Bediensteten brüsk. »Ich helfe ihm. Er ist an mich gewöhnt.« Er verschwand in gebückter Haltung im Wageninneren, um mit Ian in den Armen wieder aufzutauchen. Geschickt plazierte er ihn auf dem mit Kissen belegten Sessel und legte ihm eine Seidendecke über die Knie. »So, das wär's.« Er grinste. »Als ich einen dieser Sessel das letzte Mal zu Gesicht bekam, thronte der Maharadscha darauf und ließ sich großartig durch die Gartenanlagen tragen. Du siehst viel besser darauf aus.«

»Dabei komme ich mir wie ein Idiot vor«, sagte Ian, dem nicht ganz wohl zu sein schien, als er sich ganz vorsichtig in die Kissen zurücklehnte. »Sehr bequem«, sagte er aufatmend.

»Das ist es, worauf es ankommt.« Ruels Blick tastete Ians Gesicht ab. »Nun, wie hast du die Reise überstanden?«

»Das wüßtest du schon längst, wenn du dir die Mühe gemacht hättest, uns am Hafen abzuholen«, sagte Margaret, als ihr ein Diener aus dem Wagen half. »Ich hätte gedacht, du hättest soviel Anstand, uns persönlich abzuholen, anstatt diesen Dienerschwarm zum Hafen zu schicken. Schließlich sind wir auf dein Drängen hin gekommen.«

»Ich bin gebührend zerknirscht.« In Ruels Augen blitzte es ironisch auf. »Entschuldigungen sind unangebracht, trotzdem möchte ich erklären, daß ich erst vor einer Stunde vom Berg gekommen bin. Du hättest noch mehr Grund zur Mißbilligung gehabt, wäre ich dir in dem ungepflegten, ja übelriechenden Zustand unter die Augen gekommen, in dem ich mich befand.«

Margaret warf einen mürrischen Blick zurück zum Wagen. »Ich muß freilich zugeben, daß der Reisewagen sehr komfortabel war und deine Bedienten ungemein zuvorkommend.«

»Es freut mich, daß meine bescheidenen Bemühungen nicht umsonst waren.« Er deutete auf einen hochgewachsenen Mann mit goldgetönter Haut, der eben aus dem Palast getreten war. »Das ist Tamar Alkanar. Ich habe ihn aus seinem Dorf geholt, damit er über Ian wacht.«

Wie die anderen Diener trug auch Tamar Sandalen, eine taillenkurze weiße Jacke und um die schmalen Hüften ein buntes, wadenlanges Tuch. Zwei breite Messingarmbänder blitzten an seinen Handgelenken. Als er sich verbeugte, wurden seine feingeschnittenen Züge von einem sanften Lächeln erhellt. »Ich bin überglücklich, Sie begrüßen zu dürfen.« Vor Ian verbeugte er sich noch tiefer. »Seien Sie versichert, daß ich Ihnen verläßlich dienen und jedem ihrer Befehle nachkommen werde.«

Margaret, die ihn mit einem huldvollen Nicken bedachte, wandte sich sofort wieder Ruel zu. »Wir brauchen ihn nicht. Jock ist im Hafen geblieben und beaufsichtigt das Aufladen des Gepäckes, aber Ian wird es lieber sein, wenn er...«

»Jock spricht den hiesigen Dialekt nicht«, unterbrach Ruel sie. »Du wirst Tamar brauchen, weil er dir im Umgang mit der übrigen Dienerschaft hilft.«

Er gab den Trägern ein Zeichen: »Kommt jetzt... und geht sanft mit ihm um.«

»Sie werden vorsichtig sein. Ich werde nicht zulassen, daß ihm etwas zustößt.« Tamars dicker schimmernder Zopf hüpfte, als er die Treppe hinauflief, um die hohe, prunkvolle Tür zu öffnen. Im nächsten Moment verschwanden Kartauk, Margaret und Ians Gefolge im Inneren des Palastes.

Ruel wandte sich an Jane. »Tamar wird gleich wieder zur Stelle sein und dir deine Räumlichkeiten zeigen. Ich hielt es für nötig, mich erst um Ian zu kümmern.«

»Natürlich.«

»Inzwischen kannst du von der rückwärtigen Terrasse aus einen Blick auf den Rest der Insel werfen. Der Palast thront direkt oberhalb des Canyons.« Ohne ihre Zustimmung abzuwarten, führte er sie um den Palast herum auf eine in mehreren Ebenen abgestufte, mit kobaltblauen und smaragdgrünen Mosaiksteinen ausgelegte Terrasse. Das Wasser eines kunstvollen Springbrunnens plätscherte gemächlich von einer Stufe zur nächsten, immer wieder von geometrisch präzis angelegten und von dichten Jasminsträuchern bestandenen Wasserbecken aufgefangen.

Ruel führte sie durch den herrlichen Garten, an einigen schimmernden Wasserbecken vorüber und über drei Stufen hinauf auf die nächste Terrasse. »Die Aussicht auf den Canyon ist einmalig... und furchterregend.«

»Furchterregender als die Lanpur-Schlucht?« wollte Jane wissen.

Ruel blieb an einer kunstvollen Steinbalustrade stehen. »Sieh selbst.«

Sie standen am Rand eines Steilabfalls, viele hundert Meter über dem Tal, das vom Dschungel wie von einem grünen Teppich bedeckt wurde. Im Norden ragte der Berg auf, so jäh und steil wie die Felsklippe, auf der sie standen.

»In Medfords Lagebeschreibung steht, zwischen Canyonwand und Berg lägen über hundert Meilen. Aber so weit sieht es von hier gar nicht aus«, sagte Jane.

»Ich garantiere dir, daß es sehr viel weiter aussehen wird, wenn du dir den Weg durch den Dschungel bahnen mußt.«

Es war eine Behauptung, die Jane nicht anzweifelte. »Hat der Berg keinen Namen?«

»Warum sollte er einen haben? Es gibt ja nur den einen Berg.« Er lächelte. »Ich war nie so vermessen, ihm einen zu geben.«

Ähnliches hatte er von seinem Spielgefährten, dem Fuchs, gesagt, der auch namenlos geblieben war.

»Auch der Fluß hat keinen Namen«, fuhr Ruel fort.

»Der Fluß?« Sie spähte angestrengt hinunter.

»Von hier aus verstellen einem die Bäume die Sicht darauf. Er verläuft in Süd-Nord-Richtung, ehe er sich ostwärts wendet und ins Meer mündet.«

Sie ließ den Blick zum Dschungel im Osten wandern. »Ich hätte gedacht, man würde von hier aus das Meer sehen. Die Insel muß in diese Richtung ausgedehnter sein, als ich dachte.«

Er nickte. »Sie mißt etwa dreihundert Meilen in der Breite und sechshundert in der Länge.« Er deutete nach Westen. »In dieser Richtung kann man das Meer von weitem schimmern sehen.«

»Sieht man von hier aus den Weg, den du durch den Dschungel geschlagen hast?« fragte Jane.

Ruel schüttelte den Kopf und deutete nach Süden. »Er verläuft dort hinter den Bäumen. Planst du denn, die Schienen auf dem Saumpfad zu verlegen?«

»Wenn es sich machen läßt... wir müßten die Trasse zwar verbreitern, aber es wäre immerhin eine Grundlage. Wie steht es mit meinem Material?«

»Medfords Leute haben es ins Basislager am Fuße des Berges geschafft. Siehst du, wie hilfsbereit ich bin?«

»Sicher ist es Habgier und nicht Gefälligkeit, die deine Hilfsbereitschaft beflügelt.«

Ruel lachte auf. »Das stimmt.«

»Wir wollen uns gleich morgen in der Früh auf den Weg zum Berg machen. Dazu werde ich eine Landkarte brauchen.«

»Ich weiß etwas Besseres. Ich zeige dir den Weg.«

Ihre Wachsamkeit trat sofort auf den Plan. »Das wird nicht nötig sein. Ich möchte dir keine Umstände machen.«

»Das sind keine Umstände. Ich muß ohnehin zurück ins Lager. Eigentlich bin ich nur gekommen, um mich zu vergewissern, daß es Ian hier an nichts fehlt.« Er lächelte. »Du tust gut daran, mein Hilfsangebot in Anspruch zu nehmen. Sobald wir den Berg erreichen, beginnt offiziell deine Tätigkeit, und du hast von mir nichts mehr zu erwarten.«

»Ich erwarte auch jetzt nichts.«

»Nicht einmal einen Dolmetscher, der den Arbeitern sagt, was du von ihnen willst?«

»Medford soll mir jemanden empfehlen.«

»Aus Tamars Familie arbeitet jemand im Lager. Dilam beaufsichtigt für Medford die Arbeiter, ist bei den anderen Einheimischen beliebt und kennt sich mit Elefanten aus.«

»Ich brauche jemanden, der sich beim Streckenbau auskennt und nicht bei Dickhäutern.«

»Du wirst entdecken, daß es vielleicht von Vorteil ist, beides zu kennen. Die Elefantenherden ziehen hier seit Menschengedenken durch den Dschungel. Eindringlinge werden von ihnen nicht gern gesehen.«

Sie furchte die Stirn. »In Medfords Bericht ist wohl von Elefanten die Rede, nicht aber von speziellen Problemen mit den Tieren. Ich bin mit Dilam aber einverstanden, wenn es sich um eine kompetente Kraft handelt.«

»Ja, Dilam ist außerordentlich kompetent.«

»Und dir treu ergeben?«

»Wie argwöhnisch sich das anhört. Dilam wird in deinem Lager keine Spionage betreiben. Die Menschen von Cinnidar sind von sehr unabhängiger Natur. Nicht einmal mir ist es gelungen, ihre Ergebenheit zu erkaufen.«

»Für dich gewiß sehr enttäuschend.«

»Nein, tatsächlich freut es mich.«

»Tamar erklärte mir«, fuhr er fort, »daß die Einwohner Cinnidars ursprünglich aus Polynesien in der Südsee kamen. Die Eroberung der Insel durch Abdars Urgroßvater soll so brutal verlaufen sein, daß die Einheimischen mit den Savitsars und deren Gefolgsleuten nichts zu tun haben wollten. Sie verließen die Küstengebiete, um sich in den Dschungel des Canyons zurückzuziehen. Da der Canyon so gut wie unzugänglich ist, blieben sie dort vom Zugriff der Herrschenden verschont.«

»Sehr klug.« Janes Aufmerksamkeit wurde von etwas anderem gefesselt. »Wer wohnt dort drüben?« Sie deutete auf ein bezauberndes Haus im Pagodenstil, dessen geschwungenes Dach in einiger Entfernung zu sehen war.

»Niemand. Es ist das Sommerhaus. Ich habe es mir als Refugium bauen lassen, falls ich Erholung vom Palast brauchen sollte.« Er sah Jane lächelnd an. »Noch habe ich es nicht benutzt, doch wird es sicher bald der Fall sein.« Noch ehe sie antworten konnte, hatte er sich umgedreht. »Ach, da kommt Tamar. Wenn ihr mich entschuldigen wollt... wir sehen uns dann beim Dinner.«

Jane atmete erleichtert auf, als sie ihm nachblickte. Von jenem kurzen Moment der Vertrautheit bei der Ankunft abgesehen hatte Ruel die routinierte Höflichkeit und heitere Gelassenheit eines Gastgebers gezeigt, der hochgeehrte Gäste bei sich empfängt. Daß sein Benehmen so bleiben würde, war nicht zu erwarten, doch hoffte sie, er würde ihr eine Atempause gönnen, bis sie sich hier zurechtgefunden hatte.

»Gestatte mir die Offenheit, Ruel, aber du bist ein verdammter Narr«, sagte James Medford.

Ruel lachte auf. »Du brauchst Miss Barnabys Anwesenheit nicht zu billigen, du sollst nur zur Stelle sein, falls sie eine Information oder einen Rat braucht.«

Medfords Miene verfinsterte sich. »Was vermutlich heißt, daß ich die verdammte Strecke selbst bauen muß, ohne dafür bezahlt zu werden.«

»Wenn du die Dame erst kennengelernt hast, wirst du sofort merken, daß sie dich nicht ausnützen wird.« Er bedeutete einem Diener, Medfords Glas nachzufüllen. »Wie geht es mit der Arbeit voran?«

»So einigermaßen.« Medford war nicht gewillt, sich ablenken zu lassen. »Herrgott, hat es dir nicht gereicht, was sie in Kasanpore angerichtet hat? Warum hast du sie beauftragt, die...« Mitten im Satz hielt er inne, den Blick auf den Eingang richtend. »Ist das unsere Miss Barnaby?«

Ruel folgte seinem Blick und erblickte rote Flechten, die unter den brennenden Lüster schimmerten. »Ja, das ist...« Er hielt verdutzt inne, als sein Blick Janes Ganzes erfaßte.

Sie trug ein schlichtes weißes Kleid aus einem duftigen Material, das Arme und Schultern freiließ und ihre schmale Taille und vollen Brüste betonte. Es war das erste Mal überhaupt, daß sie ganz und gar begehrenswert und weiblich aussah.

»Schon gut«, murmelte Medford.

Als Ruel den Blick von Jane losriß, bemerkte er, daß Medford ihn beobachtete. »Nun?«

»Du brauchst mir nicht zu sagen, wieso du ihr den Job gegeben hast«, sagte Medford. »Eindeutiger könnte es gar nicht sein.«

Verdammt, er brauchte diese Frau nur anzusehen und war bereit, konnte es nicht erwarten. »Ich stelle dich ihr vor«, sagte er knapp.

»Nur keine Eile, ich...«

Ruel hörte nicht mehr, was Medford zu sagen hatte, als er durch den großen Salon auf Jane zuging, ohne ein einziges Mal den Blick von ihr zu wenden. Ihre Haut schimmerte weich, in ihrem Blick lag Beklommenheit. Mit Recht. Er verspürte das Verlangen, ihre Haut zu berühren, mit den Fingerspitzen über ihre bloßen Schultern zu streichen, ihre Brüste zu umfassen. Warum nicht? ging es ihm kühn durch den Sinn. Medford hatte ihn scherzhaft als den Radscha von Cinnidar bezeichnet, doch seine Macht war sehr real. Er hätte Jane in seine Gemächer bringen lassen können, um nach Belieben mit ihr zu verfahren. Er konnte ihre Flechte lösen und mit den Fingern durch das Haar streichen. Er konnte ihr Kleid herunterstreifen, ihre Beine spreizen und...

Er blieb dicht vor ihr stehen. »Guten Abend. Diese Eleganz hatte ich nicht erwartet. Du siehst... außergewöhnlich aus.«

»Und das erregt deinen Zorn?«

»Nein...« Doch er war zornig, wie er sofort merkte, zornig und enttäuscht, weil er sie heute nicht in Besitz nehmen konnte. Gewaltanwendung würde ihn von seiner Besessenheit nicht befreien. Sie mußte aus freien Stücken zu ihm kommen, geschlagen und besiegt. Er rang sich ein Lächeln ab. »In einem Kleid habe ich dich noch nie gesehen. Du hast mich praktisch überrumpelt.«

»Margaret hat es mir gegeben.« Sie blickte sich im Salon um. »Wo ist sie?«

»Sie ließ ausrichten, daß Ian zu müde sei, um mit uns zu speisen. Beide wollen in ihren Räumen essen.« Sein Blick erfaßte ihre nackten Schultern. »Margarets Geschmack ist wie immer unfehlbar. Wie hat sie dich überredet, dieses Kleid anzuziehen?«

Jane schob die Schultern hoch. »Sie hat immer darauf bestanden, daß wir uns zum Dinner im Schloß umzogen, und sagte, es wäre nur fair, daß sie mich mit der nötigen Garderobe ausstattete.«

Mit dem Anheben ihrer Schulter war das Oberteil ein wenig verrutscht und enthüllte nun noch mehr von ihrem Brustansatz. Ruel spürte eine Regung in seinen Lenden. »Mich wundert, daß du dich ihrem Urteil unterworfen hast und es trägst.«

»Margaret sagt, ein Kleid mache eine Frau ebensowenig zur Frau, wie eine Hose einen Mann ausmacht. Es sind Kleidungsstücke, die einen Unterschied, aber keine Rangordnung kennzeichnen.«

»Wie nachgiebig du geworden bist. Du hast dich seit Kasanpore sehr verändert.«

»Es ist nicht Nachgiebigkeit, wenn man vernünftige Gründe anerkennt. Natürlich habe ich mich geändert. Nur Dummköpfe lernen im Laufe der Jahre nichts dazu.« Ungeduldig fragte sie ihn: »Warum machst du dir Gedanken über mein Kleid?«

»Es mißfällt mir.«

Röte stieg ihr in die Wangen. »Das Kleid oder die Tatsache, daß ich nicht mehr das Kind bin, das du in Kasanpore gekannt hast?«

»Du warst kein Kind. Sogar damals warst du schon sehr...« Sein Blick erfaßte ihre Brüste, »...reif.«

Ihre Röte vertiefte sich. »Was ist dann so schlimm an meinem Kleid?«

Es war nicht das Kleid, wie ihm plötzlich aufging. Es war vielmehr die Tatsache, daß nicht er es gewesen war, der es ihr gegeben hatte. Margaret hatte sie überredet, die Männerkluft aufzugeben, und jetzt kochte er vor Eifersucht. »Es ist zu auffallend. Ich habe mir unser heutiges Zusammentreffen in allen Einzelheiten genau ausgemalt, auch wie ich dich ausstaffieren würde. Soll ich es dir schildern?«

Sie holte tief Luft. »Nein. Ich bin gekommen, um Medford kennenzulernen. Ich nehme an, er steht dort drüben am Fenster?«

»Ja, das ist James. Leider ist er gar nicht darauf erpicht, dich kennenzulernen.«

»Warum nicht?«

»Er glaubt, ich hätte dir das Projekt nur übertragen, weil du meine Geliebte seist.«

Sie preßte die Lippen zusammen. »Und du hast ihn natürlich nicht über seinen Irrtum aufgeklärt?«

»Warum auch? Es ist einer der Gründe, weshalb du hier bist, und ich bin ein ehrlicher Mensch.«

»Ich bin hier, um eine Eisenbahnstrecke zu legen.«

»Aber ich habe daneben auch die Absicht, dich zu meiner Geliebten zu machen.«

Er bemerkte wohl, wie heiße Wut in ihr aufflammte, obwohl sie ganz ruhig sagte: »Ich brauche mir keine Gedanken über etwas zu machen, das nie eintreten wird.«

»Aber du hast vor deiner Abreise nach Glenclaren gewußt, daß ich dir diese Rolle zudachte. Ich war mit dir ganz ehrlich. Ich möchte, daß Cinnidar dich in die Knie zwingt, und danach möchte ich dasselbe mit dir tun.«

»Du wirst nicht bekommen, was du dir vorstellst.« Ihr Blick wanderte wieder zu Medford. »Verdammt... du hättest ihm wenigstens sagen können, daß ich in dem, was ich mache, sehr kompetent bin.«

»Du wirst noch viel kompetenter sein, nachdem ich Gelegenheit hatte, dich zu schulen.«

»Ich meinte...« Sie tat einen tiefen Atemzug und atmete langsam aus. »Du weißt, was ich meinte. Wirst du mich mit Medford bekanntmachen, oder muß ich das selbst besorgen?«

»Nein, das überlaß nur mir.« Er drehte sich um und führte sie durch den Raum. »Ich habe sichergestellt, daß Medford mit dir zusammenarbeitet, aber erwarte nicht von mir, daß ich dir weiterhin beistehe. Es wird ein Kampf, den du wieder einmal allein durchfechten mußt.«

Er hatte sie aus der Fassung gebracht, doch bemühte sie sich tapfer, es ihn nicht merken zu lassen. Jane behandelte ihn mit einer Gelassenheit und Ruhe, die ihn in seiner momentanen Stimmung noch mehr reizte. »Hast du gewußt, daß ich das Sommerhaus für dich baute?« Eigentlich hatte er ihr das noch nicht sagen wollen, doch er mußte sie erreichen, mußte sie aufrütteln. »Ich wollte einen Ort, wo ich dich ganz für mich haben kann.«

Sie gab keine Antwort, ihm entging aber nicht, daß sich die Farbe ihrer Wangen vertiefte, auch nicht, daß sich ihre Brüste unter dem Mieder des Kleides schneller hoben und senkten.

»Ich werde dich in goldene Seide hüllen«, sagte er leise. »In ein Gewand, das Brüste und Glieder freiläßt. Du hast schöne Gliedmaßen.«

»Sei still«, stieß sie heiser hervor.

»Und ich weiß noch, wie gerötet deine Brustspitzen hervortraten, nachdem ich sie im Mund hatte. Wie hart sie sich an meiner Zunge anfühlten. Weißt du noch?«

»Nein.«

»Ich werde Anweisung geben, daß eine der eingeborenen Schneiderinnen sich sofort an die Arbeit macht. Das Kleid wird herrlich zu deinem roten Haar passen.«

»Reine Geldverschwendung. Es wird nie dazu kommen.«

»Es wird dazu kommen.« Sein Blick blieb an ihren Brüsten hängen. »Ich wette, daß es jetzt schon anfängt.«

Sie senkte den Blick unwillkürlich zu seinem Unterkörper und sah dann rasch weg.

»Siehst du?« sagte er leise. »Es fängt schon an und wird kein Ende nehmen.« Sie waren nun vor Medford angekommen, und Ruel fragte mit höflichem Lächeln: »James, darf ich dich mit Jane Barnaby bekannt machen? Sicher wirst du dich aufmerksam um sie kümmern, während ich nachsehe, was Kartauk aufhält.«

13. Kapitel

Ruels Goldgräberlager war eine Zeltstadt, die sich von seinem Palast so unterschied wie Kasanpore von Glenclaren. Hundert oder mehr Zelte waren auf dem Gelände verstreut, ein Anblick, der Jane aus ihrer Kindheit vertraut war.

Es war ein Gedanke, der sie unwillkürlich die Zügel fester umfassen ließ.

»Ist etwas?« Ruel sah ihr ins Gesicht. »Daß es kein Palast ist, weiß ich, aber so übel kommt es mir auch wieder nicht vor.«

»Nein, ich dachte nur...« Sie wollte ihn ihre Gedanken nicht lesen lassen. »Ich habe im Laufe der Jahre etliche Zeltstädte kennengelernt, aber keine war so sauber wie diese hier. Geht das auf dein Konto?«

Er schüttelte den Kopf. »Die Einheimischen sind sehr sauber und ordentlich. Als ich Arbeitskräfte anwarb, verlangten sie als erstes ein Badehaus, ein Zelt für *belim* und ausreichend Zeit, um ihre Unterkünfte zu säubern.«

»Sie *verlangten* dies alles?«

»Hast du geglaubt, ich benutze Sklaven zur Arbeit?«

»Sagen wir mal… so entgegenkommend warst du bei mir nicht.«

»Bei den Cinnidarern blieb mir nichts anderes übrig.« Er lächelte bedauernd. »Sie haben sich nur zu ihren eigenen Bedingungen bereit erklärt, in meinen Minen zu arbeiten. Hätte ich mich ihren Wünschen nicht gefügt, wären sie freudig in ihren Dörfern geblieben und hätten zugeschaut, wie ich mich zu Tode rackere, gleichgültig, wieviel Geld ich ihnen geboten hätte.«

Trotzdem grollte er ihnen nicht. »Geld ist für sie nicht erstrebenswert?« fragte Jane.

»Geld ist für jeden erstrebenswert, doch betrachten die Cinnidarer es nicht als unbedingt notwendig für ein ›glückhaftes Leben‹, wie sie es nennen.«

»Und was halten sie für nötig?«

»Kinder, eine friedliche Umgebung, Zeit, um von ihren Lehrern zu lernen und… *belim*.«

»*Belim?*«

»Spiele. Die Eingeborenen lieben Spiele über alles. Fast immer ist irgendwo ein Spiel im Gang.«

»Und wir sollen sie zum Arbeiten bringen?« fragte Jane.

»Faul sind sie nicht, aber als ich herkam, hatte ich tatsächlich Probleme mit ihrer Arbeitsmoral. Bis ich hinter ihr Geheimnis kam. Man muß die Arbeit zu einem Spiel machen und die Arbeiter miteinander in Wettbewerb treten lassen. Allabendlich küren wir einen Sieger und verleihen ihm einen Preis.«

»Was für Preise sind das?«

»Das wechselt täglich. Ein freier Tag, eine Kleinigkeit Geld… alle zwei Wochen tritt der Dorfrat zusammen und entscheidet über die Preise.«

»Und du führst den Vorsitz in diesem Rat?« fragte Jane.

Ruel schüttelte den Kopf. »Nur ein Cinnidarer darf den Vorsitz führen. Seit drei Jahren bin ich jetzt hier, und noch nie wurde mir diese Ehre zuteil.« Er lächelte. »Aber Dilam meint, wenn ich mich weiterhin anständig aufführte, würde man mich in ein, zwei Jahren vielleicht als Zuschauer zulassen.«

»Ist Dilam Mitglied des Rates?«

»Ja, Dilam führt den Vorsitz. Ein ungewöhnlicher Mensch.« Er blickte zur untergehenden Sonne hin. »Ich bringe euch zum *belim*-Zelt. Die meisten Arbeiter finden sich dort vor dem Abendessen zum Würfeln und Kartenspielen zusammen. Ich glaube, es wird Zeit, daß ihr Dilam kennenlernt.«

Schon von weitem waren Gelächter und aufgeregte Rufe aus dem Riesenzelt in der Mitte des Lagers zu hören.

Als sie das Zelt betraten, wurde der Lärm ohrenbetäubend. Das Innere war leer, bis auf farbenfrohe Teppiche, die den blanken Boden bedeckten, und kunstvoll geformte Messinglampen, die ihren Schein auf die erregten Gesichter der in mehreren Gruppen beisammensitzenden Männer und Frauen warfen. Jane hatte noch nie so viele Zöpfe an einem Ort versammelt gesehen. Männer wie Frauen trugen ihr langes, dunkles Haar zu einem dicken Zopf geflochten.

Ihr Eintreten erregte wenig Aufmerksamkeit unter den Anwesenden, wiewohl Ruel von einigen der Männer mit mehr freundschaftlich als respektvoll klingenden Grußworten empfangen wurde. Ruel antwortete mit ähnlicher Ungezwungenheit, während er sich im Zelt umsah. »Ach, es wird gewürfelt... dachte ich mir's doch. Dilam liebt das Würfelspiel. Hier entlang.« Unter Einsatz seiner Ellbogen drängte er sich durch die Menge zu einem Kreis kniender Männer und Frauen durch.

»Dilam, könnte ich dich sprechen?« rief Ruel.

Einer der schimmernden dunklen, über den Würfel gebeugten Köpfe hob sich. »Einen Moment, Samir Ruel.«

Jane starrte die Person entgeistert an. Dilam war eine Frau.

Dilams Blick glitt zu Jane. »Ach, Sie sind endlich da? Gut. Wartet draußen auf mich. Hier ist es zu laut für eine Begrüßung.«

Ruel nickte und bugsierte Jane aus dem Zelt hinaus.

»Eine Frau?« äußerte Jane, noch immer fassungslos vor Staunen.

»Medford bat die Ratsversammlung der Cinnidarer, ihm einen intelligenten Eingeborenen als Aufseher zuzuweisen, und man schickte ihm Dilam. Auf Cinnidar beleidigt man den Hohen Rat nicht durch eine Ablehnung.«

»Ihr Englisch ist ausgezeichnet.«

»Sie hat es in nur vier Wochen erlernt. Ich sagte schon, daß sie außergewöhnlich ist.«

Gleich darauf kam Dilam gemächlich aus dem Zelt. Mittelgroß und breitschultrig, wirkte sie kräftig und geschmeidig zugleich. Sie trug eine dunkelgrüne Jacke, lose schwarze Hosen und braune, abgetretene Sandalen von makelloser Sauberkeit. »Sie sind Jane Barnaby?« Dilam strahlte. »Ich entbiete Ihnen meinen Gruß. Ich bin Dilam Kankula. Nennen Sie mich ruhig Dilam.«

»Danke.« Im Halbdunkel des Zeltes hatte Jane nur einen flüchtigen Eindruck ihrer blitzenden dunklen Augen und ihres strahlenden Lächelns mitbekommen. Nun sah sie, daß die Frau an die Dreißig sein mußte und daß die lebhaften Augen ein eckiges Gesicht erhellten, dessen Reiz in einem von Intelligenz und Humor kündenden Ausdruck lag. »Ruel hat mir nicht gesagt, daß Sie eine Frau sind.«

»Das ist doch besser, nicht? Wir werden harmonisch und verständnisvoll zusammenarbeiten, ohne daß ich meinen Wert erst unter Beweis stellen müßte wie bei Samir Medford.«

»Arbeiten im Trupp noch andere Frauen mit?«

»Ja, aber nicht sehr viele. Männer sind für körperliche Arbeiten besser geeignet. Frauen beweisen mehr Ausdauer und Verstandeskraft, aber Männer sind kräftiger. Es ist besser, man läßt die Männer tun, was sie am besten können, und macht alles andere selbst.«

»Die Cinnidarer leben in einer matriarchalischen Gesellschaftsordnung«, erklärte Ruel. »Habe ich das nicht erwähnt?«

»Gewiß werden wir alle sehr gut miteinander auskommen«, sagte Dilam.

»Ich zeige dir dein Zelt«, sagte Ruel zu Jane. »Ich möchte, daß du morgen mit der Arbeit beginnst.«

Im folgenden Monat kam er tagtäglich zur Baustelle, manchmal nur für fünf Minuten, dann wieder eine ganze Stunde.

Er scherzte mit Dilam und den Arbeitern, oder aber er blieb im Sattel und beobachtete sie bei der Arbeit.

Am Morgen erwachte Jane mit dem Wissen, daß er kommen würde, sah dann den ganzen Tag seinem Eintreffen mit Bangen entgegen. Sie war sich seiner Gegenwart deutlich und schmerzlich, Sekunde für Sekunde, bewußt. Es war wie damals in Kasanpore, ehe sie sich im Waggon des Maharadschas geliebt hatten. Nein, jetzt ist es schlimmer, dachte sie. Jetzt war sie sich ständig bewußt, daß er nicht nur ihren Körper wollte, sondern daß er sie verletzen, vielleicht sogar vernichten wollte. Die Flamme, die die Motte verzehrt, dachte sie voller Bitterkeit.

Und, Gott stehe ihr bei, sie war mit jedem Tag mehr versucht, noch näher an die Flamme heranzufliegen.

Auf den Knien liegend nahm Jane eine Vermessung der Schienen vor, als ein Schatten auf sie fiel. Sie wußte ohne aufzublicken, daß es Ruel war.

»Warum bist du noch immer da?« fragte er. »Alle anderen haben für heute Schluß gemacht.«

Sie würdigte ihn keines Blickes. »Ich wollte dies hier zu Ende bringen. Sicher hast du nichts einzuwenden, wenn ich für dich ein paar zusätzliche Minuten schufte.«

»Ich habe gar nichts einzuwenden. Ich habe mich nur gefragt, ob etwas schiefgegangen sei.«

»Ich bin heute etwas zurück, aber das werde ich morgen wieder einholen. Dies hier ist die letzte Viertelmeile des Pfades. Bei Tagesanbruch beginnen wir mit der Durchquerung der Canyonsohle.«

Sie richtete sich unsicher auf und ging ein paar Schritte weiter, um dann wieder den Schienenabstand zu messen. »Wenn das alles ist, was du wissen wolltest, kannst du ebensogut gehen. Du siehst doch, daß ich beschäftigt bin.«

»Das ist nicht alles.« Wieder fiel sein Schatten auf sie, als er ihr nachkam und hinter ihr stehenblieb. »Ich wollte dich auf den Knien sehen. Es ist ein Anblick, der mir großes Vergnügen bereitet.«

Sie hob den Blick, um ihn wachsam anzusehen. Ruel stand breitbeinig da. Heute war nicht nur sein Schatten schwarz. Schwarze Lederstiefel schmiegten sich an seine Beine, eine schwarze Hose zeichnete die kraftvollen Schenkel nach, und ein schwarzes Hemd verhüllte seinen Torso. Nur Ruels Haar mit den sonnengebleichten Strähnen und seine goldgebräunte Haut erhellten die düstere Eleganz seiner Erscheinung. Er sah so schön und böse aus wie der leibhaftige Fürst der Finsternis.

Er lächelte. »Ich habe geträumt, daß du kniend zu mir aufblickst – mit diesem Ausdruck. Aber eine Kleinigkeit stimmt nicht. Dein Haar sollte offen sein, und meine Finger sollten darin vergraben sein.« Er hielt inne. »Und wir beide sollten nackt sein.«

Das Bild, das er entwarf, war sinnlich und barbarisch zugleich. Kerkermeister und Gefangene. Sklavin und Herr.

Angst fegte bei diesem Gedanken über sie hinweg und riß die heiße Gefühlswoge mit sich, die er entzündet hatte.

Sie erhob sich aus ihrer knienden Stellung. »Du Dreckskerl, verschwinde endlich und laß mich meine Arbeit tun.«

Momentan glaubte sie, er würde ihrer Aufforderung nicht nachkommen, doch dann sagte er mit einem Lächeln: »Wenn du unbedingt willst. Die Stimmung ist ohnehin beim Teufel.« Leise setzte er hinzu: »Aber einen Augenblick lang konntest du es spüren, nicht wahr, Jane?«

Sie gab keine Antwort.

»Ja, du hast es gefühlt.« Er stand da und sah sie lächelnd an. »Gut. Da dieser Streckenabschnitt nun fertig ist, werde ich dich nicht mehr so oft besuchen können. Ich möchte dir daher eine Erinnerung hinterlassen, die dir deutlich im Gedächtnis bleibt, auch wenn ich nicht da bin.«

Erleichterung erfaßte Jane bei seinen Worten. Er würde nun nicht mehr täglich kommen. Sie würde von der Folter seiner Gegenwart befreit sein. »Es wird auch Zeit, daß du dich um deine Angelegenheiten kümmerst und mich in Frieden läßt.«

»Aber im Geist werde ich bei dir sein. Du wirst mich nicht vergessen.«

»Du irrst dich. Sobald du außer Sicht bist, werde ich vergessen, daß du dich auf dieser Insel befindest.«

Er schüttelte den Kopf, ehe er sich umdrehte und zu Nugget schlenderte.

Seine Selbstsicherheit war so aufreizend, daß heißer Zorn in ihr aufflammte.

»Warte!« rief sie ihm mit bebender Stimme nach. »Was bildest du dir eigentlich ein, wer du bist?«

Er drehte sich um. »Wie bitte?«

»Woher nimmst du die Gewißheit, daß es dein Recht ist, mir dies anzutun? Hast du ein so makelloses Leben geführt, daß du dir leisten kannst, den ersten Stein zu werfen?«

»Nein, ich habe in meinem Leben mehr Schlimmes getan, als du dir vorstellen kannst.« Seine Miene verhärtete sich. »Aber ich habe nie Unschuldigen geschadet, ohne dafür zu büßen. Das wäre gegen die Regeln. Für diese Sünde müssen wir alle büßen, Jane.«

»Und ich soll für mein Vergehen büßen?« fragte sie verächtlich.

»Dessen sei verdammt sicher. Als Kind mußte ich erfahren, daß kein Mensch sich für mich einsetzte und Gerechtigkeit forderte. Wollte ich Gerechtigkeit haben, dann mußte ich sie mir selbst verschaffen.« Seine Erregung steigerte sich. »Auf der Welt geht es nicht gerecht zu. Ich kann nicht damit rechnen, daß das Schicksal oder Gott dich bestraft. *Ich* bin es, der Vergeltung üben muß.«

Sie sah, wie er Nugget bestieg und davonritt.

Jane zitterte am ganzen Leib. Mit einem tiefen Atemzug versuchte sie, ihre Fassung wiederzuerlangen. Sie durfte nicht zulassen, daß er ihr das antat. Sie ließ sich wieder auf die Knie nieder und machte sich von neuem an ihre Messungen. Sie mußte versuchen, ihn zu vergessen. Sie durfte nicht zulassen, daß er ihr Bewußtsein beherrschte, so wie es seine Absicht war.

Blindlings streckte sie die Hand aus und faßte nach der Schiene vor ihr. Starker Stahl, sonnenwarm.

Ein beruhigendes und trostliches Gefühl. Sie war nicht schwach. Sie trug in sich dieselbe Festigkeit wie diese Schienen. Wenn sie den Willen, den Mut und den Verstand besaß, diese Eisenbahnstrecke zu bauen, dann würde es keinem Menschen mehr gelingen, sie zu biegen oder zu brechen.

Der Fürst der Finsternis!

Jane erwachte schwer atmend und mit heftigem Herzklopfen.

Es ist nur ein Traum, beruhigte sie sich in ihrer Verzweiflung.

Derselbe Traum, der sie allnächtlich seit jenem letzten Besuch Ruels heimsuchte. Derselbe Traum und dieselben schmachvollen körperlichen Anzeichen, wenn sie erwachte. Ihre Brustspitzen waren hart und empfindlich, und zwischen ihren Schenkeln schmerzliche Leere.

Nein, es war nicht dasselbe.

Sie war in Schweiß gebadet.

Sonderbar, beim Einschlafen war es im Zelt kühl gewesen, doch jetzt glühte sie.

Sie erhob sich von ihrer Pritsche, ging an den Waschstand und benetzte ihr Gesicht mit Wasser. Ihr war noch immer heiß, ihre Haut fühlte sich trocken und glühend an. Sie hatte das alles schon durchgemacht, sie kannte die Symptome.

Das Fieber war wieder da.

Diese Erkenntnis war beinahe eine Erleichterung. Sie war krank. Sie hatte eine Entschuldigung für die erotischen Träume, die sie heimsuchten.

Es war nicht Ruel, es war das Fieber.

14. Kapitel

»Eine Eisenbahn?« Abdars Nägel gruben sich in die mit Satin überzogene Armlehne seines Sessels. »Wie weit ist er damit?«

»Medfords Abschnitt ist fast fertig, doch die Bergstrecke wurde erst vor sieben Wochen begonnen. Das Mädchen hat die Strecke vom Goldgräberlager über den Berghang hinunter in den Dschungel gelegt und wird…«

»Wie lange noch?« herrschte Abdar ihn an.

»Mein Informant in Medfords Lager sagt, daß es mindestens vier Monate dauern wird, bis die Streckenabschnitte aufeinandertreffen.«

»Vier Monate! Und in der Zwischenzeit hortet der Schotte Gold. *Mein* Gold.« Er erhob sich. »Ich brauche dieses Gold.«

»Es gibt noch andere Nachrichten.« Pachtal ließ eine Pause eintreten. »Nachrichten, die dich erfreuen werden. Kartauk ist auf Cinnidar.«

»Was?« Abdar fuhr blitzschnell herum. »Bist du sicher? Er ist nicht tot?«

»Ich habe ihn selbst gesehen. Er hält sich nicht versteckt, im Gegenteil, er wohnt im Palast und bewegt sich ganz frei auf der Insel.«

»Weil er sich sicher fühlt. Er glaubt, ich könnte seiner auf dieser verdammten Insel nicht habhaft werden.« Abdars Miene verfinsterte sich. »Und er hat recht. Ehe ich nicht Maharadscha bin, kann ich nichts machen.«

»Und wann wird das sein? Hat sich der Zustand deines Vaters während meiner Abwesenheit verschlimmert?«

Er schüttelte den Kopf. »Er wird es womöglich noch bis zum Sommer schaffen.«

»Bis dahin ist der Schotte in der Lage, sich gut zu verteidigen. Die Insel kann nur durch einen Angriff auf den Hafen erobert werden, und wenn er die Mittel zur Befestigung hat, werden wir vielleicht nie …«

»Ich weiß, ich weiß«, äußerte Abdar ungeduldig. »Hältst du mich für einen Idioten? Man darf ihm diese Frist nicht zugestehen.« Er drehte sich um und trat auf die Skulptur der Göttin Loki zu. »Wie viel Liebe empfindest du für mich?« Als er Pachtals plötzliche Abwehr spürte, wurde sein Ton einschmeichelnd. »Willst du mir in dieser kleinen Sache nicht beistehen?«

»Was verlangst du von mir?« fragte Pachtal wachsam.

»Er ist alt und krank. Er muß ohnehin sterben.«

»Er ist der Maharadscha«, stieß Pachtal heiser hervor. »Du weißt, welche Strafe mir blüht, wenn herauskommt, daß ich es getan habe. Man wird mich lebendigen Leibes verbrennen.«

»Niemand wird Verdacht schöpfen, wenn er etwas früher als erwartet stirbt.«

»Es ist zu gefährlich.«

»Ich rede ja nicht von einem Dolchstoß. Es gibt andere, weniger auffällige Methoden. Vielleicht Gift … über eine Woche oder zwei eingeflößt.« Er wandte sich um und lächelte Pachtal zu. »Du hast für Gift so großes Talent.«

»Ich weiß nicht, ob ich …«

»Ich brauche das Gold, um Loki dienen zu können! Wenn du mich liebst, wirst du mir diesen Dienst nicht verweigern.« Sein Zeigefinger liebkoste den goldenen Dolch der Skulptur. »Du wirst Loki diesen Dienst erweisen.«

»Ich will … es mir überlegen.«

»Du hast mich noch nie im Stich gelassen.« Mit sanfter Betonung setzte er hinzu: »Ich baue darauf, daß es auch nie der Fall sein wird.«

Ruel blickte vom Studium der Landkarte auf, als Jane das Zelt betrat. »Du kommst rasch voran.« Er tippte auf einen auf der Karte eingezeichneten Kreis. »Nur noch vier Meilen bis Elephant Crossing.«

»Wir müßten die Stelle übermorgen erreichen. Im Durchschnitt schaffen wir über zwei Meilen pro Tag. Wir kämen sogar noch schneller voran, wenn wir nicht auf beiden Seiten des Pfades roden müßten.«

»Du hast dich entschieden, Elephant Crossing zu umgehen?«

»Das bringt weitere drei Tage.« Sie trat an den Tisch und tippte auf die Karte. »Hier. Wir werden die Stelle zwei Tage früher erreichen, als im Vertrag vorgesehen.«

»Vielleicht.« Er lächelte. »Vielleicht auch nicht. Cinnidar war dir bislang gewogen, aber du darfst nicht damit rechnen, daß dir das Glück treu bleibt.«

»Es wird mir treu bleiben.«

»Und was ist mit den Elefanten?«

»Wir haben keinen einzigen zu Gesicht bekommen, seitdem wir am Dschungelabschnitt arbeiten. Dilam erwartet keine Schwierigkeiten. Sie sagt, Elefanten seien Gewohnheitstiere. Indem wir die Lichtung umgehen, vermeiden wir eine Konfrontation.

»Ich habe die Tiere gehört, als ich ins Lager ritt.«

»Wir hören sie andauernd. Aber das heißt gar nichts. Sie würden ständig miteinander Gespräche führen, behauptet Dilam.« Sie richtete sich auf. »Ist hier jetzt alles besprochen? Ich muß wieder an die Arbeit.«

»Ja, ich weiß jetzt, was ich wissen wollte.« Er drehte sich um. »Ich muß jetzt in die Verarbeitungsanlage im Dorf, und dann möchte ich nachsehen, wie es Ian geht. In fünf Tagen bin ich wieder da.«

»Das kannst du dir sparen. Ich werde keine Zeit für einen ausführlichen Bericht haben. In fünf Tagen wird die Lichtung hinter uns liegen und die Canyonwand vor uns.«

»Ach, es ist für mich keine Mühe.« Er drehte sich lächelnd nach ihr um. »Weißt du, daß ich mir irgendwie sogar wünsche, du würdest den Termin einhalten? Du hast gute Arbeit geleistet, und das nötigt mir Bewunderung ab.«

Sie starrte ihn an, viel zu überrascht, um etwas zu sagen. Warum konnte er nicht hart und spöttisch sein wie immer? Immer wenn sie ihre Abwehr gegen ihn in Stellung gebracht hatte, benahm er sich anders, weicher, so wie der andere Ruel, den sie in Kasanpore gekannt hatte. Sie spürte, wie ihr Widerstand schmolz. Geh jetzt, schickte sie ein Stoßgebet zum Himmel, so geh schon! Sie spürte, wie das Fieber sie schwächte.

»Lebwohl, Jane. In fünf Tagen also.«

Blicklos starrte sie auf die Landkarte nieder, nachdem er gegangen war. Fünf Tage. Kein Grund zur Nervosität. Sie hatte ein Fieber wie ihr jetziges schon einmal bekämpft und gewonnen. Mit der Arbeit ging es ungewöhnlich gut voran. Die Cinnidarer waren mit Fleiß und Frohsinn dabei. Hindernisse hatten sich ihnen bislang nicht in den Weg gestellt. Was also konnte sie hindern, ihr Ziel zeitgerecht zu erreichen?

Ian ließ sich schwer atmend und mit einem Ausdruck unaussprechlicher Wonne in die Kissen zurücksinken. »Margaret...«

Sie glitt von ihm herunter, um sich sofort wieder an ihn zu schmiegen, so daß ihr helles Haar sich über seine Schulter ergoß.

»Du warst wundervoll...« Er strich ihr zärtlich übers Haar. »Habe ich dir Lust gebracht?«

»Ja.« Wie immer erstickte sie fast an der Lüge, aber Kartauk hatte ihr erklärt, wie wichtig es sei, ihrem Mann nach dem Akt das Gefühl zu vermitteln, er sei stark und beherrschend. Sie küßte seine Schulter. »Du schenkst mir immer Wonne.«

»Ich weiß nicht wie. Ich liege hier wie ein Kloß, während du...«

»Ist es dir noch nicht aufgefallen? Ich bin eine sehr eigenwillige Frau und gebe gern die Richtung an.« Auf einen Ellbogen gestützt lächelte sie ihn an. »Wer weiß? In Anbetracht meiner Natur hättest du mir vielleicht nicht halb so viel Vergnügen bereitet, wenn ich mich auf passive Hingabe hätte beschränken müssen.«

»Du und passiv?« Er fuhr die Konturen ihrer Lippen mit dem Finger nach. »Niemals.«

Sie schmiegte ihre Wange an seinen Arm. »Ich glaube, jetzt muß ich dir eine Ruhepause gönnen.« Sie spürte in ihm bereits die Erschöpfung und wußte, daß er in wenigen Minuten eingeschlafen sein würde. »Du hast dich hier schon sehr gekräftigt. Cinnidar hat dir gutgetan.«

»Wirklich? Dann kann ich bald wieder nach Hause?«

»Noch nicht.« In Wahrheit ging es ihm nicht besser. Zwar hatte sich der Husten fast vollständig gebessert, doch nahm er ständig ab, und sie wurde das verzweifelte Gefühl nicht los, daß er ihr entglitt.

»Bald... Glenclaren braucht mich.«

»Ich habe dir den Brief des Pfarrers vorgelesen. Alles geht seinen gewohnten Gang.«

Sie spürte den Seufzer, der seinen Körper durchlief, und wußte sofort, daß sie etwas Falsches gesagt hatte. Es ist so unendlich schwierig, das Gleichgewicht zu halten, dachte sie bedrückt.

»Du hast recht. Ich belüge mich selbst. Ich werde gar nicht gebraucht. Du brauchst mich nicht, und Glenclaren schon gar nicht.«

»Rede keinen Unsinn«, wies sie ihn zurecht. »Wır brauchen dich, werden dich immer brauchen.«

Er schüttelte den Kopf.

Sie spürte, wie ihre Tränen in den Augen brannten. Sie mußte sie unterdrücken. Was er von ihr brauchte, war Stärke und nicht Schwäche. Aber allmählich wurde sie des ständigen Kampfes überdrüssig. »Zweifelst du an meiner Liebe?« fragte sie.

»Nein, aber Liebe heißt nicht, daß du mich brauchst. Ich bereite dir nur Schmerz. Wäre ich nicht vorhanden, du würdest einen kräftigen, einen ganzen Mann finden, der dir Lust bereitet... und dir Kinder geben kann.«

Kinder. Immer wieder lief es auf das hinaus. Sie zwang sich zu einem heiteren Ton, als sie sagte: »Wer weiß? Vielleicht hast du mir heute zu einem Kind verholfen?«

»Pst...« Seine Lippen streiften ihre Schläfe. »Meine Liebste, ich bin so müde. Willst du mich nicht gehen lassen?«

Sie umfaßte seinen Arm fester. War es möglich, daß ein Herz wirklich brechen konnte? Sie hatte diese Phrase immer für albern gehalten, aber jetzt spürte sie, wie im Inneren etwas brach und auseinanderfiel. »Ich kann nicht.«

»Ich glaube, ich würde glücklicher sein. Du willst doch, daß ich glücklich bin?«

»So sehr«, flüsterte sie. »Du weißt...« Weiter konnte sie nicht.

»Weinst du, Margaret? Siehst du, ich tue dir weh, auch wenn ich es nicht möchte.«

»Ich weine nicht.«

»Weil du dagegen ankämpfst. Du willst nicht, daß ich deine Tränen sehe.«

»Warum sollte ich jammern und wehklagen? Ich habe den Mann, den ich mein Leben lang geliebt habe, der mir Lust bereitet und...«

»Aber du zitterst ja, Margaret.« Sein Atem strich über ihren Kopf. »Du darfst dich nicht so aufregen. Alles ist gut. Und jetzt schlaf, mein Liebes.«

Wie hätte sie schlafen sollen? Er hatte gesagt, alles sei gut, doch hatte er nicht versprochen, darum zu kämpfen, bei ihr zu bleiben, im Gegenteil, er entfernte sich mit jedem Tag ein Stück weiter von ihr.

Ein paar Minuten, und er war eingeschlafen. Sie aber lag da, starrte angsterfüllt in die Dunkelheit und hielt ihn fest.

»Lassen Sie sofort die Arbeit liegen.« Margaret stürmte in Kartauks Werkstatt. »Ich muß mit Ihnen sprechen.«

»Ach?« Kartauk wischte sich die Hände an einem Tuch trokken. »Da Sie sich seit unserer Ankunft in Cinnidar nicht herabgelassen haben, mich zu besuchen, nehme ich an, daß es sich um ein Thema von einiger Bedeutung handeln muß.«

»Natürlich ist es wichtig. Mit banalen Dingen verliere ich keine Zeit.« Sie glättete ihren Rock und ließ sich auf den mit Kissen belegten Stuhl nieder. Ihr Blick fiel auf das schimmernde weiße Mosaik auf Boden und Wänden, auf die Fenster, deren Läden weit offen standen, um die Sonne einzulassen. Die schlichte Einrichtung verriet Geschmack und handwerkliches Geschick. Alles in allem war dieser Raum so ganz anders als seine Werkstätte im Stall auf Glenclaren. Sie rang sich ein Lächeln ab. »Ein sehr hübscher Raum. Ich befürchtete schon, Sie würden hier in einem ähnlichen Durcheinander hausen wie auf Glenclaren.«

»Ich bin erst seit zwei Monaten hier. Sogar ich benötige mehr Zeit, um schöpferisches Chaos zu schaffen.«

»Wo ist der Brennofen?«

Kartauk deutete auf die Verandatür. »Ruel hat abseits vom Haupthaus einen eigenen Bau dafür errichten lassen. Er wollte nicht riskieren, daß ich eine Wand abreiße oder gar den Palast anzünde.«

»Sehr vernünftig.« Sie strich über den Spitzenbesatz ihres Ärmels. »Sicher schwelgen Sie jetzt richtig in der Arbeit mit Ihrem geliebten Gold. Ich...«

»Gnädigste, was ist der Grund Ihres Besuches?«

Sie furchte die Stirn. »Dazu wollte ich eben kommen.«

»Sie lassen sich viel Zeit. Und ich muß diese Verzierung vor Einbruch der Dunkelheit fertigstellen.«

»Es ist früh am Morgen.«

»Genau. Geht es um Ian?«

»Teils.«

»Ich nehme an, es geht ihm nicht schlechter, andernfalls wären Sie nicht hier. Sind Sie mit Tamar zufrieden?«

»Tamar? Der Mann ist ein Juwel, er reagiert unverzüglich auf den kleinsten Wink Ians. Jock hat fast nichts mehr zu tun.« Margaret bemerkte den Hund, der zu Kartauks Füßen schlummerte. »Was macht Sam hier? Ich dachte, er wäre im Stall.«

»Jane hat mich gebeten, ihn zu behalten. Sie hält nicht viel von seiner Intelligenz und fürchtet, er würde bei der Jagd auf ein Eichhörnchen in die Schlucht stürzen.«

Sie faltete die Hände im Schoß. »Was für eine Verzierung machen Sie da? Werden Sie...?«

»Sie sind nicht gekommen, um mit mir über meine ›Spielereien‹ zu sprechen«, unterbrach Kartauk sie. »Hat Ian einen Rückfall erlitten?«

»Nein, sein Zustand ist unverändert.« Sie blickte auf ihre Hände nieder. »Aber er ist...« Sie hielt kurz inne, um sodann zu sagen: »Ich werde ein Kind bekommen.«

Er hielt in der Bewegung inne. »Es hat geheißen, der Arzt hielte es für ausgeschlossen.«

»Das stimmt.« Sie spürte, wie ihr die Röte in die Wangen stieg, und sie wußte, daß diese beunruhigend scharfen Augen ihre Verlegenheit bemerken würden, so wie sie alles an ihr bemerkten. »Aber es muß dazu kommen. Sie müssen es möglich machen.«

Nach einer leisen Verwünschung sagte er spöttisch: »Und wie soll das vor sich gehen? Sie in der Kunst zu unterweisen, einen Mann zu befriedigen, ist eine Sache, aber ich kenne keinen Zauberspruch, der bewirken würde, daß Ian Sie schwängert. Soll ich etwa...«

»Seien Sie still. Sie haben keine Ursache, so gereizt zu sein. Wenn Sie mir zuhören, anstatt mich zu schelten, kann ich Ihnen sagen, was ich möchte.«

Er ließ sich auf seinem Hocker nieder und sah sie an. »Los, fangen Sie an.«

»Ian ist... er kann nicht...« Sie atmete tief durch. »Wenn ich Ian keinen Grund zum Weiterleben liefere, wird er sterben. Er braucht ein Kind.«

Kartauk sparte sich einen Kommentar und wartete.

»Da Gott uns diese Gnade versagt, habe ich mich entschlossen, die Sache selbst in die Hand zu nehmen.« Geradeausblikkend fragte sie rasch: »Werden Sie sich mit mir paaren, Kartauk?«

»Was?«

»Nur bis ich ein Kind empfangen habe«, beeilte sie sich hinzuzusetzen. »Danach werde ich Sie nicht weiter behelligen.«

Schweigen. Warum sagte er nichts? Obwohl sie ihn nicht ansah, spürte sie, wie stark sie seine Gefühle berührt hatte.

Seine Worte kamen langsam und überdeutlich. »Sie wollen damit sagen, ich solle ein Kind zeugen, das Sie als Sprößling Ihres Mannes auszugeben gedenken?«

Sie nickte schnell.

»Darf ich fragen, warum ausgerechnet ich für die Funktion des Hengstes ausersehen wurde?«

»Seien Sie nicht ordinär.« Sie befeuchtete die Lippen. »Es erschien mir als die vernünftigste Entscheidung. Ich glaube, Sie bringen Ian Zuneigung entgegen. Sie sind stark an Körper und Geist und sehr wohl imstande, ein gesundes Kind zu zeugen.«

»Sonst noch etwas?«

»Es stellt für Sie keine Härte dar. Sie können nicht leugnen, daß Sie von sinnlicher Natur sind. Ellen MacTavish und die anderen waren...«

»Sehen Sie mich an.«

»Wenn es nicht notwendig wäre, täte ich es nicht. Ein Kind ist...«

»Sehen Sie mich an.«

Widerwillig hob sie den Blick. Wut. Noch nie zuvor hatte sie Kartauk wutentbrannt erlebt. Jetzt war es der Fall.

»Sie werden mich nicht benutzen.«

»Es ist nicht so schrecklich... Sie müssen unbedingt zustimmen. Erst zog ich Ruel in Erwägung, aber...«

»Ruel!«

»Auch er ist leidenschaftlicher Natur und würde es tun, um Ian zu retten, aber ich will ihm diese Bürde nicht zumuten.«

»Welche Bürde?«

»Die Bürde des Ehebruchs«, flüsterte sie. »Es ist eine große Sünde, eine, die Gott nicht vergibt. Es ist besser, wenn ich allein seinen Zorn zu spüren bekomme.«

Um seine Lippen zuckte es. »Ich als Heide bin Gottes Zorn wohl weniger ausgesetzt.«

»Von Ihnen wäre es ein Akt der Barmherzigkeit. Gott würde wissen, daß kein schuldhaftes Verhalten vorliegt.«

Sie hielt kurz inne. »Ich habe lange und gründlich nachgedacht. Es gibt keine andere Lösung. Es muß geschehen. Meinen Sie denn, es ist mir leichtgefallen, Sie zu fragen?«

»Mir ist entgangen, daß ich gefragt wurde. Sie haben mir nur eröffnet, was ich zu tun hätte.«

»Ich wollte nicht grob sein. Aber ich bin eben unverblümt.«

Sofort war seine Wut verraucht, und seine Miene wurde weicher. »Ich weiß. Unverblümt, scharfzüngig und freigebig. Aber Sie können Ian sein Kind nicht geben.« Er hob die Hand, um ihren Einwand abzuwehren. »Ich lasse mich nicht dazu überreden, Gnädigste.«

»Warum nicht? Es ist Ians Verderben, wenn ich es nicht tue.«

»Und wenn Sie es tun, ist es *Ihr* Verderben. Ich kenne Sie gut. Wenn Sie versuchen, Ihr starres moralisches Rückgrat zu beugen, wird es zerbrechen.« Er ging auf sie zu. »Daran will ich keinen Anteil haben. Für Verderben hatte ich nie etwas übrig. Ich lief vor Abdar davon, um meinem Verderben zu entgehen, und ich werde Ihnen nicht zu Ihrem verhelfen.«

Er stand so dicht bei ihr, daß sie den Duft nach Seife, Kaffee und Ton riechen konnte, der an ihm hing. Sie sah den Puls an seinem starken braunen Hals und die hervortretenden Venen an seinen muskulösen Unterarmen. Ein Anflug von Verlegenheit überkam sie, den sie entschlossen als Einbildung abtat. Dies war Kartauk, den sie seit drei Jahren kannte. Stockend sagte sie: »Ich sehe Sie als meinen Freund an. In meinem Leben gab es nur wenig Freunde. Hoffentlich irre ich mich nicht.«

»Heilige Muttergottes!« Seine Hände hielten über ihren Schultern inne, als hätte er sie am liebsten tüchtig geschüttelt.«

»Sie scheinen sich gut in mich einfühlen zu können.« Ihr verstohlenes Zwinkern sollte sie von den kommenden Tränen befreien. »Da es sich um ein sehr schwieriges Unterfangen handelt, wäre es mir ein Trost, Sie beteiligt zu wissen.«

Er ballte die Hände zu Fäusten und ließ sie fallen. »Gehen Sie jetzt.«

»Unsere Diskussion ist noch nicht beendet. Ich kann nicht gehen, ehe wir nicht zu einer Übereinkunft gelangt sind.«

»Es wird keine Übereinkunft geben.«

»Doch, es ist unbedingt erforderlich. Mir ist klar, daß mein Vorschlag weder tugendhaft noch christlich ist, aber ich bin überzeugt, daß er richtig ist. Wenn ein Kind kommt, würde Ian am Leben bleiben. Kann es denn von Übel sein, ein Leben zu retten.«

»Gehen Sie.«

Er riß sie hoch und schob sie zur Tür.

»Ich weiß, ich bin nicht hübsch wie Ellen MacTavish, aber ich werde versuchen...«

Er öffnete die Tür und drängte sie hinaus auf den Korridor. »Gnädigste sind überhaupt nicht hübsch – und von Frauenzimmern wie Ellen MacTavish so weit entfernt wie Cinnidar von Schottland.«

Sie verspürte eine sonderbare Anwandlung, als sie sich zusammenriß und ihn mit unbeirrbarer Entschlossenheit ansah. »Hübsch oder nicht, es kann Ihnen nicht schaden, mir den Gefallen zu tun, bis ich schwanger bin. Auf sofortigem Vollzug werde ich nicht bestehen. Auch ich muß mich erst an den Gedanken gewöhnen...« Sie zögerte.

»...Unzucht zu treiben.«

»...ein Kind in die Welt zu setzen. Sicher wird für uns alles einfacher sein, wenn wir uns um gegenseitiges Verständnis bemühen.« Sie wandte sich zum Gehen. »Morgen komme ich wieder. Guten Tag, Kartauk.«

»Leben Sie wohl, Gnädigste. Und kommen Sie nicht wieder!« Die Tür fiel hinter ihr ins Schloß.

Kartauk starrte sie frostig an. »Ich sagte doch, Sie sollten nicht kommen. Für Ihren Unsinn habe ich keine Zeit.«

»Ich werde nicht lange stören.« Margaret schloß die Tür und ging auf ihn zu. »Da ich weiß, daß Ihr einziges Interesse Ihrer Arbeit gilt, habe ich einen Weg gefunden, wie wir beide auf unsere Kosten kommen könnten.«

»Ich kann kaum erwarten, Ihren Vorschlag zu hören.«

»Ich werde Ihnen helfen.« Sie streifte ihre Ärmel hoch. »Um diese Zeit hilft Jock Ian beim Baden, und danach schläft Ian, deshalb bin ich morgens drei Stunden frei. Ich werde täglich kommen und Ihnen helfen.«

Er sah sie an. »Sie bieten sich mir als Lehrling an?«

»Heißt das so? Wir werden uns dabei unterhalten und uns besser aneinander gewöhnen. Also, was gibt es als erstes zu tun?«

»Gehen Sie.«

»Warum tragen Sie diese Lederschürze? Sollte ich auch eine anlegen?«

»Ich brauche keinen Lehrling.«

»Doch, Sie brauchen einen. Ich bin sicher, jeder Künstler hat einen Gehilfen, der die niederen Arbeiten verrichtet. Ich werde fegen und...«

»Dafür könnte ich einen von Ruels Dienern holen.«

»Aber Sie würden ihm nicht so weit trauen, daß Sie ihn mit Ihren kostbaren Figuren allein in einem Raum ließen«, sagte sie triumphierend. »Sie wissen, daß ich nicht ungeschickt bin und mir große Mühe geben würde.« Wehmütig fügte sie hinzu: »Sie waren in der Vergangenheit so gut zu mir. Warum können Sie jetzt nicht auch gut zu mir sein?«

»Ich bin gut zu Ihnen. Mehr als Sie ahnen.« Er sah sie lange an. »Sie sind eine eigensinnige Frau. Sie werden auch in dieser Sache nicht aufgeben, oder?«

»Worauf Sie sich verlassen können.«

Er hob resigniert die Hände. »Na schön.«

Ihre Augen wurden groß. »Sie meinen, Sie würden…«

»Nein, verdammt. Ich meine damit, daß ich Sie als Gehilfin nehme.«

»Danke.« Sie strahlte ihn an. »Ich tue es doch nur für Ian.«

»Sie sind ein törichtes Frauenzimmer. Sie haben Ihrem selbstsüchtigen Vater viele Jahre geopfert, nur weil er Ihr Erzeuger war, und jetzt möchten Sie sich auch für Ian aufopfern.« Nach einer Pause fügte er gezielt hinzu: »Und alles nur, weil Sie die beiden nicht genug lieben und sich deshalb schuldig fühlen.«

»Ich habe Vater geliebt«, stieß sie mit erschrockenem Blick hervor.

Er schüttelte den Kopf. »Liebe muß genährt werden, und Ihr Vater hat Ihnen nichts gegeben.«

Diese Tatsache konnte sie nicht leugnen. »Aber Ian ist…«

»Sie haben Ian geliebt, aber nach dem Unfall ist er auch zu Ihrem Kind geworden. Und das ist er jetzt, ein geliebtes Kind, das beschützt werden muß.«

»Sie lügen«, schleuderte sie ihm entgegen. »Er ist mein Mann, ich liebe ihn aus ganzem Herzen.«

»Nicht aus ganzem Herzen. Ihr Schuldbewußtsein treibt Sie in diese Selbstzerstörung, um den Mangel wettzumachen.«

»Sie sollten das nicht sagen.«

»Warum nicht?« Aus seinem Lächeln sprach Rücksichtslosigkeit. »Ich wußte immer schon, daß Sie sich selbst belügen, mögen Sie zu anderen noch so offen und ehrlich sein.«

»Warum haben Sie mir Ihre Meinung nicht schon früher gesagt?«

»Weil Sie eine seltene und wunderbare Frau sind und ich Sie nicht kränken wollte.« Er hielt ihren Blick fest.

Nie hatte sie sich verletzlicher und angstvoller gefühlt. Nur mit großer Mühe brachte sie ein Lächeln zustande.

Sie trat einen Schritt näher an den Tisch heran und betrachtete Kartauks Arbeit. »Und jetzt erklären Sie mir, was die Zeichen auf diesem Machwerk bedeuten sollen.«

Er ließ sich mit der Antwort Zeit, und als sie aufblickte, sah sie, daß er sie mit der Andeutung eines Lächelns beobachtete. »Sie werden meine Arbeit fortan nicht mehr als Machwerk bezeichnen, Gnädigste.«

»Margaret«, korrigierte sie ihn. »Und ich werde meine Meinung äußern, wie ich es für richtig befinde.«

»Nein, vom heutigen Tag an werden Sie die Wahrheit sagen. Sie wissen Kunst sehr zu schätzen, mehr als alle anderen, denen ich begegnete...«

»Warum sagen Sie das?« fragte sie wachsam.

»Ich habe erlebt, mit welchen Augen Sie einen Sonnenuntergang betrachten.« Und leise setzte er hinzu: »Und ich habe gesehen, wie Sie meine ›Machwerke‹ betrachteten.«

Sie spürte, wie sich Beunruhigung in ihr regte. Sie hatte gewußt, daß er hellsichtig sein konnte, doch hatte er sie nie spüren lassen, wie tief er zu blicken vermochte. »Warum sollte ich meine Bewunderung verbergen?«

»Vielleicht deswegen, weil Schönheit ebenso schmerzen wie Freude bringen kann. Vielleicht, weil Sie diese Liebe zur Schönheit als Schwäche ansehen.«

»Das ist nicht...« Margaret hielt inne. Seit ihrer Kindheit hatte sie sich nicht mehr so hilflos und unsicher gefühlt. Sie wich seinem Blick aus. »Sie haben meine Frage nicht beantwortet. Brauche ich eine Lederschürze?«

»Auf jeden Fall.« Sein Lächeln enthielt Traurigkeit, als er unter seinen Tisch langte, eine Schürze hervorzog und sie ihr reichte. »Wir dürfen nicht zulassen, daß Sie schmutzig werden. Ihr impulsives Wesen fordert solche Katastrophen geradezu heraus.«

15. Kapitel

»Wie groß ist der Schaden?« fragte Ruel. Sein Blick lag auf den Arbeitern, die sich an dem chaotischen Durcheinander von Schienen und Schwellen zu schaffen machten. Die Arbeit mehrerer Tage lag in Trümmern.

Jane würdigte ihn keines Blickes. »Sicher bist du sehr enttäuscht, wenn ich dir sage, daß es nicht so schlimm ist, wie es den Anschein hat. Ich kann den Termin einhalten.«

»Ein einziger Elefant hat dies angerichtet?«

»Ja, Dilam sagte, ein einziger wütender Elefant könne solch eine Zerstörung bewirken. Aber das macht nichts. Wir sind jetzt vor ihm gewarnt. Es wird nicht wieder vorkommen.«

»Nein?«

»Nein.« Sie wandte sich ab und sagte über die Schulter hinweg zu Ruel: »Meine Zeit ist um, ich muß wieder an die Arbeit. Geh zurück zu deiner Mine, und fördere die nächste Tonne Gold.«

»Ich glaube, das werde ich nicht tun«, murmelte Ruel. »Ich werde über Nacht hierbleiben und abwarten, was sich tut. Mir scheint, ich habe einen unerwarteten Verbündeten bekommen.«

Lieber Gott, wie heiß ihr war.

Jane beugte sich über das Waschbecken und kühlte ihr Gesicht. Ja... schon besser. Sie betupfte ihr Gesicht mit einem Handtuch. Als sie zur Zeltöffnung ging, um sich vom Wind ganz trocknen zu lassen, fiel ihr Blick auf das in einiger Entfernung brennende Lagerfeuer.

Ruel muß wohl wieder am Geschichtenerzählen sein, dachte Jane mit einem sonderbar wehmütigen Gefühl.

War er im Lager, dann suchte sie nach dem Abendessen immer rasch ihr Zelt auf, doch wußte sie, daß er Dilam und die anderen oft noch bis in die späte Nacht mit seinen abenteuerlichen Erzählungen unterhielt. Sie konnte über die Entfernung hin erkennen, wie seine blauen Augen im Feuerschein blitzten. Was er sagte, konnte sie nicht verstehen, sie wußte aber, wie gut er es verstand, mit Worten Bilder zu entwerfen und damit zu bezaubern. Sie spürte, wie sie wieder in seinen Bann zu geraten drohte.

Es ist das Fieber, das meine Gedanken beeinflußt, sagte sie sich.

Sie trat vom Eingang zurück und schleppte sich zu ihrem auf dem Boden neben der Schlafstelle liegenden Proviantsack. Ein paar Tropfen *quinghao*, anschließend ausschlafen, und morgen würde das Fieber gesunken sein.

Nachdem sie die Tropfen genommen hatte, legte sie sich hin und versuchte sich mit ebenmäßigen, tiefen Atemzügen zu entspannen. Sie mußte sich ausruhen. In letzter Zeit wurde sie das Gefühl nicht los, sie drohe unter dem leichtesten Druck zu zerspringen. Das durfte nicht geschehen. Es würde nicht geschehen. Denk an die Eisenbahn. Denk an das freie Leben, das sich dir bald eröffnen wird. Denk an…

Jane wußte sofort Bescheid, als sie Dilams Gesichtsausdruck im Dämmerlicht sah, das durch die Zeltöffnung hinter ihr einfiel. Sie fuhr auf. »Der Elefant?«

Dilam nickte. »Ich habe eben von einem der abgelegenen Posten Bescheid bekommen.«

Sie warf die Decke beiseite. »Ich komme sofort.«

»Laß dir Zeit, er ist jetzt fort. Der Schaden ist im oberen Streckenteil. Ich sattle unterdessen die Pferde und wecke Ruel.«

Ruel. Sie hatte vergessen, daß Ruel da war. Panik und Wut erfaßten sie. Das war nicht fair! Warum wurden ihre Arbeit und ihre Hoffnung von einer Macht bedroht, die sich jeder Einflußnahme entzog? Aber vielleicht war es diesmal nicht so schlimm. Es war kurz vor Sonnenaufgang, und der Elefant war während der Nacht kein einziges Mal zu hören gewesen.

Es hatte keinen Sinn, Vermutungen anzustellen. Sie mußte sich den Schaden ansehen. Als Jane die Füße auf den Boden schwang, wurde sie von einem so heftigen Schwindelgefühl übermannt, daß sie blindlings nach einer Zeltstange tastete, um nicht hinzufallen. Verdammtes Fieber... für Krankheit war jetzt keine Zeit.

Fünf Minuten später trat sie aus dem Zelt. Dilam und Ruel saßen bereits im Sattel. Wortlos schwang sie sich auf Bedelias Rükken und lenkte ihr Pferd zum Gleiskörper hin.

Das ist nicht möglich, dachte Jane wie in Trance, als sie den angerichteten Schaden vor sich sah.

»Wie groß ist das Ausmaß der Zerstörung?« fragte sie Dilam.

»Die Strecke ist über einen Abschnitt von fünf Meilen ruiniert.«

»Und wo waren deine Posten?«

Dilam zog die Schultern hoch. »Wir haben nicht erwartet, daß der Elefant so weit vom Basislager entfernt zuschlagen würde. Bis zu der Stelle, wo er letztes Mal wütete, sind es fünfzehn Meilen.«

»Fünf Meilen«, murmelte Jane. Es war ausgeschlossen, den Schaden an einem einzigen Tag zu beseitigen. Sie spürte Ruels

Blick auf ihrem Gesicht. Jetzt hieß es, Schock und Panik zu verbergen, denn genau das war es, was er ihr gönnte. Diese Befriedigung wollte sie ihm nicht verschaffen. Um seine schadenfrohe Miene nicht sehen zu müssen, richtete sie ihren Blick geradeaus auf die zerstörte Strecke. »So kann es nicht weitergehen. Wir müssen diesem Wüten ein Ende bereiten, Dilam.«

Dilam ging zu ihrem Pferd, ohne Jane anzusehen. »Ich reite zurück zur Lichtung und hole Arbeiter, damit hier der Schaden behoben wird.«

Sie hört gar nicht auf das, was ich sage, dachte Jane verstört. Der verdammte Elefant konnte die gesamte Strecke demolieren, und Dilam würde nichts dagegen unternehmen.

»Jane«, sagte Ruel.

Plötzlich hatte sie genug. In ihrem Inneren war etwas zerbrochen, und ihre Verzweiflung verwandelte sich in heißen Jähzorn. »Ich kann mir denken, wie glücklich du bist. Du hast gewonnen.«

»Ja, ich habe gewonnen.«

Der Ton seiner Worte bewirkte, daß sie sich blitzartig zu ihm umdrehte. »Aber es reicht dir noch nicht... du möchtest mehr. Du möchtest mich auf den Knien sehen. Hast du das nicht deutlich gesagt? Du möchtest mich noch immer strafen.« In ihren Augen loderte es. »Gut, du sollst deine Chance bekommen.«

Er war ganz Aufmerksamkeit. »Ach?«

»Ein Ende ist nicht abzusehen.« Ihre Worte überstürzten sich. »Das sehe ich jetzt ganz deutlich. Nicht, ehe du der Meinung bist, du hättest mir genug angetan. Nun, ich kann alles aushalten, was du mir zugedacht hast. Geh und erwarte mich in deinem verdammten Sommerhaus.«

»Wie...«

»Du hast es gehört. Ich werde ins Sommerhaus kommen und

dich tun lassen, was du mit mir tun möchtest. Das strebst du doch an, oder nicht?« Ihre Worte kamen immer schneller, immer überstürzter. »Du möchtest mich bestrafen. Das wolltest du immer schon. Das ist der Grund meines Hierseins.«

»Ich habe es nie geleugnet.«

»Ja, du warst immer ehrlich zu mir«, stieß sie bitter hervor. »Komm nach Cinnidar, und ich lege dir die Welt zu Füßen.«

»Das habe ich nicht gesagt. Ich sagte vielmehr, ich würde dir die Chance geben, die Welt zu erobern.«

»Und die erste Schlacht habe ich verloren. Nun, noch einmal werde ich nicht verlieren. Ich werde die Strecke termingerecht fertigstellen.«

»Was hat das damit zu tun, daß du ins Sommerhaus...«

»Ich möchte dich hier nicht mehr sehen. Du bist mir im Weg. Verschwinde aus meinem Leben.« Immer lauter fuhr sie fort: »Du wirst die Chance bekommen, deinen Rachedurst zu stillen, denn ich habe es satt, daß du mich belauerst wie ein Aasgeier. Es muß ein Ende haben.«

Er starrte in ihr gerötetes Gesicht, in ihre glitzernden Augen. »Bei Gott, es muß ein Ende haben!« Er wendete sein Pferd mit einem Ruck. »Sei morgen bei Sonnenuntergang im Sommerhaus. Dein Pferd laß im Stall des Palastes. Das letzte Stück kannst du laufen. Ich möchte nicht, daß man deine Anwesenheit bemerkt.« Er gab seinem Pferd die Sporen und ritt südwärts.

»Das ist ja ein Elefant.« Margarets Blick galt der in schwarzen Stein eingeritzten meisterlichen Abbildung eines Elefanten, die auf dem Arbeitstisch lag. Mit seinem zum Trompetenstoß erhobenen Rüssel und dem exakt dargestellten Muskelspiel wirkte er erstaunlich lebensecht. Ein feinziselierter Laubkranz bildete die stilechte Umrahmung.

»Wann haben Sie damit begonnen?«

»Letzte Nacht. Da ich nicht schlafen konnte, entschloß ich mich, dieses Siegel für Ruel anzufertigen.«

»Siegel? Wer verwendet heutzutage noch Siegel?«

Kartauk grinste. »Staatsoberhäupter, auf offiziellen Dokumenten.« Er deutete auf ein winziges Monogramm am unteren Rand. »Meinen Sie nicht auch, daß dieser Einfall Ruel Freude machen wird?«

»Ich glaube, Sie haben das Siegel eher sich selbst zuliebe geschaffen«, stellte Margaret fest. »Warum ein Elefant?«

»Da Ruel mit dem Elefantenspiel den Maharadscha dazu brachte, ihm die Insel zu verkaufen.« Er schöpfte aus einem der kleinen Tontöpfe vor sich leicht gehärtetes schwarzes Wachs. »Außerdem liebe ich Elefanten«, erklärte er. »Der Maharadscha erlaubte mir, Dutzende Skulpturen von diesen Tieren herzustellen, als ich im Palast lebte.«

»Wurde das nicht langweilig?«

»Nach einer Weile schon, doch das Ergebnis hat sich gelohnt. Ich sorgte dafür, daß sich schließlich in jedem Raum des Palastes ein Elefant befand.« Kartauk lächelte schadenfroh. »Und Abdar hat jeden einzelnen gehaßt. Er verabscheut diese Tiere.«

»Warum?«

»Sein Vater vertraute mir an, daß Abdar als Kind vom Rücken eines Elefanten herunterfiel. Das Tier trat ihm auf den Arm und brach ihn. Leider kam ihm ein Diener zu Hilfe, ehe der Elefant ihm den Rest geben konnte.« Er griff zu einem feinen Farbpinsel, tauchte ihn in Olivenöl und bestrich damit den Wachsabdruck. »Seitdem ich diese Geschichte kenne, sind mir Elefanten richtig ans Herz gewachsen.«

»Ein böser Gedanke.«

»Abdar ist ein böser Mensch.« Er griff in einen anderen Tiegel und formte einen kleinen Tonwulst um das Siegel. »Gebe Gott, daß Sie nie herausfinden mögen, wie ungut.«

»Sie sagten, Ruel erwarte Abdar auf der Insel.«

»Ja.«

»Warum sind Sie dann nach Cinnidar gekommen?«

»Aus mancherlei Gründen.«

»Zum Beispiel?«

Er stand auf und ging zu dem Ofen in der Ecke, auf dem eine Flüssigkeit in einem Gefäß kochte. »Für Fragen ist keine Zeit. Bringt mir den langhaarigen Pinsel aus dem Schrank, Gehilfin.«

Nun goß er den kochenden Gips über das Wachs und verteilte es mit dem Pinsel, den sie ihm reichte, exakt in alle Vertiefungen.

»Was ist der nächste Schritt?« fragte sie.

Er gab keine Antwort, und sie zwang sich, ihm ins Antlitz zu sehen. Sie sah Macht darin, Kraft und Eindringlichkeit. »Welchen Schritt meinen Sie?« lautete seine Gegenfrage.

Sie runzelte die Stirn. »Verschonen Sie mich mit Wortspielen. Sie wissen, daß wir vom Siegel sprechen.«

»Ach ja, das Siegel.« Er ließ sich auf seinem Hocker nieder. »Nachdem der Gips erstarrt ist, nehme ich ihn vom Wachs ab, säubere die Form mit einem Messer und glätte sie.«

»Und dann folgt der Guß?«

»Ja. Das Trocknen dauert zwölf Stunden. Heute abend werde ich den Brennofen anheizen.« Er zog eine Braue hoch. »Ihr Interesse ist herzerwärmend. Sagen Sie, Gehilfin, schwebt Ihnen etwa ein eigenes Siegel vor?«

»Natürlich nicht. Diese Großspurigkeit geht mir ab.«

»Ach, wir alle verbergen uns hinter Übertreibungen und geben uns zu gern Selbsttäuschungen hin.«

Margaret beeilte sich, das Thema zu wechseln. »Bei welchem Meister waren Sie in der Lehre?«

»Bei meinem Vater, einem großen Künstler, dem besten Goldschmied von Istanbul. Er hat viel für die Hofgesellschaft und den Sultan selbst gearbeitet. Und er war mir ein guter Lehrmeister. Aber als ich dreizehn war, legte er mir nahe, sein Haus und seine Werkstatt zu verlassen.«

»Warum?«

»Aus Eifersucht. Schon als Junge gab ich Anlaß zu größten Hoffnungen. Eine meiner Arbeiten war dem Sultan aufgefallen.«

»Und aus diesem geringfügigen Grund hat er Ihnen die Tür gewiesen?« fragte sie empört.

»Für ihn war es nicht geringfügig. Aber ich hatte gewußt, daß es einmal so weit kommen würde. Er beherrschte sein Handwerk sehr gut, aber ich besaß den Funken.«

»Den Funken?«

»Den Funken des Genies«, sagte er schlicht. »Michelangelo besaß ihn, und Cellini ebenso. Ich wußte sehr bald, daß auch ich das Zeug zu einem Genie hatte. Meinem Vater habe ich nichts verübelt. Es ist nicht einfach, neben einem Genie zu leben, wenn man selbst keines ist. Für mich wäre es unter denselben Umständen auch eine Qual gewesen.«

»Aber Sie hätten ihn nicht hinausgeworfen.«

Er lächelte. »Woher wollen Sie das wissen?«

»Ich weiß es.« Zu ihrer Verwunderung mußte sie feststellen, daß es stimmte. Sie hatte in den vergangenen Wochen mehr über Kartauk erfahren, als ihr bewußt gewesen war. Obwohl er weiß Gott anmaßend war, so war er doch nicht hohl und eitel. Sein Vertrauen in sein Künstlertum war enorm, die sarkastischen Lobpreisungen seiner anderen Fähigkeiten jedoch waren reine Prahlerei. Ihre linkische Gegenwart in seiner Domäne hatte er mit bemerkenswerter Geduld hingenommen und war viel nachsichtiger als erwartet mit ihr umgegangen. Erschrocken stellte sie fest, wie nah sie und Kartauk sich in den letzten Wochen gekommen waren.

Sie nahm den Lederschurz ab und warf ihn auf den Arbeitstisch. »Es wird Zeit, daß ich wieder zu Ian gehe.« Ihr stockte der Atem, als sie seinem Blick begegnete. »Sehen Sie mich nicht so an.«

»Ich sehe Sie zu gern an.« Er senkte gehorsam den Blick auf seine Arbeit. »Sie haben recht, es ist sehr vernünftig, wenn Sie jetzt gehen. Noch vernünftiger wäre es, wenn Sie nicht wiederkämen.«

Sie ging zur Tür. »Fangen Sie wieder mit diesem Unsinn an? Ich dachte, Sie hätten sich mit meiner Gegenwart hier abgefunden. Natürlich komme ich wieder. Wir kommen sehr gut miteinander aus. Neuerdings habe ich sogar eine gewisse Ähnlichkeit, eine gegenseitige Anziehungskraft entdeckt.«

»Um Himmels willen! Sehen Sie denn nicht, daß genau darin die Gefahr liegt?« Die Heftigkeit seiner Worte ließ sie erschrekken.

»Was meinen Sie damit?« flüsterte sie.

»Denken Sie darüber nach.« Er hielt den Blick auf die Siegelform gerichtet. »Kommen Sie nicht wieder, Margaret.«

Margaret. Es war das erste Mal, daß er ihren Namen aussprach. Nur eine Kleinigkeit, und doch empfand Margaret sie beinahe als Intimität.

»Kartauk.« Sie benetzte ihre Lippen. Auch er hatte einen Namen, und sie wollte ihn benutzen, wollte den Klang auf ihren Lippen spüren. »John...«

Er rührte sich nicht, hob auch nicht den Kopf, um sie anzusehen. Wieder erlebte sie eine Anwandlung von Panik, als ihr klar wurde, daß sie wollte, er möge den Kopf heben und sie ansehen, wie kurz zuvor. Sofort wies sie diesen Gedanken von sich.

Er saß am Arbeitstisch und starrte auf das Siegel nieder.

Als er den Kopf hob, tat ihr Herz einen Sprung. »Nein!«

Im nächsten Moment riß sie die Tür auf und lief die langen, schimmernden Korridore entlang zu ihrem Zimmer, zu Ian.

Lust.

O Gott, sie begehrte ihn, verlangte nach ihm auf jene animalische Weise, die sie bei Ian zu empfinden vorgab. Sie hatte auf Kartauk reagiert, wie es allein ihrem Mann gebührte.

Betrug.

»Du bist heute so still«, sagte Ian, als er seine Teetasse an die Lippen führte. »Müde, Margaret?«

»Ein wenig vielleicht.« Sie zwang sich zu einem Lächeln, als sie sich auf dem Hocker neben seinem großen Sessel bequemer zurechtsetzte. »Es wird vorübergehen.«

»Womit beschäftigt sich Kartauk im Moment? Arbeitet er wieder an einer Statue?«

»Nein, an einem Siegel für Seine Majestät König Ruel von Cinnidar.« Sie zog ihm die karierte Decke höher über die Beine. »Ich sagte ihm, daß es ein Fehler sei, der Eigenliebe dieses Burschen noch mehr zu schmeicheln, aber er wollte nicht auf mich hören.«

Ian lachte. »Da bin ich anderer Meinung. Ruel wird sich darüber amüsieren, und er braucht dringend etwas, das seine Laune hebt. In letzter Zeit rackert er sich ab wie ein Galeerensklave.«

»Er tut es gern.« Sie blickte ins Feuer. »Aber du könntest recht haben... ich bin übermüdet. Ehrlich gesagt, habe ich mich entschlossen, die Arbeit für Kartauk aufzugeben. Sie kostet mich zuviel Zeit.«

»Nein«, sagte Ian leise. »Das werde ich nicht zulassen.«

Sie blickte erschrocken auf. »Wie?«

»Wenn du glaubst, du hättest zuviel zu tun, dann schränke die Zeit mit mir ein. Ich möchte nicht, daß du um dein Vergnügen kommst.«

»Vergnügen? Wenn Kartauk mich nicht mit Hilfsarbeiten beschäftigt, läßt er mich irgendwelchen Tand anfertigen oder ignoriert mich völlig. Was für ein Vergnügen soll das sein?«

»Es reicht, deinen Schritt zu beflügeln und dein Lächeln strahlender zu machen, wenn du zu mir kommst.«

»Wirklich?« Wenn es stimmte, was Ian sagte, dann war der Entschluß, ihren Plan fallenzulassen, klüger, als sie geglaubt hatte.

»Du brauchst solche Ablenkungen.« Ian lächelte matt. »Ich kann dir weiß Gott nichts bieten, was deine Lebensgeister heben könnte.«

»Allein das Zusammensein mit dir genügt mir.«

»Du lügst.« Ian lächelte. »Doch es ist eine fromme Lüge. Ich kann dir außer Kummer und Mühsal nichts bieten.«

»Nein.« Sie führte Ians Hand, die ganz schmal geworden war und im Schein des Feuers fast durchsichtig wirkte, an ihre Wange. »Kummer ja, wenn du nicht kämpfen hilfst. Aber keine Plage. Liebe kennt keine Mühsal.«

Er strich ihr sanft übers Haar. »Nun, ich kenne sie, und ich möchte nicht, daß du noch mehr Mühsal auf dich nimmst. Du wirst morgen in Kartauks Atelier gehen und für mich ein Siegel machen, ähnlich jenem, das er für Ruel geschaffen hat. Wenn ich meine Briefe nach Glenclaren damit siegeln kann, werde ich mich richtig großartig fühlen.«

»Nein, ich möchte nicht…«

»Ich brauche dich nicht«, unterbrach er sie sanft. »Siehst du das nicht ein, Margaret?«

Sie sah es ein, und diese Erkenntnis erfüllte sie mit Angst. Mit jedem Tag entglitt er ihr mehr. »Wenn du mich liebst, wirst du...« Sie hielt inne. Sie würde ihn zu seinen vielen anderen Bürden nicht auch noch mit Gewissensbissen belasten. Außerdem waren Bitten und Vorhaltungen zwecklos. Er benötigte einen Antrieb, der stärker war als das, was sie ihm bieten konnte.

Das Kind.

Verschaffe ich mir einen Vorwand für die Sünde des Ehebruchs? fragte sie sich verzweifelt. Zuerst hatte sie an der Lauterkeit ihrer Motive nicht gezweifelt, jetzt aber war sie ihrer Sache nicht mehr so sicher. Es konnte ebensogut leidenschaftliches Verlangen gewesen sein, das sie die ganze Zeit über zu Kartauk hingeführt hatte. »Ich möchte nicht mehr hingehen«, flüsterte sie.

»Natürlich möchtest du. Und wenn du es nicht möchtest, dann tu es mir zuliebe.« Er lächelte verschmitzt. »Ich brauche das Siegel für Glenclaren.«

Und er brauchte ein Kind für Glenclaren, ein Kind, das ihn am Leben erhielt. Auch wenn das Zusammensein mit Kartauk ihr sinnliche Lust brachte... würde sie nicht Vergebung finden, wenn es zu Ians Rettung geschah? Ach, sie wußte es nicht.

»Margaret?«

»Also gut.« Sie drückte ihr Gesicht an den weichen Kaschmirstoff der Decke, die ihn umhüllte. »Du sollst dein Siegel haben.«

Lieber Gott, was aber würde sie haben, wenn dies alles vorüber war?

Margaret zögerte vor der Tür des Ateliers, öffnete dann entschlossen und segelte in den Raum. »Guten Morgen, Kartauk. Nun, wie fühlen Sie sich heute? Ich weiß, daß ich mich ein wenig verspätet habe, aber ich mußte...«

Er kam auf sie zu, und sein Gesichtsausdruck...

Da sie nicht wahrhaben wollte, was dieser Ausdruck ihr verriet, senkte sie den Blick auf den schimmernd weißen Mosaikboden. Er war knapp vor ihr stehengeblieben, so daß sie seine breiten, kräftigen Füße in den braunen Ledersandalen vor sich sah. Sie roch den vertrauten Geruch nach Wachs, Holz und Gips. »Sicher wollen Sie mir jetzt die Leviten lesen, weil ich wieder gekommen bin. Es wird Ihnen nichts nützen. Ich habe lange und gründlich darüber nachgedacht. Ian läßt nicht locker und behauptet, ich würde Ablenkung brauchen, und ich kam zu der Einsicht, daß kein Grund vorliegt, weshalb ich nicht kommen sollte, wenn Ian...«

»Pst.« Seine Stimme war kehlig und heiser. »Ich möchte seinen Namen nicht hören.« Er faßte in ihr Haar und zog sanft ihren Kopf nach hinten, um ihr in die Augen zu sehen. »Du hättest nicht kommen sollen.«

»Ich sagte, ich würde nicht kommen, aber...« Sie konnte ihren Blick von seinem Gesicht nicht losreißen. Er starrte sie mit derselben verzehrenden Intensität an, die sie an ihm bemerkte, wenn er in die Betrachtung seiner Werke versunken war. »Aber Ian wollte...« Sie schluckte, um die Enge ihrer Kehle zu überwinden. »...ein Siegel.«

»Den Teufel wollte er.«

Im nächsten Moment lagen seine Lippen auf den ihren, hart, warm, brutal vor Verlangen. Er löste ihr Haar, wobei er Worte in einer ihr unverständlichen Sprache raunte und in einer heißen drängenden Liebkosung seine Lippen von ihrem Mund zu ihrer Kehle gleiten ließ. Sie fühlte seinen seidenweichen Bart, der über ihre Haut glitt, seine großen Hände, die auf ihren Schultern lagen, sie drückten, erkundeten, dann zu ihrem Hals, zu ihren Brüsten glitten... Sie hatte sich geirrt, es waren keine Liebkosungen. Es war vielmehr, als würde sie verschlungen, aufgesogen. Er zog sie in die Höhlung seiner Hüften, um sie seine schokkierende Härte spüren zu lassen. Schockierend, aber richtig. Heilige Muttergottes, sie mußte in ihrem Herzen etwas Sündiges bergen, da sie das Gefühl hatte, es sei richtig.

Er fuhr ihr mit beiden Händen durch das Haar, das ihr in wildem Durcheinander auf die Schultern fiel. Er hob den Kopf. »Du begehrst mich«, stieß er atemlos hervor. »*Mich.*«

»Ja.« Nichts schien ihr in diesem Moment klarer. »Ja, Kartauk.«

Wieder drückte er sie an sich und raubte ihr den Atem. Begehren. Lust. Sicherheit. Wie konnte sie sich so geborgen fühlen, da sie doch über einem Abgrund schwebte? Es würde geschehen. Sie hatte geglaubt, sie wäre darauf vorbereitet, nun aber zitterte sie, verängstigt wie ein Kind, das den ersten Schritt tut. »Was tue ich da?« keuchte sie. »Hilf mir. Möchtest du mit mir alles das tun, was du mich mit Ian tun hießest?«

Er erstarrte mitten in der Bewegung. »Ich sagte dir, du solltest nicht…« Ein Schauer überlief ihn. »O Gott, ich wünschte, du hättest das nicht gesagt.« Er stieß sie von sich.

Sofort wollte sie sich wieder an ihn schmiegen.

»Nein«, stieß er zähneknirschend hervor. »Nein, Margaret.«

»Warum nicht?« Sie konnte es nicht fassen, daß er sie zurückstieß. »Ich dachte –«

»Ich auch.« Mit einem tiefen Atemzug ließ er ihre Schultern los und trat einen Schritt zurück. »Die ganze Nacht habe ich mir darüber den Kopf zerbrochen. Eigentlich schon, seitdem du vor Wochen mit dieser Narrheit angefangen hast.« Er ging zurück an den Arbeitstisch. »Setz dich.«

Sie stand da, starrte ihn an und fühlte sich unsicherer als je zuvor in ihrem Leben. »Warum? Ellen MacTavish bin ich zwar nicht, aber du bleibst bei mir nicht ungerührt.«

»Ungerührt?« Er ließ sich auf seinen Hocker fallen. »Ja, man könnte sagen, daß du mich anrührst.«

Sie wollte auf ihn zu. »Dann erscheint es mir unvernünftig, nicht...«

»Bleib stehen, wo du bist«, sagte er scharf. »Komm mir nicht zu nahe.«

Sie hielt inne und lächelte unsicher. »Wenn du mich nicht abstoßend findest, warum läßt du mich dich dann nicht spüren?«

»Weil du nicht bist wie andere Frauen.«

»Ich glaube, ich besitze die erforderlichen Gliedmaßen, Augen und Brüste.«

»Dazu unter deinem kühlen Äußeren noch ein gutes Herz, das Gewissen eines Priesters und die Weichheit eines Daunenkissens.« Er schüttelte den Kopf. »Ich kann dir nicht weh tun. Ich *werde* dir nicht weh tun.«

»Aber du begehrst mich.«

»Ich liebe dich.«

Ihre Augen wurden groß.

»Du wunderst dich?« Sein Lächeln war bittersüß. »O ja, ich wußte es seit jenem ersten Augenblick, als du aus dem Schloß auf den Hof tratest und anfingst, mich zu maßregeln und herumzukommandieren.«

»Das ist nicht möglich.« Sie konnte ihre Worte selbst kaum hören. »Ich bin doch nicht die schöne Helena, die einen Mann dermaßen betört.«

»Du hast mich betört. Wie pures Gold hast du in der Sonne geglänzt, ganz Kraft, Mut und liebendes Herz. Du glänzt noch immer. Wenn du müde oder entmutigt bist, ist es nur ein stumpfer Schein, dann wiederum funkelst und schimmerst du wie...«

»Schöne Worte«, sagte sie bebend.

»Worte, die du nicht hören möchtest. Meinst du, ich wüßte

das nicht?« Seine große Hand verkrampfte sich auf dem Tisch zur Faust. »Mir ist Lust gestattet, aber nicht Liebe. Ich bedauere, daß du nicht das eine ohne das andere haben kannst. Das ist es, was ich dir gestern zu sagen versuchte. Wir sind einander zu nahegekommen.« Er hielt ihren Blick fest. »Sei so ehrlich, es zuzugeben.«

Seine Worte durchdrangen die Schranken, die sie aufgerichtet hatte. »Ich... ich leugne nicht, daß ich dich begehre.«

»Ja, weil Lust sicher ist. Nicht gut, aber sicher. Als ich dich heute eintreten sah, wußte ich, daß du dich damit irgendwie arrangiert hast. Aber Liebe wäre Betrug an Ian. Und dem willst du dich nicht stellen, oder?«

»Was sagst du da? Ich liebe Ian!« Der Schmerz wurde zu groß. Sie schloß die Augen, um ihn auszuschließen, um Kartauk auszuschließen. »Ich liebe ihn wirklich.«

»Ja, ich weiß, aber mich liebst du auch.«

Sie riß die Augen auf. »Nein!«

Ein Ausdruck des Unwillens huschte über sein Gesicht. »Verdammt, so gib es doch zu. Gönne mir wenigstens dies.«

»Eine Frau kann nicht zwei Männer lieben.«

»Weil alle Dichter und Minnesänger davon schmachten, daß es nur eine große Liebe im Leben geben kann? Es ist Unsinn – es gibt viele Arten der Liebe, und wir könnten die allerbeste haben.« In seinen braunen Augen blitzte es. »Wir könnten Lust und Humor und Verständnis haben. Wir sind von derselben Art, zwei Hälften eines Ganzen. Eben jetzt hätte ich dich haben können, und ich schwöre dir, du hättest gespürt, daß dein Gefühl sich nicht auf Lust beschränkt.«

»Warum hast du es dann nicht getan?«

»Weil ich deinen Blick nicht sehen wollte, wenn du erkannt hättest, daß du eben Ehebruch mit dem Mann, den du liebst, begangen hast. Du bist eine starke Frau, doch glaube ich nicht, daß du diesen Schlag überlebt hättest.«

»Ich liebe dich nicht, und ich werde dich nie lieben«, sagte sie aus tiefer Verzweiflung heraus.

»Du liebst mich, aber im Moment wollen wir nicht mehr davon sprechen.« Er hob seine breiten Schultern, als entledige er sich einer Last. »Du sagtest, Ian wolle ein eigenes Siegel? Dann wollen wir uns ans Werk machen. Und wenn wir damit fertig sind, wird es höchste Zeit, daß ich eine Skulptur von dir mache...«

16. Kapitel

Das dunkelblaue, geschwungene Ziegeldach des Sommerhauses schimmerte grau im Mondlicht. Aus den Bogenfenstern fiel Licht in fächerförmigen Schattenmustern auf den Rasen.

Er erwartete sie.

Natürlich erwartet er mich, dachte Jane voller Ungeduld. Seit mehr als drei Jahren erwartete er sie schon.

Sie mußte sich richtig zusammennehmen, ehe sie die Stufen der Terrasse hinunter und dann den Pfad entlang zum Sommerhaus ging.

Sie würde es schaffen. Er konnte ihr nichts antun, wenn sie es nicht zuließ. Mit einem tiefen Atemzug hatte sie die Tür erreicht und öffnete. »Hier bin ich«, sagte sie tonlos.

»Das sehe ich.« Ruel saß in einem prächtigen Barocksessel vor einem Marmorkamin. Er war wie bei ihrer Ankunft im Palast ganz in Weiß gekleidet. Das Feuer warf einen warmen Glanz auf seine golden getönte Haut und das mit sonnengebleichten Strähnen durchsetzte Haar, beides ein auffallender Kontrast zu seiner eleganten Aufmachung. Ruel schien sich in diesem geschmackvoll ausgestatteten Raum mit seinem Flair von gediegenem europäischen Luxus überaus wohl zu fühlen.

Er erhob sich naserümpfend. »Leider sehe ich dich nicht nur, ich rieche dich auch.«

»Ich kann wohl kaum fünfundzwanzig Meilen durch Hitze und Staub reiten, ohne nach Pferd zu riechen.« Sie schloß die Tür. »Wenn es dir nicht paßt, kann ich ja wieder gehen.«

»Aber keineswegs. Ich war nie einer, der auf eine Mahlzeit verzichtet, nur weil er sie selbst zubereiten muß. Man schlemmt um so genüßlicher, wenn man weiß, daß alles genau nach Wunsch zubereitet ist.« Er stand auf, um zu dem gemusterten Brokatvorhang zu gehen, der den Raum teilte. »Tatsächlich habe ich dieses kleine Problem vorausgesehen. Vor zehn Minuten wurde heißes Wasser aus dem Palast gebracht.« Er zog den Vorhang beiseite und gab damit den Blick auf einen Teil des Raumes frei, der dank der an allen drei Wänden angebrachten Spiegel viel größer wirkte. Ein in Königsblau und Weiß gehaltener Teppich lag auf schimmerndem Eichenparkett. Am anderen Ende des Raumes stand ein breites, von durchsichtigen Moskitonetzen verhülltes Bett mit einer weißen Seidendecke. Er folgte ihrem Blick mit dem Anflug eines Lächelns, um sodann auf eine mit dampfendem Wasser gefüllte, direkt hinter dem Brokatvorhang stehende Sitzwanne zu deuten. »Ein Glück, daß du pünktlich warst, weil sonst das Wasser ausgekühlt wäre.«

»Das hätte nichts ausgemacht«, sagte sie leise. »Ich nehme an, du wirst mich dabei beobachten.«

Ein undeutbarer Ausdruck huschte über seine Miene. »Sehr wahrscheinlich.«

Sie ließ sich auf einem breiten, mit weißer Seide bespannten

Sofa unweit der Wanne nieder und zog Stiefel und Wollsocken aus. »Das dachte ich mir.«

»Warum?«

»Du wolltest, daß ich mich... ausgesetzt, erniedrigt fühle.« Jane erhob sich und knöpfte ihr Hemd auf. »Es gehört alles dazu.«

»Eigentlich hatte ich etwas anderes vor.« Er ließ eine Pause eintreten. »Eine Geliebte wird mit zuviel Zartgefühl behandelt. Ich dachte eher an eine Kostprobe der Freuden, die man deiner Mutter angedeihen ließ.«

Sie fühlte sich, als hätte jemand sie in den Leib getreten. Ihre Finger verharrten beim zweiten Knopf. »Ach?«

»Kannst du dir eine passendere Rache vorstellen? Du hast doch wohl nicht geglaubt, ich würde dich auspeitschen oder in eine eiserne Jungfrau sperren? Weißt du noch, wie wir über meinen Widerwillen vor Schlangen sprachen und ich sagte, jeder fürchte sich vor etwas?« Er sah sie eindringlich an. »Ist dies nicht deine größte Angst? Eine Hure zu sein wie deine Mutter?«

»Ja«, kam es im Flüsterton über ihre Lippen. Sklaverei, Unterwerfung, Gefangenschaft. O Gott, sie hätte wissen müssen, daß Ruel ihr mit sicherem Instinkt den denkbar grausamsten Schlag versetzen würde.

»Nun, willst du nicht davonlaufen?«

Einen Moment war sie heftig versucht, tatsächlich die Flucht zu ergreifen, doch wäre das eine zweite Niederlage gewesen. »Nein.«

Sie glaubte Enttäuschung in seiner Miene zu lesen, gewiß ein Irrtum, denn gleich darauf lächelte er spöttisch. »Dann mach doch endlich weiter. Dein Badewasser kühlt aus.«

»Noch nicht.« Sie sah ihn unverwandt an. »Ich möchte von dir ein Versprechen.«

»Ein Versprechen?«

»Wenn ich gehe, sind wir quitt. Ich möchte dein Versprechen, daß du dich ohne zwingenden Grund auf der Baustelle nicht mehr blicken läßt.«

»Ich dachte, darüber wären wir uns schon einig.«

»Ich möchte dein Versprechen.«

Er schwieg einen Moment still, ehe er sagte: »Du hast es.«

»Gut.« Jane war sich allzu deutlich seines Blickes bewußt, als sie sich rasch ganz entkleidete und zur Wanne ging.

»Warte. Dreh dich um.«

Sie erstarrte. Dann drehte sie sich langsam zu ihm um.

An der Wand lehnend ließ er den Blick langsam über sie gleiten. »Du bist dünner als in Glenclaren. Man sieht es dir in bekleidetem Zustand nicht an...«

»Ich nehme immer ab, wenn ich schwer arbeite.«

Er kniff die Lippen zusammen. »Soll diese Bemerkung dazu dienen, daß ich mich schuldig fühle, weil ich dich zwinge...«

»Du hast mich nicht gezwungen. Es war meine freie Entscheidung.« Sie sah ihm herausfordernd in die Augen. »Und ich hätte dich fast bezwungen, wenn nicht der verdammte Elefant...«

Er lächelte. »Ja. Aber fast ist nicht ganz.« Sein Blick wanderte zum Haargekräusel um ihre Weiblichkeit. »Dreh dich um die eigene Achse. Langsam.«

Sie spürte, wie ihr heiß wurde, aber irgendwie schaffte sie es, seiner Aufforderung mit ausdrucksloser Miene nachzukommen.

»Obwohl du dünner bist, sind deine Brüste voller als vor drei Jahren.«

»Darf ich jetzt in die Wanne?« fragte sie.

»Noch nicht. Wende mir den Rücken zu.«

Sie biß sich auf die Unterlippe, als sie sich umdrehte und kerzengeade stehenblieb.

»Prachtvolle Gesäßbacken.« Seine Stimme wurde rauh. »Straff und fest... Kannst du dich an das Gemälde im Salonwagen des Maharadschas erinnern?«

Sie kam sich vor wie eine Sklavin auf einem Auktionsblock, wie eine der Huren in Frenchies Zelt. Sklaverei. Verdränge es, sagte sie sich. Sie gab ihm, was er wollte; er weckte in ihr jene Gefühle, die er zu wecken wünschte. »Nein, ich kann mich nicht erinnern. Bist du fertig?«

»Ja. Steig in die Wanne.«

Sie legte rasch die wenigen Schritte zur Sitzwanne zurück, um sich im nächsten Moment dankbar ins Wasser sinken zu lassen. Sieh ihn nicht an. Bring es hinter dich. Der betäubende Duft von Jasmin und Limonen stieg ihr aus dem Wasser entgegen, als sie nach dem auf der Oberfläche schwimmenden Schwamm griff und anfing, sich energisch die Schulter einzuseifen.

»Nicht so grob«, ließ er sich spöttisch vernehmen. »Ich möchte nicht, daß du Schaden nimmst.«

Jane starrte ins Wasser. »Es wird nicht klappen. Du wirst enttäuscht sein.«

»Ach?« Die Stimme kam von einer Stelle knapp hinter ihr. »Warum glaubst du das?«

»Ich werde nicht...« – sie unterbrach sich, da sie seine Hände in ihrem Haar fühlte, als er ihren Zopf löste – »...zulassen, daß du mir weh tust.«

»Nein?« Seine Finger strichen durch ihren Zopf, von den Haarwurzeln bis zu den Spitzen, zogen sanft daran und teilten ihn, bis er ihr in wilder Unordnung über die Schulter fiel.

Kluger Ruel. Das weiche, seidige Haar, das ihr Fleisch streifte, steigerte das Gefühl der Verletzlichkeit und Fraulichkeit um ein Vielfaches. Sie befeuchtete die Lippen. »Ich hatte unterwegs Zeit zum Nachdenken. Für ein paar Tage kann ich alles aushalten.«

»Kannst du das?« Sie hörte, wie er sich hinter ihr bewegte. »Woher weißt du, daß es nur für ein paar Tage sein wird?«

»Ein paar Tage«, wiederholte sie nachdrücklich. »Du wirst es bald satt bekommen und dich wieder wichtigeren Dingen zuwenden.«

»Das ist mir wichtig.«

»Nicht so wichtig wie Cinnidar.«

»Zuweilen bin ich dessen nicht sicher.«

»Du wirst dessen sicher sein, wenn Langeweile einsetzt.« Sie sprach hastig weiter. »Dann kann ich zurück und die Strecke termingerecht fertigstellen.«

»Und wenn dein störrischer Elefant dich wieder besucht?«

Sie hatte versucht, nicht an diese Möglichkeit zu denken. »Dilam wird alles Nötige dagegen unternehmen.«

Ruel kam hinter der Wanne hervor und setzte sich auf das weiße Sofa.

Völlig nackt hielt er die Beine leicht gespreizt und ließ seine erigierte Männlichkeit kühn hervorstehen.

Jane stockte der Atem, sie konnte ihren Blick nicht von dem Teil losreißen, das in sie eindringen und sie an ihn binden würde wie damals im Salonwagen des Maharadschas.

»Hebe deine Brüste an. Ich möchte sehen, wie das Wasser darauf glänzt.«

Jane schloß die Augen ganz fest und ließ den Schwamm fallen. Dann umfaßte sie die Unterseite ihrer Brüste.

»So ist es gut.« Seine Stimme kam aus unmittelbarer Nähe. »Höher. Und jetzt biete sie mir dar. Gut...«

Seine Lippen schlossen sich um ihre Brustspitze.

Sie schnappte nach Luft und riß die Augen auf. Sein Mund umschloß ihre Brust, seine Augen aber hingen an ihr und registrierten genau ihren Ausdruck, während er an der empfindlichen Knospe saugte. Ihre Bauchmuskeln verkrampften sich, als eine Gefühlswoge nach der anderen sie erbeben ließ. »Nun verhalte dich ganz ruhig, und du wirst für deinen Gehorsam belohnt.« Seine Hände glitten unter die Wasseroberfläche, suchten und fanden. Wieder rang sie nach Luft, als sein Daumen das Zentrum ihrer Empfindsamkeit drückte und massierte. Jede seiner Bewegungen ließ einen heißen Funkenregen der Gefühle in ihr aufsprühen. Mit der anderen Hand glitt er noch tiefer, wobei er raunte: »Verkrampf dich nicht.«

Jane konnte nicht an sich halten. Sie wölbte sich rücklings gegen die Wanne, ihre Hände umklammerten den Wannenrand, während seine Finger tief eindrangen, sie wieder freigaben, schnell, langsam, in einem Rhythmus, der bewirkte, daß sie sich auf die Lippen biß, um nicht laut aufzuschreien. Schließlich ließ er von ihr ab und sank auf die Fersen zurück. »Sehr gut.« Sein Brustkorb hob und senkte sich unter stoßweisen Atemzügen. »Zu gut vielleicht. Meine Ungeduld regt sich. Ich glaube, wir beenden die erste Lektion. Für die nächste haben wir massenhaft Zeit.« Er stand auf und griff nach einem großen Badetuch auf dem Sofa. »Steh auf.«

Jane wußte nicht, ob sie es schaffen würde. Ihre Knie zitterten, sie bebte am ganzen Körper, so viel Kraft kostete es sie, ihn nicht merken zu lassen, wie sie reagierte.

»Auf!« Ruel riß sie hoch und hüllte sie ins Badetuch. Dann warf er einen hastigen Blick zum Bett hin. »Zu weit.« Er ließ sich aufs Sofa fallen. »Ich kann nicht warten.«

Seine Finger suchten, zogen sie an sich, schoben ihre Beine über seine Hüften. Ihre Hinterbacken umfassend, stieß er zu, ganz tief.

Jane schrie auf, als sie die warme, harte Länge so tief in sich fühlte. Hitze. Enge.

Er bewegte sich, stieß immer wieder zu und ließ sie aber jeden Zoll spüren. Ihre Brustspitzen verhärteten sich an seiner Brust, wie sie verzweifelt merkte. »Halte mich fester«, stieß er hervor, wobei er jedem Wort mit einem Stoß Nachdruck verlieh. »Gib – mir – mehr.«

Sie wollte ihm überhaupt nichts geben, dennoch umklammerte sie ihn instinktiv mit ihren Beinen fester. Jene sich steigernde Spannung, die sie im Salonwagen erlebt hatte, machte sich wieder bemerkbar und wuchs mit jeder Sekunde. Wie konnte ihr Körper nur diesen Verrat an ihr üben, wo es doch für Ruel Sieg bedeutete?

Er drehte sich, und irgendwie kam sie plötzlich seitlich auf dem Rücken zu liegen. Ihr Kopf fand keinen Platz mehr auf der Sofapolsterung, sie ließ ihn nach hinten hängen, so daß ihr Haar bei jedem Stoß Ruels den Boden streifte. Jane spürte, wie sich in ihrer Kehle, in ihrem ganzen Körper ein Aufschrei staute und darauf wartete, ausgestoßen zu werden.

»Laß die Zurückhaltung«, raunte Ruel. »Laß dich gehen.«

Sie hielt es nicht länger aus. Begleitet von den Zuckungen des Höhepunktes brach der Schrei aus ihr hervor. Undeutlich vernahm sie seinen tiefen, befriedigten Laut über sich. Die rasche Folge kurzer Stöße, die ihm die Erlösung brachten, nahm sie kaum wahr. Er hat gewonnen, dachte sie erschöpft. Er hatte ihren Körper manipuliert und sich genommen, was er wollte. Sie hatte ihm diesen letzten Sieg nicht vorenthalten können.

Ruel trug die noch immer ins Badetuch gehüllte Jane zum Bett. Sie blickte zu ihm auf, sie atmete schwer und stoßweise.

»Das hast du nicht erwartet, wie?« fragte er, als er sie hinlegte. »Unsere Körper kümmert es nicht, ob wir hassen oder lieben. So wird es jedesmal sein. Ich werde es immer wieder geschehen lassen, ob du willst oder nicht.«

»Es wird nicht wieder vorkommen«, sagte sie entschlossen.

»Doch, das wird es, und zwar sehr bald. Was dich betrifft, bin ich unersättlich. Sei versichert, daß dies nur die erste von vielen Überrumpelungen war. Ich hatte drei Jahre Zeit, mir einiges auszudenken.« Er tastete nach dem Nachttisch und hielt ihr im nächsten Moment etwas hin. »Erinnerst du dich an den Abend bei Zabrie?«

Eine Maske, eine ausgefallene Maske aus schwarzen und türkisfarbenen Federn.

Ein Bild blitzte vor ihr auf... Ruel in der Mitte des Raumes stehend, spöttische blaue Augen, die sie durch die Schlitze einer Maske anfunkelten.

»Mir ist von damals wenig im Gedächtnis geblieben. Es ist keine Erinnerung, an die man gern zurückdenkt.«

»Mir geht es ähnlich.« Er strich mit der gefiederten Maske über ihre Brust. »Weil es für mich ein frustrierendes Erlebnis war.«

Ihre Brüste schwollen an, ihre Knospen reagierten mit immer größerer Empfindlichkeit auf jede Streichelbewegung der Federn. »Ist das notwendig? Ich wünschte... du würdest damit aufhören«, sagte sie stockend.

»Sofort.« Er glitt mit der Maske tiefer und strich damit über ihren Unterleib, hin und her.

Sie spürte ein heißes Prickeln zwischen den Schenkeln. Nicht schon wieder, flehte sie insgeheim. Keine Bewegung. Liefere ihm keine Reaktion, die wieder seine Leidenschaft entflammt.

»Zabrie war sehr klug. Sie wußte, daß es einen Mann im Freudenhaus nicht kümmert, wer die Frau ist, solange sie ihm gibt, was er will«, murmelte er. »Und was wäre anonymer als eine Maske, findest du nicht, Jane?«

Sie gab keine Antwort.

Wieder war er über ihr, teilte ihre Schenkel und drang ein, langsam, ganz tief. »Ja, du bist wieder bereit. Das dachte ich mir. Du bist sehr anpassungsfähig.« Er legte ihr die Federmaske aufs Gesicht und band sie in aller Ruhe mit den Samtbändern hinter ihrem Kopf fest. Reglos saß er da und betrachtete sie. »Du siehst hinreißend erotisch aus.« Sein spöttischer Ton stand im Gegensatz zu seiner belegten Stimme.

Allmächtiger, wie sie ihn umklammerte!

»Und offenbar entspricht das deinen Gefühlen.« Er lächelte. »Ganz in meinem Sinn. So sollte ein Freudenmädchen fühlen und handeln. Du lernst sehr schnell. Wenn wir damit fertig sind, kommt die nächste Lektion.« Er fing wieder an, sich mit quälender Langsamkeit zu bewegen. »Es gibt noch zahlreiche andere Zwecke für Federn.«

»Du hast es nicht geschafft«, murmelte Jane. Sie blickte zum Fenster. Das erste graue Licht der Dämmerung erhellte den Raum.

»Wirklich?« Ruel zog sie an sich, um mit ihrem roten Haar, das ihr über die Schulter fiel, zu spielen »Deine Reaktion ließ das Gegenteil vermuten.«

»Ich hatte Angst, du würdest mich wieder dazu bringen, dich zu lieben«, flüsterte sie.

Er erstarrte. »Mich zu lieben?«

»Ich habe dich geliebt… es ist lange her. Ich hatte Angst, es würde wieder passieren.«

»Sicher ist diese Möglichkeit jetzt ausgeschlossen.«

»Ja, das ist vorbei. Ich fühle mich innerlich ausgehöhlt, so als wäre ich mit Sand gefüllt gewesen, der nun ausgeronnen ist.« Sie hatte das Gefühl zu schweben. Fieber? fragte sie sich. Sie durfte nicht vergessen, morgen ihr *quinghao* zu nehmen…

»Ich fürchte dich nicht mehr, Ruel. Du kannst mir nichts anhaben, weil ich nichts für dich empfinde. Ich habe mich von dir befreit.«

Er fuhr ihr durchs Haar. »Bist du sicher?«

»Ja, ich bin mir sicher...«

Margaret stieß die Ateliertür auf und verkündete angriffslustig: »Ich habe nicht mehr die Absicht zu kommen. Heute bin ich nur da, weil ich nicht wußte, wie...«

»... wie du mich davon abhalten könntest, zu bekommen, was ich möchte«, schloß Kartauk ungeduldig den Satz an ihrer Stelle. »Ich weiß, ich weiß. So, nun komm und binde deine Schürze um. Wir haben zu tun.«

Erleichtert registrierte sie, daß aus seinem Ton auch nicht der geringste Anflug von Intimität sprach. Sie hätte sich ihr nächtliches Grämen und Grübeln getrost sparen können. Er hatte die Tür zugeworfen, und es war, als wäre das Gestern nie gewesen. Margaret ging zum Arbeitstisch. »Und ich werde dir nicht Modell sitzen.«

»Nicht jetzt«, gab er zerstreut zurück. »Ich muß Ruels Siegel gießen. An die Statue kann ich erst morgen denken.«

»Es wird dir nichts nützen. Ich werde dir nicht als Modell dienen.« Sie holte unter dem Tisch ihre Schürze hervor. »Was kommt als erstes?«

»Wir streuen das Gipsmodell mit feinem Holzkohlenstaub aus.« Er tat es und drückte dann die Form in eine der zwei Sandbehälter vor ihm auf dem Tisch. Wundervolle Hände. Geschickt, anmutig, sicher. Doch hatten sie diese Sicherheit vermissen lassen, als sie sie gestern berührt hatten. Sie hatten vor Verlangen gebebt. »Dann trocknen wir jenen Teil des Modells, wohin die Lettern und Ornamente kommen. Hörst du mir zu?«

»Natürlich.« Schuldbewußt riß sie ihren Blick von seinen Händen los. »Was nun?«

»Teig.« Er schöpfte zähen Teig aus einer Schüssel, formte ihn wie einen Kuchen von der Größe und Dicke des Siegels, um ihn über das Gipsmodell zu verteilen. »Der Teig bildet den Körper des Siegels. Nimm den anderen Behälter, und fülle ihn mit Sand.«

Sie häufte Sand in den Behälter. »Und dann?«

»Wir lassen den Sand trocknen und stellen den einen Behälter über den anderen. Zwei Hälften eines Ganzen.«

Das hatte er auch gesagt, als er zum Ausdruck bringen wollte, was sie gemeinsam sein würden. Zwei Hälften eines Ganzen.

»Drück den feuchten Sand ganz fest hinein. Du hast ein wenig verschüttet...«

Ihre Hände zitterten so heftig wie am Tag zuvor. Er hatte die Tür zugeworfen. Warum konnte sie nicht dasselbe tun?

»Nach einer Weile trennen wir die Behälter, nehmen den Teigkuchen heraus und schneiden eine Öffnung in die Form. Wenn beide trocken sind, räuchern wir die Form mit ein wenig Kerzenrauch ein und lassen sie auskühlen. Heißes Gold gießt man am besten in ausgekühlte Formen.«

»Ist das alles, was ich mir merken soll?«

Er zog die dichten Brauen hoch. »Reicht das nicht? Hätte ich dir eine schwierigere Aufgabe bieten sollen, Gehilfin?«

»Es reicht.«

»Hoffentlich hast du gut aufgepaßt. Du wirst Ians Siegel allein gießen.«

Sie machte große Augen. »Was? Das ganze Siegel?«

»Ich bereite das Material vor, du übernimmst die Arbeit.«

»Aber ich bin noch nicht bereit... was, wenn ich einen Fehler mache?«

Er lächelte. »Hoffentlich unterläuft dir einer. Aus Fehlern lernt man am meisten.«

Sie versuchte sich die Abfolge der unternommenen Schritte ins Gedächtnis zu rufen. »Was kommt als nächstes?«

»Wir schmelzen das Gold. Aber ich glaube, du hast jetzt genug, was du dir merken mußt. Im Moment wollen wir uns damit nicht aufhalten.«

»Danke«, entgegnete sie sarkastisch.

Ohne sie anzusehen stand er auf und legte seinen Lederschurz ab. »Konzentriere dich immer nur auf die vorliegende Arbeit.«

»Etwas anderes könnte ich gar nicht.«

»Und denk daran, die Flamme klein zu halten.«

Sie spürte tiefinnerlich glühende Wärme, die einen Beigeschmack der Verzweiflung trug.

»Du bist eine hochintelligente Frau, Gehilfin.« Er ging zur Verandatür. »Bringe Ordnung in dieses Durcheinander, während ich im Brennraum eine Goldfolie zum Schmelzen aussuche.«

17. Kapitel

Grau und schwer hingen die Wolken über dem Berg. Allein ihr Anblick genügte, um in Jane das Gefühl hervorzurufen, sie würden sie ersticken. Nein, das Wetter war es nicht, doch das schwere Gefühl war schon da gewesen, als sie am Morgen die Augen geöffnet hatte.

»Ich möchte heute zu James Medford hinüberreiten«, sagte sie über die Schulter hinweg zu Ruel. »Ich muß mit ihm etwas besprechen. Es geht um den Termin der Fertigstellung.«

»Schon unruhig?« Ruel preßte die Lippen aufeinander. »Es sind doch erst zwei Tage vergangen. Ich werde mich sehr anstrengen müssen, dein Interesse wachzuhalten.«

Er war ungehalten. Jane hatte seine wachsende Gereiztheit schon den ganzen Tag gespürt. Die letzten Stunden war er wie ein Löwe im Käfig ruhelos im Sommerhaus auf und ab gelaufen. »Keiner von uns ist es gewöhnt, ohne Arbeit einfach dazusitzen.«

»Das hier ist momentan deine Arbeit.«

Sie drehte dem Fenster den Rücken, das Laken, in das sie sich gehüllt hatte, fester haltend. »Herrgott, wir können es doch nicht stündlich miteinander treiben. Es macht dich nur übellaunig.«

»Ich bin nicht übellaunig.«

»Und wie du es bist.«

Er bedachte sie mit einem finsteren Blick. »Dann wäre es deine Aufgabe, mich abzulenken und aufzuheitern.«

»Das brauchst du nicht. Ich sagte ja, du würdest von mir nur enttäuscht sein.«

»Ich bin nicht enttäuscht. Ich habe genau das gemacht, was ich tun wollte. Und ich habe jede Minute genossen.«

»Nein, hast du nicht.« Sie versuchte angestrengt, aus seinem Verhalten klug zu werden. »Aus irgendeinem Grund... ach, ich glaube, du hast zwar meinen Körper genossen, aber nicht das andere.«

»Welches andere?«

»Mich zu quälen, hat dir nicht gefallen.«

Er erstarrte. »Ich habe an dir noch keine blauen Flecken bemerkt.«

Sie trug einige Male an ihrem Körper, die er ihr nicht absichtlich zugefügt hatte, aber achtundvierzig Stunden der Leidenschaft waren nicht spurlos an ihr vorübergegangen. »Du weißt, welche Wunden ich meine. Sie haben dir keine Befriedigung verschafft.«

»Ich bedaure, wenn du mich falsch verstehst. Jeder einzelne Aspekt unseres Zusammenseins hat mir Befriedigung verschafft, und dasselbe könntest du sagen, wenn du es dir eingestehen würdest.«

»Weil du mir Lust bereitet hast?« Sie schüttelte den Kopf. »Es hat mich jedesmal geschmerzt, denn es hat mich meines Stolzes beraubt und mir ein Gefühl der Erniedrigung bereitet, genauso, wie es deine Absicht war.«

»Ein Wunder, daß du es aussprichst.«

»Am Anfang hätte ich es nie zugegeben.« Sie zog die Schultern hoch. »Jetzt ist es anders. Es stört mich nicht, dir kleine Siege zuzugestehen. Du brauchst sie mehr als ich. Es muß schrecklich sein, mit diesem Vergeltungsdrang zu leben.«

»Wie anmaßend von dir.« Seine Lippen wurden zu einer schmalen Linie. »Ehe du mich schmähst, weil ich eine Rechnung begleichen möchte, solltest du lieber daran denken, wieviel Pein Ian durch deine Schuld erdulden muß.«

Sie hielt seinem Blick stand. »Ich schmähe dich nicht. Das habe ich nie getan. Ich bin nur froh, daß es vorbei ist.«

Sein Mienenspiel war Ausdruck mannigfacher Gefühle, Jane aber erkannte vor allem Schock, Wut und Begehren. »O nein, es ist noch nicht vorbei...« Er lächelte unbekümmert. »Ich glaube, du stellst dich am besten darauf ein, mir zum nächsten Sieg zu verhelfen.« Sein Blick musterte sie von oben bis unten. »Und wenn du glaubst, dich verhüllen zu müssen, dann nicht mit diesem Laken. Es wird Zeit, daß du zu einer passenderen Gewandung greifst. Zieh das goldene Kleid an, das im Schrank hängt.«

Zuerst begriff sie nicht, dann aber wurden ihre Augen groß

vor Staunen. Sie dachte an ihren ersten Abend in Cinnidar und seine Worte von damals. »Du hast es tatsächlich machen lassen?«

»Natürlich, ich halte meine Versprechen immer. Zieh es an.«

»Meinst du nicht, dieses Versprechen könnte...« Sie sprach nicht weiter, als sie sein Gesicht sah. In seinen Augen loderte es, und sie spürte, daß Gewalttätigkeit dicht unter der Oberfläche lauerte. Sie hob die Schultern. »Wenn du darauf bestehst. Ein Streit lohnt nicht.« Damit ging sie zum Schrank.

Wenig später war in den drei Wandspiegeln das Bild Janes in einem trotz seines losen Schnitts ungemein verführerisch wirkenden Kleides zu sehen. Es umhüllte nach klassisch-griechischer Art eine Schulter und ließ eine Brust frei. Der bis zur Mitte geschlitzte Rock zeigte bei jeder Bewegung ihre Beine. Sie errötete, als sie ihr Spiegelbild sah. In diesem Gewand kam sie sich entblößter vor als in total unbekleidetem Zustand.

»Hinreißend.« Ruels Arme umschlangen sie von hinten, eine Hand umfaßte ihre Brust. »So wie ich mir dich vorgestellt habe.«

Sie begegnete seinem Blick im Spiegel. »Als Hure?«

»Was sonst?« fragte er spöttisch, während Daumen und Zeigefinger an ihrer Brustspitze spielten.

Es durchlief sie heiß. Ihr Innerstes krampfte sich zusammen. »Dieses Kleid macht mich nicht zur Hure, ebensowenig wie du mich zu einer machen kannst.«

»Aber es stört dich.«

»Ja, es stört mich. Freut dich das?«

»Natürlich freut es mich. Warum sollte es nicht...« Er hielt inne, und wieder spiegelte sich in seiner Miene jene Unzufriedenheit. »Knie dich auf den Teppich, verdammt noch mal.«

»Das Bett ist nicht weit.«

»Der Boden.«

Sie ließ sich achselzuckend auf die Knie fallen.

»Stütz dich auf die Hände.«

Es fing wieder an... dunkle Erregung, Unterwerfung und... Erwartung. Sie befeuchtete die Lippen. »Warum?«

»Es wird Zeit, etwas Neues zu versuchen.« Er schob ihr das Kleid bis zur Mitte hoch, und im nächsten Moment spürte sie, wie seine warmen Handflächen ihre Hinterbacken streichelten. »Das Bild im Salonwagen des Maharadschas...«

Er drang so tief ein, daß ihr der Atem stockte. Dann hielt er inne, während seine Hände ihre Brüste umfaßten und liebkosten. »Wir wollen das Bild doch getreulich nachstellen, oder?« Er begann sich zu bewegen und ließ sie jeden Zoll spüren, so daß Jane, von glühender Leidenschaft übermannt, sich unwillkürlich um ihn zusammenkrampfte. »Ah, das ist es, was ich wollte. Und jetzt dreh dich um... ich möchte dein Gesicht sehen.«

Sie wandte den Kopf und starrte ihn an. Sie wußte, was er sah – Glut, Lust, Wut auf sich selbst, weil sie nicht imstande war, der Leidenschaft zu widerstehen, die er so leicht entfachte. Sein Gesicht war gerötet, die Lippen schwer vor Sinnlichkeit, schmerzliche Lust prägte seine Züge. Und doch entdeckte sie wieder jene sonderbare Pein. »Es ist nicht dasselbe«, stieß sie atemlos hervor. »Kannst du das nicht sehen? Es kann nicht gleich sein... egal, was du auch in meinem Gesicht siehst. Dein Ausdruck nämlich ist falsch. Männer sind nicht sanft. Niemals...«

Er hielt inne. »Verdammt... du...« ließ er sich heiser vernehmen. »Verdammt.« Dann explodierte er und drang in einer Folge rascher Bewegungen tiefer ein.

Ihre Finger gruben sich in den Teppich, und jeder Stoß raubte ihr fast den Verstand. Sie war nicht sicher, wie lang es gedauert hatte, bis sie das heiße, Erlösung bringende Gefühl der Befriedigung spürte.

Jane sank auf dem Boden zusammen und gleich darauf ließ er

sie los. Sie war völlig erschöpft und zu einer Bewegung unfähig. Undeutlich nahm sie wahr, daß er sie hochhob und aufs Bett legte.

»Geht es dir gut?« fragte er förmlich.

Die Schwere, die sie den ganzen Tag schon gefühlt hatte, schien sie nun vollends niederzudrücken und ihr den Atem zu nehmen. »Müde...«

Er zog ihr die Decke bis zum Kinn hoch und legte sich neben sie. Sein Blick war geradeaus gerichtet, ohne sie zu berühren. »Mir ist das Temperament durchgegangen.«

Sie gab keine Antwort.

»Na schön, du brauchst das verdammte Kleid nicht mehr zu tragen«, brach es aus ihm hervor.

»Ist doch einerlei.«

»Zieh es aus.«

»Ich bin zu müde.«

Er stieß eine halblaute Verwünschung aus. Im nächsten Moment zerrte er ihr das Kleid vom Leib und warf es auf den Boden, wo es als glitzerndes goldenes Häufchen liegenblieb. Dann zog er Jane wieder die Decke ganz hoch. »Zufrieden?«

Diese defensive Haltung sieht Ruel so gar nicht ähnlich, dachte Jane benommen, doch war sie nicht ungewöhnlicher als sein Verhalten den ganzen Tag über. »Es ist einerlei«, wiederholte sie und machte die Augen zu. »Unwichtig...«

»Nimm mich mit, Patrick«, murmelte Jane, um dann lauter zu wiederholen: »Nimm mich mit!«

»Was, zum Teufel...« Ruel, der jäh aus dem Schlaf gerissen wurde, sah, daß Jane sich auf dem Bett neben ihm hin und her wälzte. Sie hielt die Augen geschlossen. Nur ein Traum, stellte er erleichtert fest.

Er faßte sie an und schüttelte sie. »Wach auf, es ist nur ...« Ihre Haut glühte. »Jane?«

»Ich will nicht wie sie werden.« Ihr Atem kam in keuchenden Stößen. »Ich werde dir nicht zur Last fallen. Nimm mich mit, Patrick.«

»Gott im Himmel, was ist denn mit dir? Wach endlich auf!« Er setzte sich auf und machte Licht. »Mach endlich die Augen auf.«

Sie schlug die Augen auf und starrte blicklos vor sich hin. »Der Zug. Er fährt mit dem Zug ab.« Panik erfaßte sie. »Patrick, verlaß mich nicht.«

»Niemand verläßt dich.« Er umfing sie. Wie heiß sie war! Sein Herz schlug ebenso schnell wie ihres, als er sie zu beruhigen versuchte, indem er sie an sich drückte. »Schon gut. Niemand wird dich verlassen.«

»Ja, er wird mich verlassen, wenn ich ihn nicht dazu bringe, daß er mich mitnimmt.«

»Hör auf, um dich zu schlagen!«

»Patrick!«

Was sollte er tun? Sie war nicht bei sich, und er hatte Angst, sie allein zu lassen. Tamar würde erst kommen, wenn er das Frühstück servierte.

»Bitte, ich möchte nicht sein wie sie«, flüsterte Jane.

Seine Arme hielten sie fester. Er wußte, wen sie meinte, wußte, welche Erinnerung sie durchlebte. Im Wachzustand mochte sie ihre Dämonen besiegt haben, nun aber war sie wieder ein Kind mit allen Ängsten und Qualen eines von den Fesseln der Vernunft befreiten Verstandes.

Jene Qualen, die zu erdulden er sie hierhergebracht hatte.

Wer mag um diese nachtschlafende Zeit an die Tür pochen? dachte Margaret schlaftrunken.

Als sie vollends erwacht war, warf sie rasch einen Blick zu Ian. Gottlob, er war nicht gestört worden. Sie kämpfte sich in ihren Morgenmantel und ging zur Tür, um zu öffnen. Ruel. Sie hätte sich denken können, wem es dermaßen an Rücksicht mangelte.

»Bei allen Heiligen, mußt du mitten in der Nacht so an die Tür hämmern? Ian braucht seinen Schlaf... ein Wunder, daß du ihn nicht geweckt hast. Warum konnte es nicht...« Sie unterbrach ihre Tirade, als sie seine angespannte Miene und seine glühenden Augen bemerkte. »Was ist?«

»Ich brauche dich. Kannst du kommen?« fragte er rauh.

»Wohin kommen?« Sie warf einen Blick über die Schulter. Ian schlief noch immer friedlich. Vergangene Nacht waren die Schmerzen so arg gewesen, daß er nicht ohne eine zusätzliche Dosis Laudanum ausgekommen war. Margaret trat hinaus in den Korridor und schloß leise die Tür hinter sich.

»Ins Sommerhaus.« Er umfaßte ihren Ellbogen und lief den Korridor entlang, indem er sie halb führte, halb zog. »Ich brauche dich.«

»Es ist das erste Mal, daß ich dich dies sagen höre«, bemerkte sie trocken. »Ich kann kaum erwarten zu hören, auf welche Weise.«

»Du kennst dich bei Krankheiten aus«, gab er stockend von sich. »Du hast deinen Vater und Ian gepflegt.«

»Bist du krank?«

»Jane ist krank.«

Sie beschleunigte ihre Schritte. »Was fehlt ihr?«

»Wenn ich es wüßte, hätte ich dich nicht geholt. Sie hat Fieber und Schüttelfrost. Sie phantasiert. Sie erkennt mich nicht.«

»Hast du schon nach dem Arzt geschickt?«

»Natürlich, aber es können Stunden vergehen, ehe Tamar mit ihm zurückkommt. Sie braucht jetzt gleich jemanden.«

»Was hat sie im Sommerhaus zu suchen?«

Er blickte geradeaus. »Das geht dich nichts an.«

»Ruel, was steckt dahinter?«

Er blieb ihr die Antwort schuldig.

Ruel würde ihr die wahre Natur dieser Teufelei nicht enthüllen, das stand fest. »Ich werde vielleicht nicht helfen können.«

»Versuche es wenigstens.« Er öffnete die zur Terrasse führende Tür. »Bitte«, setzte er widerstrebend hinzu.

Gütiger Gott, Ruels Verzweiflung mußte groß sein, wenn er sich zu einer Bitte herbeiließ. »Ich will es versuchen.«

Margaret trat aus dem Sommerhaus und schloß die Tür hinter sich. »Es geht ihr besser.«

Ruel atmete erleichtert auf. »Gott sei Dank.«

»Das Fieber ist gesunken, sie ist zu sich gekommen und konnte die Fragen des Arztes beantworten. Er sagt, daß sie in einigen Stunden ganz fieberfrei sein müßte.«

»Was fehlt ihr eigentlich?«

»Sie hat Malaria. Angesteckt hat sie sich in Kasanpore. Das Fieber kommt in gewissen Abständen immer wieder.«

»Das hat sie mir nie gesagt.«

»Mir auch nicht. Und ich kenne sie seit drei Jahren. Sie ist kein Mensch, der von seinen Schwächen spricht.« Margaret strich sich müde über den Nacken. »Ich muß zurück, falls Ian mich braucht. Am Nachmittag komme ich wieder und sehe nach ihr.«

»Nein, von nun an kümmere ich mich um sie.«

»Hm, du scheinst mir aber auf diesem Gebiet noch nicht viel geleistet zu haben.«

Er zuckte zusammen. »Ich habe gesagt, daß ich es tun werde. Es könnte ihr unangenehm sein, dich zu sehen.«

»Versuchst du am Ende, ihr Schamgefühl zu schonen? Wie

ungewöhnlich. Deine verspätete Galanterie kannst du dir sparen. Jane und ich verstehen einander.« Sie sah ihn offen an. »Und ich bin nicht sicher, ob es nicht meine Pflicht wäre, sie mit mir in den Palast zu nehmen.«

»Sie würde nicht gehen.«

»Ich glaube schon. Zugeben würde sie es nie, aber sie hatte immer Angst vor dir.«

»Nicht mehr«, setzte er mit schiefem Lächeln hinzu. »Wir haben ein Abkommen getroffen.«

Sie schnaubte verächtlich. »Sie hat mehr Verstand, als mit einem gewissenlosen Halunken wie dir einen Pakt zu schließen. Warum ist sie hier?«

»Es ist besser, du weißt es nicht.«

»Kann sein.« Plötzlich drohte die Müdigkeit sie zu überwältigen. Sie brauchte keine zusätzliche Bürde, da sie selbst schon überbeansprucht war und mit ihren Gefühlen kämpfte. Stand es ihr zu, Ruel wegen seiner Schwächen zu schelten, wo sie doch selbst derselben Versuchung fast erlegen war? »Kann ich mich darauf verlassen, daß du nicht…«

»Um Himmels willen, glaubst du, ich würde mit ihr ins Bett springen, wenn sie doch so schwach ist, daß sie kaum die Hand heben kann?« konterte er empört.

Was immer sich hier zugetragen hatte, Janes Krankheit hatte Ruel bis in die Grundfesten erschüttert. So bleich und abgespannt hatte sie ihn noch nie gesehen. Ob seine Einstellung von Dauer sein würde, konnte sie nicht voraussagen, aber im Moment war Jane vor ihm sicher. »Wenn du etwas von mir brauchst, laß es mich wissen.«

Sie ging den Weg zurück zum Palast.

Ruel sieht aus wie ein Totenschädel, dachte Jane in ihrer Benommenheit. »Mußt… ausruhen.«

Ruels Blick erfaßte ihr Gesicht. »Was?«

»Du solltest dich ausruhen. Du siehst…« Sie sprach nicht weiter.

»Du bist es, die Ruhe braucht.« Ruel beugte sich vor und führte ihr ein Glas Wasser an die Lippen. »Trink.«

Sie schluckte gehorsam. »War ich krank?«

»Das Fieber. Die letzten zwei Tage. Der Arzt sagt, es hätte sich um eine vergleichsweise harmlose Attacke gehandelt.« Er preßte die Lippen zusammen. »Mir ist sie alles andere als harmlos vorgekommen.«

Undeutlich konnte sie sich erinnern, daß der Arzt auf sie heruntergestarrt und ihr Fragen gestellt hatte, um dann mit jemandem zu sprechen. »Margaret… war sie auch da?«

»Ja. Warum hast du mir nicht gesagt, daß du an Malaria leidest?«

»Warum hätte ich sollen?« Sie furchte die Stirn. »Zwei Tage? Ich muß wieder an die Arbeit.«

»Ich habe Dilam verständigt, daß du später kommen wirst.«

»Mein Fehler… ich habe vergessen *quinghao* zu nehmen, als ich kam.«

»*Quinghao?*«

»Ein altes Kräuterheilmittel.«

»Du nimmst es die ganze Zeit über?«

»Nicht immer. Nur wenn ich das Gefühl habe, ich könnte wieder…«

»Und wie lange hast du es seit deiner Ankunft in Cinnidar genommen?« wollte er wissen.

Sie gab keine Antwort.

»Wie lange?« bohrte Ruel weiter.

»Vier Wochen.«

»Mein Gott...«

»Es war nicht schlimm. Immer nur Nachtfieber.«

»Das dich tagsüber deiner Kraft beraubte.« Seine Rechte umklammerte die Armlehne seines Sessels. »Du hattest auch am Abend deiner Ankunft im Sommerhaus Fieber, habe ich recht? Verdammt, wahrscheinlich wärest du gar nicht gekommen, wenn du bei klarem Verstand gewesen wärest.«

Rückblickend konnte sie nicht mehr beurteilen, ob er recht hatte oder nicht, es war eine völlig verschwommene und richtungslose Zeit für sie gewesen. »Ich weiß es nicht. Damals erschien es mir als das einzig Richtige.« Sie setzte rasch hinzu: »Wichtig ist, daß ich es hinter mir habe und rechtzeitig wieder auf die Beine komme. In Glenclaren hatte ich letztes Jahr einen Anfall und war schon am nächsten Tag wieder in der Mühle.«

»War der Anfall so schlimm wie dieser?«

Sie schüttelte den Kopf. »Aber das heißt nicht, daß ich...« Sie hielt inne, um ermattet zu fragen: »Warum ist das für dich wichtig?«

»Weil ich...« Er wandte den Blick ab, als er das Glas auf den Nachttisch stellte. »Weil die Strecke dringend gebaut werden muß.«

Er hatte etwas anderes sagen wollen, etwas völlig anderes. Sie runzelte verwundert die Stirn. »Wir sind doch nur einige Tage im Rückstand, und diese Krankheit wird uns keine Zeit kosten. Dilam ist sehr tüchtig. Ich werde morgen wieder auf der Baustelle sein.«

»Den Teufel wirst du.« Er sah sie mit blitzenden Augen an. »Damit du übermorgen wieder zusammenbrichst? Du wirst hier bleiben und dich noch eine Woche erholen.«

»Den Teufel werde ich.« Sie wiederholte seine Worte. »Du

möchtest, daß die Strecke fertig wird, und ich auch. Krank sein kann ich ein andermal.«

»Und das wirst du mit Sicherheit. Du wirst noch an mich denken. Ruhe dich aus, andernfalls…« Er hielt inne, als er ihr Gesicht sah. »Also gut, wenigstens vier Tage.«

Sie schüttelte den Kopf.

»Vier Tage. Ich werde morgen mit Medford kommen, so daß du die Streckenzusammenführung mit ihm besprechen kannst und nicht das Gefühl hast, die Zeit sei völlig vergeudet.«

Ein Treffen mit Medford war unbedingt erforderlich. Sie studierte Ruels entschlossene Miene und gelangte zu der Einsicht, daß ein Kompromiß unumgänglich war, wenn sie nicht die für ihre Erholung nötige Kraft vertun wollte. »Drei Tage.«

»Abgemacht.« Ruel lächelte.

Sie starrte ihn verblüfft an. Es war ein echtes Lächeln, das sein Gesicht mit Wärme und Humor erfüllte, jene Art Lächeln, die sie an ihm auch in den Tagen vor der Zugkatastrophe nur selten gesehen hatte. »Warum bist du… etwas ist anders geworden.«

Sofort senkten sich seine Lider über die Augen. »Anders?«

Der Eindruck der Wärme war verflogen. Ruel war wieder zum Rätsel geworden. Und doch war sie sicher, daß er einen kurzen Augenblick lang anders gewesen war, merkwürdig anders.

»Du solltest wieder schlafen.« Er stand auf. »Ich gehe in den Palast und schicke Tamar mit einer Botschaft zu Medford. Zufrieden?«

Sie war zu konfus und schwach, um Zufriedenheit empfinden zu können. »Ja, ich denke schon.«

Ruel blieb stehen und blickte auf sie hinunter. »Es wird alles gut«, sagte er stockend. »Ich werde nicht…« Wieder hielt er inne und vollführte eine Geste der Ungeduld. »Ach, was soll's!« Er hatte es plötzlich sehr eilig hinauszukommen.

Jane sah ihm verdutzt nach.

Etwas hatte sich sehr deutlich geändert.

Die Decke verschob sich, ein kühler Luftzug weckte sie. Ein Körper, der Duft nach Leder und Duftkräutern. Ruel war neben ihr.

»Ruel...«

»Pst.« Er zog sie an sich, so daß sie sich mit dem Rücken an ihn schmiegte. »Schlaf weiter.«

»Medford?«

»Morgen um vier.« Er strich durch ihr Haar, das über seinen Arm flutete. »Wie geht es dir?«

Sie fühlte sich kraftlos, aber sonderbar zufrieden und sicher in seinen Armen. »Besser.«

Seine nächsten Worte sagte er mit einer gewissen Verlegenheit. »Ich habe erwogen, dich allein schlafen zu lassen, aber ich möchte zur Stelle sein, wenn du wieder träumst. Es kann nicht gut sein, wenn du dich dermaßen aufregst.«

»Träume?«

»Weißt du es nicht mehr?«

»Nein. Woher weißt du, daß ich geträumt habe?«

»Du hast aus vollem Hals geschrien, ich konnte es kaum überhören.«

Sie empfand einen Anflug von Unbehagen, weil sie sich unbewußt preisgegeben hatte. »Was habe ich geschrien?«

Er zögerte mit der Antwort. »Die Worte konnte ich nicht verstehen. Es war sinnloses Zeug.«

Sie war unendlich erleichtert. »Natürlich, Alpträume sind immer sinnlos.«

»Schlaf jetzt. Heute wirst du keine Alpträume mehr haben.«

Sie hatte das Gefühl, daß er recht hatte. Sie schloß die Augen und ließ sich von den Schleiern des Schlafes einhüllen. Sie brauchte sich um nichts Sorgen zu machen. Ruel würde die nächtlichen Drachen abwehren…

»Jane ist mit Ruel im Sommerhaus«, sagte Margaret, während sie Kartauk zusah, der Sand um die Form von Ians Siegel aufhäufte.

»Ach?« Er zog eine struppige Braue hoch. »Und läßt sich das nicht mit deiner strengen schottischen Moral vereinbaren?«

»Doch, obwohl es nicht so sein sollte. Ich fürchte, er wird ihr weh tun.«

»Laß die beiden in Ruhe, Margaret. Du kannst nicht die ganze Welt retten.«

»Nur ein Heide würde nicht versuchen, Schlechtes zum Guten zu wenden.« Sie schüttelte resigniert den Kopf. »Aber zuweilen verschwimmen die Linien.«

»Guter Gott, ich glaube, ich entdecke ein Weicherwerden dieses starren Rückgrats. Jane ist nicht annähernd so verletzlich wie früher. Sie und Ruel müssen auf ihre eigene Weise klären, was zwischen ihnen ist. Keiner der beiden wäre dir für eine Einmischung dankbar.«

»Ruel ist…«

»…ist vieles«, unterbrach Kartauk sie.

»Du hältst ihn nicht für böse?«

»Ruel?« Er schüttelte den Kopf. »Ich zweifle nicht daran, daß er sich dafür hält, aber er kennt die Bedeutung dieses Wortes nicht.«

»Und du?«

»Ich? Ja, ich kenne sie, denn ich habe unter einem wahren Meister studiert.«

»Abdar?«

Er nickte. »Ein wahrer und vollendeter Meister.«

Es war das erste Mal, daß er Abdar nicht nur beiläufig erwähnte. »Warum bist du dann so lange bei ihm geblieben?«

»Ich arbeitete in der Hauptsache für seinen Vater, den Maharadscha. Mit Abdar hatte ich bis zu meinem letzten Jahr im Palast nur wenig zu tun. Dann entdeckte der Fürst sein Interesse für die Eisenbahn, und Abdar bekam Erlaubnis, meine Dienste nach Belieben zu beanspruchen.« Er zog die Schultern hoch. »Nach einem halben Jahr hielt ich es nicht mehr aus und ging.«

»Was hast du für ihn gemacht?«

»Ich habe für ihn eine Statue seiner Lieblingsgöttin Loki geschaffen. Eine große Leistung.«

»Loki?«

»Die Göttin der Vernichtung. Abdar sieht sich als ihren Sohn an, erwählt, um auf Erden ihr Werk zu vollenden.« Er kniff die Lippen zusammen. »Er glaubt weiter, daß seine Macht ständiger Nahrung bedarf. Deshalb hat er mich gebraucht.«

»Um Statuen zu schaffen?«

»Nein.« Er machte eine Pause. »Masken.«

»Masken?«

»Goldmasken.« Er drehte sich zu ihr um. »Bist du sicher, daß du das hören möchtest? Es ist keine schöne Geschichte.«

»Ja, erzähle weiter.«

»Abdar glaubt, seine Macht würde durch die Gefühle seiner Umgebung gestärkt, und je stärker die Seele, desto wirksamere Nahrung hätte sie zu geben. Aber Gefühle sind etwas Fließendes, ständig in Bewegung Befindliches, so daß Abdar zunehmend unsicherer wurde und schließlich zu der Erkenntnis gelangte, daß es einen Weg geben müßte, Gefühle festzuhalten, sozusagen einzufrieren, um jederzeit auf sie zurückgreifen zu können.« Er zog eine Braue hoch. »Und welche Methode würde sich zum Einfrieren der Gefühle besser eignen als der Tod?«

Ihre Augen weiteten sich vor Entsetzen.

»Du wolltest es hören. Abdar glaubte, aus dem Festhalten dieses letzten Ausbruchs von Gefühl Energie zehren zu können.«

»Totenmasken«, flüsterte sie. »Er hat dich Totenmasken machen lassen?«

»Ich habe drei für ihn angefertigt. Die erste war die einer seiner Konkubinen, einer jungen Frau namens Mirad. Pachtal brachte mir eines Morgens ganz früh ihren Leichnam. Die Frau war angeblich in der Nacht einem Anfall erlegen, und Abdar wünschte sich zur Erinnerung eine Maske. Natürlich eine Maske aus Gold, weil es das reinste und unsterblichste aller Metalle ist. Ich habe die Maske angefertigt. Sie wurde sehr gut. Die Frau war schön, ihr Ausdruck traurig, aber friedvoll.

Eine Woche darauf brachte mir Pachtal wieder eine Tote, mit derselben Geschichte. Diese Maske herzustellen war viel schwieriger. Die Gesichtsmuskeln waren verzerrt, erstarrt in einem Ausdruck des Schmerzes und der Angst.«

»Nach so kurzer Zeit wieder eine Tote?«

»Ich fand es auch sehr merkwürdig, aber ich nahm mir nicht die Freiheit, ihn darüber zu befragen. Der dritte Leichnam, den man mir brachte, war der eines Jungen von elf oder zwölf. Sein Gesicht...« Er preßte die Lippen aufeinander. »Nun konnte ich mir nichts mehr vormachen. Kein normaler Mensch konnte sich wünschen, dieses Antlitz für die Ewigkeit zu bewahren. Ich weigerte mich, die Maske anzufertigen.

Eine Stunde später suchte Abdar mich auf und sagte zu mir, daß ich seine Masken anfertigen und keine Fragen stellen sollte, andernfalls würde er mir die Hände abschlagen lassen.«

»Er hat sie ermordet?«

»Ja, mit Pachtals Hilfe. Pachtal experimentierte mit verschiedenen Giften, um die von Abdar gewünschte Wirkung zu erzielen. Abdar sagte zu mir, er hätte festgestellt, Schmerz führe zur größten Gefühlsexplosion, deshalb mußte Pachtal ihm ein Gift schaffen, das das gewünschte Resultat erzielte.«

Sie verspürte Übelkeit. »Du hast recht. Es sind menschliche Ungeheuer. Und Ruel glaubt, Abdar würde nach Cinnidar kommen?«

Er nickte. »Deshalb arbeitet er so angestrengt, um sich auf ihn vorzubereiten. Er will Abdar endgültig ein Ende machen.«

Sie sah ihn prüfend an. »Und deswegen bist du nach Cinnidar gekommen? Auch du möchtest, daß Abdar unschädlich gemacht wird?«

»Ich gebe zu, daß ich der Meinung bin, die Welt würde ohne ihn ein schönerer Ort sein. Ich habe es satt, mein ruhmreiches Haupt unter den Scheffel zu stellen.« Er begegnete ihrem Blick. »Aber nicht deswegen bin ich gekommen.«

»Warum dann...« Sie sog scharf die Luft ein. Wieder ein Abgrund. Neuerdings lief jedes Wort und jede Geste Gefahr, sich in der Zeitspanne eines Herzschlags gefährlich zu verändern. Es dauerte ein paar Sekunden, bis sie die Form im Behälter wieder ansehen konnte. »Wann gießen wir das Gold ein?«

»Bald.« Er sprach ganz langsam. »Es ist unklug, es bei diesen Dingen an Geduld fehlen zu lassen, auch wenn einem das Warten schwerfällt.«

Ruel und Jane fuhren erschrocken auf, als an die Tür des Sommerhauses geklopft wurde. Von Tamar abgesehen kam niemand hierher, und auch er nur, um ihnen das Essen zu bringen.

Ruel riß die Tür auf. Auf der Schwelle stand Dilam.

Jane sprang auf. »Was ist?« Sie lief rasch zur Tür.

»Es geht um den Elefanten.«

Jane stieß einen Fluch aus. »Ist es schlimm?«

»Alles lief gut. Wir hatten die Reparaturen beendet und die Strecke eine Meile über die Lichtung hinaus fertiggestellt. Die ganze Zeit über hat er sich nicht gezeigt.«

»Wie schlimm ist es?«

»Wir dachten schon, er hätte aufgegeben. Aber letzte Nacht... drei Meilen sind ruiniert.«

»Sattle mein Pferd, Dilam. In fünfzehn Minuten bin ich im Stall.« Sie schloß die Tür und ging an den Schrank.

»Du willst doch nicht allein...«, Ruel traute seinen Augen nicht.

»Ich sehe keine andere Möglichkeit«, antwortete Jane. »Außerdem ist es auch deine Eisenbahn, die der Elefant zerstört.«

Er schien einen Augenblick zu überlegen, dann stürmte er zur Tür. »Wir treffen uns im Stall. Ich habe noch etwas zu erledigen, ehe ich losreiten kann.«

»Du willst zurück zum Berg?«

»Nein, zum Teufel, ich gehe auf Elefantenjagd.« Damit knallte er die Tür hinter sich zu.

18. Kapitel

»Und was machen wir mit ihm, wenn wir ihn eingeholt haben?« fragte Jane, die im Feuerholz stocherte. Seit zwei Tagen waren sie nun schon auf den Spuren des Elefanten unterwegs.

»Ich werde ihn erschießen«, sagte Ruel.

»Ein Elefant kann nicht viele wunde Punkte haben.«

»Ich werde auf seine Augen zielen.« Er starrte in die Flammen. »Dilam sagte, es sei die einzige Möglichkeit, ihn mit Sicherheit zu erlegen.«

Der Trompetenstoß eines Elefanten durchdrang die Dunkelheit.

Ruel fuhr kerzengerade auf, sein Blick flog zu der in westlicher Richtung verlaufenden Schneise. »Er ist in unmittelbarer Nähe.«

Er hat recht, dachte Jane. Das Tier mußte ganz nah sein.

Ruel war schon auf den Beinen und griff nach seiner Waffe.

»Ruel, warte bis Tagesanbruch«, beschwor sie ihn. »Wenn er so nahe ist, können ein paar Stunden nichts ausmachen.«

Wieder trompetete der Elefant. Jane vermeinte, etwas Trauriges in diesem einsamen Laut zu vernehmen.

Ruel griff sein Gewehr und begann, sich einen Weg in das dichte Dschungelgestrüpp zu bahnen.

»Komm«, rief er ihr zu und bot ihr seine Hand.

Eine Zeitlang liefen beide so in die Richtung, aus der das Geräusch des Elefanten erklungen war.

Plötzlich hielt Ruel inne. Sein Blick fiel auf die Lichtung, die sich vor ihnen auftat.

Gerippe.

Schimmernd weiße Skelette überall, das große Gelände vor ihnen wie ein makabres Tuch bedeckend. Der Mond hatte sich hinter einer Wolke verzogen, von den Gebeinen aber schien in der Dunkelheit ein furchterregendes Leuchten auszugehen.

»Was ist das?« flüsterte Jane atemlos.

»Ein Elefantenfriedhof«, entgegnete Ruel. »Deshalb also ziehen sie immer in westlicher Richtung.«

»Gefällt es dir?« Margaret beobachtete gespannt Ians Miene. »Das Wappen von Glenclaren war zu schwierig, deshalb begnügte ich mich mit deinen Initialen und einem Büschel Heidekraut.«

»Wunderschön.« Ian fuhr mit dem Zeigefinger sacht über das

Goldsiegel. »Genau das, was ich wollte. Ein Wappen wäre für mich viel zu großartig.«

»Nichts wäre zu großartig für dich.« Sie setzte sich auf den Hocker neben seinem Bett. »Bist du nicht der Grundherr? Ich mußte es zweimal machen. Das erste habe ich verpatzt. Natürlich hat Kartauk, dieser Heide, nicht einmal soviel Anstand gehabt, mir zu sagen, wo der Fehler lag, deshalb mußte ich den gesamten Vorgang wiederholen. Er sagte, man lerne am besten aus den eigenen Fehlern.«

»Das ist echt Kartauk. Er vertritt die Auffassung, man solle jede Erfahrung ohne Rücksicht auf späte Reue bis zur Neige auskosten.«

»Nicht jede Erfahrung.«

Margarets Ton hatte etwas an sich, das Ian aufblicken ließ. Zu seiner Verwunderung mußte er feststellen, daß sie errötet war.

»Ich will damit sagen, daß er nicht ganz so unbekümmert ist, wie man meinen möchte«, beeilte sie sich zu sagen.

»Nein?«

»Seine Arbeit –« Nach kurzem Zögern sagte sie um so schneller: »Er geht dabei mit großer Sorgfalt vor…« Sie sprang auf. »Zeit für dein Abendbrot. Ich werde Tamar Bescheid sagen.«

»Ich bin noch nicht hungrig.«

»Bald wirst du es sein. Du mußt essen.«

»Margaret.«

Sie hielt an der Tür inne, stocksteif. »Ja?«

»Bitte Kartauk, uns beim Abendessen Gesellschaft zu leisten.«

Sie drehte sich nicht um. »Warum?«

Angst. Sie hatte Angst. Seine Margaret, die nichts und niemanden fürchtete, hatte Angst.

»Ich möchte mein Schachspiel ein wenig aufpolieren, außerdem hat er lange nicht mehr mit uns gegessen. Er fehlt mir.«

Er sah, wie sich ihre Rückenmuskeln lockerten. »Er ist sehr beschäftigt.«

»Einen Abend kann er sicher für uns erübrigen.« Er sagte es betont beiläufig. »Ich möchte mich bei ihm dafür bedanken, daß er dir half, das Siegel zu machen.«

»Ich kann es ihm ja sagen, aber ich kann nicht versprechen, daß er kommen wird.«

»Soll ich ihm eine kurze Einladung schreiben?«

»Nein!« Nun erst drehte sie sich zu ihm um. »Möchtest du ihn wirklich sehen?«

»Einen guten Freund möchte man immer sehen«, sagte er leise. »Sein letzter Besuch liegt lange zurück, Margaret.«

»Na schön, dann werde ich dafür sorgen, daß er uns Gesellschaft leistet.« Damit drehte sie sich um und ging hinaus.

Sein Lächeln erstarb, er lehnte sich mit geschlossenen Augen zurück, seinem Schmerz hingegeben.

Gott im Himmel, warum konntest du nicht Barmherzigkeit walten lassen? Margaret hatte dieses zusätzliche Kreuz als Last nicht nötig.

Vielleicht irrte er sich, und es stimmte gar nicht.

Er würde es wissen, wenn er sie zusammen sah.

»Tamar, würdest du eine andere Flasche Wein bringen?« Ian verzog das Gesicht, ehe er wieder den Blick aufs Schachbrett richtete. »Diese Sorte sagt mir nicht zu.«

»Gewiß, Samir Ian.« Tamar ging unverzüglich zur Tür. »Ich bedaure, Sie enttäuscht zu haben. Vielleicht lieber einen Whisky? Ich weiß, daß er Ihnen besser schmeckt.«

»Tamar, du weißt, daß er keinen Whisky trinken darf«, wandte Margaret ein. »Der Arzt hat Anweisung gegeben, daß er nichts Stärkeres als Wein trinken darf.«

»Er hätte ihm Whisky nicht verbieten dürfen, wenn er ihn gern trinkt«, sagte Tamar ernst. »Whisky, Samir Ian?«

»Dieser Wein schmeckt mir sehr gut«, sagte Kartauk.

»Wenn Samir Ian sagt, der Wein sei schlecht, dann ist er schlecht«, äußerte Tamar nun mit einem Anflug von Angriffslust.

»Nur eine Flasche Wein, Tamar«, sagte Ian rasch.

Kartauk ließ ein Lachen hören, als sich die Tür hinter dem Diener schloß. »Guter Gott, jetzt verstehe ich, was du meinst, Margaret. Ist er immer so zuvorkommend, Ian?«

»Immer.« Ian lächelte. »Die Inselbewohner sind selbst von so robuster Gesundheit, daß ihnen Leiden und Krankheiten ein Greuel sind. Tamar hätte sich eher ins Meer gestürzt, als ein Leben als Krüppel zu führen wie ich. Er sieht keinen Grund, mir ein Vergnügen zu verweigern, nur um mein Leben zu verlängern.«

Margaret sah ihn vorwurfsvoll an. »Du bist kein Krüppel, und er hätte dir nie anbieten dürfen...«

»Er wollte mich ja nur glücklich machen«, unterbrach Ian sie. Dann wechselte der das Thema. »Margaret kann die Kunstfertigkeit nicht genug loben, die du auf Ruels Siegel verwandt hast, aber ich kann nicht glauben, daß es schöner ist als meines, Kartauk.« Ian machte mit dem Springer einen Zug auf dem Brett. »Eine Elefant mag ja gut und schön sein, aber es geht ihm eine gewisse Würde ab.«

»Soll das etwa heißen, daß der Lehrling talentierter ist als der Meister?« Kartauk blickte grinsend vom Schachbrett auf. »Was für eine Beleidigung.«

»Ich sage nur, daß ich mir selbst ein Urteil bilden möchte. Zeige mir Ruels über alles gelobtes Siegel.«

»Jetzt gleich?«

Ian nickte. »Die Neugierde quält mich. Ich muß es sehen.«

»Dann will ich es aus dem Atelier holen.« Kartauk wollte sich aus seinem Sessel erheben. »Eine Minute nur, dann bin ich wieder zur Stelle.«

»Nein, nicht du.« Ian wandte sich an Margaret. »Würdest du es holen, Liebes? Ich beabsichtige, diesen Halunken in wenigen Zügen matt zu setzen.«

»Wenn du möchtest.« Sie ging sofort zur Tür. »Obwohl du enttäuscht sein wirst. Meine Arbeit ist im Vergleich zu Kartauks Werk stümperhaft.«

»Margaret, du enttäuschst mich nie.«

Nachdem sich die Tür hinter ihr geschlossen hatte, trat eine Zeitlang Schweigen ein.

»Nun bist du beide losgeworden«, bemerkte Kartauk, der mit seiner Dame einen Zug machte. »Warum wolltest du, daß Margaret geht?«

Ich hätte wissen müssen, daß Kartauk den Vorwand mit dem Siegel durchschaut, dachte Ian erleichtert. Gottlob konnte Kartauks Direktheit sich mit seiner Hellsichtigkeit messen. »Es war ihr nicht wohl zumute. Der ganze Abend war für sie eine peinliche Angelegenheit, armes Mädchen.«

»Ach?«

»Du weißt es sehr wohl.« Sein Blick ruhte auf den Schachfiguren, dennoch spürte er, daß Kartauks Wachsamkeit auf den Plan gerufen war. »Aus diesem Grund werde ich dich nicht mehr bitten, mich zu besuchen.«

»Warum hast du mich heute eingeladen?«

»Ich mußte es wissen. Ich mußte Sicherheit haben.«

Kartauks plötzliche Anspannung war so unauffällig, daß sie unbemerkt geblieben wäre, hätte Ian nicht besonderes Augenmerk darauf gehabt. »Sicherheit worüber?«

Ian suchte nach Worten. »Es geht nicht um mich, obwohl es mir anfangs schon einen Stich gab. Mein ganzes Leben lang habe ich sie geliebt und als mein Eigentum angesehen. Ich weiß noch, wie ich mit ihr auf die Anhöhe hinter dem Schloß ging, als sie ein kleines Mädchen von zehn Jahren war... damals dachte ich, unser ganzes Leben würde so sein. Wir würden für immer so zusammen sein. Was waren das für glückliche Zeiten...«

Er schwieg und lächelte dann mühsam. »Aber damit ist es wohl ein für allemal vorbei. Und es wäre ungerecht, wenn ich ihr die Schuld anlasten würde. Das Schicksal hat es nicht anders gewollt. Nicht Margaret hat mich verlassen; ich war es vielmehr, der sie in diesen letzten Jahren verließ.«

Kartauk schwieg eine Weile. »Vermutlich sollte ich es leugnen.«

»Keine Lügen«, wehrte Ian ab. »Bitte, nur keine Lügen. Dafür ist keine Zeit.«

»Keine Lügen also.« Wieder ließ Kartauk Schweigen eintreten, ehe er stockend sagte: »Ich wollte sie nicht lieben, aber ich bereue es nicht.«

»Das solltest du auch nicht. Liebe ist selten und schön. Sie bereichert das Leben.«

»Margaret war dir nie untreu.« Kartauk zog die Schultern hoch. »Ich bin nicht wie du. Ich hänge nicht dem Glauben an, daß Wonne Sünde ist. Es gab eine Zeit... aber es ist nie dazu gekommen.«

»Ich weiß, und es wird nie dazu kommen.« Ian blickte vom Schachbrett auf. »Es ist nur fair, daß du diese Wahrheit erkennst. Sie mag dich zwar lieben, aber sie wird mich bis zum Tag meines Todes nie verlassen.« Er verzog sein Gesicht. »Und ich kann auch nicht versprechen, daß dieser Tag rasch kommen wird. Ich bringe es nicht über mich, eine Todsünde zu begehen, indem ich mir das Leben nehme. Wäre es anders, ich wäre schon längst aus dem Weg.«

»Niemand möchte dich aus dem Weg haben«, sagte Kartauk grollend.

»Niemand außer mir.« Ian lächelte traurig. »Allabendlich bete ich darum, aber ich werde nicht hinweggerafft...« Brüsk fuhr er fort: »Aber das ist unwichtig. Wichtig ist es, Margaret bei Zufriedenheit zu halten.«

»Willst du, daß ich Cinnidar verlasse?«

»Auf keinen Fall. Ich möchte Margaret deiner Gesellschaft nicht berauben... Du wirst sie weiterhin bei Laune halten und sie beschäftigen, du wirst sie behüten und lieben, wie du es jetzt auch tust. Aber ich muß ein Opfer bringen. Für Margaret ist es eine Qual, uns in einem Raum zu sehen.« Er hielt Kartauks Blick fest. »Sie darf nie erfahren, daß es zu diesem Gespräch kam. Du gibst mir doch recht?«

»Ja.« Kartauk nickte bedächtig. Ein verstohlenes Zwinkern, und sein Blick galt wieder dem Schachbrett. »Du bist ein wunderbarer Mensch, Ian MacClaren, und viel stärker, als ich es in derselben Situation wäre.«

»Stark? So fühle ich mich nicht.« Er ließ sich ermattet in die Kissen zurücksinken. »Ich versuche nur zu tun, was getan werden muß, damit wir überleben. Ich kann Margaret nicht noch mehr Leiden zumuten als sie...« Er sah zur Tür hin. »Sie kommt.« Rasch machte er einen Zug und blickte lächelnd auf, als sie eintrat. »Das ging aber schnell. Ich habe ihn noch immer nicht geschlagen. Komm her und zeig mir das Siegel.«

Sie reichte ihm Ruels goldenes Siegel und blieb neben ihm stehen, während er es betrachtete. »Ich sagte schon, daß es viel besser ist.«

»Es ist großartig.« Ian legte es neben seinem Siegel auf das

Bett. Er hob ihre Hand und drückte seine Lippen auf ihre Handfläche. »Aber mir gefällt dein Siegel besser. Ruel soll seine Elefanten haben. Mein Heidekraut erinnert mich an Glenclaren.«

19. Kapitel

Dilam ritt ihnen schon entgegen, als sie noch zwei Meilen vom Lager entfernt waren. Bei Jane regte sich schlagartig Unruhe. »Ist etwas?«

Dilam lächelte. »Nein. Mit der Arbeit geht es gut voran.«

»Warum bist du dann gekommen?«

»Aus Neugierde. Ich fragte mich, ob ihr den Elefanten...«

»Ja, wir haben ihn gefunden«, antwortete Jane. »Und den Grund für seine Zerstörungswut.«

Dilam blickte sie fragend an. »Habt ihr ihn getötet?«

»Das war nicht nötig.« Sie schenkte Dilam ein Lächeln, bevor sie weitersprach. »Aber wir werden die Streckenführung der Eisenbahn ein wenig verändern müssen...«

Als sie das Lager erreichten, händigte man Ruel eine Nachricht von James Medford aus. Er las das Papier mit ernster Miene.

»Ist es die Bahn? Hat Medford Probleme?« fragte Jane.

»Nein, aber wir könnten bald mehr Probleme haben, als wir bewältigen können. Medford hat eben von Pickering Nachricht vom Ableben des alten Maharadschas erhalten.«

»Nein! So bald?«

»Pickering argwöhnt, daß Abdar das Ableben beschleunigt haben könnte, aber es wäre unklug, diese Vermutung laut zu äußern, da Abdar jetzt an der Macht ist.«

»Er wird natürlich unverzüglich nach Cinnidar kommen...«

Ruel schüttelte den Kopf. »Der Thronbesteigung geht eine Trauerzeit von drei Monaten voraus. Bis dahin hat er nicht mehr Macht als vorher. Es bleibt uns auch danach vielleicht noch eine Gnadenfrist von einem oder zwei Monaten, bis sich seine Aufmerksamkeit auf uns richtet, aber rechnen sollten wir damit nicht.«

»Drei Monate«, murmelte Jane. »So rasch kann ich die Strecke unmöglich fertigstellen.«

Sie dachte an die zusätzliche Zeit, die es allein kosten würde, die Strecke um den Pfad herumzuführen, den die Elefanten auf dem Weg zu ihrem Friedhof benutzten. Doch das war es wert, denn die Bahn würde in Zukunft vor Angriffen der Tiere sicher sein.

»Die Strecke muß in zwei Monaten fertig sein«, gab Ruel tonlos von sich. »Den letzten Monat benötige ich für die Goldtransporte und zur Befestigung des Hafens.«

»Ausgeschlossen.«

»Es muß gehen. Medford ist mit seinem Abschnitt fast fertig. Ich werde ihn beauftragen, die Strecke am Canyon-Saumpfad zu legen.« Er runzelte die Stirn in angestrengtem Nachdenken. »Ich werde die Mine schließen, die Arbeiter für den Streckenbau abziehen und sie selbst beaufsichtigen. Wird es dann möglich sein?«

»Möglich, aber nicht wahrscheinlich. Der vor uns liegende Dschungel ist viel dichter. Man wird entlang der Strecke einen breiten Streifen roden müssen.«

»Ich werde weitere Hilfskräfte aus dem Dorf anwerben.«

»Das wird nicht reichen.«

»Es muß gehen, Jane. Wenn nicht, werde ich vielleicht um alles gebracht, wofür ich die letzten Jahre gearbeitet habe...« Er sah ihr tief in die Augen. »Ich brauche deine Hilfe. Wirst du sie mir gewähren?«

Sie hätte nie gedacht, daß er sie um etwas bitten würde. Immer hatte er nur gefordert, aber jetzt war etwas anderes. Auch versuchte er nicht, seinen geradezu hypnotischen Charme ins Spiel zu bringen, der seine wirksamste Waffe darstellte. Er hatte einfach und ehrlich ausgesprochen, was er brauchte. Er liebte die Insel, die ihm zur Heimat geworden war. Als sie ihn anblickte, verspürte sie eine merkwürdige Anwandlung von Beschützerinstinkt. Verdammt, sie konnte nicht zulassen, daß Abdar ihm etwas antat oder ihm die Heimat raubte. »Ich werde mich darum kümmern.« Sie drehte sich um und ging zum Zelt. »Komm mit. Wir müssen uns die Karte ansehen. Wir könnten den Elefantenfriedhof umgehen *und* trotzdem Meilen einsparen, wenn wir die Strecke durch ein direkt vor uns liegendes Sumpfgebiet legen. Dort festen Boden zu suchen und im Schlamm zu arbeiten gleicht einem Alptraum, doch könnte man auf diese Weise sieben Meilen einsparen. Das wäre doch eine große Hilfe, oder nicht?«

»Sieben Meilen wären eine große Einsparung«, stimmte er zu.

»Dann kannst du deine Leute nehmen und mit ihnen den Abschnitt jenseits des Sumpfgebietes anfangen, während Dilam und ich die Strecke durch den Sumpf legen. Wenn wir...«

»Jane.«

Sie sah ihn an. »Ja?«

Er lächelte sein seltenes, schönes Lächeln. »Ich danke dir.«

Auch die Worte waren schön und erfüllten sie mit einem trügerischen Glücksgefühl. Sie hob die Zeltklappe. »Gern geschehen.« Mit einer spöttischen Grimasse setzte sie hinzu: »Im Moment jedenfalls. Ich weiß nicht, ob ich auch noch so großmütig denke, wenn ich mich durch das Sumpfland kämpfe.«

»Das kannst du nicht machen«, sagte Pachtal mit Nachdruck.

»Natürlich kann ich. Ich bin der Maharadscha.«

»Du bist noch nicht gekrönt worden. Bevor du nach Cinnidar kannst, vergeht noch ein Monat.«

»Warten kann ich nicht. Dein Informant hat gemeldet, daß die Strecke kurz vor der Fertigstellung steht. Soll ich warten, bis MacClaren die Mittel hat, Befestigungen zu schaffen?« Abdar drehte sich um und warf einen Blick auf dic an der Wand angebrachten Masken. »Ich muß Benares sagen, er soll diese Masken einpacken.«

»Du willst sie mitnehmen?« fragte Pachtal. »Alle?«

»Natürlich, und Benares muß mitkommen – für den Fall, daß ich auf Cinnidar jemandem begegne, der Lokis würdig ist. Ich werde viel Kraft brauchen, um MacClaren zu besiegen.«

Abdar grinste böse. »Den trauernden Untertanen meines Vaters wird bekanntgegeben, daß ich mich zur Wiederherstellung meiner Gesundheit nach Narinth zurückziehe.«

»Und die Armee?«

»Auf de Reise benötige ich zu meinem persönlichen Schutz eine größere Eskorte, da allgemein bekannt ist, daß der britische Oberst nichts lieber täte, als mich bei günstiger Gelegenheit zu entmachten. Wenn wir MacClaren überraschend angreifen, brauchen wir keine große Armee. Du wirst dafür sorgen, daß flußabwärts ein Schiff bereitliegt.«

»Und wenn Pickering Argwohn schöpft? Er ist ja kein Dummkopf.«

»Ich kann mich nicht um alles kümmern. Ich muß mich darauf verlassen, daß Loki sich Pickerings annimmt.« Er lächelte Pachtal zu. »Loki... und mein Freund Pachtal.«

Pachtal starrte ihn entgeistert an. »Ich kann doch keinen Engländer töten...«

»Von Töten ist nicht die Rede. Es genügt eine vorübergehende Magenverstimmung, die ihm so heftig zu schaffen macht, daß ihn mein Tun und Lassen einige Wochen kalt läßt. Wäre das nicht möglich?«

Pachtal lächelte. »Es ist durchaus möglich.«

»Warum so still?« Ruel goß sich und Jane Kaffee nach, ehe er sich neben sie am Feuer niederließ.

»Ich habe nichts zu sagen.« Sie trank einen Schluck, unverwandt in die Flammen starrend. Das übliche freundliche Stimmengewirr ums Lagerfeuer nahm sie zwar wahr, fühlte sich aber sonderbar entrückt. »Muß ich denn ständig sprechen?«

»Nicht ständig. Nur wenn dich etwas bedrückt. Ich hasse nichts mehr, als zu wissen, daß dir etwas zu schaffen macht, ohne daß ich weiß, wie ich dir helfen kann. Geht es um mich?«

»Ich weiß gar nicht, was du meinst.«

»Laß das«, sagte er grob. »Was habe ich angestellt?«

»Nichts.«

Er legte seine Hand auf ihre. Die warme, harte Berührung ließ sie aufblicken und ihn ansehen.

»Schon besser«, sagte er knapp. »Du siehst mich an. Und jetzt rede mit mir. Du hast dich meinetwegen abgerackert, damit die verdammte Strecke fertig wird, und doch hast du in den letzten drei Tagen für mich kein Lächeln übrig gehabt.«

»Ich wußte nicht, daß Lächeln gefordert ist.«

»Von Fordern ist keine Rede. Es fehlt mir einfach.« Er drehte ihre Handfläche nach oben und zeichnete mit dem Zeigefinger Muster darauf. »Es... erwärmt mich.«

Sie sah ihn erschrocken an. »Ruel...«

Die Bewegung seines Fingers weckte köstliche Empfindungen in Handgelenk und Arm. So hatte er sie berührt, als sie auf der

Veranda in Kasanpore gesessen hatten, fiel ihr ein. Er hatte ihre Handfläche gestreichelt und von Cinnidar gesprochen... und vom Bild im Salonwagen des Maharadschas.

Er kommt mir zu nahe, dachte sie atemlos. In den hinter ihnen liegenden Tagen war er Kamerad und Verbündeter gewesen, ohne eine Andeutung körperlicher Sexualität, nun aber war die Sinnlichkeit, die so sehr Teil von ihm war, wieder greifbar vorhanden.

Ein Hitzeschauer durchlief sie. »Ruel, laß mich los.«

»Warum?« Sein Blick galt den um das Lagerfeuer versammelten Arbeitern, während seine Finger fortfuhren, die empfindliche Haut an ihrer Handwurzel zu streicheln. »Niemand beachtet uns. Hierzulande berührt man sich ständig liebkosend.«

Sie wußte, daß es stimmte und Ruels Intimität für die meisten unsichtbar sein mußte. Dieses Wissen half aber nicht, sie von dem Gefühl schmerzlicher Unsicherheit zu befreien.

»Außerdem magst du es. Du willst es. Laß mich heute in dein Zelt. Ich werde dich...«

Unvermittelt tauchte Dilam neben ihnen auf und setzte sich zu ihnen. »Ich muß etwas mit euch besprechen.«

Jane stieß einen bebenden Seufzer der Erleichterung aus, als Ruels Hand sie losließ. Er warf ihr einen Blick zu, aus dem Enttäuschung und Wehmut gleichermaßen sprachen. Er griff nach seiner Kaffeetasse und forderte Dilam auf: »Los, sprich.«

»Ich glaube, ich wüßte eine Möglichkeit, den Bau schneller voranzutreiben.«

»Wie denn?«

»Indem wir Elefanten zur Arbeit einsetzen«, sagte Dilam. »Die Rodungsarbeiten sind schuld, daß wir so langsam vorankommen. In anderen Ländern hat man manchmal Elefanten dafür verwendet.«

»Wilde Elefanten?«

»Nein, es waren jahrelang ausgebildete Elefanten, die nach Anweisung ihrer Führer arbeiteten. Wenn ich einen Elefanten dazu bringe, die Bäume zu beseitigen, die ich aus dem Weg haben möchte, dann könnten die anderen Tiere seinem Beispiel folgen. Da die Tiere Riesenmengen an Laub vertilgen und dabei Bäume umstoßen, könnten wir sie dazu abrichten, es auf eine für uns nützliche Weise zu tun.«

Ruel wandte sich an Jane. »Meinst du, daß dies geht?«

»Ich muß es mir überlegen. Es kommt für mich ebenso überraschend wie für dich.«

»Ich werde drei einheimische Elefantenführer brauchen, die mir helfen. Es wäre gefährlich, zu viele Menschen mitarbeiten zu lassen, weil die Elefanten doch einen gewissen Unsicherheitsfaktor darstellen.«

»Na, was hältst du davon?« fragte Ruel Jane.

»Versuchen könnte man es ja«, sagte sie nachdenklich. »Wenn der Hohe Rat sich bewegen läßt, uns diese Elefantenführer zu besorgen.«

»Er wird.« Aus Dilams Lächeln sprach Zuversicht. »Gestern habe ich mit dem Rat gesprochen. Die Elefantenführer werden morgen hier eintreffen.«

»Du scheinst ja alles fabelhaft im Griff zu haben.« Jane rang sich ein Lächeln ab. »Eine gute Idee. Ich hoffe, sie läßt sich auch verwirklichen.«

»Nicht zu glauben«, murmelte Ruel, als er zusah, wie der Elefant die Stirn gegen einen jungen Baum drückte und anschob. »Das habe ich noch nie gesehen. Wirklich erstaunlich…«

Der Baum geriet ins Wanken, wurde entwurzelt und fiel um. Jane nickte. »Dieser Führer scheint mit dem Elefanten alles machen zu können. Ich glaube, wir können deine Bahnstrecke in zwei Monaten fertigstellen.«

»Komm«, sagte Ruel und wandte sich ab. »Ich muß dir etwas zeigen.«

»Hat das nicht Zeit?« Jane wischte sich mit dem Ärmel den Schweiß von der Stirn. »Bis zur Dunkelheit sind es noch ein paar Stunden.«

»Ich will nicht warten. Dilam wird kommen und den Trupp bis Arbeitsschluß beaufsichtigen.«

Da ihr klar war, daß er nicht nachgeben würde, bestieg sie Bedelia. »Was gibt es? Wohin reiten wir?«

»Du wirst schon sehen.« Er sprengte ihr voraus, in südlicher Richtung. »Immer mir nach«, rief er ihr zu.

Zuerst glaubte Jane, er wolle mit ihr die Stelle besichtigen, die momentan gerodet wurde, doch bog er kurz davor nach Osten ab, um auf einem Dschungelpfad weiterzureiten. Zwanzig Minuten später lag der Wald hinter ihnen, und vor ihnen breitete sich ein See aus.

»Da wären wir.« Er zügelte Nugget im gefiederten Schatten eines Kasuarina-Baumes und glitt aus dem Sattel. »Steig ab.«

»Wo sind wir?« fragte Jane verwundert. Wohin ihr Blick auch fiel, alles um sie herum war Farbe und Schönheit. Rote Mohnblüten sprenkelten das Ufer, jenseits des Sees prangten Flammenbäume in grellem Orange und warfen ihr feuriges Spiegelbild auf das kühle, glatte Blau des Wassers. Ein Stück weiter am gegenüberliegenden Ufer vergnügten sich zwanzig bis dreißig Elefanten im seichten Wasser. »Ich verstehe nicht... was gibt es hier zu sehen?«

Ruel hob sie aus dem Sattel. »Blüten, Wasser, Vögel, Elefanten.« Er nahm Nugget eine Decke ab und breitete sie auf dem Moos aus. »Mich.«

»Du hast mich nur hergebracht, damit ich die Szenerie bewundere?«

»Ich habe dich hergebracht, damit du dich ausruhst. Also tu es.«

»Ich möchte mich nicht ausruhen.«

»Tu es trotzdem.« Er hielt ihren Blick fest. »Du brauchst vor mir keine Angst zu haben.«

Sie hätte zurückreiten sollen. »Na ja, eine Weile vielleicht. »Sie ließ sich auf der Decke nieder und schlang die Arme um die angezogenen Knie.

Ruel setzte sich neben sie, so dicht, daß er sie fast berührte.

Minuten vergingen, und allmählich verebbte ihre Anspannung. Drei blaugefiederte wilde Pfauen stoben auf, als die Elefanten sich ein Stück weiter das Ufer entlang bewegten. Keine Bedrohung. Keine Hast. Nur Schönheit. Eine linde Brise umfächelte sie, und der Blumenduft war so überwältigend, daß er ihre Sinne benebelte.

Sie wandte sich zu Ruel. »Hier könnte ich alles vergessen... die Eisenbahn... Patrick und...«

»All das möchte ich für dich sein.« Ruel blickte sie direkt an. Sein Lächeln fiel schräg aus. »Mehr noch. Ich möchte dir mehr bedeuten als deine verdammte Eisenbahnstrecke. Ich sage damit, daß ich derjenige sein möchte, der dich zum Lachen bringt und dir zu Kindern verhilft.«

Jane sah ihn fassungslos an.

»Ich sage damit, daß ich«, – er hielt inne, um verlegen und hastig fortzufahren – »dich liebe.« Er atmete aus. »Jetzt ist es heraus. Hoffentlich bist du nun zufrieden.«

Zufrieden? Es gab Zeiten, da hätte sie fast alles darum gegeben, ihn diese Worte sagen zu hören, und auch jetzt erfüllten sie sie mit bittersüßer Freude. »Es ist zu spät.«

Er furchte die Stirn. »Ich weiß, ich habe es nicht richtig gesagt, aber es ist die Wahrheit, und wir müssen damit leben.« Er streckte die Hand aus und berührte ganz zärtlich ihre Wange. »Es ist mit jedem Tag gewachsen und größer geworden, bis ich spürte... daß es nicht nur Lust ist.« Er verzog spöttisch den Mund. »Obwohl es weiß Gott nicht viele Nächte gab, in denen ich nicht vor Begehren fast wahnsinnig zu Bett ging. Ich möchte mich um dich kümmern, dich glücklich machen. Glaubst du mir?«

Sie wollte ihm glauben und wagte es nicht. »Nein.«

Seine absolute Reglosigkeit verriet ihr, daß sie ihn gekränkt hatte. »Vermutlich habe ich es verdient«, sagte er schließlich, um dann plötzlich zu explodieren: »Aber bei Gott, du wirst mir glauben und du wirst mir vertrauen und du wirst auch lernen, mich wieder zu lieben. Ich bin dir auch jetzt nicht gleichgültig, obwohl du es dir nicht eingestehen willst. Gut möglich, daß du für mich nicht so viel empfindest wie ich für dich, aber du empfindest etwas.« Er atmete tief durch und ließ ein achtloses Achselzucken folgen. »Na schön, daß es nicht leicht sein würde, wußte ich. Ich muß eben Geduld beweisen.«

»Das wird dir nichts nützen«, sagte sie heiser.

»Zum Teufel damit... du vertraust mir einfach nicht. Du glaubst, ich würde dich wieder verletzen. Es wird nicht wieder vorkommen. Ich liebe dich.«

»Bis du Ian und mich in einem Raum siehst. Wie sehr würdest du mich dann noch lieben?«

Er zuckte nicht mit der Wimper. »Ich liebe Ian, doch das hält dem Vergleich mit meiner Liebe zu dir nicht stand. Versuch es mit mir.«

Jane schüttelte den Kopf. »Soviel Mut habe ich nicht.« Sie wollte aufstehen. »Ich muß zurück zur Baustelle.«

»Setz dich wieder. Wir reiten nach Sonnenuntergang zurück. Du brauchst nicht wegzulaufen. Die Liebeserklärung ist vorüber.« Ruel legte sich zurück und schloß die Augen.

Sie wollte nicht daliegen und an das denken, was er gesagt hatte, denn seine Worte waren von verführerischer Süße. Sie sah ihn von der Sonne beschienen daliegen, mit flammendem Haar und einem anmutigen, geschmeidigen Körper. Er war Entschlossenheit, Sinneslust und Bosheit. Er war alles, was das Auge erfreute und die Sinne in Versuchung führte. Alles, was sie wollte. Alles, was sie nicht haben konnte.

Sie liebte ihn.

Diese Erkenntnis kam sanft, traurig und mit absoluter Gewißheit. Wie hatte sie nur glauben können, sie könnte jemals aufhören, ihn zu lieben? Weil sie Angst gehabt hatte, wie sie nun erkannte. Die Narben waren zu tief, das Risiko war zu groß.

»Leg dich hin«, sagte er, ohne die Augen zu öffnen.

Ihn konnte sie nicht haben, doch sie konnte diesen Augenblick des Friedens und der Süße haben. Sie zögerte noch, dann aber legte sie sich neben ihn. Wenn sie Cinnidar verließ, würde sie nur Erinnerungen mitnehmen, und diese eine wollte sie besonders festhalten. »Nur ein Weilchen«, sagte sie und machte die Augen zu. Sie hörte Vogelgezwitscher und Ruels leise, gleichmäßige Atemzüge neben sich…

»Jane.«

Als sie die Augen öffnete, sah sie Ruel über sich gebeugt. Die Sonne, die ihm nun im Rücken stand, tauchte seine Haare in helles Licht und ließ sein Gesicht im Schatten.

»Ruel…« murmelte sie verschlafen.

»Es wird Zeit… du hast über eine Stunde geschlafen. Die Sonne wird bald untergehen.«

»Ach?« Sie streckte die Hand nach seinem Haar aus. Wie weich es war... sie strich über seine Wange.

Er erstarrte zur Reglosigkeit. »Aufwachen, Jane.«

»Ich bin wach.«

»Keine Rede davon.« Er furchte besorgt die Stirn, als ihm etwas einfiel. »Du wirst doch nicht wieder Fieber haben?«

Sie fühlte sich warm und benommen, aber daran war kein Fieber schuld. »Nein.«

Jane faßte nach seiner Hand und führte sie an ihre Brust. Der Schock, der ihn daraufhin wie ein Schauer durchlief, konnte sich mit ihrem Erstaunen messen. Sie hatte ohne Überlegung gehandelt, nur ihrem Instinkt folgend. Und doch bereute sie es nicht. Noch eine Erinnerung...

»Laß das«, kam es ihm rauh über die Lippen. »Deswegen habe ich dich nicht hergebracht.«

Ihre Brust schwoll unter seiner Berührung, die Knospe wurde fest. »Mir ist nicht mehr nach Ausruhen zumute«, stieß sie atemlos hervor.

»Das sehe ich.« Seine Hand umschloß ihre Brust, Hitze durchströmte Jane. »Bist du sicher?«

Sie fing zu zittern an. »Ja.«

Er holte tief und unsicher Luft. »O Gott, wie bin ich froh.« Dann machte er sich daran, ihr Hemd aufzuknöpfen.

Es war anders als die anderen Male. Erst war der Rhythmus langsam und süß wie der eines Wiegenliedes, dann aber ganz anders. Wild, heiß und rücksichtslos, fing er sie beide in einem Gefühlssturm. Dennoch merkte Jane, daß dieser Sturm nichts von finsterer Unterwerfung an sich hatte. Ruel unterwarf sie nicht, er führte sie.

Atemlos und erschöpft hielt sie ihn nach dem Höhepunkt in ihren Armen.

Seine Brust war von heftigen Atemstößen erschüttert, sein Gesicht lag an ihrer Schulter. »Warum, Jane?« fragte er mit erstickter Stimme.

Ohne zu überlegen, gestand sie ihm die Wahrheit. »Ich wollte eine Erinnerung für die Zeit nach Cinnidar.«

Er zuckte wie unter einem Schlag zusammen. »Na, hoffentlich habe ich dieses Erlebnis erinnerungswürdig gemacht.«

Wieder hatte sie ihn durch achtlose Worte verletzt. »Ich wollte sagen... ich erwachte und sah dich und...«

»Erklärungen sind nicht nötig.« Er hob den Kopf und blickte auf sie hinunter. »Ich bin von Frauen schon benutzt worden. Es hat mir nie etwas ausgemacht.« Er löste sich von ihr, stand auf und zog sie in seine Arme. »Ich habe nicht die Absicht, zu einer Erinnerung zu werden, bin aber nicht darüber erhaben, mir selbst ein paar angenehme Erinnerungen zu verschaffen.«

Er ging mit Jane in den Armen an den See.

»Was soll das«, fragte sie beunruhigt. »Ruel, das ist...«

Er ließ das Ufer hinter sich und trat ins Wasser.

Die plötzliche Kälte ließ sie nach Luft schnappen. »Das nennst du angenehm?«

»Man gewöhnt sich rasch.« Damit stellte er sie hin und faßte nach ihrem Zopf, um ihn zu lösen. »Ich möchte dein Haar sehen.« Er durchkämmte mit den Fingern die dichte Fülle. »Wie Seide... immer schon habe ich dein Haar geliebt.« Dann faßte er ihr Haar als Ganzes und zog ihren Kopf zurück. »Ich liebe dich.«

Sie stand da und starrte ihn an. Was sie empfand, konnte sie ihm nicht sagen. Sie durfte sich nicht wieder in seine Macht begeben.

»Natürlich glaubst du mir nicht.« Er lächelte gezwungen. »Frierst du noch immer?«

»Nein«, kam ihre Antwort im Flüsterton.

Er ließ sie los und trat zurück. Dann schlug er mit Absicht aufs Wasser und bespritzte ihr Gesicht. »Und jetzt?« fragte er mit boshaftem Grinsen.

Sie prustete. »Willst du mich ertränken?«

Wieder bespritzte er sie.

»Ruel, das war –« Aus seiner Miene leuchtete ihr soviel teuflische Spitzbüberei entgegen, daß sie nicht anders als lachen konnte. Ein Herzschlag nur, und seine ernste Eindringlichkeit war Schalkhaftigkeit gewichen, eine Verwandlung, die sie erleichtert willkommen hieß. »Laß uns ein Stück schwimmen.«

Er schüttelte den Kopf. »Ich spritze lieber weiter. Du hast ausgesehen wie eine empörte Zehnjährige. So jung sehe ich dich gern.«

Die ganze nächste Stunde hatte sie das Gefühl, als hätte er ihr die Kindheit wiedergeschenkt, die sie nie erlebt hatte. Während sie schwammen und im Wasser tollten, fühlte sie sich jung, unbekümmert und voller Überschwang, so daß Jane fast Enttäuschung empfand, als Ruel bei Sonnenuntergang ans Ufer watete und sich anzog.

Nur widerstrebend folgte sie ihm. Die Luft war noch immer warm, trotzdem fröstelte sie, als ein Windhauch ihren nassen Körper traf. Jane trocknete sich eilig mit der Decke ab und fing an, sich ebenfalls anzuziehen.

Ruel hob ihr Hemd vom Boden auf und hielt es ihr hin.

Sie schlüpfte in die Ärmel. »Ich kann mich durchaus allein anziehen.«

Er fing an, das Hemd zuzuknöpfen. »Ich will es tun. Knie dich hin«, raunte er. »Es gibt noch etwas, das ich tun möchte.«

Das Gemälde des Maharadschas. Ihr Blick flog zu seinem Gesicht, als die Erinnerung an jenen Tag im Sommerhaus sie plötzlich überfiel.

Seine Lippen wurden zu einem dünnen Strich, als ihm aufging, woran sie dachte. »Nein, obwohl ich dies eines Tages wiederholen möchte. Ich glaube, ich würde es dann richtig machen. Du würdest an der Art und Weise, wie ich dich ansehe, wohl nichts mehr auszusetzen haben, oder?«

Sie dachte daran, wieviel Zärtlichkeit in seinem Blick gewesen war, als sie im See gestanden hatten. »Nein.« Langsam ging sie auf der Decke in die Knie.

Er kniete hinter ihr nieder und faßte nach ihrem Haar.

Seine Finger waren nicht so geübt wie die ihren, und er benötigte eine Weile, bis er den dicken Zopf fertig geflochten hatte. Es spielt keine Rolle, dachte sie verträumt. Sie fühlte sich verwöhnt und unendlich hochgeschätzt.

»So, ich bin fertig.« Er stand auf und zog sie mit sich. »Und jetzt muß ich dich zurück ins Lager schaffen, ehe du dich erkältest.«

Er hob sie auf Bedelias Rücken, und seine Hand schloß sich über ihrer, als sie nach den Zügeln griff.

Sein Ton war gefühlsbeladen, als es aus ihm hervorbrach: »Wann wirst du endlich einsehen, daß ich dir niemals mehr weh tun werde? Wann wirst du mir endlich glauben?«

Sie wollte ihm glauben, wollte die Chance ergreifen. Die Versuchung war fast unwiderstehlich stark, doch ihre Angst überwog. Hilflos sah sie ihn an. »Ich kann nicht. Ich sagte schon, es gibt zuviel…« Sie kämpfte mit den Tränen. »Ich kann nicht!«

Im nächsten Moment sprengte sie in gestrecktem Galopp durch den Dschungel, zurück zum Lager.

20. Kapitel

»Komm, sieh dir das an«, stieß Kartauk in höchster Erregung hervor. Er packte Margaret an der Hand und zog sie mit sich, den Korridor entlang zum Hauptportal.

»Laß mich los.« Sie wollte sich freikämpfen. »Ich muß zurück zu Ian. Es ist Zeit für sein Mittagessen.«

»Er wird darauf verzichten müssen.«

»Warum sollte er...« Sie verstummte jäh, als sie den furchterregenden Grimm seiner Miene bemerkte.

Schon hatte er sie auf die vordere Veranda gezerrt und deutete hinunter auf den Hafen.

Feuer.

Dockanlagen und Lagerhäuser standen in Flammen. Dunkler Rauch stieg zum Himmel auf.

»Was ist das?« flüsterte sie.

»Ich habe so eine Ahnung, aber ich bin mir nicht sicher und schickte Tamar los, damit er sich vergewissert.« Kartauk ging eilig wieder zur Tür. »Du gehst rasch in die Dienerunterkünfte und holst die Träger samt Ians Tragesessel. Ich mache Ian indessen reisefertig.«

»Was ist passiert?« Margaret blieb ihm ängstlich auf den Fersen. »Du weißt, wie strapaziös ein Ortswechsel für Ian ist.«

»Wenn er bleibt, wird es für ihn noch strapaziöser«, erwiderte Kartauk ungehalten. »Falls es Abdar ist, der sich auf diese Weise ankündigt.«

»Abdar! Aber Ruel sagte, wir hätten noch zwei Monate Ruhe vor ihm.«

»Abdar hält offenbar nicht viel davon, der Tradition zu folgen.« Er lief den Korridor entlang. »Ich habe Jock schon angewiesen, er solle dein Pferd satteln. Vergiß nicht, den Trägern zu sagen, sie sollen Ians Sessel zusätzlich mit Kissen belegen. Das Steilstück hinunter zum Canyon wird sonst sehr hart für ihn.«

»Schrecklich... könnten wir uns nicht unweit des Palastes irgendwo im Regenwald verstecken?«

Kartauk schüttelte den Kopf. »Man würde uns finden. Wir müssen zu Ruel.«

»Aber werden denn die Träger schnell genug sein?«

»Wir haben keine andere Wahl. Mit einem Wagen schaffen wir es auf dem schmalen Saumpfand nicht. Er ist ja kaum breit genug für Medfords Schienen.« Scharf rief er ihr zu: »Los, beweg dich!«

Sie nickte und lief auch schon los, zu den Quartieren der Dienerschaft.

Als Kartauk die Tür zu Ians Zimmer aufriß, traf er diesen in seinem Sessel am Fenster sitzend an, von wo aus er die vom Hafen aufsteigenden schwarzen Rauchschwaden beobachtete.

»Wir brechen auf«, sagte Kartauk knapp.

Ian warf ihm einen fragenden Blick zu. »Abdar?«

Kartauk nickte. »Sehr wahrscheinlich. Ich habe Tamar losgeschickt. Er soll feststellen, wieviel Zeit uns noch bleibt.« Damit ging er an den Schrank um Ians Umhang hervorzuholen. »Das wirst du vielleicht brauchen.« Als er dem Schrank eine große Reisetasche entnahm, fiel sein Blick auf die zahlreichen Arzneifläschchen, die auf Ians Nachttisch aufgereiht waren. »Wir brauchen für die Medikamente einen eigenen Koffer.«

»Ganz unten im Schrank ist ein Lederköfferchen, in das Margaret die Fläschchen bei der Abreise tat.« Er richtete sich in seinem Sessel auf. »Bring es mir. Ich will das Zeug hineintun, während du Margarets Sachen packst. Wo ist sie jetzt?«

»Sie holt deine Träger.«

»Ach, muß ich also auch mit Glanz und Gloria reisen, wenn es eilt.« Er nahm das Lederköfferchen, das Kartauk ihm reichte und fing an, die Arzneiflaschen sorgsam darin zu verstauen. »Vergiß ja nicht Margarets blaues Tuch. Es wärmt sie, und es steht ihr so gut.«

Kartauk griff nach dem Umschlagtuch und warf es in die Reisetasche. »Du bist ja die Ruhe selbst.«

»Warum nicht? Ich habe ja dich und Margaret… ihr kümmert euch um mein Wohlergehen.« Ian lächelte. »Was ist solcher Abschaum wie Abdar neben Freunden wie euch?«

»Er ist eine Bedrohung.«

Tamar stürzte zur Tür herein. Seine übliche gelassene Haltung war heller Aufregung gewichen. »Abdar! Wir müssen fort!«

»Bist du sicher?« fragte Kartauk.

Tamar nickte. »Sie haben recht behalten – er ist gekommen und wird von blau-weiß Uniformierten begleitet.«

Kartauk fluchte. »Wie viele?«

»Zweihundert etwa, mit britischen Gewehren bewaffnet.«

Kartauk runzelte die Stirn. »Zweihundert. Warum nicht mehr?«

»Mir erscheinen sie ausreichend«, äußerte Ian seelenruhig.

»Wieviel Zeit bleibt uns?« fragte Kartauk Tamar.

»Nicht viel. Die Soldaten setzten den Hafen in Brand, ehe sie sich auf den Weg zum Palast machten. Ich stieß vor der Stadt auf Abdars Truppen und machte sofort kehrt.«

»Dann ist er dir praktisch auf den Fersen«, sagte Ian. »Und für meine verdammten Träger ist keine Zeit.« Er hielt Kartauks Blick fest. »Margaret.«

Ian hatte recht. Nur dank eines Wunders hätten die Träger es geschafft, Abdar zu entkommen und über den Saumpfad die

Canyon-Sohle zu erreichen. Wenn Margaret sie begleitete, würde sie Ian nicht im Stich lassen, auch wenn dies bedeutete, daß sie selbst in Gefangenschaft geriete. Er nickte. »Ich werde dafür sorgen. Tamar, pack den Rest ein, und schaff Ian auf seinen Tragesessel. Er muß sofort aufbrechen.«

Als die vier Träger den Raum betraten, wich er aus, um sogleich nach Margarets Arm zu fassen. »Nein.« Halb zerrte, halb schob er sie den Korridor entlang. »Ich kümmere mich um ihn, du reitest voraus.«

»Bist du von Sinnen? Ich gehe nicht ohne Ian.«

»Jemand muß Medford und Ruel warnen, daß Abdar vor der Tür steht. Medfords Lager liegt direkt unter uns am Grund des Canyons. Sage ihm Bescheid, und reite weiter zu Ruels Lager. Es liegt etwa fünfzehn Meilen von dem Medfords entfernt. Sag ihm, Abdar hätte nur zweihundert Mann, allerdings gut ausgerüstet. Ich glaube nicht, daß noch viel Verstärkung zu erwarten ist. Es ist gut möglich, daß er mit diesem Schritt seine Machtbefugnisse im Moment genügend überschritten hat.«

»Du wirst Ruel warnen. Mein Platz ist bei Ian.«

Genau das hatte er von ihr erwartet. Treu wie Gold und stark wie eine Löwin. »Reichen deine Kräfte aus, um ihn zu verteidigen?« Er drängte sie die Verandastufen hinunter, an deren Fuß Jock stand, der ihr Pferd hielt. »Du hast zwar ein großes Herz, aber ich verfüge über die Kräfte eines Goliath.«

»Den David bezwang, ohne mit der Wimper zu zucken.«

»Er hatte Glück.« Kartauk grinste. »Goliath hätte gewinnen müssen.« Zu Jock sagte er: »Sie soll erst innehalten, wenn sie bei Ruel angelangt ist.«

Jock nickte. »Jawohl.«

»Ich gehe erst, wenn –«

»Vertraust du mir, Margaret?« fragte Kartauk.

»Ja, aber –«

»Es ist das einzig Richtige für uns alle. Es ist vielleicht der einzige Weg, die Situation zu retten. Ich verspreche dir, daß Ian dir auf dem Fuße folgen wird.« Als er lächelte, strahlte sein Gesicht vor Liebe. »Geh jetzt, Margaret, und vertraue mir.«

Er hob sie in den Sattel. Ein leichter Schlag auf die Kruppe, und das Pferd galoppierte los.

Kartauk lief sofort ins Haus. Er wünschte, er hätte ihr nachblicken können, ihrem aufrechten Rücken, ihrer stolzen Kopfhaltung, die er so sehr liebte. Es war kein unbilliges Verlangen.

Aber dafür war jetzt keine Zeit.

Margaret und Jock hatten bereits die Hälfte des Canyon-Pfades hinter sich, als ihr die volle Bedeutung von Kartauks Worten aufging.

»Mein Gott«, hauchte sie, von Panik erfaßt.

Er hatte versprochen, daß Ian ihr auf dem Fuße folgen würde.

Von sich selbst hatte er nichts gesagt.

Ian saß noch immer in seinem Sessel am Fenster, als Kartauk zurückkam. Er wandte sich sofort an Tamar, der neben den Trägern stand. »Warum sitzt er nicht auf seinem Tragesessel? Ich sagte, ihr sollt ihn reisefertig machen.«

Tamar schüttelte den Kopf. »Und er hat mich angewiesen, ihn nicht anzurühren. Er ist es, dem ich gehorchen muß.«

»Ist sie fort?« fragte Ian.

Kartauk nickte. »Nicht ohne Protest. Wir müssen dich unverzüglich nachschicken, damit wir sicher sein können, daß sie nicht umkehrt. Ich habe ihr versprochen, du würdest ihr auf dem Fuß folgen.« Er ging zu Ians Sessel. »Paß auf... ich werde dich herausheben.«

»Noch nicht.« Ian deutete zu dem Glas Wein auf dem Tisch neben ihm. »Erst wenn ich den Wein ausgetrunken habe. Ich möchte warten, bis das Laudanum wirkt. Vor mir liegt ein anstrengender Weg. Es dauert nur einen Augenblick.«

»Uns bleiben nicht mehr viele Augenblicke.«

Ian griff nach seinem Glas. »Du willst nicht mitkommen?«

Kartauk blieb reglos stehen. »Warum sagst du das?«

»Du hast von ›nachschicken‹ gesprochen und nicht von ›nachkommen‹, ein Verhalten, das deiner Wesensart entsprechen würde.«

»Meiner Wesensart würde das genaue Gegenteil entsprechen. Niemand ist mehr um seine Sicherheit besorgt als ich.«

»Nicht, wenn es Margaret betrifft.« Er trank einen Schluck Wein. »Ich nehme an, du hältst es für notwendig zu bleiben und Abdar an unserer Verfolgung zu hindern.«

Kartauk nickte. »Abdar würde sich sehr freuen, mit Ruels Bruder spielen zu können.«

»Nicht mit dir?«

Kartauk zog die Schultern hoch. »Ich hatte jahrelang mit Abdar zu tun. Ich kenne ihn.«

»Aber es besteht doch auch für dich Gefahr?«

»Trink aus. Du mußt fort.«

Ian nickte und trank gehorsam das Glas leer. »Ich weiß, daß ich dich nicht aufhalten darf, aber als ich hier alleine saß, ist mir plötzlich etwas klargeworden – etwas, das mich seit jener Unglücksnacht in der Lanpur-Schlucht beschäftigt.«

»Dafür ist jetzt keine Zeit.« Kartauk trat ungeduldig einen Schritt auf Ian zu.

»Gott verfolgt immer einen Zweck, doch konnte ich nicht erkennen, welchen Zweck er damit verfolgte, daß er mich damals rettete. Jetzt wird mir alles klar.«

»Ich hebe dich jetzt hoch.« Kartauk beugte sich über ihn.

»Nein, nicht«, murmelte Ian, der über Kartauks Schulter hinweg Tamar zunickte. »Du bist immer so besorgt um mich... wenn ich jetzt zu Boden fiele, wäre es sehr schmerzhaft.«

»Ich lasse dich nicht fallen.«

»Ich fürchte, es ließe sich nicht vermeiden.«

»Unsinn, ich bin stark wie ein –«

Er wurde mitten im Satz unterbrochen, als die von Tamar geschwungene Vase an seinem Schädel zerbrach. Kartauk stieß ein Knurren aus, ehe er auf dem Boden zusammensackte.

»Siehst du?« fragte Ian mit einem Blick auf den liegenden Kartauk. »Ich konnte nicht zulassen, daß du mich betrügst, mein Freund.« Er blickte zu Tamar auf. »Sehr gut. Schafft ihn auf ein Pferd. Rasch.«

Tamar zögerte. »Ich glaube nicht...«

»Du hast gesagt, du würdest mir immer gehorchen.« Ian lächelte. »Keine Angst, ich habe etwas Gutes getan.«

»Nein.« Aus Tamars Blick sprach tiefstes Verständnis. »Sie haben etwas Großes getan.« Er bedeutete einem der Träger, ihm zu helfen, Kartauks massigen Körper aufzuheben.

»Warte!« rief Ian. »Sage den Trägern, sie sollen den Tragesessel mitnehmen. Binde Kartauks Zügel an der Lehne fest und lasse ihn so hinunter in den Canyon schaffen.«

Tamar hielt erstaunt inne. »Den Tragesessel... ohne Sie?«

»Margaret wird nach dem Sessel Ausschau halten. Wenn sie ihn nicht sieht, wird sie umkehren, anstatt zu Ruel zu reiten.«

Tamar nickte und gab die Anordnungen sofort an die Träger weiter. »Ich komme zurück, sobald sie unterwegs sind.«

»Nein, es ist besser, wenn du dich irgendwo auf dem Gelände versteckst. Und wenn die Soldaten dich finden, dann setze dich nicht zur Wehr. Ruel wird hier im Palast einen Mann brauchen.«

»Ich würde lieber zu Ihnen zurückkommen.«

Ian schüttelte den Kopf.

Nach kurzem Zögern sagte Tamar leise: »Es wird so sein, wie Sie es wünschen.«

Gleich darauf befand Ian sich allein im Raum, von tiefer Befriedigung erfüllt. Es war vollbracht. Nun, nicht ganz, aber bald würde alles überstanden sein. Er hätte mehr Glauben haben sollen. Er hätte wissen müssen, daß Gottes Liebe ihn nicht sinnlos leiden lassen würde. Als Schlußpunkt seines traurigen Lebens war ihm nun eine großartige, eine heldenhafte Rolle zugedacht.

Er lehnte sich zurück. Abdar mochte kommen, er war bereit.

»Dort!« Jock deutete hangaufwärts. »Ich kann sie sehen!«

Sie? Hoffnung flammte in Margaret auf, die ihre Augen gegen die Sonne abschirmte. Aus dieser Entfernung konnte man den Tragesessel, der erst ein Viertel des Pfades zurückgelegt hatte, kaum ausmachen, aber folgte dem fransenverzierten Sonnendach des Sessels nicht ein Reiter?

»Kommen Sie«, drängte Jock. »Medfords Lager ist gleich da vorne.«

»Ja.« Margaret ritt weiter. Es konnten beide sein. Kartauk hatte Ian vielleicht begleitet. Laß es beide sein, betete sie. Sei gnädig und rette beide.

»Mein Gott, das ist ja Margaret!« Ruel sprang auf und lief der Reiterin entgegen, die auf das Lagerfeuer zuhielt.

Jane folgte ihm mit Herzklopfen. Margarets Erscheinen verhieß nichts Gutes – im Herrensitz, das weiße Kleid verschmutzt und zerrissen, das blonde, rückenlange Haar offen.

Ruel faßte nach den Zügeln, als die Stute schlitternd zum Stehen kam. »Ian?« fragte er knapp.

»Hinter mir«, stieß Margaret atemlos hervor. »Ich sagte Medford, er solle ihn bei sich im Lager behalten, bis ich ihn holen komme. Kartauk sagte, du solltest es schleunigst erfahren.«

»Was denn?«

»Abdar. Mit zweihundert Mann... der Hafen brennt...«

Ruel stieß einen Fluch aus. »Verdammt, so rasch habe ich es nicht erwartet! Wie groß ist dein Vorsprung?«

Sie schüttelte den Kopf. »Ich weiß es nicht. Beim Abstieg in den Canyon wurde ich nicht verfolgt. Medford sagte, er wolle das Lager abbrechen und den Saumpfad bewachen lassen.«

»Sie soll absteigen«, sagte Jane, die näher gekommen war. »Siehst du nicht, daß sie total erschöpft ist?«

»Entschuldige.« Ruel war ganz in Gedanken, als er Margaret von ihrer Stute hob. »Kartauk?«

»Ich weiß nichts Sicheres.« Margaret lehnte sich mit geschlossenen Augen an den Sattel. »Es könnte sein, daß er Ians Tragesessel folgt. Es war ein Pferd zu sehen...«

»Komm und setz dich.« Jane legte Margaret den Arm um die Hüfte und führte sie zu der Decke am Lagerfeuer. »Ruel, hol Kaffee für sie.«

Ruel drehte sich um und ging zu dem über der Glut hängenden Topf.

Margaret brach auf der Decke zusammen. »Ich glaube, Kartauk...« Sie schlang die Arme um sich, um ihr Zittern unter Kontrolle zu bringen. »Ich glaube... er wollte bleiben.«

»Warum das?« fragte Jane.

»Weil er ein dummer Mensch ist, der sich einbildet, nur er wüßte, was richtig ist.« Ungeachtet ihrer spitzen Worte liefen ihr Tränen übers Gesicht. »Er hätte mir die Wahl lassen sollen und –« Sie wischte sich mit dem Handrücken über die nassen Wangen. »Aber nein, er zog es vor, selbst zu bleiben und sich von diesem Unhold umbringen zu lassen. Er war immer schon zu eigensinnig für sein –« Ihre Stimme gehorchte ihr nicht mehr, sie verstummte.

»Auch wenn er ausharrt, heißt das noch nicht, daß er tot ist.« Ruel drückte ihr den Blechnapf in die Hand. »Kartauk ist ein kluger Kopf, und Abdar möchte ihn lebendig haben.«

»Für wie lange?« fragte Margaret hitzig. »Er hat mir von diesem Ungeheuer berichtet. Kartauk wird Abdar nicht geben, was er verlangt, und wenn er sich weigert, ist es sein Tod.«

»Du hast selbst von der Möglichkeit gesprochen, daß er Ian vielleicht folgte«, rief Jane ihr in Erinnerung. »Du weißt ja nicht, ob er im Palast geblieben ist.«

»Das stimmt.« Margaret holte tief Atem. »Es gibt immer noch Hoffnung. Ich benehme mich ziemlich dumm.« Sie setzte sich aufrechter hin und erstattete Ruel Bericht: »Kartauk läßt dir sagen, daß Abdars Truppe aus Fußsoldaten besteht, die mit britischen Gewehren ausgerüstet sind. Verstärkung wird vermutlich nicht eintreffen.«

»Er hält zweihundert Bewaffnete offenbar für ausreichend«, antwortete Ruel erbittert, »da ich über keine Armee verfüge.« Er sprang auf. »Aber er irrt sich.«

»Was werden wir tun?« fragte Jane.

»Du wirst zusammen mit Margaret dieses Lager auf das andere Flußufer verlegen. Damit gewinnen wir eine günstigere Verteidigungsposition. Falls etwas passiert und ich weder zurückkommen noch dir eine Nachricht schicken sollte, schneide die Hängebrücke durch und mache dich auf den Weg zum Dorf.« Er ging zu seinem Pferd. »Ich muß mich in Medfords Lager vergewissern, daß Ian und Kartauk es geschafft haben.«

»Und wenn nicht?« fragte Margaret beklommen.

Ruel sah sie an. »Dann werde ich sie holen.«

»Auch wenn es nur Kartauk sein sollte?«

Er runzelte die Stirn. »Das versteht sich. Kartauk ist hier, weil ich ihn nach Cinnidar brachte. Hast du etwas anderes erwartet?«

»Nein, eigentlich nicht«, sagte sie erleichtert.

»Und was ist mit Dilam?« fiel Jane plötzlich ein. »Hast du an ihrem Lager haltgemacht, Margaret?«

Margaret schüttelte den Kopf. »Ich bin daran vorbeigekommen, aber ich habe nicht angehalten.« Sie strich sich müde über die Schläfe. »Elefanten ... noch nie habe ich so viele Elefanten auf einem Fleck gesehen.«

Jane wandte sich an Ruel. »Sicher könnte Dilam uns helfen.«

»Und damit riskieren, daß ihre Leute umkommen? Nicht sehr wahrscheinlich.«

»Da irrst du dich. Sie hat seinerzeit, am ersten Abend, als ich sie kennenlernte, etwas gesagt ... ich will in ihr Lager und mit ihr reden.«

»Ich möchte, daß du dich auf das andere Ufer zurückziehst«, sagte Ruel.

»Nachdem ich mit Dilam gesprochen habe.« Sie stand auf. »Margaret, du bleibst hier und ruhst dich aus.«

»Ich reite mit Ruel«, erwiderte Margaret entschlossen. »Aber ich brauche ein anderes Pferd, meine Stute ist völlig erschöpft.«

»Nicht nur das Pferd ist erschöpft«, antwortete Jane mit einem Blick in Margarets abgespanntes, bleiches Gesicht. Sie versuchte erst gar nicht, Margaret von ihrem Vorhaben abzubringen, da Ian womöglich noch in Gefahr schwebte, und sie wußte, daß sie selbst nicht rasten noch ruhen würde, wenn Ruel sich in ähnlicher Gefahr befunden hätte. Dann erst ging ihr die Absurdität dieses Gedankens auf.

O Gott, Ruel befand sich in Gefahr. Er ritt womöglich Abdars Truppen direkt in die Arme. Sie verspürte das dringende Verlangen, ihm zu sagen, er solle bleiben, weil es eine Fluchtmöglichkeit gab und sie im Dschungel versteckt abwarten konnten, bis die Gefahr vorüber war. »Ruel!«

Er drehte sich nach ihr um.

Sie konnte ihn nicht aufhalten. Cinnidar war seine Heimat, und die Menschen auf der Insel sein Volk.

»Sei vorsichtig«, flüsterte sie.

Er lächelte. »Du auch.«

Sein Lächeln, das strahlend und voller Liebe war, bannte die Grimmigkeit seiner Miene. Sie fühlte sich gewärmt, getröstet, voller Zuversicht. Gemeinsam würden sie es schaffen. Sie stand auf. »Margaret, trink deinen Kaffee. Ich will Bedelia satteln und für dich ein frisches Pferd suchen.«

21. Kapitel

Ruel traf am nächsten Tag gegen Mittag im neuen Lager am anderen Flußufer ein. Kaum hatte er das Boot verlassen, als Jane wußte, daß er schlechte Nachricht brachte. Er war bleich, sein Gesicht so angespannt und leer wie damals, als er auf das Eisenbahnwrack in der Lanpur-Schlucht hinuntergeblickt hatte.

»Was ist los?« flüsterte sie.

»Er ist tot«, lautete seine stockende Antwort.

»Wer? Kartauk?«

»Ian.« Er blickte starr geradeaus. »Kartauk wurde bewußtlos in Medfords Lager gebracht. Tamar hat ihm auf Ians Anweisung hin eins über den Schädel gegeben. Ian wußte, daß jemand Abdar aufhalten mußte, damit die anderen entkämen. Ian hat diese Aufgabe selbst übernommen.«

»O nein!« Ihr Kummer drohte sie zu überwältigen. Das war nicht fair. Ian – der sanftmütige, liebe Ian, dem so viel genommen worden war. »Bist du sicher?«

»Abdar war so liebenswürdig, mir einen Beweis zukommen zu lassen. Ians Totenmaske.«

»Seine… was?«

»Kartauk sagt, Abdar hätte diese verdammten Masken gesammelt. Tamar wurde mit Ians Maske zu Medford geschickt. Mit einer Warnung, ich solle keinen Widerstand leisten.«

»Du hast die Maske gesehen?« Jane verspürte Übelkeit.

Er schüttelte den Kopf. »Margaret hat nicht zugelassen, daß wir die Schatulle öffnen. Sie gab sie Medford, damit er sie behielte. Kartauk hatte ihr erzählt, wie diese Masken auszusehen pflegen.« Sein Mund wurde zu einem schmalen Strich. »Abdar hat seinen Opfern nie einen leichten Tod zugedacht.«

»Wenn du die Maske nicht gesehen hast, kann es sich um einen Trick handeln. Vielleicht ist Ian noch am Leben.«

»Verdammt, er lebt nicht mehr!« brach es aus Ruel hervor. »Tamar hat die Maske gesehen, als man sie in die Schatulle legte. Und er hat Ians Leichnam gesehen.«

Damit war die letzte Hoffnung dahin. Sie mußte sich mit einem tiefen Atemzug fassen. »Wie geht es Margaret?«

»Sie ist außer sich vor Trauer und Wut.«

Jane blickte ihm ins Gesicht. »Und wie geht es dir?«

»Ich werde dieses Schwein in Stücke hauen.«

Die eiskalte Wut in seiner Miene ließ sie schaudern. Dann dachte sie an Ian und empfand ähnlich. »Aber wie?«

»Ich habe da ein paar Ideen.«

Am Nachmittag des nächsten Tages trafen Margaret, Kartauk, James Medford und dessen Leute ein.

»Wo ist Ruel?« fragte Medford Jane, kaum daß er die Brücke hinter sich hatte.

Jane wies nach Süden. »Flußabwärts mit Dilam. Was ist mit Abdar?«

»Ehe wir aufbrachen, sahen wir, daß er den Abstieg in den Canyon begann«, antwortete Medford, bereits in Bewegung. »Sechs Stunden.«

Medfords Ausdrucksweise war wie immer unverblümt und knapp, dachte Jane, als sie sich umdrehte, um Margaret zu beobachten, wie diese, gefolgt von Kartauk, das letzte Stück der Wegstrecke bis zum Ufer zurücklegte. Margaret hatte schon an dem Abend ihrer Ankunft im Lager jämmerlich ausgesehen, doch Jane war entsetzt, als sie sie jetzt sah. Die starke, vitale Margaret wirkte zerbrechlich, ihr Gesicht war spitz und bleich, dunkle Ringe lagen unter ihren Augen.

»Jane...«

»Du weißt, wie ich mit dir fühle«, sagte Jane leise. »Kann ich etwas für dich tun?«

Margaret schüttelte den Kopf. »Niemand kann etwas tun.«

Jane wies auf das Lagerfeuer. »Du mußt müde sein. Setz dich ans Feuer und raste ein wenig.«

»Wenn du willst«, erwiderte Margaret dumpf.

Jane blickte ihr besorgt nach. Ruel hatte zwar gesagt, wie es um Margaret stand, aber diese Starre und Leblosigkeit war schlimmer, als sie gedacht hatte.

»Tröste sie nicht.«

Sie drehte sich um und sah Kartauk, der Margaret nachblickte.

»Mach dich nicht lächerlich«, schleuderte sie ihm entgegen. »Sie hat einen großen Verlust erlitten.«

»Sie sollte gar keine Zeit zum Trauern haben. Gib ihr Arbeit. Du mußt sie wieder zum Leben erwecken.«

»Ich kann keine Wunder wirken«, entgegnete Jane matt. »Wenn du weißt, wie es zu bewerkstelligen ist, dann versuche es selbst.«

»Seit ich mit brummendem Schädel in Medfords Lager erwachte, hat sie kaum zwei Worte mit mir gewechselt.« Er lächelte schief. »Sie bringt es nicht einmal fertig, mich anzusehen. Ich habe sie nämlich hintergangen.«

Jane machte große Augen. »Wie denn?«

»Ich sagte ihr, sie solle mir vertrauen, und dann beging ich den Fehler, Ian zu unterschätzen, einen nahezu unverzeihlichen Fehler, weil er ein Menschenleben gekostet hat.«

»Margaret sagte zu mir, du hättest an seiner Stelle bleiben wollen.«

»Und ich tat es nicht.« Er zog die Schultern hoch. »Was die Situation noch komplizierter macht.«

»Sie hätte nie gewollt, daß du dein Leben opferst.«

»Ich weiß. Aber ihr Gewissen ist wacher, als für sie gut ist, und ihr Wesen ist nicht einfach.« Sein Blick hing noch immer an Margaret. »Diesmal kann ich ihr nicht helfen«, sagte er grollend. »Das mußt du übernehmen. Hilf ihr, daß ihre Wunden verheilen. Halte sie mit Arbeit auf Trab, damit ihr keine Zeit zum Grübeln bleibt.«

Er liebt sie ja, merkte Jane plötzlich. Ihr fiel ein, wie besorgt Margaret um Kartauks Sicherheit gewesen war. Liebte auch sie ihn? Wie konnte man hier zwischen Schuldgefühl, Liebe und Trauer unterscheiden?

»Ich werde sie in Trab halten«, versprach Jane. »Wir brauchen jede Hilfskraft für unsere Schutzwälle.« Sie wechselte das Thema. »Ruel ist ein Stück flußabwärts und möchte dich unverzüglich sprechen. Er braucht deine Hilfe für den Plan, den er entwickelt hat.«

»Meine Hilfe kann er haben. Ich muß weiß Gott auch in Trab bleiben«, sagte er mit schrägem Lächeln.

Die letzten Boote und Flöße wurden über den Fluß geschafft, dann überwachte Jane die Zerstörung der Hängebrücke. Bei Sonnenuntergang waren die Reisigwälle fertig. Sie konnte nun nichts anderes tun als warten.

Gegen acht Uhr sahen sie den Fackelschein der anrückenden Truppe Abdars auf dem Canyon-Pfad.

»Fertig?« fragte Kartauk Ruel, ohne den Blick von Abdars Lager am anderen Ufer zu wenden. In den letzten drei Stunden waren die Zelte wie Pilze aus dem Boden geschossen, und es bot sich ihnen nun das Bild eines ausgedehnten militärischen Lagers.

Ruel nickte und umging den aus Zweigen aufgehäuften Wall, um unmittelbar bis ans Wasser zu gehen. »Abdar!« ließ er seine Stimme laut über den Fluß erschallen.

Keine Antwort.

»Abdar!« rief er noch lauter.

Es war Pachtal, der sich nun im Fackelschein zeigte.

»MacClaren, gebt auf«, rief Pachtal. »Seht Ihr nicht, daß Ihr praktisch schon besiegt seid?«

»Ich möchte mit Abdar sprechen.«

»Er ist im Zelt und meditiert.«

»Holt ihn.«

»Warum sollte ich ihn holen, wenn ich Eure Kapitulation ebensogut entgegennehmen kann?«

»Ich bin hier, MacClaren.« Plötzlich stand Abdar an Pachtals Seite.

Der Anblick von Abdars glattem, ausdruckslosem Gesicht ließ in Ruel Haß aufflammen. Beherrsch dich, ermahnte er sich.

Überlege. Hör nicht auf deine Gefühle. »Es gibt einiges zu besprechen«, rief er. »Werdet Ihr Waffenruhe einhalten, wenn ich in Euer Lager komme?«

»Warum sollte ich? In ein, zwei Tagen werden wir Flöße haben und Euch vernichten.«

»Ich bin doch kein Narr, Abdar. Mir ist klar, daß Ihr das Spiel gewonnen habt, aber ich kann es Euch erleichtern oder erschweren. Erlaubt Ihr, daß Kartauk und ich kommen...«

»Kartauk?« Abdars Interesse erwachte jäh. »Kartauk will kommen?«

»Kartauk verfügt über einen hervorragenden Überlebensinstinkt. Ihm ist klar, daß wir verhandeln müssen.«

»Wenn er von mir Milde erhofft, hätte er vor drei Jahren verhandeln sollen.« Abdars selbstgefälliges Lachen war laut vom anderen Ufer her zu hören. »Los, Schotte, ich höre.«

»Das ist ein Fehler«, warnte ihn Pachtal. »Es könnte eine Falle sein. Wir haben es nicht nötig...«

»Stelle meine Entscheidungen nicht in Frage«, kanzelte Abdar ihn ab. »Du bist es, der neuerdings Fehler, immer mehr Fehler macht. Ruf mich, wenn sie eintreffen.« Damit drehte er sich um und verschwand aus dem Lichtkreis.

»Ein Erfolg«, murmelte Kartauk. »Der erste Schritt.«

Ruel nickte finster. »Hoffentlich nicht unser letzter. Machen wir, daß wir hinüberkommen, ehe er es sich anders überlegt.«

»Niemand hat mir gesagt, daß auch du gehen willst.« Beide drehten sich um. Hinter ihnen stand Margaret, die Kartauk ungläubig anstarrte. »Warum? Es ist nicht nötig, daß ihr beide geht.«

Kartauk zog die Schultern hoch. »Abdar legt Wert auf meine Gesellschaft, und Ruel ist nur ein armseliger Schotte. Er braucht meine Hilfe.«

Sie zog das Umschlagtuch enger um ihren zitternden Körper. Und plötzlich blitzten ihn ihre Augen bedrohlich an. »Los, geh schon! Mir ist es einerlei. Soll dieses Ungeheuer dich meinetwegen vierteilen. Hoffentlich tut Abdar es, denn es würde dir recht geschehen, da du so dumm bist und...« Sie konnte nicht weitersprechen und lief davon.

Kartauk blickte ihr mit einem sonderbaren Ausdruck nach.

»Sie weiß nicht, was sie da sagt«, gab Ruel leise von sich.

»Margaret weiß immer, was sie sagt.«

Ruel fiel auf, daß Kartauk die Andeutung eines Lächelns sehen ließ. »Du scheinst nicht sonderlich aufgebracht.«

»Ich bin nicht aufgebracht. Sie erwacht endlich wieder zum Leben.« Kartauk drehte sich um. »Gehen wir.«

Als Kartauk und Ruel fünf Minuten später zum Kanu kamen, wartete Jane bereits. »Ich komme mit.«

»Nein, wir brauchen dich nicht«, widersprach Ruel.

»Ihr braucht mich sehr wohl. Je mehr Ablenkung, desto besser. Du bist für Abdar nur ein lästiges Ärgernis, mich aber haßt er, weil ich ihn um Kartauk gebracht habe.«

»Mich bekommt er jetzt wieder«, wandte Kartauk ein. »Das sollte ihm genügen. Bleib hier, Jane.«

Jane ließ seine Worte unbeachtet. Sie sah Ruel eindringlich an. »Entweder ich besteige das Kanu mit euch, oder ich schwimme hinüber. Du kannst dich entscheiden.«

Ruel starrte sie mißmutig an. »Verdammt, was willst du mir damit antun? Ich kann dich nicht auch noch verlieren.«

»Also, soll ich schwimmen?«

»Verdammt...« Janes Hüfte umfassend hob er sie ins Kanu. »Aber du wirst Abdar mir überlassen und meine Anweisungen befolgen. Hörst du?«

»Ich höre.«

»Fällt dir auf, daß sie nicht sagt, sie würde gehorchen?« gab Kartauk zu bedenken. »Ich betrachte dies als bezeichnende Unterlassung.«

Ruel gab keine Antwort. Er griff nach dem Paddel und tauchte es ins Wasser.

Pachtal, Abdar und eine Garde von zehn Kriegern standen am Ufer postiert, als das Kanu anlegte.

»Ach, was für ein außergewöhnliches Vergnügen«, bemerkte Abdar, als er Jane im Kanu sah. »Euch hätte ich gar nicht erwartet. Loki ist mir heute sehr gewogen.«

»Warum alle drei?« fragte Pachtal besorgt. »Das will mir nicht gefallen, Hoheit. Warum sollten alle drei ihr Leben aufs Spiel setzen?«

»Sie konnten gar nicht anders. Ich sagte dir ja, daß alle kommen würden, wenn ich Kraft aus meinen Masken zöge.« Abdar lächelte. »Und Ihr seid gekommen, Miss Barnaby. Ihr mögt der Meinung sein, Ihr wäret nur da, um Euren Freunden beizustehen, wenn sie mich um Gnade anflehen, aber in Wahrheit seid Ihr dem Ruf Lokis gefolgt.«

»Loki gibt es nicht«, erwiderte Jane trocken.

»Still«, wies Ruel sie rauh zurecht. »Willst du uns die Sache noch mehr erschweren?«

Abdar richtete seine Aufmerksamkeit nun auf Ruel. »Ihr wart immer der Schlaue, Schotte. Unter anderen Umständen hätte Loki sich Eurer bedient. Ihr seid weitaus vernünftiger als Euer Bruder.«

Ruel reagierte mit einem Achselzucken. »Mein Bruder war immer ein Narr.«

»Uns ist aber zu Ohren gekommen, daß Ihr Euch drei Jahre lang dieses Krüppels angenommen habt«, sagte Pachtal.

»Unser Gott verheißt uns für gute Werke das Paradies. Es hat mich wenig Mühe gekostet, und ich wollte die Chance wahrnehmen.« Er begegnete Abdars Blick. »Das solltet Ihr am besten verstehen.«

Abdar lachte. »Ja, ich verstehe es. Gottheiten manipulieren nicht nur, sie lassen sich auch manipulieren.«

»Können wir an Land gehen?« fragte Kartauk. »Oder müssen wir dieses Gespräch bis zum bitteren Ende unter diesen beengten Verhältnissen führen?«

»Überheblichkeit.« Abdars Lächeln erlosch. »Du hast wenig dazugelernt, Kartauk.«

»Ich habe dazugelernt, daß ich das Leben liebe.« Kartauk ließ eine Pause eintreten. »Und ich habe dazugelernt, daß man zuweilen gewisse Konzessionen machen muß, wenn man sein Leben behalten möchte.«

Interesse flammte in Abdars Blick auf. »Ach? Dann müssen wir uns allerdings unterhalten. Kommt in mein Zelt.« Er drehte sich um und strebte einem in einiger Entfernung vom Ufer aufgestellten Zelt zu. »Durchsuch sie nach Waffen, und bring sie zu mir, Pachtal.«

»Sehr wohl, Hoheit.« Pachtals Blick war auf das gegenüberliegende Ufer gerichtet. »Aber es will mir nicht gefallen. Sehr sonderbar, daß ...«

»... daß wir kommen und um unser Leben schachern?« fragte Ruel, als er aus dem Kanu stieg und Jane heraushob. »Nun, wir wissen unsere Chancen richtig einzuschätzen.«

»Vielleicht.« Pachtals hübsches Gesicht erhellte sich in einem bösen Lächeln. »Aber ich bezweifle sehr, ob Schachern noch etwas bringt. Seine Hoheit hat die feste Absicht, euch zu Exemplaren seiner Sammlung zu machen. Er glaubt, daß ihr ihm viel Kraft liefern werdet.« Er wandte sich Jane zu. »Und Ihr werdet ihm Gesellschaft leisten, nachdem Ihr uns Vergnügen gebracht habt.«

»Ich verspreche, daß ich mein Bestes tun werde«, gab Jane zurück.

Ihnen stockte der Atem, als sie Abdars Zelt betraten.

Weiße Kerzen in hohen, goldenen Ständern erhellten das Halbdunkel. Das Licht fiel auf Abdar, der mit gekreuzten Beinen auf einem großen weißen Seidenkissen hockte. Um ihn herum schimmerten die vielen, in einem grauenerregenden Kreis um ihn angeordneten Goldmasken.

Jane schnappte buchstäblich nach Luft, als sich ihr Magen zusammenkrampfte.

»Ruhig«, raunte Ruel ihr zu und hielt ihre Hand fester.

Jane schluckte und riß ihren Blick von den Masken los. Herr im Himmel, bis zu diesem Moment war ihr das Ausmaß von Abdars Verworfenheit nicht bewußt gewesen.

»Macht«, ließ Abdar sich leise vernehmen. Nun erst bemerkte sie, daß sein Blick auf ihr ruhte. »Ihr müßt diese Macht gefühlt haben.«

Wenn das Böse gleichbedeutend mit Macht war, dann hatte sie sie tatsächlich gefühlt. »Nein.«

Ein bösartiger Zug legte sich um seinen Mund. »Ihr lügt! Diese Kraft muß für Euch spürbar sein. Setzt Euch«, wies er die Besucher mit einer gebieterischen Geste an.

Als sie sich setzten, befanden sich die golden und gequält im Kerzenlicht schimmernden Masken knapp vor ihren Knien. Sie versuchte, nicht hinzusehen.

»Die Arbeiten, die Benares geliefert hat, können es mit deinen nicht annähernd aufnehmen, Kartauk.« Abdar griff nach einer der Masken. »Du hättest mit diesem Objekt hier Großes geschaffen. Sie verfügte über große Lebenskraft.«

Zabrie.

Jane, die schon geglaubt hatte, ihr Entsetzen ließe sich nicht steigern, sah sich getäuscht, als sie unter den gequälten Gesichtern das ihr bekannte entdeckte.

Abdar lächelte Ruel tückisch an. »Hat Euch die Maske gefallen, die wir Euch schickten? Pachtal versicherte mir, daß es sich um eines der besten Stücke Benares' handelte. Um so größer war meine Enttäuschung darüber, daß ich sie nicht selbst zu Gesicht bekommen habe. Vielleicht würdet Ihr mir die Maske für meine Sammlung überlassen?«

Ruels Gesicht blieb ausdruckslos. »Ich glaube nicht.«

»Warum habt Ihr die Maske nicht zu Gesicht bekommen?« fragte Kartauk unvermittelt. Jane fiel auf, daß sein Blick an Pachtal hing. Nun erst nahm sie die merkwürdige Anspannung auf, die Pachtals Gehabe prägte.

»Ich habe die Anweisungen Seiner Hoheit mißverstanden und sandte Euch die Maske, ohne sie ihm zu zeigen«, entgegnete Pachtal steif. »Er hat mir mit Recht gezürnt.«

»Die Bedingungen«, drängte Ruel.

»Ich werde einen geeigneten Zeitpunkt für diese Debatte wählen«, äußerte Abdar herablassend. »Ihr habt kein Pfand, das Ihr einsetzen könntet, andernfalls wäret Ihr nicht hier.«

»Das stimmt nicht ganz. Ihr braucht Gold, und ich besitze das Vertrauen der Cinnidarer. Für eine Profitbeteiligung könnte ich die Arbeit in den Minen beaufsichtigen und die Verhandlungen mit den Einheimischen führen.«

»Die Cinnidarer brauche ich nicht. Soviel ich weiß, hat mein Großvater sie unbotmäßig und alles andere als hilfsbereit gefunden. Ich werde aus Kasanpore meine eigenen Leute mitbringen.«

»Das würde eine Verzögerung bedeuten, die nicht in Eurem Sinne sein kann. Gemeinsam könnten wir...«

»Was war das?« unterbrach der mit zur Seite geneigtem Kopf lauschende Pachtal ihn.

Abdar zog die Brauen zusammen. »Ich habe nichts gehört.«

»Da war etwas... ein Rauschen... wie Wasser oder...« Pachtal ging aus dem Zelt. »Ich bin gleich wieder da. Aber ich hörte...«

Gräßliche Schreie erfüllten die Luft.

Abdar schnellte hoch und lief zum Zelteingang. »Pachtal! Was ist los?«

»Bleib drinnen«, wies Ruel Jane an. Er war Abdar an den Eingang gefolgt. »Kartauk, sieh zu, daß sie hier im Zelt bleibt.«

Jane hörte nicht auf ihn und lief hinaus. Obwohl es sie nicht unerwartet traf, war der Anblick, der sich ihr nun bot, überwältigend. Entlang des gesamten Ufers tauchten Elefanten aus dem Wasser auf. Mit ihrer naßglänzenden Lederhaut schienen sie den Tiefen eines Alptraumes entsprungen. Ihre Reiter waren nackt und nur mit Speeren und den Rohrstengeln bewaffnet, die sie zum Atmen unter Wasser gebraucht hatten, als die Elefanten unsichtbar flußaufwärts geschwommen waren.

Die Elefantenherde stürmte bereits durch das Lager, angeführt von Dilam auf dem größten Tier. Die völlig überrumpelten Soldaten hatten sich schon zur Flucht gewandt, als die Elefanten auf sie zugedonnert kamen und sie überrannten.

Chaos brach aus – Soldaten liefen, schrien, Schüsse fielen.

»Aus dem Weg!« Dilam beugte sich von ihrem Reittier herunter, um nach einer der Fackeln zu greifen, die das Ufer säumten. Sie setzte damit Abdars Zelt in Brand, wendete den Elefanten und begann Zelte und Strauchwerk anzuzünden.

»Wo ist Ruel?« Janes Blick überflog das Getümmel von Soldaten und Elefanten. »Ich sehe ihn nirgends.«

»Kein Wunder.« Er zog sie zu den Bäumen, die das Ufer

säumten. »Bei diesem Qualm und diesem Durcheinander kann man nichts anderes erwarten.«

Sie befreite sich aus seinem Griff. »Laß mich los. Ohne Ruel gehe ich nirgends hin.« Das ganze Lager stand mittlerweile in Flammen, man konnte im dichten Qualm kaum jemanden erkennen. Allein Abdars gebrüllte Befehle konnten ihr als Orientierung dienen, da sie wußte, daß Ruel sich an Abdars Fersen heften würde. Ihre Augen brannten, ihre Lungen waren wie ausgedörrt. Als ein Elefant aus dem Rauchdunkel auf sie zudonnerte, wich sie mit einem Sprung aus.

Jetzt konnte sie auch Abdar nicht mehr hören, da die Schreie der Soldaten und die Trompetenstöße der Elefanten alles übertönten. »Ruel!«

»Dirne!« Pachtal löste sich mit haßverzerrtem Gesicht aus dem Qualm. Als er die Hand hob, sah sie Stahl aufblitzen – ein Dolch!

»Runter!« Kartauk versetzte ihr einen Stoß, der sie auf die Knie fallen ließ, als Pachtals Klinge auf ihre Brust zuschoß.

Aus dem Gleichgewicht geraten, tat Pachtal einen Satz nach vorne. Kartauk war sofort hinter ihm, sein massiver Arm lag um Pachtals Kehle. Pachtal, dessen Augen aus einem nun nicht mehr hübschen Gesicht zu quellen drohten, stieß einen Fluch aus. Kartauks Arm tat einen Ruck nach hinten, und Jane hörte ein ekelhaftes Knacken, als Pachtals Nacken gebrochen wurde.

Wie erstaunt er aussieht, dachte Jane in ihrer Benommenheit. Nicht gequält… nur erstaunt.

Kartauk ließ ihn los, und Pachtal sank auf dem Boden zusammen.

»Um den ist es nicht schade«, sagte Kartauk, während er sich bückte und Pachtals Dolch an sich nahm. »Ich wünschte, es wäre Abdar, aber um den kümmert sich Ruel.«

»Woher willst du das wissen?« fragte Jane verzweifelt. »In diesem Rauch kann man nichts sehen. Abdar könnte sich von hinten an ihn heranschleichen und...«

»Dort ist er ja!« Kartauk blickte auf eine Stelle hinter ihr.

Sie fuhr herum und sah Ruel nicht weit hinter sich.

Abdar lag mit unnatürlich abgebogenen Beinen auf dem Boden, aus einer Lippenwunde blutend. Über ihm stand Ruel, dessen Haar sich bei dem Kampf geöffnet hatte und wirr und voll sein Gesicht umgab. Er leuchtete in schrecklicher Schönheit, vor Haß und Rache glühend.

Abdar kreischte grell etwas Unverständliches.

»Ruel!« rief Kartauk.

Als Ruel aufblickte, warf John ihm die Klinge zu, die er Pachtal abgenommen hatte.

Ruel ließ den Dolch fallen. »Nein. Zu rasch.« Er hob Abdar hoch und schleppte den wild um sich Schlagenden tiefer in das Qualmdunkel, in die Nähe des lichterloh brennenden Zeltes. »Du und Jane... seht zu, daß ihr zu den Bäumen kommt.«

»Loki wird Euch strafen«, heulte Abdar. »Ihr werdet schon sehen. Loki wird Euch niederschmettern!«

»Darüber könnt Ihr Euch sehr bald mit Loki unterhalten«, keuchte Ruel, der Abdar am Zelt vorüberschleppte und ihn auf die Uferböschung fallen ließ.

Er lief auf die Bäume zu, unter denen Jane und Kartauk standen. »Die Elefanten haben ihr Werk getan«, rief er. »Treibt sie zurück ans andere Ufer!«

»Nein!« schrie Abdar, als ihm aufging, was diese Anordnung bedeutete. Die Elefanten würden ihn...

»Nein, nicht –« Abdar verschlug es vor Angst die Sprache, als er die Elefanten aus dem Rauch hervorbrechen und auf sich zudonnern sah. »Das ist nicht Lokis Wille! Das ist nicht –«

Jane bezweifelte, ob die Elefanten Abdar auf dem Boden überhaupt wahrnahmen, so eilig hatten sie es, Feuer und Rauchschwaden zu entkommen.

So sah die Gerechtigkeit aus. Sie hätte keine Hand gehoben, um ihn zu retten, aber mitansehen konnte sie es nicht. Sie schloß die Augen, konnte aber nicht verhindern, daß sie Abdars Schreie hörte, als die Elefanten ihn zertrampelten.

Ruel hatte die Augen nicht geschlossen. Er starrte mit wilder Befriedigung zu dem hin, was von Abdar noch übrig war.

»Ihr fahrt voraus«, sagte Kartauk zu Jane und Ruel, als die Rückfahrt ins Lager geplant wurde. »Ich habe hier etwas zu erledigen.«

»Was denn?« wollte Ruel wissen.

»Die Masken.« Kartauk warf einen Blick zu den zerfetzten, geschwärzten Resten von Abdars Zelt. »Das Zelt wurde nicht ganz zerstört. Die Masken sind noch da.«

Jane überlief ein Frösteln. »Laß sie doch da. Du kannst sie unmöglich in deinen Besitz bringen wollen.«

»Ich kann sie nicht zurücklassen«, lautete Kartauks simple Antwort. »Gold ist ewig. Wirft man die Masken in den Fluß, wird in tausend Jahren der Fluß vielleicht nicht mehr fließen, aber die Masken werden noch vorhanden sein. Gefällt dir diese Vorstellung?«

»Nein.« Jane wußte, daß die Erinnerung an diese gräßlichen Masken sie ihr Leben lang verfolgen würde. »Wie kannst du sie zerstören?«

»Zerstören kann ich sie nicht. Ich sagte schon, daß Gold unsterblich ist.« Er lächelte. »Aber ich kann sie völlig verändern. Ich kann das Gold einschmelzen und aus dieser Häßlichkeit etwas Schönes schaffen.«

»Auch aus Ians Maske?«

»Da bin ich nicht sicher.« Er runzelte nachdenklich die Stirn. »Pachtal benahm sich irgendwie merkwürdig, als die Rede darauf kam.« Er trat vom Kanu zurück. »Ich komme ins Lager, sobald ich alle Masken gefunden habe.«

22. Kapitel

Es vergingen vier Stunden, bis Kartauk ins Lager zurückkehrte. Margaret wartete bereits voller Ungeduld, als sein Kanu schließlich auf das Ufer zusteuerte.

»Nun, bist du befriedigt? Hast du genug Unfug getrieben?« fragte sie, als er aus dem Kanu stieg. »Jane und Ruel sind sofort zurückgekommen, aber du mußtest ja bleiben und in der Asche herumstochern wie ein Todesdämon.«

»Was für zärtliche Worte.« Er zog das Kanu an Land. »Hast du aus Neugierde hier gewartet oder um mich beschimpfen zu können?«

»Aus Neugierde?«

Er deutete auf den Sack, der im Kanu lag. »Man hat dir von den Masken berichtet?«

»Das hört sich so an, als glaubtest du, ich würde bleiben, um mir dieses Grauen anzusehen. Ich hätte wissen müssen, daß es dir an Feingefühl mangelt.«

»Warum wartest du dann an diesem feuchten Ufer auf die Rückkehr meiner Wenigkeit?«

»Du weißt, weshalb ich hier bin.«

»Aber diesmal mußt du es in Worte fassen.«

Sie starrte ihn mit Widerspruch im Blick an, ehe sie widerwillig äußerte: »Ich bedaure, was ich sagte, ehe du gingest. Meine Worte waren vorschnell. Ich wollte nicht… mir liegt nichts daran, dich tot zu sehen.«

»Da bin ich aber erleichtert.«

»Davon kann keine Rede sein«, sagte sie scharf. »Du kennst mich zu gut, um nicht meine wahren Gefühle zu erraten, und ich finde es höchst ungehörig, daß ich mich selbst erklären soll.«

»Höchst ungehörig«, gab er ihr recht. »Mach Feuer, während ich in Medfords Zelt gehe und Ians Maske hole.«

Sie zuckte zusammen, während ihr Blick zum Sack flog. »Jane sagte zu mir, du wolltest die Masken einschmelzen.«

»Wir werden sie einschmelzen, Gehilfin.«

»Ich glaube nicht, daß ich –«

»Es muß gemacht werden«, unterbrach er sie unwirsch. »Und du kannst alles, wenn du es dir in den Kopf setzt.«

»Heute noch?«

»Heute.« Er entfernte sich. »Mach das Feuer hier am Ufer. Es wird die ganze Nacht in Anspruch nehmen, und wir wollen die anderen nicht stören.«

Das Feuer brannte bereits, als er mit der hölzernen Schatulle wiederkam, den sie als jenen Gegenstand erkannte, den Tamar in Medfords Lager gebracht hatte. Sie vermied es, die Schatulle anzusehen, als sie das Feuer unter dem großen schwarzen Kessel schürte. »Die anderen Masken sind bereits im Kessel. Ich wollte sie nicht ansehen, konnte dann aber nicht umhin. Du hast recht, Abdar war ein Ungeheuer.«

»Du hättest warten sollen«, sagte er leise. »Ich hätte dir den Anblick erspart.«

Sie wiederholte seine Worte. »Es mußte getan werden.« Sie lächelte zaghaft. »Aber ich glaube, ich überlasse es lieber dir, Ians Maske dieser grauenvollen Sammlung hinzuzufügen.«

»Nein.«

Sie zuckte wie unter einem Schlag zusammen. »Du wolltest mir diese anderen Scheußlichkeiten ersparen, nicht aber die tiefste Wunde? Das sieht dir ähnlich, du heidnischer Teufel, du.«

Er hielt ihr die Schatulle hin. »Öffne sie.«

»Nein!« Sie ließ sich am Feuer nieder und zog die Knie an sich. »Ich will es nicht sehen.«

Da klappte er selbst den Deckel auf. »Muß ich die Maske herausnehmen und sie dir vorhalten?«

»Warum tust du das?« Sie hielt den Blick unverwandt aufs Feuer gerichtet. »Das habe ich nicht verdient.«

»Du verdienst es auch nicht, dich dein Leben lang mit Erinnerungen zu quälen.« Er sagte es in ganz sanftem Ton. »Schenkst du mir denn gar kein Vertrauen mehr, Margaret? Es ist kein neuer Betrug.«

Sie sah ihn verwirrt an. »Wovon redest du da? Ich war nie der Ansicht, daß du mich betrogen hättest.«

»Hast du es auch nicht tief innen in deinem Herzen geargwöhnt?« Er hielt ihr die Schatulle hin. »Beweise es. Zeige mir dein Vertrauen.«

Sie schluckte. »Mach nicht –« Sie hielt inne, als sie seinem Blick begegnete. »Kein Erbarmen, Kartauk?« flüsterte sie.

»Kein Erbarmen, Gnädigste«, sagte er mit einem Lächeln.

Ihr Blick senkte sich langsam und widerstrebend zur Maske in der Schatulle.

Ihr Atem stockte jäh, als der Schock sie durchlief. »Gott im Himmel...« Sie streckte die Hand aus und berührte zögernd die goldenen Lippen der Maske. »Er sieht ja aus...«

»...als lächle er«, gab Kartauk leise von sich. »Er hat nicht zugelassen, daß Pachtal und Abdar den Sieg davontragen. Er hat sie geschlagen.«

»Aber du hast gesagt, das Gift hätte sehr schmerzhafte Wirkungen.«

»Das stimmt, aber ich glaube nicht, daß er viel spürte. Er sieht aus, als hätte er eben ein Wunder gesehen.«

»Das Licht...« Sie spürte, wie der harte Kern ihres Kummers zu schmelzen begann. »Ich hatte das Licht völlig vergessen.«

»Vergiß es nie wieder.« Er ließ eine Pause eintreten, um dann fortzufahren: »Auch wenn es dieser Maske bedürfte, um es dir in Erinnerung zu rufen.«

Sie starrte die Maske an und schüttelte dann langsam den Kopf. »Um mich Ians zu erinnern, brauche ich nichts von dem, was Abdar mir zugedacht hat.« Sie stand auf und warf die Maske in den Kessel. Als sie sich mit traurigem Lächeln umdrehte, schimmerten Tränen in ihren Augen. »Kartauk, mach etwas Schönes daraus. Mach etwas so Schönes, daß es den Himmel erschüttert und Licht ins Herz aller bringt, die es sehen.«

»Eine große Herausforderung.« Er erwiderte ihr Lächeln. »Ein Glück, daß deine Wahl auf einen Künstler fällt, der dieser Anforderung gerecht wird.« Er nahm den Deckel und tat ihn auf den Kessel. »Wir müssen die ganze Nacht über das Feuer brennen lassen, damit wir Schmelztemperatur erreichen.« Er setzte sich. »Deine Pflicht als Gehilfin für niedere Arbeiten ist es, ausreichend Holz dafür zu sammeln.«

»Während du dahockst und Anweisungen gibst?«

»So ist es.«

Sie setzte sich neben ihn. »Wundert mich kein bißchen. Typisch. Heidnische Faulheit.«

»Genau.«

Die ganze Nacht über hüteten sie das Feuer, wobei sie die meiste Zeit sitzend und in Schweigen verbrachten. Der Tag graute bereits, als sie stockend sagte: »Ich muß dir etwas gestehen.«

»Das dachte ich mir.«

»Obwohl Ian tot ist, werde ich nie...« Sie hielt inne und fuhr dann fort: »Ich bin nicht imstande, für dich so zu empfinden wie vorher.«

»Ich weiß.«

»Alles ist anders. Verändert.«

»Alles ist ständig in Veränderung begriffen. Jahreszeiten vergehen, Kinder werden geboren, Menschen sterben.« Seine Kopfbewegung wies auf den Kessel. »Diese Masken existieren nicht mehr. Auch eine Veränderung.«

»Ich will damit sagen, daß ich nicht –«

»Pst.« Er hielt ihren Blick fest. »Ich weiß, was du sagen möchtest. Ich weiß immer alles.« Kartauk schürte das Feuer. »Gehilfin, ich glaube, wir brauchen mehr Holz.«

Ruel hielt Jane umfangen, während der rosige Schimmer des Sonnenaufgangs sich über die Terrasse legte und die spiegelglatten Flächen der geometrischen Wasserbecken färbte. »Ich werde dich glücklich machen«, sagte er. »Ich verspreche dir, daß ich dich vergessen lassen werde, wie es mit uns anfing.«

»Nein, das wirst du nicht.« Sie schaute zu ihm auf. »Ich möchte keine Minute vergessen. Das Schlechte und das Gute sind miteinander verquickt, so daß ich nicht das eine aufgeben und das andere behalten kann. Und bei Gott, ich bin nicht gewillt, auch nur auf eine Sekunde des Guten zu verzichten.«

»Es freut mich, daß du der Meinung bist, das Gute wiege das Schlechte auf. Aber es wird besser werden.« Er gab ihr einen flüchtigen Kuß, trat zurück und führte sie, den Arm um ihre Hüfte, an die Balustrade, von der aus man den Canyon überblickte. »Ich werde einen so tadellosen Ehemann abgeben, daß sogar Margaret zufrieden sein dürfte.«

Die aufgehende Sonne tauchte den Berg in leuchtende Pracht.

Schönheit. Erhabenheit. Paradies.

Ruel hatte für die Aussicht keinen Blick übrig, da er in Gedanken schon anderswo war. »Morgen muß ich meine Leute wieder zurück zu den Minen schicken«, sagte er geistesabwesend. Nach kurzem Schweigen drehte er sich zu ihr um und fragte sie: »Was würdest du davon halten, wenn wir nach Johannesburg gingen?«

Sie sah ihn mit staunenden Augen an. »Johannesburg?«

»Nicht für lange. Ich dachte nur...«

»Warum möchtest du nach Johannesburg?«

»Weißt du... nördlich von Johannesburg sind große Goldlager entdeckt worden.«

Noch immer starrte sie ihn verdutzt an. »Aber hier wartet ein ganzer Goldberg nur darauf, von dir ausgebeutet zu werden.«

Er verzog das Gesicht. »Du hast ja recht. Das Leben in diesen Goldgräberlagern kann verdammt hart sein, und es wird dir vermutlich gar nicht zusagen. Ich weiß, daß ich nicht mehr Gold brauche. Ich bin wirklich unvernünftig.«

Sehr vernünftig war er tatsächlich nicht, doch war er ganz und gar Ruel MacClaren, wie Jane sogleich erfaßte.

Cinnidar mochte Ruel zur Heimat geworden sein, doch würde seine Abenteuerlust ihm keine Ruhe lassen. Nach einem Leben, das er damit zugebracht hatte, sich und die Welt ohne Unterlaß herauszufordern, würde er sich nie mit einem Leben in Luxus und Pracht abfinden können.

Ebensowenig wie sie sich selbst damit abfinden konnte.

Es war ein Gedanke, der ihre Lebensgeister weckte. Ihre Erleichterung war so gewaltig, daß ihr schwindelte. Sie hätte eingewilligt, hier zu leben, weil es Ruels Zuhause war und weil sie ihn liebte und ihn glücklich sehen wollte, aber wirklich gefallen hätte ihr diese Vorstellung nicht. Das Paradies mochte ein herrlicher

Ort sein, wenn man bereit war, dorthin zurückzukehren, aber noch gab es da draußen eine Welt, die es zu erobern und zu bebauen galt.

»Glaubst du, die Betreiber der Minen werden eine Bahn für ihre Goldtransporte brauchen?«

»Würde mich nicht wundern«, sagte er mit einem Lächeln.

»Nun, dann sollten wir wirklich nach Johannesburg gehen.« Sie zwinkerte ihm schalkhaft zu. »Schließlich könnte das Gold deiner Mine in hundert Jahren versiegen, und unsere Urenkel würden mittellos dastehen.«

»Ja, diese Möglichkeit besteht immer.« Er legte den Kopf in den Nacken und lachte schallend. Dann hob er sie hoch und wirbelte sie im Kreis herum. »Du würdest also mitkommen? Ist das nicht nur so dahergeredet?«

Jane schüttelte den Kopf. »Ich möchte dort aussteigen, mich umsehen und alles kennenlernen. Cinnidar wird zwar Endstation sein, aber noch bin ich nicht dafür bereit.«

Er zog sie an sich. »Ich verspreche, daß es nur für kurze Zeit sein wird.«

Ihr Aufenthalt in Johannesburg mochte kurz bemessen sein, aber es würde immer wieder andere Orte geben, da Ruels Rastlosigkeit ständiger Antrieb für Veränderungen war. Und wer konnte wissen, ob sie nicht selbst etwas von seiner Ruhelosigkeit annehmen würde? In den vor ihnen liegenden Jahren würden sie beide lernen müssen, sich an die Bedürfnisse des anderen anzupassen. Das war es nämlich, was Liebe bedeutete, und sie liebte Ruel MacClaren aus ganzem Herzen.

Sie hatte sich noch nicht entschieden, wann sie Ruel erzählen würde, daß nicht sie, sondern Patrick an der Zugkatastrophe schuld war, die sie beide – Jane und Ruel – letztendlich zusammengeschweißt hatte. Aber im Moment ging ihr ohnehin etwas anderes durch den Kopf: »Wir sollten unseren Aufenthalt in Johannesburg auch für ein weiteres Projekt nützen«, sagte sie zärtlich.

»Was für ein Projekt?«

»Eines, dem sich jeder Herrscher eines Königreiches ernsthaft widmen sollte.«

»Wovon redest du?«

»Ich rede von einem Kind.« Sie schmiegte sich an ihn. »Ruel, ich möchte ein Kind. Und ich möchte, daß unser Kind nächstes Jahr hier auf Cinnidar zur Welt kommt.«

Zwei Tage später ging Margaret an Bord der *Golden Hare*, die sie nach Schottland bringen sollte.

»Nächstes Jahr kommen wir auf Besuch nach Glenclaren«, sagte Jane. »Aber wenn du Hilfe brauchen solltest, dann schreibe uns unverzüglich.«

»Ich bin nicht so hilflos, als daß ich mich nicht selbst um alles kümmern könnte«, gab Margaret von sich. »Obwohl ich gestehen muß, daß ich mich über Gesellschaft freuen würde.« Sie umarmte Jane brüsk, ehe sie sich an Ruel wandte. »Behandle sie gut, oder du bekommst es mit mir zu tun.«

»Allein der Gedanke läßt mich erzittern.« Ruel streifte ihre Wange mit seinen Lippen. »Gute Reise, Maggie.«

»Marg-« Sie sprach nicht weiter. Es war ja nur eine kleine Entgleisung, einer Erwiderung nicht würdig. Ruel würde sich nie richtig ändern, doch machte er sich besser, als sie es je für möglich gehalten hätte. »Natürlich wird unsere Reise gut verlaufen.«

»Etwas anderes wäre nicht zulässig. Kein Sturm würde es wagen, ihr etwas anzuhaben.«

Kartauk? Voller innerer Anspannung sah Margaret ihn das Schiff betreten. Seit jener Nacht im Lager hatte sie ihn immer nur flüchtig gesehen und sich eingeredet, es wäre ihr lieber, er würde nicht kommen, um ihr Lebwohl zu sagen. Jetzt kämpften in ihr Freude mit Traurigkeit.

Er blieb vor ihr stehen. »Sogar die oberste Gottheit muß sich Margarets Willen beugen.«

»Heidnisches, gotteslästerliches Gerede«, sagte Margaret darauf. »Etwas anderes ist von dir nicht zu erwarten.«

Janes Blick wanderte zwischen den beiden hin und her, ehe sie Margaret noch einmal in die Arme schloß. »Leb wohl, Margaret.« Dann nahm sie Ruels Arm. »Komm, wir müssen gehen.«

Er lächelte und neigte spöttisch den Kopf. »Wie du befiehlst. Ich lebe nur, um dich glücklich zu machen.«

»Das wird sich erst zeigen«, schnaubte Margaret verächtlich.

»Ich muß widersprechen«, sagte Kartauk. »Ruels Worte enthalten ein gewisses Maß an Wahrheit. Mich wundert, daß du es nicht erkennst.« Er sah sie an. »Aber schließlich ist dein Urteil im Moment etwas getrübt.«

Sie wich seinem Blick aus. »Nett von dir, mich zu verabschieden. Ich hätte es nicht erwartet.« Sie hielt ihm die behandschuhte Rechte hin. »Leb wohl, Kartauk.«

Er ergriff ihre Hand und furchte die Stirn. »Dieser Handschuh gefällt mir nicht.« Er streifte ihn ihr ab, und sie spürte das warme Gefühl von Fleisch auf Fleisch, als seine große Hand die ihre umschloß. »Schon besser. Jetzt kann es heraus. Ich lasse dir ein Jahr Trauerzeit, ehe ich zu dir komme. Ich würde dir ja mehr Zeit zubilligen, aber das würde vermutlich zu einer Katastrophe führen. Ich würde dich in einem Kloster antreffen oder verheiratet mit einem vertrockneten Geistlichen, der dir nur Pflichten aufhalsen und keine Freude schenken würde.«

Verblüfft starrte sie ihn an. »Ich sagte dir schon, daß es für uns keine Zukunft gibt.«

»Weil du total durcheinander und von falschem Schuldgefühl erfüllt bist. Sonst bist du nicht so konfus... Mit der Zeit aber wirst du einsehen, daß es in Ians Sinn wäre, dein Glück wahrzunehmen.« Er lächelte. »Mit mir.«

Sie schüttelte den Kopf. »Ich würde immer an –«

»Ja, du wirst immer an Ian denken«, unterbrach er sie. »Aber ich werde dafür sorgen, daß es keine bitteren Erinnerungen sein werden.«

Sie starrte ihn wie betäubt an. Sie hörte die Schiffsglocke läuten, ein Geräusch, das in ihr Erleichterung auslöste. Sie mußte ihn aus ihren Gedanken verbannen, ihn und die Hoffnung, die in ihr keimte. »Du mußt jetzt gehen.«

Er führte ihre Hand an seine Lippen. »Ein Jahr, Margaret.« Dann drehte er sich um. »Erwarte mich.«

Sie sah ihm nach, wie er die Planke hinunterging. Ihr Herz pochte, ihre Gefühle waren in Aufruhr. Sie stürzte an die Reling. »Nein, komme nicht. Du wärest nicht willkommen.«

»Ich werde willkommen sein.«

»Und deine Arbeit für Ruel?«

»Vielleicht werden wir hierher zurückkehren.«

»Mein Platz ist auf Glenclaren.«

»Das wollen wir nach der Hochzeit besprechen.«

»Wir werden nicht heiraten!«

Er betrat das Dock. »Natürlich wird geheiratet. Du bist nicht die Frau, die in Sünde leben könnte.«

»Ich meine, ich werde –«

»Wenn du im kalten Schottland bleiben möchtest, müßte ich natürlich meine Entscheidung, Königin Victoria mein Genie vorzuenthalten, neu überdenken.« Er runzelte die Stirn. »Aber eine Büste von ihr käme nicht in Frage. Dieses Doppelkinn...«

Die Planke wurde eingezogen, und das Schiff entfernte sich

langsam vom Ufer. Kartauk stand breitbeinig da und ließ sich vom Wind das glänzend braune Haar zerzausen.

»Es wird dir nichts nützen, wenn du kommst«, rief sie verzweifelt. »Bleib hier, Kartauk.«

Er schüttelte den Kopf. »Wie könnte ich? Der Gedanke an einen anderen Gehilfen ist mir unerträglich. Und daß ich nicht zulassen kann, daß mein Werk leidet, weißt du ja.«

»Ich werde nein sagen.«

»Zuerst. Aber nicht immer, meine Margaret.« Sein Lächeln war von so viel liebender Zuversicht, daß sie ihm Glauben schenken mußte. »Am Ende wirst du ›Ja, Kartauk‹ sagen.«

GOLDMANN

Kathleen E. Woodiwiss

Ihre wild-romantischen Geschichten von Kämpfen, Verrat und Leidenschaft aus längst vergangenen Zeiten sind die Lieblingslektüre von Millionen Leserinnen, und Kathleen E. Woodiwiss die erfolgreichste Autorin historischer Romane der jüngsten Zeit.

Wie eine Rose im Winter 41432

Der Wolf und die Taube 6404

Shanna 41090

Tränen aus Gold 41340

Goldmann · Der Taschenbuch-Verlag